CARAMBAIA

12

Frederic Manning

Soldados rasos

Tradução
Fal Azevedo

Introdução
Simon Caterson

INTRODUÇÃO 7
Simon Caterson

SOLDADOS RASOS 17

CRONOLOGIA 379

Introdução
**As desventuras
do soldado 19022**

O melhor romance sobre a Primeira Guerra Mundial foi escrito pelo mais improvável dos autores – e aí reside o segredo de sua força. Admirado por contemporâneos como Ernest Hemingway, E. M. Forster, T. S. Eliot, Ezra Pound e T. E. Lawrence, *Soldados rasos*, de Frederic Manning, foi publicado pela primeira vez em Londres, em 1929, com o título *The Middle Parts of Fortune: Somme and Ancre, 1916*, sob pseudônimo e em tiragem restrita a poucas centenas de cópias. Uma versão com cortes, intitulada *Her Privates We*, saiu um ano depois. Ambas as versões eram assinadas por Soldado Raso 19022 – a identificação militar de Manning. O texto original usado na presente edição só voltou a circular na Inglaterra em 1977 e nunca havia sido publicado na Austrália até recentemente. De todos os romances sobre a Grande Guerra, este que nos chega agora é o mais autêntico e comovente do gênero.

O destino de Frederic Manning não era ser soldado e muito menos produzir um relato tão corajoso e franco sobre a vida nas trincheiras. Nascido em Sydney em 1882, foi uma criança mimada e frágil, que mais tarde viria a se tornar um dândi expatriado e recluso. Seu pai foi um dos homens mais poderosos de Nova Gales do Sul. Filho de um padeiro que emigrara da Irlanda, Sir William Manning se tornou um dos principais financistas da colônia e cumpriu vários mandatos como prefeito de Sydney. A mãe irlandesa de Frederic, Honora, figura de personalidade forte, viveu mais que vários de seus sete filhos, dos quais Frederic era o quarto. Foi ela quem enterrou Manning na Inglaterra, em 1935.

Manning era um homem franzino e se vestia com calculada elegância. Sofria de asma crônica e ao longo da vida foi vítima de variadas doenças e enfermidades que, segundo os biógrafos Jonathan Marwil e Verna Coleman, dividiam-se entre reais e imaginárias. Com exceção de um período de seis meses em que frequentou a Sydney Grammar School, aonde chegou em 1897, Manning foi educado na mansão da família em Elizabeth Bay. Leitor voraz, com facilidade para línguas, começou cedo a escrever poesia. Reservado por natureza, atraía pessoas com personalidade forte, que depois descobriam que aquela passividade inicial podia se revelar provocadora e exasperante.

Após ter retirado Manning, então com 15 anos, da Sydney Grammar School por problemas de saúde, a família nomeou o inglês Arthur Galton como tutor do menino. Galton havia chegado da Inglaterra poucos anos antes para assumir o cargo de secretário particular do governador de Nova Gales do Sul. Amante das artes e amigo de Matthew Arnold, Galton tinha grandes planos para seu protegido e, logo depois da nomeação como tutor, acertou com a família a mudança de Manning para a Inglaterra.

Começava, então, uma intensa parceria literária e, embora não se tenha notícia de envolvimento sexual, de alto grau de intimidade. O contato durou até a morte de Galton, em 1921.

Após um breve retorno à Austrália em 1903, Galton e Manning se estabeleceram no vilarejo de Edenham, perto de Bourne, em Lincolnshire. Com auxílio das remessas de dinheiro da família, que sustentariam Manning pela vida toda, embarcaram na carreira literária do jovem. Galton tinha muitos contatos nos círculos intelectuais e apresentou Manning a figuras centrais da época, como W.B. Yeats e Ezra Pound, que viria a se tornar um amigo próximo. Os poemas e resenhas de Manning eram publicados no *Spectator*, cujas colunas algo herméticas ele ocupou como resenhista-chefe por sete anos, até 1914.

Manning foi um exemplo acabado da máxima de Thomas Mann segundo a qual o ato de escrever é mais penoso para escritores do que para outras pessoas. No obituário que escreveu sobre Manning para a *Criterion*, T.S. Eliot afirma que "a energia despendida pelo autor na refação e na destruição do que havia escrito seria suficiente para compor toda uma série de obras menores". Além de poemas e resenhas, Manning publicou apenas meia dúzia de livros em trinta anos. Sua primeira obra em prosa de mais fôlego, publicada em 1909, foi *Scenes and Portraits*, uma coleção de diálogos e monólogos curtos situados em diferentes contextos históricos e idealizados para esclarecer as ideias altamente elaboradas que Manning tinha sobre religião e destino. O livro não causou grande impacto para além do círculo literário imediato do autor, mas atraiu a admiração de T.E. Lawrence e, vinte anos depois, resultou em uma relação de amizade entre os dois.

Os interesses intelectuais de Manning eram os de um autodidata aplicado. Verna Coleman resume de maneira curiosa algumas das contradições do autor, que foi "católico e filósofo epicurista; cético e crente; conservador e democrata; recluso com um dom para fazer amigos; e soldado na pior das batalhas modernas, mas que, antes da guerra, tinha medo de circular por Piccadilly Circus". Essa falta de ponto de vista convencional – para não mencionar a ausência total de qualidades bélicas – permitiu que Manning observasse a Primeira Guerra como nenhum outro escritor.

Quando a guerra começou, em 1914, Manning uniu-se ao 7º Batalhão Real de Infantaria Leve de Shropshire. Ao contrário de Bourne, seu protagonista, que prefere "o anonimato dos praças", Manning tentou se tornar oficial e só se juntou aos soldados rasos depois de ter sido reprovado por bebedeira em um curso de formação de oficiais. Sua unidade participou de ações no Somme e no Ancre em 1916. Os detalhes do envolvimento de Manning são obscuros, mas sabemos que seus nervos sofreram com os pesados bombardeios e que ele sentiu os efeitos do gás mostarda. Apesar das dificuldades, seus relatos do front expressam a mesma perspectiva dúbia, mescla de envolvimento emocional e distanciamento filosófico, que viria a embasar seu romance. A um amigo, escreveu: "Às vezes, sinto medo, mas geralmente com o medo vem uma indiferença, que não chega a ser moral o suficiente para ser descrita como resignação".

Manning seguiu determinado a se tornar oficial. Em 1917, mudou-se para Dublin a fim de se juntar ao 3º Batalhão do Regimento Real Irlandês, onde se tornaria segundo-tenente. Em poucos dias, foi preso por bebedeira, julgado em corte marcial, condenado e advertido. Manning nunca mencionou as bebedeiras nas cartas a amigos. Depois do episódio, pediu permissão para deixar o oficialato, o que aconteceu em fevereiro de 1918.

Terminada a guerra, Manning retomou a vida de recluso e amante eduardiano das artes. Foi necessária a entrada de outra personalidade forte em sua vida para motivá-lo a tratar da experiência na guerra de modo mais aprofundado: o jovem editor Peter Davies, também veterano da batalha do Somme e que conheceu Manning no início da década de 1920. Na infância, Davies servira de inspiração para o escritor J.M. Barrie, amigo da família, na criação de Peter Pan. A fama crescente do personagem se traduziu em uma existência de grande tristeza para Davies, que se matou em 1960, atirando-se embaixo de um trem.

Davies declarou certa vez que tentou por nove anos convencer Manning a escrever sobre sua participação no front até que, finalmente, o momento se mostrou propício à publicação de livros sobre a Grande Guerra. Mas, para cumprir a tarefa, Manning precisaria mudar os hábitos de trabalho de uma vida toda. Em 1928, Davies tentou disciplinar a notória tendência de Manning à procrastinação colocando-o em uma espécie de prisão domiciliar em Londres. Assim conseguiria manter seu autor, reconhecidamente lento e indeciso, distante de distrações. A medida funcionou: Manning terminou o manuscrito em seis meses e escreveu tudo de memória, sem nunca precisar voltar aos lugares descritos no livro. "Ao registrar as conversas dos soldados, eu às vezes achava que ouvia vozes de fantasmas", disse depois.

A confiança de Davies em seu autor foi recompensada. A versão resumida vendeu 15 mil cópias em quatro meses. A imprensa fez especulações sobre a identidade real do autor, que acabou sendo inferida por T.E. Lawrence com base na admiração causada por *Scenes and Portraits*, que lera "pelo menos cinquenta vezes". Quando Lawrence o procurou, Davies se surpreendeu e, astuto, o fez jurar segredo; em seguida, produziu um panfleto contendo os elogios de Lawrence para distribuição em livrarias.

Soldados rasos integrou uma importante onda de literatura de guerra no final dos anos 1920, período que marcou a publicação de *Goodbye to All That*, de Robert Graves; dos dois volumes de *Memoirs*, de Siegfried Sassoon; e de *Death of a Hero*, de Richard Aldington. A perspectiva clara e descomprometida de Manning difere radicalmente da de seus contemporâneos em três aspectos fundamentais. Primeiramente, ele não escreve do ponto de vista do oficial de patente egresso de escolas da elite inglesa. Além disso, não expressa a mesma angústia antiguerra. Por fim, e principalmente, Manning se recusa a mostrar o conflito como mera aberração condenável. Ele o enxerga como um mundo à parte, e não como pesadelo imposto a uma Inglaterra que sobrevive apenas em lembranças nostálgicas. A base filosófica dessa abordagem única e atemporal é estabelecida no prefácio do autor e reiterada ao longo do texto.

Manning nos apresenta um mundo em que o horror é normal, em que ser mandado de volta "pra merda", em mais uma tentativa fútil de avanço tático, se tornou corriqueiro. Bourne, o protagonista, reflete sobre o movimento paradoxal de afirmação e dissolução do sujeito: "O problema que afligia igualmente a todos, embora alguns fossem incapazes de defini-lo ou mesmo relutassem em fazê-lo, estava menos relacionado à morte em si e mais à afirmação dos desejos daqueles homens perante a morte". Ao apresentar a situação dessa forma, Manning antecipa Albert Camus e os existencialistas, mas o faz num contexto de eventos reais.

Os soldados descritos no romance raramente estão no front. Na maior parte do tempo, estão treinando, cavando trincheiras, lutando contra doenças e parasitas. Morte e ferimentos podiam ser causados tanto por enfermidades e acidentes quanto pela ação do inimigo – quase nunca avistado, aliás.

À maneira de Shakespeare, a quem tinha como modelo de excelência e de quem o romance toma emprestados título e epígrafes, Manning é igualitário no tratamento daqueles que, na guerra, são forçados a lutar e morrer sem necessariamente entender por que tamanho sacrifício lhes é exigido.

Acima de tudo, Manning concede aos soldados o direito de falar em sua própria língua. Tal nível de franqueza e autenticidade foi visto como inaceitável pela maioria dos leitores e resultou na decisão de publicar duas versões do livro. Revigorados pela restauração da explicitude e da violência originais, os diálogos de Manning injetam vida em cenários distantes, retratos em sépia de batalhas incompreensíveis. O maior elogio que Manning podia fazer a seus companheiros era descrevê-los fielmente, e não como outros teriam preferido enxergá-los. Assim como Joyce, Manning é escrupuloso na exposição da experiência humana real, mesmo quando a eleva ao nível de arte.

Soldados rasos devolve dignidade humana a um conflito cuja dimensão, brutalidade e carnificina desafiam a compreensão e cujo horror é facilmente reduzido a denúncia estridente ou estatística fria. Manning enfatiza o fato de que o Exército é composto, na maior parte, não por generais, mas por soldados rasos que a história tradicionalmente trata de modo indiferente: "É o que se denomina, no Exército britânico, cadeia de responsabilidade, o que, por sua vez, significa que toda a responsabilidade pelos erros cometidos por oficiais é atribuída aos soldados rasos". Nesse contexto, o nome dado ao herói do romance é especialmente significativo. Ao viver seu martírio, ele incorpora a condição humana.[1]

Quando Manning morreu, Lawrence comentou: "Por não ser inglês, acabou distanciado dos companheiros". E embora nunca tenha sido aceito totalmente como inglês, Manning foi rejeitado também pela terra natal. Sua última

---

[1] Em inglês, *borne*, cuja pronúncia é a mesma de Bourne, nome do protagonista, é o particípio passado do verbo *bear*, que significa "carregar", "suportar" e é frequentemente usado para expressar "carregar/arcar com a responsabilidade". [TODAS AS NOTAS SÃO DESTA EDIÇÃO.]

visita à Austrália aconteceu no final de 1932. As notícias de seu sucesso em Londres foram recebidas na Austrália com entusiasmo comedido. Em uma resenha para o *Bulletin*, Nettie Palmer escreveu: "Está aí um nome que poderíamos colocar entre os nossos maiores, se pudéssemos afirmar que ele é mesmo daqui".

O próprio Manning nunca escreveu sobre a Austrália e demonstrava pouca afeição pelo seu local de nascimento. Ao partir de Sydney pela última vez, anotou em uma carta: "Deixo a Austrália com poucos arrependimentos: o país não tem muito a se recomendar a não ser pelo clima e pelo céu – que está ligado ao clima".

Trata-se de um autor bom demais, claro, para ser encaixado em uma categoria literária perfeitamente definida. O provincianismo de Palmer não a impediu de perceber um aspecto crucial do apelo do livro: "Bourne não tem raça, raízes ou sotaque". É essa qualidade universal que faz de *Soldados rasos* um grande romance. Por meio da figura algo reminiscente de Jesus com que retrata Bourne, Manning alcança uma objetividade extraordinária em relação aos eventos e, ainda assim, consegue descrevê-los com intimidade convincente. Segundo o prefácio do autor, a narrativa acompanha em detalhes os movimentos da unidade de Manning no campo de batalha.

Bourne demonstra admiração por soldados australianos e poderia facilmente ser identificado como australiano, entre outras nacionalidades possíveis.

Embora a saúde frágil o tenha impedido de se aventurar muito, intelectualmente Manning foi um cidadão do mundo. Quando seu mentor, Galton, morreu, escreveu a um amigo: "Pouca coisa me segura na Inglaterra agora, e sou um daqueles que não têm país".

Depois do rápido sucesso do livro que viria a se tornar sua obra-prima, Manning retornou serenamente à obscuridade de onde saíra, retomando um de seus vários projetos inacabados: um imenso poema épico. Segundo a historiografia literária, seu legado se resume a pouco mais do que este único clássico perene. Foi um escritor de escritores, que até Lawrence da Arábia achou curioso. *Soldados rasos* é um testamento vivo e pungente não apenas para "o regimento do caralho" com o qual Manning lutou e que viu morrer no front ocidental, mas para soldados em todas as guerras que vieram antes e depois.

OUTRAS LEITURAS

Verna Coleman. *The Last Exquisite: A Portrait of Frederic Manning*. Melbourne University Press, Melbourne, 1990.
Frederic Manning. *Scenes and Portraits*. Peter Davies, London, ed. rev., 1930.
Jonathan Marwil. *Frederic Manning: An Unfinished Life*. Angus & Robertson, Sydney, 1988.

SIMON CATERSON é jornalista, escritor e crítico literário de Melbourne (Austrália). Tem pós-graduação em Literatura pelo Trinity College de Dublin e é autor de *Hoax Nation: Australian Fakes and Frauds from Plato to Norma Khouri* (Arcade, 2009).

Tradução de Jayme da Costa Pinto.

Para Peter Davies,
que me fez escrever
esta história

Prefácio do autor

> *No chapéu da fortuna, não somos sequer um botão... Então, viveis em volta de sua cintura ou por entre seus favores?... Pela fé, vivemos nós em meio às intimidades da fortuna.*
>
> – Shakespeare, *Hamlet*, ato II, cena II

As páginas seguintes são um registro de experiências nos fronts do Somme e do Ancre, com um intervalo atrás das linhas, durante a segunda metade do ano de 1916; e os eventos descritos aqui realmente aconteceram; mas os personagens são fictícios. É verdade que, ao registrar as conversas dos soldados, eu às vezes achava que ouvia vozes de fantasmas. Suas opiniões eram necessariamente parciais e preconceituosas; mas preconceitos e parcialidades fornecem a maior parte da força motriz da vida. É melhor permitir que um anule o outro do que tentar estabelecer uma média entre eles.

Médias são incolores demais, demasiado abstratas, em todos os sentidos, para representar a experiência concreta. Eu não criei retratos; e minha preocupação tem sido, principalmente, com as fileiras anônimas, cuja opinião, muitas vezes baseada em mera suposição e mal informada, mas real e verdadeira para eles, eu tentei representar fielmente.

1

> *A mim, tanto faz; um homem só morre uma vez; devemos uma morte a Deus* [...]. *Tome o caminho que tomar, aquele que morre este ano estará quite para o próximo.*
> – Shakespeare, *Henrique IV*, ato III, cena II

A escuridão avançava rapidamente, conforme o céu se enchia de nuvens pesadas e trovões ameaçadores ressoavam. Aqui e ali se ouviam ainda algumas explosões intermitentes. Assim que houve uma pausa no bombardeio, eles começaram a voltar para a formação original da melhor forma possível. Bourne, completamente esgotado, aos poucos foi ficando para trás e, na tentativa de não perder de vista os companheiros, desequilibrou-se e caiu em um buraco deixado pela explosão de uma granada.

Quando conseguiu se erguer, os outros já tinham desaparecido e, incerto da direção a tomar, acabou tropeçando nos próprios pés. Não correu nem diminuiu o ritmo; estava tonto, quase fora de si, e governado apenas pelo desejo de chegar ao fim daquilo. Em algum lugar, em algum momento, dormiria. Quase despencou para dentro da trincheira destruída e, depois de um momento de hesitação, virou à esquerda, pouco se importando aonde aquele caminho o levaria.

O mundo parecia extraordinariamente vazio de homens, apesar de ele saber que o chão fervilhava de soldados. Respirava com dificuldade, a boca e a garganta como que rachadas pela secura; seu cantil estava vazio. Alcançando um abrigo subterrâneo, tateou o caminho, medindo cada passo sob os pés; um pedaço torcido de lona, pendurado no meio da passagem, raspou-lhe a bochecha; um pouco mais adiante, subitamente sentiu o rosto envolvido nas dobras mofadas de um cobertor. O abrigo estava vazio. Deixou-se cair ali mesmo, imediatamente, indiferente a tudo. Depois, com as mãos tremendo, pegou seus cigarros e colocou um entre os lábios, riscando o fósforo. A chama revelou o toco de uma vela preso pelo próprio sebo na tampa de uma lata de tabaco. Ele o acendeu; não era mais alto que uma moeda, mas seria suficiente. Logo terminaria o cigarro e seguiria para encontrar sua companhia.

Havia uma espécie de assento escavado na parede do abrigo e ele notou, pela primeira vez, os restos esfarrapados de um cobertor largado ali; então, entre as dobras do tecido, cintilando secretamente ao reflexo da luz, um pequeno disco de metal: a tampa que recobria a rolha de um pequeno cantil. Alcançou-o, e seu peso deixou claro que estava cheio. Fazendo saltar a rolha do gargalo, levou a garrafa metálica aos lábios e tomou um grande gole antes de descobrir que estava tragando uísque puro. A ardência do líquido quase o sufocou. Surpreso, cuspiu uma boa parte do que ainda tinha na boca. Então, recuperando-se, deu outro gole: menor, mas suficiente. Meditava sobre demorar-se na apreciação da bebida quando ouviu homens tateando o caminho até as escadas. Arrolhou a garrafa, escondeu-a rapidamente sob o cobertor e afastou-se até o que parecia ser uma distância inocente da tentação.

Três escoceses entraram; estavam tão exauridos e alquebrados quanto ele, como pôde perceber pelas vozes irregulares; mas, ocultando seu verdadeiro estado sob um manto de indiferença, contaram-lhe que alguns de seus companheiros viraram à esquerda, na direção de um abrigo a 50 jardas. Eles também tinham se perdido e perguntaram-lhe coisas, mas Bourne não pôde ajudá-los. Começaram, então, uma discussão incoerente sobre qual seria a melhor coisa a fazer em tais circunstâncias. O dialeto no qual falavam permitiu que Bourne acompanhasse apenas parcialmente o que era dito, mas pelo tom da conversa foi fácil perceber a indecisão dos homens, que, de tão cansados, procuravam em suas dificuldades qualquer pretexto para não fazer nada. Subitamente consciente da própria situação, Bourne jogou fora a guimba de cigarro e decidiu partir. A vela bruxuleava, a chama quase extinta; logo o abrigo mergulharia novamente na escuridão. Sufocou, prudentemente, o impulso de contar aos homens sobre o uísque; talvez o encontrassem por si mesmos; era uma questão que poderia ser deixada para a providência ou o acaso decidirem. Estava indo em direção à escada quando uma voz, abafada pela lona, chegou do exterior.

"Quem está aí embaixo?"

Não havia dúvidas quanto à autoridade da voz e Bourne respondeu de pronto. Um momento de silêncio e, então, o cobertor de dobras mofadas foi afastado para o lado e um oficial entrou. Era o sr. Clinton, com quem Bourne lutara em Tregelly.

"Ei, Bourne!", cumprimentou-o, e, então, vendo os outros homens, virou-se e interrogou-os gentilmente com a voz suave. O rosto tinha a palidez esverdeada de cera de abelha bruta, e os olhos estavam vermelhos e cansados; as mãos tremiam tanto quanto as deles, e trazia na voz a mesma nota de superexcitação; mas ele os escutou sem nenhum sinal de impaciência. "Bem, não quero apressar vocês", disse por fim, "mas seu batalhão partirá antes de nós. A melhor coisa a fazer é cortar caminho até ele. Estão a menos de 100 jardas mais abaixo da trincheira. Vocês não vão querer voltar ao acampamento por conta própria; isso não parece bom. Então é melhor partirem agora. O que desejam mesmo são doze horas de sono, e eu apenas estou apontando o caminho mais curto até seus travesseiros."

Sua argumentação foi aceita com tranquilidade, pois estavam dispostos a fazê-lo; como qualquer um que estivesse exausto e em condições semelhantes, ficaram felizes por ter alguém para determinar o que deveriam fazer. Assim agradeceram e desejaram-lhe boa noite, se não de todo felizes, pelo menos com o ar de homens sensatos, que apreciaram sua gentileza. Bourne pensou em segui-los, mas o sr. Clinton o impediu.

"Espere um instante, Bourne, e iremos juntos", disse quando o último escocês subiu a escada íngreme. "É indecente seguir tão de perto um escocês das Highlands, vestindo *kilt*, ao sair de um abrigo. Além disso, deixei uma coisa aqui."

Olhando ao redor, foi direto ao cobertor e pegou a garrafa metálica. Devia parecer mais leve do que esperava, pois chacoalhou-a com ar desconfiado antes de sacar a rolha. Tomou um bom gole, apreciando-o em silêncio.

"Deixei essa garrafa cheia de uísque", disse ele por fim, "mas os malditos Jocks[1] devem ter sentido o cheiro. Você sabe, Bourne, não sou bêbado como alguns deles, mas, por Deus, quando volto, quero uma bebida. Aqui, tome um pouco, você parece estar precisando."

Bourne pegou a garrafa sem hesitar; estava nas mesmas condições. Vivia segundo a segundo aquele intervalo atemporal; vivia para o choque da violência do ataque. Aquele instante perigoso, no qual se equilibrava tão precariamente,

---

[1] Jock é o apelido (ou uma variação do nome) que os escoceses dão a Jack.

era tudo o que a consciência meio atordoada de um homem poderia compreender; se ele perdesse esse parco controle, mergulharia novamente nos pesadelos de sua própria mente, repletos de terrores e criaturas grotescas. Depois, quando a tensão cedesse ao alívio e à exaustão física que se seguiria, haveria um colapso no qual a natureza emocional do homem não estaria mais sob seu controle.

"Estamos no próximo abrigo, pelo menos os que sobraram do nosso grupo", continuou o sr. Clinton. "Estou feliz que tenha conseguido chegar até aqui, Bourne. Você participou da última ofensiva, não? Pareceu-me que os velhos hunos[2] estão vindo com tudo e, se puderem, não vão querer abandonar suas posições. De qualquer forma, devemos ouvir o que aconteceu na frente. Não acredito que tenha restado mais de uma centena dos nossos."

A maneira como falava, de forma cada vez mais rápida, mostrava que o uísque, afinal, começava a deixar seus nervos em frangalhos: em Bourne, tinha-o estabilizado, por enquanto. A chama da vela bruxuleou e apagou-se. O sr. Clinton acendeu a lanterna e enfiou a garrafa metálica no fundo do bolso da capa de chuva.

"Venha", disse, dirigindo-se para a escada, "você e eu somos dois sujeitos de sorte, Bourne; passamos por isso sem um arranhão e, se a sorte continuar do nosso lado, pularemos de uma maldita desgraça para outra até cairmos, ouviu? Até que não aguentemos mais."

Bourne sentiu a garganta se fechando: não havia fraqueza ou lamúria na voz do sr. Clinton; ela estava cheia de uma dolorosa ira. Apagou a lanterna quando passaram sob a lona.

"Não diga asneiras", Bourne disse a ele na escuridão. "O senhor jamais cederá."

---
2 Soldados alemães.

O oficial não deu sinal de ter ouvido a repreensão simpática, mas inapropriada. Andaram em silêncio ao longo da trincheira danificada. O céu brilhava com o disparo das armas, e um tiro de morteiro encheu o caminho de luz. Ao abaixar-se, Bourne viu um homem morto no campo cinzento, escorado em um canto da trincheira. Provavelmente, já ferido, tinha se rendido e chegara à linha inimiga apenas para morrer ali. Parecia indiferente aos escombros. Seu rosto descolorido estava vazio, sem expressão. Ao dobrarem uma curva, foram interpelados pela sentinela do abrigo.

"Boa noite, Bourne", despediu-se o sr. Clinton em voz baixa.

"Boa noite, senhor", saudou-o Bourne, prestando continência; e trocou algumas palavras com a sentinela.

"Por Cristo que eles comecem a avançar", disse a sentinela enquanto Bourne se virava para descer.

O abrigo estava cheio de homens, e todos os rostos, tensos e vincados, viraram-se para ver quem tinha entrado. No instante seguinte, o lampejo de interesse transformou-se em apatia e estupor novamente. O ar estava pesado por causa da fumaça e do fedor das velas derretidas. Viu Shem erguer a mão para atrair sua atenção e conseguiu chegar até ele, sentando-se espremido a seu lado. Não falaram nada depois de um ter perguntado ao outro se tudo estava bem; uma opressão pairava sobre todos os rapazes; sentavam-se como homens condenados à morte.

"Fico me perguntando se irão nos manter no apoio", sussurrou Shem. Provavelmente essa era a pergunta que todos os soldados se faziam, enquanto ficavam ali, em sua amarga resignação, os rostos enigmáticos, melancólicos, sem esperanças mas invencíveis; mesmo os garotos pareciam curiosamente velhos. E então, de repente, tudo mudou, e os movimentos tornaram-se apressados: rapidamente as fivelas dos cintos se fecharam, os rifles foram erguidos e, levantando-se, os homens lançaram-se à frente. Shem e Bourne estavam entre os primeiros a sair. Moveram-se em uníssono.

Projéteis voavam sobre suas cabeças; um ou dois tiros de morteiro explodiram perto dali, mas eles não viam nada além dos lados da trincheira, esbranquiçados de cal em alguns pontos, o capacete de aço sobre os ombros agitados do homem à frente ou o balançar frenético dos ramos de árvores e o céu coalhado de nuvens, por onde se entrevia a paz inalcançável das estrelas. Pareciam correr à medida que o sentimento de fuga os invadia. As paredes da trincheira de comunicação tornaram-se, pouco a pouco, mais baixas; a trilha inclinou-se e eles subiram pelas encostas de bruços até, finalmente, emergir perto do chão. O oficial, postado ao largo, verificou quantos homens faltavam se apresentar, e assim formaram duas colunas à sua frente. Havia pouca luz, mas debaixo das abas dos capacetes podiam-se ver olhos vivos movendo-se sem descanso em rostos inexpressivos. Ele também trazia a expressão vazia pelo cansaço, mas mantinha-se em pé, o bastão de comando debaixo do braço e sombras pardas à sua volta embaralhando-se segundo alguma ordem desconhecida. As ordens que vinham dele nada mais eram do que sussurros, a voz cansada e não exatamente sob controle, embora houvesse alguma firmeza nela. Então separaram-se em grupos de quatro, para longe da crista do monte, em direção a um lugar que eles chamavam de Happy Valley.

Não tinham muito para onde ir. Conforme estavam se aproximando das barracas, uma granada explodiu perto das mulas da trincheira de apoio e isso as agitou um pouco, mas não muito. O capitão Malet chamou-as, reunindo-as um pouco depois. Das barracas, geógrafos de campo, cozinheiros, oficiais de patentes mais altas e alguns homens sem colocação reuniram-se em grupos para assistir à cena, com uma genuína simpatia, mas com uma distância tática – como se houvesse um abismo entre os homens que tinham acabado de voltar da batalha e aqueles que não tinham estado lá, tão intransponível quanto aquele que existe entre o sóbrio e o bêbado. O capitão Malet fez seus homens pararem na altura da barraca que abrigava a administração do acampamento. Podia até ser um pretexto para mandá-los entrar em formação. Então encarou-os, dezenas de olhos fixados nele por poucos segundos que pareceram uma eternidade. Eram apenas sombras na escuridão.

"Dispensar!"

A ordem foi dada em uma voz ainda mais baixa, mas eles se viraram quase com a precisão de tropas perfiladas em uma praça, cada rifle posto ao longo do corpo com elegância. O oficial prestou continência e, em seguida, a vontade que os mantinha unidos se dissolveu, os músculos tensos relaxaram e foram todos para suas barracas, tão silenciosos e desanimados quanto homens alquebrados. Um dos alfaiates tirou o cachimbo da boca e cuspiu no chão.

"Eles podem dizer a besteira que bem quiserem", disse, apreciativo, "mas nós somos um regimento do caralho."

Durante a noite, Bourne teve um acesso inexplicável de terror e, depois de, ainda desnorteado, ter se esforçado para lembrar o que sonhara, virou-se e tentou dormir novamente. Não lembrava nada do pesadelo que o havia acordado, se é que fora um pesadelo, mas aos poucos despertou o suficiente para notar que os outros homens eram igualmente atingidos por uma vaga inquietação. Percebeu isso primeiro em Shem, cujo corpo, quase tocando o seu, tinha acabado de dar um salto rápido e convulsivo, continuando a se retorcer por um momento enquanto ele murmurava palavras ininteligíveis e mexia os lábios como se estivesse tentando umedecê-los. A inquietação misteriosa passava de um para outro, lábios se entreabriam com o som de uma bolha estourando, dentes rangiam enquanto queixos batiam, alguns poucos sussurros que rapidamente se transformaram em soluços e depois em longos gemidos de sofrimento ou culminavam em raivosas e mal articuladas obscenidades para, então, cessar, com movimentos forçados e difíceis de respiração pesada, os homens voltando a um sono mais profundo.

Mesmo que Bourne tentasse se convencer de que aquela agitação agoniada era meramente reflexo da ação – parte de um processo físico inconsciente pelo qual nervos desorientados procuravam se reajustar – ou a execução tardia de algum movimento instintivo que um excesso de cavalgada tinha contrariado em seu despertar original, sua própria mente consciente agora se via preenchida com as paixões das quais os murmúrios e a agitação ouvidos na escuridão eram apenas um mimetismo inconsciente. Os sentidos certamente têm, de alguma maneira, atividade independente, que os mantém vigilantes mesmo com a mente eclipsada. A escuridão parecia-lhe ser obrigatoriamente preenchida com os lamentos da carne atormentada, como se alguma coisa diabólica por ali rondasse, curiosa em encontrar nervos sensíveis a fim de arrancar deles um grito relutante de dor.

Por fim, incapaz de ignorar o sentimento de miséria que o invadira, sentou-se e acendeu o inevitável cigarro. Os terrores amorfos que assombravam o sono tomaram forma. Sua mente voltou ao dia anterior, tateando entre memórias obscuras e esmaecidas; parecia-lhe agora que, na maior parte do tempo, estivera atordoado e cego, e o que presenciara voltava à sua mente em flashes repentinos, vívidos. Sentiu novamente a tensão da espera que se convertia em impaciência e revivia o imenso esforço para se mover, assim como o alívio momentâneo que vem com o movimento, a sensação de irrealidade e pavor que tomava o corpo; o equilíbrio precariamente restaurado ao ver outros homens avançarem de forma aparentemente banal, mecânica, como parte de uma rotina; a cautela e todas as vozes dentro de cada um gritando para que se apressassem. Pressa? Ninguém pode correr sozinho rumo a lugar nenhum, em direção ao nada. Cada impulso criava imediatamente sua própria contradição violenta. A confusão e o tumulto em sua mente eram inseparáveis da fúria sem sentido que se abatia sobre ele, reforçando-se mutuamente.

Viu grandes trechos do front alemão destroçados pelas bombas assim que a artilharia abrira o caminho para eles; nuvens de poeira e fumaça tomavam o horizonte, mas os hunos buscavam escrupulosamente por eles; o ar, cheio de urgência e sofreguidão, era rasgado pelo barulho das bombas, sibilando como toneladas de metal fundido mergulhadas subitamente na água. A explosão e o subsequente abalo esmagaram os homens, aniquilados em erupções súbitas de terra, destroçados e reduzidos a fragmentos sangrentos espalhados por toda parte. Granadas eram como gatos selvagens saltando e cuspindo; ele ouviu pequenos sons, desagradavelmente próximos, como cordas esticadas arrebentando, e, então, algo se enrolou em torno de seus pés, rasgando sua calça e as grevas ao tropeçar, e Bourne encarou um rosto, uma face inconcebivelmente distorcida, delirando e chorando enquanto caíam juntos em um buraco de bomba.

Viu, espantado, o traseiro nu de um escocês que tinha entrado em ação usando apenas um *kilt*; e então se endireitaram e olharam um para o outro, perplexos e humilhados. Seguiu-se um momento de lucidez enquanto tomavam fôlego, e ele encontrou-se, embora sem ferimentos, perguntando a si mesmo, com uma prudência insana, onde ficaria o hospital de campo mais próximo.

Outros homens apareceram; dois outros Gordons[3] se juntaram à dupla, e depois o sr. Halliday, que se lançou sobre eles mantendo a cabeça bem abaixada e xingando-os sem parar de malditos covardes. Tinha um pequeno ferimento no antebraço. Seguiram avançando, a poeira e a fumaça começavam a se dissipar, e então ouviram o zunido das granadas de mão assim que alcançaram uma trincheira vazia, muito estreita, que ainda não havia desmoronado ou sido enterrada. O sr. Halliday foi novamente atingido, no joelho, antes de chegarem à trincheira, e Bourne sentiu alguma coisa acertar a frente de sua túnica. Puxaram o sr. Halliday para dentro da trincheira e o deixaram com um dos escoceses que também tinha sido atingido. Os homens estavam dirigindo-se para lá, e ele, mais uma vez, avançou com alguns soldados de sua companhia.

Desde o momento em que tinha se jogado com o escocês no buraco de bomba, alguma coisa mudara dentro dele; o conflito que tumultuava seus pensamentos aparentemente tinha ido embora; sua mente parecia tê-lo abandonado, contraindo-se e enrijecendo-se dentro dele; o medo permanecera, um temor implacável e inquieto, mas que também, como se tivesse sido malhado e forjado até um ponto de sensibilidade requintado, se tornara indistinguível do ódio. Apenas os instintos animais tinham sobrevivido; cada sentido estava alerta e a tensão, pungente. Ele também não sabia onde estava, nem aonde iria; não conseguia traçar nenhum plano porque não conseguia prever nada. Tudo que estava acontecendo era inevitável e inesperado; e ele era mais um evento em toda uma cadeia de eventos. Embora seus movimentos

---

3 Assim eram chamados os soldados escoceses que faziam parte do The Gordon Highlanders, um regimento de infantaria do Exército britânico.

precisassem estar, de forma espontânea, de acordo com os dos outros, como parte de algum plano infinitamente flexível que Bourne não compreendia muito claramente, nem em relação a seu objetivo imediato, ele não poderia confiar em ninguém senão nele mesmo.

Trabalhavam em torno de uma posição ainda protegida por metralhadoras, através de um sistema bastante intrincado de trincheiras que se ligavam a buracos de bombas. As trincheiras eram pouco mais do que tocas de fuga por meio das quais os metralhadores, depois de deter o máximo possível o avanço da infantaria, talvez pudessem recuar para alguma outra posição e retomar seu trabalho, ganhando, assim, tempo para as tropas na retaguarda recuperarem-se dos efeitos do bombardeio e saírem de seus esconderijos. Eram homens especialmente corajosos aqueles atiradores prussianos, mas o extremo heroísmo, tanto no inimigo quanto no amigo, é indistinguível do desespero.

Bourne se viu repetindo a brincadeira de sua infância – não naquele momento, entre as rochas das quais o calor reverberava em películas ondulantes, mas nas fissuras calcárias e imutáveis, para um esconderijo perfeito. Talvez não se tenha, aos 30 anos, o mesmo entusiasmo pelo jogo como o que se teve aos 13, mas o senso de perigo despertado por uma experiência latente, que tinha se tornado nele uma espécie de instinto, levou-o a se movimentar por aqueles caminhos tortuosos com a astúcia furtiva de um arminho ou de uma doninha. Inclinando-se em ângulo na trincheira, viu o caminho à frente um tanto reto e vazio. Quando o homem que estava atrás se aproximou, Bourne prosseguiu, ainda inclinado. A linha de avanço, segura em um ponto, inevitavelmente tendia a virar um cerco e, de repente, foi abandonada pelos poucos homens que a sustentavam.

Bourne, correndo, percebeu quando um huno, apressado, avançou pela curva seguinte de forma precipitada; reparou que ele manteve sua posição e se encolheu numa postura defensiva. Disparou sem erguer a coronha de seu rifle acima do mamilo esquerdo. O soldado sentiu o tiro no rosto e alguém gritou para que Bourne seguisse em frente; o corpo caiu em um canto e se contorceu, mexendo quando Bourne colocou o pé em cima dele, fazendo com que, felizmente, voltasse para verificar de novo. Enquanto isso, uma bomba explodiu a alguns pés depois da curva. Bourne virou-se, consternado, para o homem atrás dele, mas por trás do bombardeiro viu o sorriso desagradável do capitão Malet e seu rosto estranhamente exultante; incapaz de um discurso articulado, Bourne conseguiu apenas acenar para indicar o caminho pelo qual, achava ele, os hunos tinham avançado.

 O capitão Malet se jogou no chão, e os homens, seguindo-o, inundaram o estreito canal da trincheira; mas as duas ondas que tinham varrido o nicho da metralhadora agora estavam no ponto de encontro. Os homens contaram algumas baixas, antes de lançarem-se novamente no chão. O capitão Malet disse alguma coisa, e Bourne, encarando-o com olhos baços e sem compreensão, retardou-se um pouco para deixar os outros passarem entre eles. Viu que estava logo atrás do sargento-mor Glasspool, que acenou para ele rapidamente, em sinal de aprovação; e então Bourne entendeu. Ele estava fazendo a coisa certa. Na pressa, tinha assumido a liderança de alguma forma e por um breve momento, mas percebeu que só tinha continuado porque fora incapaz de manter-se parado. A sensação de ser um em uma multidão não lhe deu a mesma confiança do início; o estágio atual parecia pedir uma liberdade um pouco mais pessoal. Naquele momento, apenas porque estavam juntos, os soldados corriam ao encontro de alguma coisa, em vez de persegui-la. Dois homens de outro regimento, que presumivelmente tinham se perdido, voltavam, por um momento, desmoralizados, e o sargento-mor Glasspool os confrontou.

"Aonde diabos vocês dois acham que estão indo?"

Ele lançou a pergunta com o *staccato* de uma metralhadora; diante da histeria dos dois, ele era a encarnação viva de uma ameaça.

"Fomos chamados de volta", disse um deles, coberto de vergonha e medo.

"Sim, vocês recebem suas ordens idiotas da porra de um Fritz[4]!", Glasspool, com os lábios brancos e o peito arfando, disparou sarcasticamente para os dois. Tinham se aproximado bastante silenciosos, mas toda a raiva e o ódio em seus corações encontraram ali seu foco. Esqueceu-os tão logo os teve na mão.

"Você está certo, amigo", sussurrou Bourne ao que tinha falado. "Volte para seu regimento assim que houver uma chance." O homem só olhou para ele, friamente. No avanço seguinte, alguma coisa atingiu o capacete de Bourne, batendo em sua nuca de modo tão forte que o fecho machucou suas orelhas. No momento, pensou que tivesse sido nocauteado; também tinha mordido a língua e sua boca estava salgada, cheia de sangue. O golpe deixara um amassado profundo no capacete e acabou rompendo o aço. Ele ainda se sentia confuso e abalado quando alcançaram as ruínas de uma construção da qual parecia se lembrar. Estavam perto da estação ferroviária.

Desejou poder dormir; mal conseguia manter as pálpebras erguidas, mas sua memória inquieta fez do sono uma coisa

---

[4] Soldados alemães.

a ser tão evitada quanto a morte. Fechou os olhos e teve uma visão dos homens avançando sob uma chuva de balas. Pareciam de brinquedo, tão triviais e inócuos, opondo-se àquela ira esmagadora e, ainda assim, seguiam em frente de forma mecânica, como se hipnotizados ou fascinados por uma vontade superior. Essa foi uma das impressões mais vívidas de Bourne durante a ofensiva, um homem próximo a ele que continuava avançando com o mesmo ritmo metódico de um brinquedo de corda. A imagem lhe tinha ficado vívida por causa do alívio trazido por ter se voltado para o homem e tomado distância da confusão e do tumulto da própria mente. Parecia impossível relacionar aquela figura inferior, comum, tão pouco heroica – com um uniforme cáqui que não lhe servia e um capacete que parecia a bacia de barbeiro que Dom Quixote empunhava em suas aventuras – com o conflito moral e espiritual, quase sobre-humano em sua agonia, dentro dele.

O poder é medido pela quantidade de resistência que ele supera e, em última instância, o poder moral dos homens era maior do que qualquer força puramente material que pudesse ser exercida sobre ele. Isso fazia da morte iminente uma opção; embora, paradoxalmente, a função de nossa natureza moral consiste unicamente na afirmação da vontade do próprio indivíduo de ir contra tudo o que pode se opor a ele. A morte, portanto, implicaria sua extinção, no caso particular e individual. A interioridade verdadeira da tragédia reside no fato de que seu fracasso é apenas aparente e, como é o caso do mártir também, a consciência moral do homem tem feito a própria escolha deliberada na afirmação da liberdade de seu ser. O senso de esforço desperdiçado só é verdadeiro para as naturezas mais cruéis e materiais. Ele leva ao risco mais horrível de mutilação. Mas, para o próprio Bourne e, já que o impulso moral não é necessariamente um ato intelectual, provavelmente também para a maioria de seus camaradas, força e fraqueza estavam inseparavelmente emaranhadas.

Um homem ser morto por uma bala que lhe atravessa o cérebro ou ser despedaçado por uma bomba potente pode parecer indiferente ao inimigo consciente ou a qualquer observador bem posicionado – que, na verdade, é bem provável que esteja certo; mas, para o pobre tolo candidato à honra póstuma e que necessariamente tem mais interesse no assunto, é uma questão importante. Talvez ele seja vítima de uma ilusão como todos que, nas palavras de Paulo, são tolos pelo amor em Cristo; mas ele viu, em seu caminho, um homem ser baleado com um único tiro e ser deixado para trás, o rosto para baixo, morto; e viu outro transformado em farrapos sangrentos por alguma besta invisível. Essas experiências não têm nada de ilusórias: são fatos reais. A morte, obviamente, assim como a castidade, não admite níveis. Um homem está morto ou não está, e um homem ou é morto por um meio ou por outro; mas é infinitamente mais horrível e revoltante encontrar um homem despedaçado e eviscerado do que vê-lo baleado. E alguém observa tais coisas e indiretamente sofre com a inalienável simpatia de um homem a outro. Esquece aquilo rapidamente. Evita pensar no fato, assim como olhar. Tranquiliza-se após o primeiro grito desesperado: "Sou eu!".

"Não, não sou eu. Não vou acabar assim."

E prossegue, deixando a coisa despedaçada e sangrenta para trás: apostando, na verdade, na implícita garantia que cada um de nós tem da própria imortalidade. Esquece, mas vai se lembrar mais tarde, mesmo que só em sonho.

Depois de tudo, os mortos ficam quietos. Nada no mundo é mais silencioso do que um homem morto. Veem-se homens vivendo como podem, desesperadamente, e então, de súbito, estão esvaziados de vida. Um homem morre e endurece como um boneco feito de madeira para o qual se olha por um segundo com curiosidade furtiva. De repente, ele se lembrou dos mortos na floresta de Trônes, os mortos insepultos com quem viveu, poderia dizer, lado a lado; bretão e huno imparcialmente confundidos, apodrecendo, sendo corrompidos pelas moscas, servindo de repasto para os ratos, escurecendo sob o calor, inchados com a barriga dilatada, ou sendo dissecados em suas roupas enlameadas; e mesmo quando a noite os cobria, sentia-se o cheiro da morte carregado pelo vento. De um maldito sofrimento a outro, até cedermos. Não se deve ceder. Ele inspirou de repente, com um soluço abafado, e a mente renunciou, sem esperança. A escuridão quente e malcheirosa da barraca parecia quase um luxo fácil. Caiu no sono pesado, sonhando com a delicadeza feminina, a doçura; mas os rostos fugiam dele como reflexos na água quando o vento os sopra para longe, e sua alma afundou, cada vez mais, na cura do esquecimento.

2

> *Contudo, quase nada mais conservo*
> *de homem; minha mãe veio até meus olhos*
> *e deu-me as lágrimas que agora derramo.*
> – Shakespeare, *Henrique V*, ato IV, cena VI

Era tarde quando acordaram, mas estavam relutantes em se mover. A barraca onde estavam permitia-lhes a única privacidade que conheciam, e eles queriam esconder-se até que recobrassem a coragem. Entre eles eram solidários e até gentis e, instintivamente, ajudavam-se, pois ao compartilhar a mesma experiência, havia surgido um entendimento tácito. Conheciam-se uns aos outros, e seus egoísmos tinham estabelecido equilíbrio e disciplina próprios. Mantinham seus sentimentos encarcerados no peito. Ninguém os incomodava e poderiam ter ficado lá por horas, preocupados com seus inatingíveis devaneios sem forma ou simplesmente meditando; mas, qualquer que fosse o mundo remoto e inacessível que a mente escolhesse habitar, o corpo tinha sua própria rotina inexorável. Levava-os, no fim, para uma trincheira sem proteção que lhes servia de latrina. Eles se sentavam sobre os mourões atravessados em um buraco linear e, naquele poleiro inseguro, caçavam e matavam os piolhos que devoravam seus corpos.

Havia algo insolente até na maneira com que apertavam os cintos, fechavam as fivelas e cuspiam na poeira. Tinham passado por muita coisa e, por conseguinte, pouco os separava da selvageria, tornando-se meros brutos. A vida para eles não guardava nada novo em matéria de humilhação. Homens de feições jovens preocupavam-se tolamente com sua aparência abatida e imunda. Até das minúcias mantinham-se a distância, assim como dos homens com os quais pode ser perigoso se meter; talvez houvesse algo em seus rostos tristes e impiedosos que invocasse em outros uma espécie de temor primitivo. Eles, por sua vez, caminhavam em silêncio pelo acampamento, em uniformes manchados e rasgados, carregando a si mesmos com uma indiferença desdenhosa. Poderiam olhar, casualmente, para os recém-chegados, ainda barbeados e puros, vindos da praça de touros de Rouen, trazidos para ocupar o lugar dos mortos que agora jaziam a céu aberto ao largo das falésias calcárias entre a floresta de Delville, Trônes e Guillemont; mas, se um dos novatos falasse com eles, seria recebido por olhos distantes e monossilábicos.

Do lado de fora das barracas, dois ou três homens chegaram, perguntando por seus amigos.

"Onde está Dixon?"

"Sumiu no horizonte. Foi despedaçado assim que saímos da trincheira, pobre filho da puta. O jovem Williams quase foi pelo mesmo caminho e por pouco não teve um braço arrancado, mas conseguiu voltar para a trincheira. A mesma granada, eu acho. Que seja; foi a primeira coisa que vi."

Falavam com ansiedade, a voz baixa e pouco firme, prestes a falhar; mas o controle voltava aos poucos, e toda a piedade surgia misturada a uma sensação de alívio, pois os que falavam tinham, de maneira quase inacreditável, conseguido se manter vivos.

O café da manhã veio e os soldados pareciam não ter apetite; mas só precisaram começar para comer como lobos famintos, limpando o caldeirão das migalhas de comida queimada e capturando com seus pães até a última nódoa de gordura de bacon. Quando voltaram para o acampamento, na noite anterior, havia chá esperando por eles, além de uma garrafa de rum, deixada mais por indiscrição do intendente, e sanduíches frios de bacon cozido. Bourne bebera o quanto pôde, mas uma única mordida no sanduíche e parecia ter na boca um bolo seco de massa; por isso guardara o resto de sua ração no bornal. Os outros homens fizeram o mesmo. Nenhum deles tivera estômago para comida àquela hora, embora os sanduíches fossem frescos, com bastante mostarda. Agora que estavam secos e duros e o pão, azedo, foram resgatados dos bornais sujos e engolidos vorazmente.

Gradualmente, a apatia deles tornou-se inequívoca e pungente, assim como uma de suas primeiras funções corporais; seus hábitos de vida afirmavam-se por si sós. Um após o outro, começaram a se barbear. Bourne e Shem tinham um acordo em que dividiam as tarefas de buscar e levar, alternadamente; era a vez de Bourne naquele dia. Havia escassez de água e regras bastante rígidas quanto ao seu uso. Bourne, havia muito tempo, tinha chegado à conclusão de que o Exército britânico tinha demais daquela maldita disciplina. Arranjara por empréstimo uma grande lata, convertida em balde pela adição de uma alça de arame. Conseguira enchê-la mais da metade, e ainda tinha uma lata cheia de água quente cedida por um dos cozinheiros do refeitório. Indo e vindo, passou por trás das barracas dos oficiais, evitando, assim, as outras companhias e sargentos e sargentos-mores que, zelosos com disciplina, poderiam ter-lhe confiscado tanto o balde quanto a água para seu próprio uso. Então, fora da vista, atrás de sua barraca, ele e Shem se lavaram e se barbearam. Não tomavam banho havia cinco semanas, mas, o que era bastante curioso, a pele sob a camisa era como cetim, suave e brilhante. O suor lavava a sujeira e era absorvido por suas roupas, que adquiriam um cheiro de velho, azedo e pungentemente salino. Não estavam tão mal.

Pareciam mais limpos do que realmente estavam. Já se secavam quando o cabo Tozer, que sabia o quanto os dois valiam, veio para trás da barraca e olhou para a água, já turva e coagulada de sujeira e sabão.

"Vocês dois são os maiores malditos parasitas do batalhão", falou – e era impossível dizer se movido mais pela admiração do que pelo desgosto. Shem, cujos olhos eram como as bíblicas piscinas de Hesbom, encarou-o com uma mistura de inocência e apreensão; mas Bourne manteve-se indiferente enquanto o cabo, com as mãos, afastou a escória da água suja antes de jogá-la na própria cabeça. Bourne não tinha pudor nas exigências que fazia a seus amigos; conseguira a água com Abbot, o cozinheiro da companhia, pedindo-a casualmente enquanto discutia a possibilidade de obter ilegalmente um bife grelhado para o jantar, de preferência acompanhado de cebolas fritas, o que se provou naquele momento um desejo inalcançável.

"Diga-me quando terminar com o balde, certo, cabo?", pediu tranquilamente, enquanto se virava para voltar para a barraca com Shem. Antes de vestir a túnica, que previamente escovara de forma muito superficial do lado de fora da barraca, examinou os bolsos que a bala da metralhadora havia rasgado. A força com que atara o cinto fez com que eles se projetassem para fora, e a bala entrou por um bolso e saiu pelo outro, não antes de amassar a caixa de metal que era seu estojo de barbear, que tinha esquecido de colocar na mochila, mas guardara no bolso no último instante. Seu bornal tinha sido atingido também, provavelmente por um fragmento de granada; o dano mais importante, porém, fora um amassado e uma fissura em seu capacete. Sentiu o coração acelerar quando pensou, por um momento, o quanto esteve próximo de ser atingido. Então ouviu Pritchard conversando com o pequeno Martlow do outro lado da barraca.

"As pernas dele explodiram, pobre bastardo, e ele estava morrendo tão rápido que a gente podia ver a vida saindo dele. Mas ele tentou ficar em pé, levantar: 'Me ajuda a levantar', ele disse. 'Me ajuda a levantar.' 'Fique aí parado quieto, colega', eu disse pra ele. 'Você vai ficar bem logo.' E ele só me lançou um olhar, como se não estivesse entendendo, e morreu."

Bourne sentiu seus músculos ficarem tensos. Lágrimas corriam pelo rosto inflexível de Pritchard, como gotas de chuva pelo vidro de uma janela; mas sua voz não vacilara, apenas soava naquele tom alto não natural que um garoto usa quando está partindo. Pela primeira vez, Bourne se deu conta de que Swale, colega de beliche de Pritchard, não estava lá; não sentira a falta dele. Conseguiu só olhar para Pritchard, enquanto seus próprios olhos se turvavam de simpatia.

"Bem, de qualquer forma", disse Martlow desesperado para confortá-lo, "ele pode não ter sentido muito, não é? Por acaso ele disse alguma coisa?"

"Não sei o que ele sentiu", respondeu Pritchard, um tanto amargo. "Eu sei o que eu senti."

"Bourne, você pode levar aquele maldito balde para onde o pegou", disse o cabo Tozer ao entrar na barraca, limpando o sabão dos ouvidos com uma toalha molhada e suja, e Bourne escapou tão discretamente quanto um gato. Ainda esfregando as orelhas e o pescoço, o cabo Tozer deu uma olhada no rosto de Pritchard e notou o pesar na expressão dos outros. Então lembrou-se de Swale.

"Dobrem aqueles cobertores e arrumem essa barraca", ordenou calmamente. "É melhor abri-la um pouco para arejá-la, está fedendo um pouco aqui."

Pegou sua túnica, vestiu-a e abotoou-a devagar. "Swale era da sua terra, não era, Pritchard?", perguntou do nada. "Um maldito de um sujeito valente, mas também ainda uma criança. Lamento muito por ele."

"Está tudo bem, cabo", retrucou Pritchard sem nenhuma emoção na voz. "Lamentar por ele não vai nos fazer melhorar em nada. Só carregamos a tristeza que podemos aguentar sozinhos, sem ficar preocupados com os outros; nós nos ajudamos quando podemos e, quando isso não acontece, tomamos conta de nós mesmos. Mas eu digo, cabo, se eu achasse que a vida jamais seria diferente, eu receberia de bom grado a maldita morte."

Ele dobrou seu cobertor cuidadosamente, como se estivesse lidando com algo que, uma vez usado, nunca mais seria tocado de novo. Então ergueu a cabeça.

"Peguei o caderninho de contas e algumas cartas que estavam no casaco que ele usava, mas deixei suas placas de identificação para quando o acharem. Se seus homens recolherem só o que vimos, haverá partes que não serão sepultadas. A mochila dele está ali, perto da minha. Acho que é melhor levar as cartas dele para a administração. Tinha umas fotografias francesas obscenas, que eu rasguei. Era um rapaz bastante decente, mas os garotos são curiosos sobre essas coisas; não fazem mal nenhum, são apenas divertidas. São da natureza humana. Vou escrever uma carta para a mãe dele. Os Swales são pessoas decentes, cultivam um pedaço de terra que é deles, e eu sou apenas um peão, mas eles sempre me trataram bem quando eu trabalhei para eles."

"Suponho que o capitão Malet vá escrever para ela", comentou o cabo Tozer.

"O capitão vai escrever, com certeza", retorquiu Pritchard. "Ele é um cavalheiro, é o que ele é, o capitão Malet, e não vai deixar de lado suas tarefas. Todos nós já conhecíamos o capitão Malet antes de a guerra começar e antes de ele ser um capitão. Mas eu mesmo vou escrever uma carta para a sra. Swale. O capitão Malet deve escrever uma centena de cartas para as famílias dos soldados, do mesmo jeito, mas não faz diferença, a não ser que conheça a mãe, como eu conheço."

"Você tem esposa e filhos?", perguntou o cabo Tozer, mudando um pouco de assunto.

"Tive uma garotinha. Quando estava com 4 anos morreu, no ano antes da guerra. A esposa pode se cuidar sozinha", completou, vingativo. "Não estou preocupado com ela. A diaba nunca foi boa comigo."

Ele caiu em um silêncio ressentido e o cabo notou, satisfeito, que sua emoção fora direcionada para outros assuntos. Os outros homens sorriam, enquanto sacudiam os sacos de dormir cheios de poeira e grama seca.

Quando terminaram de arrumar a barraca, sentaram-se e fumaram, sem suas túnicas, pois o dia estava quente e abafado. O cabo ficou do lado de fora, observando as barracas dos tenentes, esperando que o capitão Malet aparecesse. Então, por acaso, viu Bourne conversando com Evans, que tinha sido o ordenança e valete do coronel e agora assumira o posto servindo o comandante temporário do acampamento a pedido deste, major de outro regimento. Evans – que, em particular, nunca se referia a seu novo mestre de outra forma que não "aquele bastardo escocês", embora ele nada tivesse de escocês a não ser um *kilt* – balançava preguiçosamente o balde com o qual Bourne, Shem e o próprio cabo tinham lavado mais do que a poeira da batalha.

"E algum diabo infeliz roubou o balde do oficial comandante", foi o único comentário do cabo, que virou de novo o olhar em direção à administração do acampamento. Bourne parou ao seu lado.

"Estamos em marcha, cabo", anunciou ele.

"Quem disse que estamos em marcha? Evans?", acrescentou o nome para que Bourne percebesse que ele sabia de onde o balde tinha vindo e não subestimasse seus poderes de observação e inferência, ou sua qualidade mais valiosa: a discrição.

"Evans?", exclamou Bourne com descaso. "Oh, não. Eu estava apenas devolvendo a ele seu balde. Evans não ouve nada além de histórias indecentes que o doutor conta ao major na confusão. Abbot me falou. E disse ainda que os cozinheiros estão prontos para marchar para o acampamento de Sand-pits às 2 horas. Estamos em marcha agora."

"Então os malditos cozinheiros sabem o que estamos fazendo antes mesmo da administração do acampamento", observou o cabo Tozer, seco. "Bem, se isso quer dizer adeus a esse lugar fodido que é o Somme, não vou perder saliva lamentando por esses recrutas. Você ainda os vê? Eles se perderam num passeio de trem entre Rouen e Maricourt, então ficaram na merda do acampamento, enquanto nos mandavam para o maldito campo. Você e eu, meu velho; estamos enfiados nisso até o pescoço, isso é que estamos! Quando me mandarem para lá, por uma quinzena, vão ficar ansiosos para conhecer os Fritz, vão sim. Vão estar prontos para dar um beijo neles."

De repente, perdeu a confiança quando o capitão Malet saiu de uma das barracas do outro lado da estrada improvisada e olhou para o céu, como se estivesse preocupado, como chefe, em saber as condições do clima para o dia. Então, rapidamente, examinou as fileiras de seu pelotão, viu o sargento Robinson e o cabo Tozer e acenou para eles, erguendo seu rifle. Bourne virou-se e entrou na barraca para sentar-se ao lado de Shem. Quando lhe contou o que ouvira de Abbot, houve uma fagulha de interesse, embora ambos não estivessem surpresos, pois a força de ataque de todo o batalhão não era mais do que um único pelotão.

Eles deveriam estar na retaguarda para então suas fileiras ganharem o reforço de novos recrutas, sendo depois novamente enviadas para o front – era tudo que precisavam, exceto que, quando novos recrutas chegavam, uma onda de ressentimento levantava-se contra eles.

Bourne começou a lamentar um pouco pelos novos homens, apesar de um diabinho malicioso em sua mente estar bem feliz com o ressentimento de que eram alvo. Um novo grupo tinha chegado na noite anterior à ofensiva, composto de homens alistados sob um esquema de recrutamento voluntário – era o primeiro desse tipo a se juntar à batalha. E havia uma incerteza, uma preocupação com o temperamento e o valor daqueles homens. A questão era decidir se o melhor a fazer era distribuir os homens entre companhias diferentes imediatamente, na véspera da ofensiva, ou deixá-los de fora e absorvê-los lentamente depois. O oficial comandante decerto preferira confiar totalmente nos soldados veteranos em batalhas, mesmo que fossem poucos; e pode-se argumentar que sua decisão fora acertada. Ao mesmo tempo, os novos homens sofreram por isso. Não tinham amigos entre os estranhos nem haviam ficado juntos o bastante para formar uma unidade coerente em si. Ainda não calejados, trinta horas viajando no trem de transporte de tropas, envolvidos por um calor sufocante depois da longa marcha de Maricourt até a estação, haviam deixado os homens pedindo a morte. Não acostumados à força das rações de campo, tiveram primeiro de lidar com as próprias provisões o melhor que puderam; e porque não havia nada para fazerem, toda sorte de inúteis e desnecessárias rotinas foi inventada por aqueles que estavam no comando, para seu próprio bem. Sentiram-se intimidados até pelos detalhes, e não paravam de correr atrás de todo e qualquer intendente. Tudo isso, é claro, na melhor tradição do Exército britânico; mas depois de terem se vangloriado por servir como companhia em algum campo de treinamento na Inglaterra, cara a cara com alguns dos levemente esquecidos heróis de Mons, fora um pouco desanimador, de repente, encontrarem-se de novo no nível de recrutas. Afinal, refletiu Bourne, quando ele tinha chegado como um recruta, sofrera de modo semelhante, mas fora logo para uma batalha, o que tinha feito alguma diferença. Aqueles homens logo seriam indistinguíveis dos outros e partilhariam sua experiência comum.

O cabo Tozer reapareceu na barraca.

"Apresentem-se para toque de reunir às 11 horas: ordem para faxina."

Havia apenas um traço a mais de importância em suas maneiras do que o habitual; mesmo pouco perceptível, Bourne notou-o e ergueu a cabeça com seu incorrigível sorriso nos lábios.

"Pegou um galão extra, cabo?", perguntou ele.

"Não se preocupe com o que acontece comigo", respondeu o cabo. "Mas preocupe-se com o que acontece com você."

3

> *Vosso inglês é tão entendido assim em bebidas? Ora, com a maior facilidade ele bebe de matar vosso dinamarquês, nem sua para dar cabo de vosso alemão e faz vosso holandês vomitar antes que lhe encham de novo a caneca.*
> – Shakespeare, *Otelo*, ato II, cena III

Depois do jantar, voltaram duas milhas até o outro acampamento, em Sand-pits. Um valioso e maltratado contingente de homens fora à frente para ajeitar as coisas; no entanto, como sua chegada não tinha sido prevista, não havia barracas suficientes para todos. Tentaram fazer então seu próprio abrigo: os soldados, aos pares, uniram seus sacos de dormir, pendurando-os sobre uma armação improvisada à guisa de cabana: um eixo horizontal sobre dois suportes. O resultado teria sido mais satisfatório se tivessem à disposição cordas e madeira suficientes. Havia mais vida e agitação no novo acampamento; os homens que lutaram na frente de batalha andavam livremente. Depois da chamada à revista, porém, uma mudança aconteceu: a formação unia-os novamente, e, de alguma forma, conversar sobre sua experiência em comum permitia superá-la; ela deixava de ser uma obsessão e tornava-se algo que, eles percebiam, era passado e, portanto, irrevogável. Marchar para Sand-pits significara um novo começo.

Estavam acampados em um declive; ao sopé da colina podia-se ver a comuna de Albert e sua Virgem Dourada, ainda no alto da torre da Basílica de Nossa Senhora de Brebières e mirando a cidade destroçada abaixo como símbolo de uma cólera vingativa. As nuvens, como que talhadas em mármore, amontoavam-se em uma formação tempestuosa, e nas planícies distantes já havia cortinas de chuva abrindo-se sob os raios de sol. Um balão de reconhecimento em forma de linguiça e mais grosso em uma das pontas por causa de várias balonetas ali acopladas ergueu-se como que içado por polias e quedou-se no ar, balançando como uma boia em alto-mar. Acima dele, podiam-se ver reflexos de partes metálicas que o circundavam, sumindo e aparecendo e sumindo novamente até que, ocasionalmente, uma delas se soltava e desaparecia, deixando atrás de si uma trilha de vapor. De tempos em tempos, os homens observavam preguiçosamente o balão, já que ele oferecia muitas possibilidades interessantes: podia ser bombardeado ou, talvez, atacado por um avião inimigo. Se isso acontecesse, eles abririam fogo contra a aeronave, os ocupantes seriam obrigados a saltar e, quem sabe, os paraquedas não se abririam.

Estavam um pouco decepcionados por ele continuar a balançar tão tranquilamente, ainda que, de vez em quando, um avião o examinasse e então, de repente e como que por milagre, nuvens de fumaça branca se formassem ao seu redor. O dirigível ignorava as atenções com desdém e continuava a balançar com uma satisfação aparente pelo resultado de suas investigações. Essas incursões despertavam pouco interesse, a não ser o do piloto e do observador no ar.

"Aqueles bastardos têm um trabalho agradável", disse o pequeno Martlow com inveja ressentida. "Apenas voam sobre a linha de batalha, dão uma espiada nos Fritz e, se a metralhadora cospe fogo na direção deles, saem correndo como se o diabo estivesse enfiando um tição no rabo dos coitadinhos."

Ele estava deitado ao lado de Shem e Bourne, seus companheiros mais chegados. Não tendo nenhum camarada em particular, ele era amigo de todo mundo e, sendo cheio de coragem, audácia e alegria, caminhava feliz por um mundo um tanto perigoso. Shem conversava com ele; mas Bourne estava ocupado com outros assuntos e parecia interessado nos movimentos do subtenente Hope, que estava do outro lado do acampamento.

Seu interesse tinha muitas razões. Durante a chamada à revista, descobriu-se que faltavam 33 homens no regimento, e certamente muitos não se encontravam entre os gravemente feridos. Bourne conhecia apenas de vista alguns homens fora de sua seção, e os dois únicos que pertenciam a ela e que ele tinha visto se machucarem eram Caswell e Orgee, feridos por uma rajada de metralhadora durante o último estágio da ofensiva próximo à estação. Tinham se enfiado em um abrigo e, em tempo, foram ajudados por um maqueiro. Caswell havia sido atingido no peito e Orgee, na lateral do rosto – a bala arrancara-lhe alguns dentes e quebrara parte da mandíbula. Alguns de seus homens foram atingidos por estilhaços antes da ofensiva. Um deles, Bridgenorth, sofrera ferimentos leves e estava com os companheiros no ataque, mas, ao fim do dia, tendo sido atingido de novo, voltara ao acampamento com um machucado na perna.

Foi um processo longo. Tinham calculado o número de baixas sofridas pelo regimento tão logo os homens entraram em formação. Nome após nome foi chamado e, em muitos casos, não havia informação sobre o que acontecera. Em poucos segundos, porém, o sentimento de perda se concentraria em apenas um único nome, enquanto alguns detalhes escassos seriam dados por testemunhas do destino daquele soldado; depois disso, ele também desapareceria no passado. Atrás de Bourne estava um estivador corpulento de Liverpool, embora fosse originário de Cockney; um homem chamado Pike – um sujeito rude, grosseiro, mas com bom coração.

"Redmain!", foi o nome chamado; como não se ouviu resposta, repetiram-no. "Alguém sabe algo sobre Redmain?"

"Sim, senhor!", gritou Pike, a voz permeada por uma raiva sombria. "O pobre bastardo está morto, senhor!"

"Você tem certeza disso, Pike?", perguntou o capitão Malet calmamente, ignorando tudo ao seu redor e atendo-se aos fatos. "Tem certeza de que o homem que você viu era Redmain?"

"Eu o vi, senhor, eu vi quando ele foi rasgado ao meio como se tivesse uma bomba no rabo", disse Pike com uma franqueza atroz. "Ele era meu camarada, senhor, e vi seu corpo explodir em pedaços. E isso aconteceu antes de chegarmos à primeira linha, senhor."

Depois de mais algumas perguntas, o sargento Robinson, que substituía na revista às tropas o sargento-mor Glasspool, seriamente ferido após Bourne tê-lo visto na linha alemã, passou para outro nome.

"Rideout!"

Mesmo que não conseguissem ouvir o nome chamado, os homens viravam a cabeça à procura de quem soubesse algo sobre o soldado citado e sobre quem os comandantes interrogavam. Oficiais e soldados tentavam não expressar as emoções que sentiam. Os detalhes, em si mesmos, eram impressionantes o suficiente. Mas sob o verniz de controle podia-se sentir o estresse emocional, como quando Pritchard contou sobre o fim de Swale. Foi apenas ao fim da revista que se começou a busca por qualquer informação sobre o sr. Watkins ou o sr. Halliday.

Entre aqueles em formação, Bourne, aparentemente, era o único que tinha visto o sr. Halliday depois de ele ter sido ferido, e o capitão Malet o interrogara minuciosamente a esse respeito. Bourne, como todos os homens que tiveram contato com o capitão Malet, nutria grande admiração por ele. Estava perto dos 24 anos e tinha a pele avermelhada, olhos azuis e trazia os cabelos encaracolados bem aparados. Media 6 pés e 4 polegadas de altura[5] e era proporcionalmente robusto, o que fazia dele uma presença física notável; ao mesmo tempo, a impressão que passava era não de um homem corpulento, mas forte e veloz.

Seu semblante, seu porte, a maneira como falava e andava faziam supor ser preciso um esforço titânico para domar a energia insubordinada e destrutiva que guardava dentro de si. Talvez, em batalha, perdesse o controle, como uma maneira de satisfazer seus apetites indomáveis. Não que desconhecesse o medo; todos o sentem, pois o medo é uma das molas necessárias à ação humana; mas ele sentia prazer em ser temerário. Os prazeres dos homens serão provavelmente incompletos se não forem intensos. Logo antes de começar o ataque, ele havia saído da trincheira e caminhado ao longo da linha de proteção, não como um exemplo aos homens, e sim para zombar deles. Depois de voltarem às suas posições originais, naquela noite, ele descobriu que tinha esquecido seu bastão de comando e voltara às trincheiras inimigas capturadas para recuperá-lo. Não havia nada de deliberado em nenhuma dessas ações; eram puramente espontâneas. Ele não faria carga contra o inimigo ao som de uma corneta de caça ou jogaria futebol no campo que separava suas trincheiras das do inimigo: ele encararia tais gestos como frivolidades sentimentais. Tudo o que fazia era improvisado e, talvez, contasse com mais sorte do que outros homens.

---

5 Equivalente a 1,93 metro. [N. T.]

Evidentemente, estava muito preocupado com o destino do sr. Halliday e sempre que se encontrava em tal estado tornava-se impaciente e colérico, não com alguém em especial, mas com a natureza das coisas e a ordem do universo. O sr. Watkins estava mesmo morto e nada seria acrescentado, exceto que ele era um dos muitos bons camaradas. Não havia nada de superficial naquele breve pesar; era, na verdade, forte e profundo, mas ninguém poderia se deter nele.

O caso do sr. Halliday, porém, era diferente. Bourne o tinha visto primeiro com um machucado pequeno no braço, depois o vira ferido de novo no joelho. Provavelmente o osso estava quebrado. Isso tinha acontecido na linha do posto avançado alemão, e ele fora deixado ali, em um abrigo improvisado com outro ferido, ambos ajudando-se mutuamente a aguentar. Depois daquele momento, nada mais se soubera, uma vez que não havia informação de ele ter sido levado para um hospital de campo. Além disso, o oficial médico, depois de ter trabalhado o dia inteiro, aproveitara a primeira oportunidade para esquadrinhar grande parte do campo de batalha e se certificar, tanto quanto possível, de que nenhum ferido tinha sido deixado para trás. Claro que, à noite, nem todos os buracos de bombas revelam seus segredos. O enigma sobre o destino do sr. Halliday parecia insolúvel. Finalmente, e de forma abrupta, o capitão Malet deixou o mistério de lado e perguntou a Bourne sobre ele mesmo, com uma afabilidade um tanto bem-humorada. Depois de ter dispensado os homens, correu para a administração parecendo preocupado e cansado.

Pouco tempo depois, o capitão Malet viu o cabo Tozer e fez a ele um bom número de perguntas sobre Bourne. Um pouco depois, o cabo encontrou o subtenente, que também perguntou sobre Bourne e completou dizendo que gostaria de vê-lo quando fossem para Sand-pits.

O cabo Tozer, dando-se conta de que essas duas linhas diferentes de interrogatório convergiam de alguma forma sobre a pessoa insignificante daquele soldado, concluiu que lhe seria dada uma promoção e contou a Bourne, enquanto se sentavam para fumar depois do jantar, fazendo-lhe um amplo relato de tudo que lhe fora dito. Bourne não tinha ambição de se tornar um cabo, sem soldo. Preferia o anonimato das fileiras. Desejava não ter retirado sua insígnia com os rifles cruzados da artilharia ao ser mandado para o exterior, pois, se o sr. Manson as tivesse visto em suas mangas, ele teria sido posto na seção dos franco-atiradores e, quaisquer que fossem as provações e perigos por que passa um atirador, a vida desse soldado poderia ser solitária e, até certo ponto, discreta. As preferências de Bourne eram irrelevantes ao cabo Tozer, que lhe deu um bom conselho, que Bourne desejou que fosse prematuro.

Ambos calaram-se por um momento, e então o cabo Tozer retomou a conversa.

"O capitão Malet não estava de bom humor hoje ao assumir o posto de ajudante de ordens temporário; e não há nenhuma simpatia entre ele e o oficial comandante, isso eu posso lhe dizer. E tem mais: aquele velho bastardo, o primeiro-sargento na administração do acampamento, se tivesse a chance de enfiar uma faca no subtenente, aproveitaria rapidinho, entende? Você sabe como o capitão Malet é. Oh, não estou dizendo nada contra ele; ele sabe diferenciar um bom de um mau sujeito, e você não poderia desejar oficial melhor. Mas ele não entende o quanto alguns de nós podem ser canalhas. Quando você começa a pensar sobre isso, o capitão Malet não tem mais discernimento do que um moleque de escola."

"Ele está certo", retrucou Bourne sem nenhuma emoção. "De qualquer forma, ele sempre seguirá a própria cabeça."

"Ele manteria sua cabeça com o oficial comandante? Sim, ele o faria; e seria uma mixórdia infernal. Apenas o temporário do major, ele mesmo. E que homem gostaria de ser apenas temporário e fazer o seu trabalho? Por que um maldito guarda não pode satisfazer o demônio? Você pega um cabo vindo do primeiro batalhão, ou do segundo, como eu mesmo, e o que ele está pensando desse regimento de merda, hein? Bem, pois é muito pior quando põem um oficial de outro regimento para assumir o comando do batalhão. Isso afetou todo mundo. Já pediu à brigada que mandasse a ele um oficial competente para fazer as vezes de ajudante de campo. O capitão Malet não quer o posto, mas não quer que a brigada pense que ele só serve para mandar em uma companhia. O primeiro-sargento Tomlinson vai apenas se sentar e deixar que ele lide com isso. Ele está esperando por sua aposentadoria e tentando obter sua passagem de volta para casa. E então há o subtenente."

"Bem, ninguém pode ensinar ao subtenente o seu trabalho", disse Bourne, categórico.

"Não estou dizendo nada contra ele", retorquiu o cabo. "Ele é seu amigo, embora eu não possa dizer que morra de encantos por ele. Não me importo de ele ser subtenente, mas ele se dá muita importância, pensa que é mais que nós, e tenta se entrosar com os oficiais, já que não sabe o bastante para ficar em seu lugar. Não estou me preocupando com ele. Mas o que vai acontecer caso o primeiro-sargento e eles comecem a discutir na barraca da administração?"

O pensamento de uma briga na sede do comando alegrou a alma cansada de Bourne e ele deu um risinho para si mesmo. O cabo se levantou e limpou os talos ressequidos de grama da calça; ambos começaram a arrumar seus apetrechos para avançar.

Agora, ouvindo um pouco distraidamente Shem e Martlow, enquanto observava o subtenente Hope aproximar-se, Bourne voltou a pensar no que ouvira. Não duvidou nem por um momento que Tozer tivesse lhe dito tudo aquilo para que ele transmitisse ao subtenente; e o cabo era um homem decente, que não agia por rancor ou maldade. As coisas podiam estar acontecendo exatamente como Tozer dissera, mas Bourne via os acontecimentos de um ângulo ligeiramente diferente. Estivera a ponto de dizer, ao longo da conversa com o cabo, que o major Blessington era um cavalheiro e, qualquer que fosse a opinião que tivesse sobre ele o capitão Malet, este jamais faria algo desonroso; mas, prudentemente, conteve-se porque não queria dar a entender que aquilo o que o cabo considerava um comportamento normal deixava muito a desejar, em sua opinião, nem que os critérios morais do outro fossem inferiores. Além disso, a honra, para ele, Bourne, nada mais era que um elaborado refinamento dos instintos de decência do homem comum e, durante esse processo, talvez uma quantidade equivalente de delicadeza fosse posta no outro prato da balança para compensar.

A guerra, que testava e jogava por terra muitas convenções, colocava em julgamento não tanto a veracidade de uma proposição, senão a verdade em relação a cada caso individual. Bourne pensou em muitos homens, inclusive os oficiais veteranos das fileiras, cuja honra, conforme a guerra avançava, tornara-se uma virtude fugitiva e enclausurada que, provavelmente, recobraria todo o seu esplendor quando melhores tempos chegassem.

Ele não os culpava; mas, depois de ter considerado todos os motivos possíveis para sua falta de honra, via-se perplexo. Culpava-os por sua rapidez em julgar os demais – justamente aqueles que haviam sido postos à prova. Parecia a maneira com que expiavam os próprios pecados;

mas um homem que se esquece de ser leal não deveria agir como juiz.

Se essa noção convencional de honra não se encaixasse na visão do cabo, ele mesmo podia descartá-la com segurança. Fazia mais sentido se considerasse o Exército como uma classe social ou uma profissão, mas a guerra tinha feito dele um mundo à parte. Mostrava toda a diversidade de criaturas de Deus: a honra, para alguns, era uma dádiva; para outros, um dever, uma obrigação. O egoísmo, porém, em intensidades variáveis, era comum a todos eles. Não desaparecia nem mesmo por instantes, em pleno calor da batalha, quando a alma de um homem podia ser arrancada, de repente, de seu invólucro carnal em um instante de brilho intenso. Quando alguém retornava à rotina do acampamento e dos alojamentos, adquiria uma visão mais prática e egoísta; e, se o bom senso de honra era incapaz de impedir a antipatia que o major e o capitão Malet nutriam um pelo outro, seus interesses pessoais deveriam servir como um freio eficaz. O mesmo acontecia, mas com sutilezas, entre o subtenente e o primeiro-sargento, mas, nesse caso, eram outros os interesses em jogo.

O primeiro-sargento Tomlinson não escondia de ninguém que desejava dar baixa. Sua incompetência, se calculada, podia até mesmo ajudá-lo a alcançar seu fim e seria caridosamente tolerada como um sintoma da idade. Se queria acertar contas antigas, aquela era a oportunidade. O cabo estava certo; mas, afinal, isso não era da conta de Bourne, ainda mais que o subtenente o tratara bem quando fora seu sargento no campo de instrução. De qualquer forma, teria de ir vê-lo naquele momento.

Depois de ter dito a Shem que estaria de volta em um minuto, foi interceptá-lo antes que ele chegasse à barraca dos sargentos-mores.

"O cabo Tozer disse que o senhor desejava me ver, senhor."

"Olá, Bourne, sua maldita sorte o fez sair inteiro de novo, não é? O capitão Malet esteve conversando comigo sobre você. Acho que ele pretende convencê-lo a solicitar uma promoção quando avançarmos para além das linhas de combate. Vamos recuar para reunir as forças. Contudo, não será nenhum maldito descanso para mim. Tenho de fazer o trabalho do batalhão inteiro. Pensei que você pudesse vir à minha barraca, hoje à noite, embora eu não tenha realmente uma somente para mim nessa droga de acampamento. Tenho de me enfiar na barraca dos sargentos-mores. Entretanto, venha por volta das 9. Haverá rações extras de rum. A distribuição vai começar de qualquer jeito a essa hora, então talvez seja melhor você chegar um pouco mais tarde."

"Prefiro vê-lo a sós, senhor. Não gosto de me meter onde há vários sargentos-mores. Eles provavelmente não gostarão disso também e, para dizer a verdade, não quero deixar o cabo Tozer sozinho na barraca. Além do mais, tenho de dizer a ele aonde estou indo."

"Oh, mas que besteira! Dos sargentos-mores, cuido eu; afinal de contas, sou eu que mando nesse galinheiro e não vejo por que não possa me divertir um pouco de vez em quando. Você não estava tão exigente assim naquele domingo em Tregelly, quando pegou o abrigo de um sargento e foi conosco ao rancho do 56º. Que diferença faz? Traga Tozer com você; vão dar uma promoção a ele e podemos dar a desculpa de que vamos comemorar e ele veio somente para não ser desmancha-prazeres. O sargento Robinson está em vias de ser o sargento-mor da companhia. O pobre Glasspool está muito mal, pelo que ouvi. Diga a Tozer que eu lhe disse para trazê-lo."

"Diga o senhor a ele, e diga para ele me trazer. Será muito melhor assim; e ele é um sujeito decente. Não quero uma promoção, e sim dar-lhe um conselho em particular. Não sei ainda se é uma coisa pela qual valha a pena se preocupar, mas aquele velho primeiro-sargento, na barraca da administração, tem alguma coisa contra o senhor?"

"Meu bom bastardo, todo imbecil incompetente deste batalhão dos diabos tem alguma coisa contra mim. Qual é o problema com ele?"

"Oh. Não sei o bastante para falar; só juntei umas pontas soltas aqui e ali. Com certeza acabo sabendo de mais coisas do que o senhor; mas, se ele não tem nenhum motivo, então não vale a pena se preocupar com o assunto."

"Deixe o motivo comigo. Qual é o jogo?"

"Bem, dizem que, ausentes o coronel e o ajudante de campo, e se o major não estiver de todo contente com o capitão Malet como ajudante, ele pode ser capaz de encontrar ou fazer disso uma oportunidade. Se eu estivesse no lugar do senhor..."

"Bem, eu não me importo de ouvir o seu conselho, mas não quer dizer que vou segui-lo."

"Não tente prever seus movimentos nem adiantar-se a ele. Deixe que o comando do acampamento siga seu curso, em vez de tentar comandar a coisa por si mesmo. E, se tiver de brigar com ele, que seja por sua escolha, não pela dele. Ele é bem astuto e o conhece melhor do que ninguém."

"Assim como você, pelo visto. Bem que me pareceu que o desgraçado estava mais seboso do que o usual. De qualquer forma, obrigado pelo conselho. Direi ao cabo Tozer para trazer você com ele."

Afastou-se e Bourne voltou para junto de Shem e Martlow.

Vários dos sargentos-mores e dos sargentos intendentes da companhia estavam com o subtenente Hope quando o sargento Tozer, cuja nova patente ainda era um pouco estranha para ele, apareceu para cumprir algum serviço de rotina; e o subtenente aproveitou a oportunidade para fazer aos dois o convite.

"Estou muito feliz por sua promoção, sargento. Venha nos ver esta noite depois da distribuição do rum e beba à sua patente, para dar sorte. Traga Bourne com você, se quiser. Nenhum dos camaradas aqui se importará se o sargento Tozer trouxer Bourne com ele, não é? Ele é um camarada muito decente. Dança conforme a música, sabem, então uma vez ou outra não importa. Então está tudo certo; traga-o consigo, sargento. Bourne e eu nos tornamos colegas em Tregelly; claro que, em um campo de treinamento, a hierarquia não é levada a ferro e fogo. Fui seu instrutor e, quando ele saiu de lá e descobriu que eu era subtenente, foi como se nunca tivesse me visto na vida. E, sargento, você deve contar a ele em particular, se quiser, que o capitão Malet deseja promovê-lo. Diga que ele é um maldito de um homem muito útil."

Para sua surpresa, o agora sargento-mor Robinson, indiretamente, apoiou sua ideia.

"Eu estava indo lhe perguntar sobre Bourne, subtenente", disse ele. "Ocorreu-me que poderíamos transferi-lo para a seção de sinaleiros, onde ele pode achar as coisas um pouco mais fáceis. Ele é um bastardo, mas não que isso signifique que seja do tipo que foge das coisas. De qualquer modo, se vão promovê-lo..."

"Essa é a grande dificuldade", disse o subtenente. "Aposto meu soldo como, quando o capitão perguntar a ele, Bourne dirá que prefere ficar onde está. Claro que, se ele recusar, alguém pode mandá-lo para os sinaleiros, queira ele ou não, se não tivermos sinaleiros bem treinados entre os novos recrutas. Nesse caso, será prioridade, pois não vamos botar no cargo um soldado sem formação. Afinal de contas, não temos por aqui muitas chances de nós mesmos formarmos os homens."

"Ora, se fosse do meu jeito", disse o sargento-mor Robinson de forma obstinada, "deixaria os malditos recrutas suarem um pouco primeiro."

"Isso não é coisa que se diga", respondeu o subtenente. "Precisamos fazer o melhor por eles. Uma vez aqui, não podemos fazer distinções entre recrutas e veteranos. Têm de combater juntos, e você sabe disso tão bem quanto eu. Uma boa parte deles são garotos, também, que foram impedidos de se alistar antes."

Pensando no pequeno Martlow e em Evans, ambos com 17 anos incompletos, o sargento-mor não pareceu estar convencido, mas reconheceu a validade do argumento e não disse mais nada. O sargento Tozer se afastou surpreso e embevecido tanto pelo convite como pela maneira como fora feito. Sentia que sua importância crescera.

"Não quero ir até lá e me sentar entre um monte de sargentos-mores", respondeu Bourne com petulância; e seus modos não deixaram implícito, de nenhuma forma, que ele considerava os sargentos-mores o sal da terra. Então, com relutância aparente, permitiu ser persuadido. Shem interveio de maneira eficaz.

"Leve sua marmita", disse o conselheiro, astuto. "Ela fará as vezes de caneca; e então você vai poder furtar um pouco da ração extra de rum para o chá do desjejum; a tampa vai mantê-lo bem guardado. Olha, ela se encaixa bem."

O rum servido no exército é um negócio forte, especialmente quando os suprimentos de chá e água se esgotam e é preciso bebê-lo puro. Haviam acabado de se acomodar e o subtenente estava contando a eles algumas de suas experiências com Bourne em Tregelly quando ouviram o major Blessington, de volta de uma visita a amigos, aos gritos do lado de fora da barraca. O subtenente abotoou apressadamente a túnica, enfiou o quepe na cabeça e saiu. Os outros na barraca ouviram o oficial comandante dizer:

"Subtenente, o senhor não acha que há muita luz neste acampamento? Oh, e não me refiro à sua barraca!"

Então ouviram o subtenente vociferar exaltado, contendo a custo sua ira:

"Apaguem essa luz! Apaguem essa luz!", sua voz evidenciava que ele estava andando pelo acampamento. "Apaguem essa maldita luz!"

"Apague essas malditas velas, Thompson, e satisfaça o sacana", disse Hales, o sargento intendente da Companhia B, que estava na barraca dos sargentos-mores. "Esse tem mais frescura do que cinco sujeitos dando o rabo, agora que não está à frente. Lá também ninguém lhe dá ouvidos. Para nós não vai fazer diferença: come-se muito bem no escuro. Você tem um pedaço de queijo dando sopa? Estou doido por um pedaço de queijo."

O major Blessington havia se retirado para a barraca dele, determinado em sua mente a fazer com que, agora que estavam indo para trás da linha de frente, aquele agrupamento desleixado entrasse na linha.

"O maldito acha que eu sou um anspeçada!", disse o subtenente, nervoso e indignado, quando voltou. "Quem apagou as velas?"

"Eu disse a Thompson que o fizesse", respondeu Hales, "apenas para agradar o bastardo. Ele pode acendê-las de novo agora, se quiser."

"Ele espera que eu fique nessa escuridão fodida, suponho? Dê-me mais daquele maldito rum, Thompson. Gritei até ficar rouco. O que eu estava dizendo? Oh, sim! Falando sobre como Bourne e eu ficamos amigos em Tregelly. Bem, havia esses dois bastardos de Lancashire andando por lá, e eram tão grudados que era impossível separar os malditos; mas em um sábado foram para Sandby para uma farra, beberam como cossacos e se enrabicharam por uma mulher, que acabou acompanhando os dois por parte do caminho de volta pelo campo de golfe."

"Não sei exatamente o que aconteceu, mas, quando chegaram ao acampamento, começaram a chamar um ao outro de todos os nomes que conseguiam botar para fora daquelas bocas sujas, e as coisas foram de mal a pior até que um deles deu um soco tão fodido na boca do outro que derrubou o desgraçado. Mas, quando ele se levantou, estava ensandecido, agarrou uma baioneta e enfiou-a na bunda do melhor amigo. Claro que começou a jorrar sangue por todo o galpão, e isso o deixou um pouco menos bêbado. Naquele momento cada miserável ali dentro tentava tirar a baioneta da mão daquele imbecil. O velho Teddy Coombes conseguiu apanhá-la. Você se lembra do velho Teddy? Ora, quando o homem machucado viu seu melhor amigo no centro do que parecia ser um amontoado de jogadores de rúgbi – e você sabe como todos os homens de Lancashire não se entendem com seus pés, porque usam tamancos, acho eu –, ele circulou o pessoal gritando: 'Estou indo Bill; acerte eles!'. Bill estava mordendo a canela de um dos recrutas exatamente naquela hora, então não precisava mesmo de nenhum maldito encorajamento."

"Eu estava voltando do refeitório dos suboficiais quando me interessei pelo que estava acontecendo; no minuto seguinte, havia dois malditos amontoados onde antes só havia um. No entanto, no fim da discussão – e isso foi coisa de primeira, posso dizer para você –, lá estava Teddy Coombes com cerca de dez recrutas sentados em um dos malditos heróis e lá estava eu com mais dez sentados sobre o outro. E quando não se ouvia mais do que a respiração pesada de todo mundo, dois guardas militares vieram e quiseram saber, de um jeito superior, o que era todo aquele barulho dos infernos. Você acredita nisso? Aqueles dois infelizes estiveram na porta o tempo inteiro, se divertindo muito, e só entraram depois que tudo tinha acabado e eles não eram mais necessários. Claro que tudo estava certo então; mas foi preciso um pequeno exército para escoltar aqueles dois de Lancashire para a cadeia do mesmo jeito. Faziam um par bonito, aqueles dois. Bem, quando limpei o suor do rosto e fiz um balanço da situação, a primeira coisa que percebi foi Bourne, sentado na cama, bem tranquilo, fumando um cigarro e com uma expressão de que tinha achado a coisa toda de muito mau gosto."

"Eu não estava cuidando de nenhuma fortaleza naquela noite", disse Bourne com ar satisfeito. Estava bebendo rum em uma caneca esmaltada; e a marmita cheia, com a tampa, tinha passado abertamente, a fim de não levantar suspeitas, até as mãos do intendente.

"Fiquei louco só de vê-lo sentado ali daquele jeito. Não vi camaradagem das trincheiras em lugar nenhum. 'Certo, seu canalha', disse a mim mesmo, 'vai me pagar por isso.' Naquela época eu não sabia quem ele era. Você conhece o sargento Trent? Um homem do primeiro batalhão. Tínhamos ido juntos ao rancho, mas ele não sabia nada sobre a luta, pois tinha ido direto para o alojamento principal pedir uma licença até a meia-noite de segunda-feira, dando a desculpa de que precisava ver sua mulher. Ora, nossos dois camaradas de Lancashire – um dos quais estava sofrendo do que o oficial médico descreveu como uma ferida superficial, ainda que o maldito tivesse certeza de que o caso era muito mais sério do que pudesse supor o médico – passaram todo o domingo se recuperando na cadeia e, na segunda-feira, depois de terem voltado para o campo, estavam de pé em frente ao comandante."

"Bourne foi a escolta; e você nunca, em toda a sua vida, viu uma coisa mais engraçada do que Bourne levando meus dois rapazes de Lancashire; qualquer um dos dois podia tê-lo enfiado no bolso e o mantido lá. Muito prudentemente, não disseram nada, exceto que realmente amavam um ao outro como irmãos e que o episódio todo fora apenas um incidente isolado. O comandante não mostrou compaixão alguma e perguntou se queriam o seu castigo ou comparecer diante de uma corte marcial. Sensatos, os dois deixaram a cargo dele a decisão. Não havia dupla melhor de rapazes, exceto por seus hábitos ruins. O comandante deu a eles a pena máxima permitida, que era de 168 horas de cadeia."

"Bem, eles tinham de ser escoltados até Milharbour, e combinei com o oficial que Bourne e eu seríamos essa escolta. A ideia geral era, claro, que se houvesse qualquer maldito problema nisso, ele poderia ajudar-se o tanto que quisesse e um pouco mais também; ou, se os cordeirinhos seguissem tranquilos, então Bourne e o sargento Trent e eu poderíamos fazer uma festa em Milharbour, depois de termos entregado os rapazes, deixando Bourne no comando. Tentamos melhorar o clima para ele dizendo que os dois eram criminosos barras-pesadas e ele pareceu acreditar. Chegamos à estação, e então o sargento Trent e eu vimos, no trem, duas vagabundas que conhecíamos desde Sandby, e Trent estava muito interessado em uma delas..."

"Pensei que você tivesse dito que ele tinha uma esposa em Milharbour", disse o sargento intendente Hales com a solenidade de um homem um tanto bêbado, mas ainda insatisfeito.

"Bem, ela não tinha nenhuma serventia para ele quando estava em Tregelly, não é? Ela também não vivia em Milharbour, e ele não iria vê-la de qualquer modo. Ele realmente gostava dela e não faria nada para magoar seus sentimentos. Faria, Bourne?"

"Eles eram um casal muito devotado, senhor", respondeu Bourne sucintamente.

"Bem, o sargento Trent e eu fomos até as garotas e deixamos Bourne com os dois prisioneiros. Como você lidou com eles, Bourne?"

"Oh, nós ficamos bem, senhor", respondeu Bourne com indiferença. "Claro, o senhor tinha dado ordens para tratá-los de forma bem rigorosa. Eles eram dois armários de 6 pés cada um, acostumados a carregar toneladas de carvão, e eu teria pouca chance se escolhessem jogar duro. Eles estavam com seus sacos de viagem, bem como suas baionetas: poderiam ter me rachado a cabeça com qualquer um dos dois. Claro que eu parecia elegante com o cinto e a baioneta, mas não me sentia exatamente cheio de confiança. Meu negócio era estabelecer uma superioridade moral sobre aqueles delinquentes. Um deles se virou para mim tão logo o trem andou e perguntou: 'Podemos fumar, camarada?', e eu respondi que não, como um tolo; eles se viraram calmos e olharam o mar pela janela. Ora, eu lamentava por eles e queria eu mesmo fumar; e, se eles não podiam fumar porque eram prisioneiros, eu também não poderia, pois estava a serviço. O senhor me disse para tratá-los com rigor, mas depois de tudo, senhor, o senhor tinha desertado do dever..."

"Mas que cara de pau!", exclamou o militar, surpreso; mas, como todos apreciavam a narrativa, Bourne continuou tranquilamente:

"Então tive de tomar medidas práticas, como pensei ser o melhor. Peguei minha cigarreira e ofereci a eles. O homem que tinha sido ferido não estava tão bem. Pareceu-me que seu traseiro estava dolorido. Carreguei o saco de viagem para ele quando trocamos de trem em Pembroke; e de novo na subida para o portão. O senhor e o sargento Trent não reapareceram até eu ter entregado meus prisioneiros à carceragem, mas o sargento não queria aceitá-los porque a ordem estava com o senhor. Nesse meio-tempo, os prisioneiros e eu ficamos amigos."

"Eu me pergunto se você não disse a eles para se soltarem e fugirem", disse o subtenente com ironia. "Depois de termos deixado os prisioneiros, o sargento Trent e eu fomos até o refeitório e tomamos uma garrafa de Bass cada um e demos uma ao Bourne pela porta de trás. Depois, nós três fomos até o beliche do sargento Willis; havia algum chá lá e matamos o tempo até os bares abrirem. Pensamos que já tínhamos dado um jeito em Bourne e que ele era apenas um tonto bastardo. Ele era, sim, uma peça rara."

"Assim que entramos no bar, começamos a liquidar uma cerveja atrás da outra e ele bebeu conosco, sem parar, cerveja comum ou preta; mas então ele disse que estava cansado de cerveja e sugeriu que era melhor tomarmos algum gim ou angostura."

"Ficamos cada vez mais bêbados, mas parecia não fazer nenhuma diferença a Bourne, que lembrou que devíamos comer alguma coisa. Estávamos no Hare and Hounds, na sala de estar. Ele pediu bifes e cebolas, mas não conseguimos comer muito, embora ele parecesse faminto; e, quando nos sentamos à mesa, disse que, já que estávamos lá, que festejássemos, e pediu um pouco de champanhe. Oh, ele assumiu mesmo o controle e fez a coisa direito; disse que desejava um doce e, como eles não tinham nada além de pêssegos enlatados, mandou que os trouxessem, acrescentando que um licor era a coisa certa para beber com pêssegos enlatados. Havia duas garotas lá, e o sargento Trent estava um pouco enrabichado por..."

"Que o diabo carregue o sargento Trent, senhor", interrompeu Bourne. "Não sei nada sobre as duas garotas no trem, mas a que estava no bar era assunto seu; o senhor apenas não queria tornar isso público, pois suas afeições estavam ostensivamente firmadas em outra parte da cidade. O sargento Trent é um bom amigo meu e eu não posso..."

"Que seja do seu jeito, então; não importa nada; porque, tão logo ouviram que Bourne estava nos dando gim com angostura, e champanhe, e licor, elas se lançaram em cima dele. As duas se sentaram cada uma em um braço da sua poltrona e ele deu pedaços de pêssego para elas, levando-os com o garfo até a boca, tratando-as como se fossem dois cachorrinhos de estimação ou dois malditos papagaios; em seguida disse, sem pensar, que não queria acabar com a festa, mas que o último trem sairia às oito e meia da noite, e já eram oito e quinze, então era hora de tomar a saideira antes de irmos."

"Se qualquer um de vocês, camaradas, irritar-se com Bourne e ele lhes oferecer uma saideira, podem confiar em mim: ele bate vocês. Ele pediu conhaque e soda para cinco, e as meninas se animaram ainda mais, já que haviam começado a beber antes de se juntarem a nós. E então ele disse que nós realmente devíamos nos despedir. Era fácil como o diabo dizer adeus, mas o sargento Trent tentou se levantar e sentou de novo, rindo de um jeito bobo: estávamos os dois bêbados, e lá estava Bourne, tão esperto e rápido quanto o sargento Chorley na marcha, exceto que estava sem seu quepe e uma das garotas tinha bagunçado um pouco seu cabelo. Ouvimos o maldito apito e o trem partiu, e lá estávamos, com 10 ou 11 malditas milhas entre nós e Tregelly, a nos separar da formação. Bourne mostrava-se bem filosófico a esse respeito; disse que ficaríamos todos sóbrios, não havia nada melhor do que uma longa e boa caminhada para tirar a bebida do corpo de alguém: só era preciso dar tempo ao tempo. Quanto mais eu pensava sobre aquilo, mais achava que era uma piada e ria como o inferno. O sargento Trent estava na mesma: nós dois estávamos para lá de bêbados."

"Bem, Bourne disse que precisava tomar um pouco de ar e que sairia por dez minutos e, nesse meio-tempo, não deveríamos beber nada. Aquelas duas vadias não nos deram nenhuma atenção, disseram que as insultamos e que não éramos cavalheiros; mas Bourne poderia fazer qualquer coisa que quisesse com elas, por ter-lhes dado atenção. Ora, ele saiu depois de ter sussurrado alguma coisa para as duas e elas ficaram conosco; depois de cerca de dez ou quinze minutos, ele voltou."

"Tomamos mais algumas bebidas, mas ele não nos pressionou; apenas bebeu copo após copo conosco, isso eu juro. Eu o via sentado ali, com a expressão de que duvidava de nossa habilidade para andar, e a próxima coisa de que tomei ciência foi que acordei na cama, ainda com minhas botas nos pés, no alojamento principal em Tregelly; e lá estava o sargento Trent, com um aspecto terrível, na cama ao lado. Saímos do alojamento na segunda-feira de manhã, antes de deixarmos Milharbour, enquanto a outra parte do grupo deixava o acampamento naquele dia. Não sabíamos como tínhamos voltado; mas o cabo Burns me contou que era cerca de meia-noite e meia quando Bourne entrou e pediu a ele que viesse até o muro e o ajudasse a nos carregar. Quando o cabo se aproximou, viu do outro lado do muro um carro, um motorista e duas garotas. Eles nos puxaram pelo muro, porque o camarada que montava guarda naquela noite não era do nosso regimento, então Bourne tinha parado o carro e feito o motorista desligar os faróis. O cabo Burns me contou que ele tinha se sentado diante da lareira, conversado um pouco com ele para então cair no sono, como de costume."

"O cabo Burns era um camarada estranho", comentou Bourne de um modo desinteressado. "Às vezes, passava a maior parte da noite em claro, olhando absorto para o fogo. Nunca soube o motivo, mas alguém disse que ele tinha desertado de outro regimento por causa de algum problema e que as autoridades sabiam disso, mas simpatizavam com ele, por isso nada fizeram. Tinha uma verdadeira voz de comando. Era um ótimo camarada. Lembro-me dele sentado diante da lareira quando cheguei; e, depois de termos colocado o senhor em sua cama, disse-lhe que parecia que ele precisava de uma bebida. Burns tinha um pouco de açúcar, então fervemos um pouco de água e tomamos rum quente antes de dormir."

"Sim", disse o subtenente; "havia esse filho da puta recomendando muito chá quente pela manhã para limpar nossos rins, e ele tinha uma boa quantidade de rum em uma garrafa escondida no saco de viagem. O sargento Trent e eu bebemos o chá e ambos estávamos bem ruins; mas, cerca de dez minutos antes do começo da marcha, ele deu para cada um de nós uma garrafa de cerveja, que ele tinha trazido de Milharbour, e isso nos deixou pensativos. Disse-nos docemente que era da intendência e que não iria à marcha. O sr. Clinton nos levou para uma corrida e, quando voltamos, estávamos ruins de novo. Bourne sempre conhecia alguém que poderia ser útil nas emergências, e pedimos a ele se poderia ir até o supervisor da cantina e tentar conseguir mais um pouco de cerveja escondido; mas ele disse que deveríamos comer alguma coisa primeiro; ele iria ver o que poderia ser feito depois do café da manhã. Bem, quando passamos pela cozinha, tentamos engolir alguma comida, mas não funcionou; então Bourne – ele sempre entrava na cozinha em vez de ir para a sala do rancho – apareceu atrás de nós de repente com um frasco de remédio e colocou uma boa dose de rum em nosso chá. Não consegui falar; mas Trent olhou para ele, com lágrimas de gratidão nos olhos e disse baixinho: 'Você é um maldito milagre.' Ele não guardou nada para si."

"Naquela manhã, tínhamos de fazer práticas de tiro a 400, 500 e 600 jardas", explicou Bourne. "Levei a mesma garrafa comigo para o campo de tiro e, quando o destacamento antes do meu estava atirando, eu a escondi atrás de um monte de areia para tomar um gole e me acalmar. Assim que peguei a garrafa, o sr. Clinton se aproximou e a viu; ele estava atirando também, o senhor se lembra. 'Bourne, o que você tem nessa garrafa?', perguntou. 'Óleo, senhor', respondi. 'É bem o que desejo', disse ele. 'Bem, senhor', falei, 'aqui está um pano de quatro por dois já besuntado e, espere um pouco, aqui está um pano limpo também.' 'Agradeço imensamente, Bourne', retorquiu; e, quando ele se afastou, eu bebi aquele rum tão rapidamente que quase engoli a garrafa com ele. Disparei muito bem: consegui 17 de 400, 18 de 500 e 17 de 600: o maior placar de cada destacamento, e conquistei minhas armas cruzadas com um par de pontos de sobra. Bem, senhor, acho melhor eu ir dormir."

"É melhor todos nós irmos dormir, mas você pode tomar outro golinho de rum antes de partir. Agora todos sabemos o que penso sobre Bourne. Ele nunca me pediu nenhum favor, e, quando o sargento Trent e eu pretendíamos embebedá-lo, para fazê-lo de bobo, ele bebeu conosco até nos deixar imprestáveis. E você não nos deixou lá, Bourne, tirou-nos da melhor maneira possível da confusão que nós mesmos tínhamos feito, quando poderia ter voltado de trem. Você nos trouxe com considerável dificuldade e nos colocou para dormir em segurança; você poderia rir de nós, mas se esqueceu. Bem, eu acho que você é um maldito bom camarada. Boa noite, Bourne; boa noite, sargento."

"Muito obrigado, senhor", disse Bourne, envergonhado. "Boa noite, senhor. Boa noite a todos."

Quando estava saindo, o intendente lhe entregou sua marmita casualmente. "Obrigado, boa noite, Thompson; eu o vejo amanhã em Méaulte. Cuidado com a corda da barraca, sargento. Aqui, dê seu braço."

"Sabe, Bourne, camarada", disse o sargento já com a fala um pouco enrolada, assim como seu jeito de andar, mas muito solene. "Que mentira deslavada você contou para aquele oficial."

"Temo que tenha sido, sargento. Às vezes a consciência me pesa; e eu roubei um pouco de seu uísque na outra noite."

"Jamais esperaria isso de você, Bourne. E realmente não teria acreditado se você mesmo não tivesse me contado."

Bourne conseguiu colocar o sargento na cama sem fazer nenhum ruído na barraca. Então se despiu, cobriu-se e fumou outro cigarro. Era uma mentira, admitiu cinicamente, mas, não sendo exatamente um agente livre no Exército, imaginou o quanto o problema moral estava envolvido. Cada homem possuía um mínimo de boa vontade e, quando uma disciplina externa interferia nisso, não havia como prever o resultado. Quando ele terminou o cigarro, virou-se e dormiu sem sonhar.

4

*E agora seu orgulho e sua coragem
encontram-se adormecidos.*
– Shakespeare, *Henrique IV*, ato IV, cena III

No dia seguinte, voltaram para a miséria sórdida de Méaulte, onde passaram duas noites nos estábulos, e os recrutas deixaram de ser um corpo de soldados à parte, sendo absorvidos por várias companhias. Houve uma revista aos sacos de viagem e o capacete de Bourne foi dado como inutilizado, sendo o fato devidamente registrado no caderno de notas do sargento-mor Robinson. Essa parte do ritual concluiu o assunto pelo menos temporariamente, já que o sargento intendente da companhia não tinha capacetes em estoque. Estacionados em Méaulte, eles ainda estavam dentro do perímetro da zona de combate e não havia nada para fazer. Shem, Bourne e Martlow zanzavam por ali, acompanhando a fila interminável de um comboio de caminhões que passava dia e noite sem cessar – uma linha tão compacta que era difícil atravessar.

O pequeno Martlow tinha uma queixa. No ataque, ele tinha pegado os binóculos de campo de dois oficiais alemães abatidos; já que estavam mortos, os binóculos não tinham mais utilidade para eles.

No Happy Valley, vendo-o exibir os despojos da batalha, o oficial comandante tinha lhe dito peremptoriamente: "Passe esses binóculos para mim, meu rapaz. Vou encaminhá-los para o setor adequado". A ofensiva pode ter sido correta do ponto de vista do oficial, mas, para o pequeno Martlow, aquilo fora uma interferência injustificável nos seus direitos de propriedade privada.

"E agora o bastardo está usando o melhor par pendurado naquele seu maldito pescoço. Você não acha que o desgraçado poderia me dar 20 francos por eles, de qualquer forma?"

"Seu linguajar é deplorável, Martlow", reprovou-o Bourne com ironia; "tirando o fato de que está falando de seu oficial comandante. Você aprendeu todas essas palavras no exército?"

"Não todas", respondeu o pequeno Martlow zombeteiramente; "tudo que aprendi no exército foi furar os outros e cuidar das malditas armas. As palavras eu já sabia antes de me alistar."

Shem sorriu maliciosamente para Bourne, que jamais conseguia oferecer qualquer resistência à insolência jovial de Martlow. Bourne tinha visto o garoto chorando como a criança que ele realmente era quando lançaram uma carga alguns dias antes. Martlow nem sequer notara que as lágrimas caíam-lhe dos olhos, de tal forma estava possuído de uma fúria mais primitiva do que aquela que dominava as almas de homens adultos. Era perigoso dar ares de experiência a um menino da raça de Martlow. Provavelmente, a vida para ele fora sempre uma espécie de guerra e sua precocidade às vezes era desconcertante.

"*Voulez-vous m'embrasser, mademoiselle?*",[6] gritou provocativamente para uma mulher de ares bovinos, que apenas o encarou com um olhar de indignação virtuosa. "Bem, graças a Deus, vamos nos aquartelar de maneira decente, com alguma chance de um *bon* tempo."

Marcharam de Méaulte para Maricourt e, no caminho, um avião inimigo apareceu no céu azul e, em um rasante, lançou duas bombas que explodiram no chão de macadame, lançando cascalho e metal em todas as direções. Apesar das baixas, os homens mantiveram o sangue-frio e, embora sem ter onde se proteger, encaminharam-se para uma trilha aberta na relva molhada que, de certa maneira, amenizaria o efeito de quaisquer outras bombas. Alguns de nossos próprios aviões, por sua vez, atacaram o alemão e o afastaram. Uma luta se seguiu, aparentemente sem resultados. Evidentemente, o inimigo estava desafiando nossa supremacia temporária no ar com um novo tipo de máquina, já que nos primeiros estágios da batalha eles não haviam causado muitos problemas.

Bourne tinha sido designado para levar o carrinho da metralhadora, um trabalho do qual ele gostava, pois isso o livrava de carregar sua mochila, que ficava acomodada ao lado da arma. Dois homens que seguravam uma corda atada ao carrinho seguiam atrás, prontos para reter o conjunto quando descessem o morro. Ao passarem por Ville, eles se atrapalharam com a corda e deixaram o carrinho escapar; um dos ferros da frente do carrinho rasgou a parte de trás da bota esquerda de Bourne, levando junto a carne do calcanhar. Foi um acontecimento trivial, porém doloroso, mesmo que ele não quisesse fazer daquilo um problema. Jantaram

---

[6] "Quer me dar um beijo, senhorita?" Todas as citações em francês no original foram mantidas, preservando-se também eventuais erros de ortografia e gramática.

nos arredores de Maricourt, para então embarcarem no trem, mas havia quase cinquenta homens amontoados no vagão de Bourne, em vez dos quarenta homens que caberiam ali. Ele planejou manter-se do lado da porta, sentando com os pés para fora do estribo; assim poderia tomar algum ar, mesmo exposto ao sol inclemente. Os homens na parte de trás do vagão sofreram consideravelmente, sufocados e apertados uns contra os outros, incapazes de sentar e sem ter onde se segurar; quando o vagão sacudia, jogava uns contra os outros. Um mau humor impessoal, sem nenhum alvo definido, cresceu entre eles. Ouviram-se alguns insultos, até mesmo ameaças e réplicas, mas nenhuma briga de verdade. O efeito geral era de uma aquiescência recalcitrante nos mandos de uma providência inescrutável.

Nos últimos dias, seu estado mental havia mudado por completo: não tinham mais o ímpeto moral que os impelia à ação e os exaltava, transfigurando todas as circunstâncias de sua vida, reduzindo-as ao heroísmo e à tragédia do contexto de um conflito sobre-humano, ou até mesmo divino, contra as forças do mal. A excitação tempestuosa se amainara, e eles agora se viam abandonados em um mundo destruído e dilapidado, vitimados por nervos doloridos e irritados que alfinetavam seus humores ou os afundavam em um sentimento sombrio e taciturno do qual era difícil saírem.

Bourne frequentemente pegava-se observando seus companheiros com distanciamento, e algumas vezes parecia-lhe que eles pouco pensavam ou tinham senso de responsabilidade, exceto para cumprir o que lhes era imposto. Não havia arrogância ali; apenas identificava-se com eles e pensava o quanto daquilo ele mesmo sentia. Era um tanto curioso refletir que, enquanto cada homem era um mistério em si mesmo, ele era um livro aberto aos outros. Talvez isso acontecesse porque ele via em si mesmo as perplexidades e o tormento do processo mental originados nas questões da ação, e eles viam nele apenas o simples e indivisível ato em si. Bourne imaginava que os outros homens eram, provavelmente, um pouco menos reflexivos e menos razoáveis que ele mesmo, e os invejava de verdade pela libertinagem e pelos instintos violentos que pareciam guiá-los de forma tão bem-sucedida por aquela aventura perigosa. Era um tanto ingênuo de sua parte. Os outros tinham-no aceitado, e ele se enturmara satisfatoriamente. Mas havia uma pergunta que cada homem fazia ao primeiro contato: "O que você fazia quando era um civil?".

Era uma pergunta cheia de significados não apenas porque reconhecia implicitamente a variedade sem fim de tipos aos quais a disciplina militar tinha dado aparente uniformidade, como também porque implicava que, por alguns momentos, a vida civil tinha sido eclipsada, pelo menos até onde sabiam. Ela existia apenas de forma precária e quase esquecida em algum lugar na retaguarda dos exércitos em apuros, mas, para todos os propósitos práticos, não era digna de consideração. Os homens tinham regredido a um estágio evolutivo mais primitivo, transformando-se em predadores noturnos, caçando uns aos outros em bandos: essa era a uniformidade imposta por sua natureza, e não pelos efeitos de uma disciplina militar.

Há uma extraordinária sinceridade na guerra, que despe o homem de todo o seu verniz convencional e o faz enfrentar cara a cara uma realidade tão nua e inexorável quanto ele mesmo. Mas, quando um batalhão está tão disperso a ponto de se tornar insignificante como unidade de batalha e é retirado do front para receber novo efetivo, há uma tendência de as características individuais se reafirmarem; a pressão da força oposta desaparece e a disciplina é relaxada inevitavelmente até que se restabeleça a ordem. O efervescente mau humor pueril que explodia em vão entre os homens cheios de ira que lotavam o vagão era sintomático. Bourne, que tivera a vantagem de sentar-se onde havia ar, cuidava da ferida do calcanhar. Sentia tanto calor e a mesma raiva que os demais.

Anoitecia quando desceram do vagão e Bourne não conseguiu ver o nome da estação, embora imaginasse estarem em algum lugar nas vizinhanças de Saint-Pol-sur--Ternoise. Tinham uma marcha de 9 ou 10 milhas à frente; outro homem assumiu seu lugar no carrinho da metralhadora. Bourne ficou entre Shem e Martlow e marchou em sua companhia novamente; mas agora mancava e se cansava com facilidade. Estava esgotado antes de chegarem ao destino, caso contrário a marcha ao anoitecer gelado teria sido agradável. Algumas tempestades de raio cruzaram o caminho deles e era evidente, pelo estado da estrada, que havia chovido muito ali; mas agora o céu estava quase límpido, com estrelas e uma meia-lua que os observava refletida nas poças, e longas linhas de choupos ao longo da estrada, eretos como pontos de exclamação. Bourne parecia um pouco indignado quando Shem, uma pessoa generosa, forte e vigorosa, ao vê-lo mancando, ofereceu-se para levar sua baioneta. Passava das onze horas da noite quando chegaram a Beaumetz.

Assim que entraram no vilarejo, o batalhão se dispersou em vários destacamentos, e o sr. Sothern, encarregado do grupo em que estava Bourne, não tinha certeza de que tinha encontrado os alojamentos designados a eles; disse aos homens para descansarem enquanto ele saía à procura de informação, e eles se sentaram na sarjeta da rua enlameada. A não ser pelas luzes em uma ou duas janelas, não havia nenhum sinal de vida. Os homens quedaram-se em silêncio. Estavam cansados, mas o mau humor havia desaparecido e uma espécie de contentamento parecia tomar conta deles, vindo da quietude do lugar.

Quando encontraram seus alojamentos para passar a noite, Bourne tirou a bota e examinou o calcanhar; a meia tinha endurecido com o sangue seco e a ferida parecia suja. Então acendeu-se uma luz em uma das casas; pensando se poderia conseguir um pouco de água quente para lavar o machucado, bateu com insistência à porta. Esta foi aberta por um homem velho, com uma expressão paciente e inquisidora.

Quando Bourne, falando um francês lamentável, explicou o que desejava, foi convidado a entrar e, então, mandado sentar em uma cadeira, enquanto seu anfitrião trazia um pouco de água quente em uma bacia e insistia em lavar ele mesmo a ferida. Depois de tê-la limpado foi até um aparador – o cômodo era uma espécie de sala e cozinha – e trouxe uma garrafa de conhaque, servindo um pouco em uma caneca como que para levantar o ânimo de Bourne. Mas o velho dobrou um pedaço de pano limpo e mergulhou-o na bebida; agarrando mais uma vez o pé de Bourne, com mão hábil espremeu o pano, fazendo com que o conhaque, gota a gota, caísse sobre a pele machucada. Doeu um pouco; Bourne, cético quanto ao seu poder de cura, teria preferido o líquido dentro do seu corpo, mas, contra as garantias do velho de que aquilo era *bon, très bon pour les plaies*[7], não havia nada a dizer. Finalmente, seu anfitrião pegou o que restara do pano e ajeitou-o sobre a ferida, e Bourne vestiu uma meia limpa sobre a atadura improvisada. Ele sempre carregava um par extra em seu saco de viagem, mas era por mero acaso elas estarem limpas. Como a maioria dos homens, havia descartado tudo o que não era necessário, mesmo sua camisa e cuecas extras; pois, quando um homem marcha carregando uma mochila

---

7 Bom, muito bom para as feridas.

com quase 3 pedras de peso[8] de equipamento, não se sente propenso a pensar muito no amanhã e prefere confiar na muda de roupas limpas fornecida pela divisão de banhos, apesar do intervalo incerto.

Quando o tratamento terminou, a gratidão de Bourne quase acabou com seus parcos conhecimentos de francês, mas o velho excedeu suas obrigações ao dar-lhe uma caneca de café fumegante como um complemento àquele remédio eficaz para o calcanhar ferido e inchado, e eles conversaram por mais um tempinho. Bourne não conseguiu convencer o seu anfitrião a receber qualquer pagamento; o homem, porém, aceitou alguns poucos cigarros, que desmanchou e fumou em seu cachimbo. Estava sozinho na casa, compreendeu Bourne; tinha um filho que estava no front. Seu único outro parente era um irmão, professor de inglês em uma universidade da província. Esses dois fatos pareciam estabelecer um grau de afinidade e parentesco entre eles, e, quando Bourne se despediu para voltar ao seu alojamento, foi convidado a voltar pela manhã.

Ele acordou cedo e, sem saber onde estavam os cozinheiros, tirou vantagem do convite, assim poderia pedir um pouco de água quente para se barbear. Estava surpreso pelo efeito que o conhaque teve em seu calcanhar, pois todo o inchaço tinha desaparecido e a dor não era mais do que um desconforto quando ele flexionava o pé.

Encontrou o velho doente e aquecendo para si mesmo um pouco de chá, que ele tomava como se fosse um remédio, um tanto relutantemente. Bourne olhou para seu jornal na esperança de saber alguma coisa sobre a guerra, mas, exceto por alguns insípidos informes sobre o front francês, nada havia.

---

8 Quase 20 quilos. Uma pedra (*stone*) equivale a 6,35029 quilos. [N. T.]

Era como uma das forças cegas da natureza; ninguém podia controlá-la ou compreendê-la, ou mesmo conseguir prever seu curso, hora a hora. O espírito das tropas estava excelente, a possibilidade de derrota era inimaginável, mas calcular o quanto duraria o conflito estava além dos recursos da mente humana; era necessário olhar para essas questões de um ponto de vista racional, e o método científico era o de tentativa e erro. Bourne passeou os olhos por aquelas frases solenes e vazias e imaginou se poderia conseguir um novo par de botas dos sapateiros – extraoficialmente, para poupar tempo – antes de saírem em marcha; e, quando o velho terminou seu chá, pegou um pouco da água quente e saiu para se barbear. Os sapateiros também foram bem amáveis com ele e lhe deram um par de botas que, asseguraram, eram do tipo e da qualidade reservada especialmente para os oficiais, sendo do melhor couro indiano, de um tipo do qual Bourne nunca ouvira falar.

"Estritamente falando", confirmou seu amigo Snobby Hines, "essa é uma bota de oficial, mas de um tamanho muito pequeno, então esse par é seu, pois cabe em você. Espero que fiquemos aqui um pouco. É uma espécie de lugar *bon*, dois cafés decentes e algumas senhoritas; não que eu veja muita coisa nessas garotas francesas, você sabe: minha velha em casa as faria parecerem tolas. Ora, você não pode ter tudo, então tem de se contentar com o que consegue."

Bourne não se preocupou com o significado secreto daquelas palavras; concordou com tudo, sem reservas, pois esse era um dos segredos de uma vida feliz. Gostou de suas novas botas: o couro era forte, mas macio e flexível, e se recebessem uma gota de azeite, bem, isso manteria a umidade e não teria que polir as botas quando estivesse no serviço ativo.

Às dez horas, marcharam por uma extensa trincheira; quando entraram nela, o sargento Tozer perguntou se algum homem sabia lidar com uma máquina de escrever. Não houve resposta das fileiras, embora Bourne já tivesse usado uma. Entraram nos campos para escavar. Mas, às onze horas, o subtenente Hope apareceu; mais uma vez, um datilógrafo foi exigido e, como não houve resposta, o subtenente apontou Bourne e o questionou.

Ele sabia muito bem que, naquele grupo, o homem com maior possibilidade de ter alguma intimidade com uma máquina de escrever seria Bourne, e, quando ele admitiu, sob pressão, que sabia usar a máquina, foi-lhe dito para ir à administração do acampamento à uma hora da tarde.

Bourne estava bem relutante em assumir o trabalho. De forma alguma era um especialista em máquina de escrever, mas isso não o preocupava; ele não gostava era do fato de saber que ficaria sentado, pela maior parte do dia, sob os olhos de uma autoridade. Não tinha experiência pessoal com a equipe da administração do acampamento, mas, baseando-se em boatos, construíra um preconceito muito forte pelos homens que a compunham. Por isso, foi quase um alívio para ele descobrir, desde o primeiro momento, que havia boas razões para isso. Tinha sido poupado do trabalho de ajustar-se a essas novas condições: seu trabalho seria temporário, e era seu propósito não torná-lo permanente; para isso, obediência e certa quantidade de estupidez inocente pareciam as táticas adequadas a adotar. Tinha cavado seu próprio lugar na companhia e estava muito desejoso de voltar a ele, naquela mesma noite, se eles estivessem de acordo; e encontrar uma grande compensação para o aparente revés no bom humor de seus camaradas.

O anspeçada o recebeu com um ar de suspeita e o passou ao cabo, que tinha uma expressão mais truculenta e o apresentou ao primeiro-sargento Tomlinson. Ele parecia um gato, mostrando todos os seus dentes falsos em um depreciativo sorriso, parecendo considerar Bourne o último dos muitos flagelos com os quais Deus, em sua sabedoria inescrutável, tinha escolhido para afligir um servo fiel. Enquanto essa pequena cerimônia estava em andamento, o capitão Malet, a quem os deveres de ajudante de campo tinham sido temporariamente devolvidos, entrou; ao olhar ao redor, reconheceu sua existência friamente com um aceno brusco; mas, quando se sentou à mesa e olhou alguns papéis, Bourne chamou sua atenção e uma onda rápida de humor travesso e infantil passou por um instante em seu rosto de oficial. Ele sempre parecia encontrar em Bourne um estímulo para a alegria. Claro que os outros perceberam o que acontecia como quem nada notavam, com uma indiferença quase ostensiva, mas imaginando o que aquele reconhecimento indecoroso poderia significar.

"Mostre a Bourne o que se espera que ele faça", ordenou o primeiro-sargento ao cabo com uma benevolência quase agradável, mas uma ligeira ênfase na palavra "espera" deu um sabor ácido à sua untuosidade; e Bourne sentou-se diante de uma pequena máquina de escrever Corona para aprender o melhor modo de lidar com ela.

Isso não ocupou toda a sua atenção; estava ciente de que os outros o escrutinavam, e sua sensibilidade delicada tornava-se aguçada, atenta por aprender alguma coisa da realidade da situação. O primeiro-sargento era, é claro, o fator dominante, e os outros dois não contavam, embora no rude pensamento de homens melhores devessem ter sujado suas malditas botas.

Quando o capitão Malet, que passava o menor tempo possível naquela atmosfera desagradável, saiu de novo, eles conversaram entre si; e, se o assunto era complicado para alguém de fora seguir, o modo como falavam foi suficientemente esclarecedor. Bourne viu de uma vez que seu próprio trabalho era um mito: mesmo o anspeçada, Johnson, não estava sobrecarregado de trabalho, e tudo a ser datilografado não tomaria vinte minutos do seu tempo. O que aquelas criaturas lascivas realmente queriam era um homem que trabalhasse por elas; e embora Bourne, como regra, evitasse o uso de linguagem grosseira, sabia precisamente o que seria antes de agir como um ordenança para a administração do acampamento. Assim, quando a hora do chá finalmente chegou, ele não entrou em nenhuma competição indecorosa com o anspeçada pela honra de adular o primeiro-sargento Tomlinson; pegando sua marmita, saiu e foi se sentar com seus amigos por meia hora.

"Você está gostando do trabalho?", perguntou o sargento Tozer.

"Oh, é confortável o suficiente", respondeu Bourne com indiferença. "Não me importaria de fazer isso por uma semana; mas não é um trabalho que eu quero manter. Prefiro ficar com a companhia."

"Algumas pessoas não sabem a maldita sorte que têm", comentou o sargento laconicamente.

"Eu não sei. Sua seção sempre foi bastante alegre, exceto quando os chucrutes nos metralharam desnecessariamente."

"O sargento-mor Robinson queria saber se você poderia separar para ele alguns cadernos de anotação da administração e alguns lápis. O sargento intendente não consegue arrancar nada dos bastardos."

"Vou pegar qualquer coisa que o sargento-mor quiser", respondeu Bourne sem se preocupar; "ele apenas precisa me dar tempo para aprender como fazer isso."

Voltou então para a administração e se lançou sobre o trabalho árduo até um pouco depois das cinco e meia da tarde; depois, pegando Shem e Martlow, foi para um café determinado a ter tanto tempo *bon* quanto o lugar e suas carteiras permitissem. O soldo do batalhão tinha sido pago ao meio-dia e o lugar estava cheio de homens barulhentos, marcando o ritmo e batendo os pés no chão enquanto cantavam a plenos pulmões:

Mademoiselle, she bought a cow,
Parley-voo,
To milk the brute, she didn't know how,
Parley-voo,
She pulled the tail instead of the tit,
And covered herself all over with – MILK[9]

Uma tempestade de gritos e risadas altas por causa da inusitada delicadeza do verso dissipou a algaravia que completava o refrão. Bourne pediu uma garrafa de algum veneno feito de maçãs e batatas e pretensamente rotulado de champanhe, um pouco mais forte do que o *vin rouge* ou a cerveja francesa. Logo, os três se postaram entre os homens que jogavam *crown and anchor*,[10] com Snobby Hines rolando os dados.

"Quem vai pescar alguma coisa com o velho anzol? Venham, rapazes sortudos, quem não arrisca não petisca! Alguma coisa no anzol graceja para que você tente a sorte. Terminaram, então? Certo! Aqui está. É o sargento-mor. Eu disse a vocês. E aqui vamos de novo, vamos de novo!"

Bourne sentiu uma pontada de sorte e, como estava sentado perto de Thompson, o intendente, deu-lhe 10 francos pelos serviços prestados em Sand-pits, dinheiro que

---

9 "Senhorita comprou uma vaca,/ *Parley-voo*,/ Mas na arte de ordenhar era fraca,/ *Parley-voo*,/ Puxou o rabo do bicho, achando que era enfeite,/ Acabou todinha molhada, pena que não foi de LEITE". "*Milk*", aqui, entra como um trocadilho com "*shit*" (merda). Esse é um trecho de uma canção popular durante a Primeira Guerra. "*Parley-voo*" é uma referência fonética a "*parlez-vous*" (você fala?), expressão usada na pergunta "Você fala francês?".
10 Um jogo de dados.

o outro perdeu todo em poucos minutos, e Bourne lhe deu mais 10 francos, que tiveram o mesmo destino. Quando a generosidade de Bourne pareceu secar, Thompson pediu a ele 5 francos emprestados, que sumiram com semelhante rapidez. Shem ganhou um pouco e Martlow perdeu, mas o fez astutamente, fechando sua carteira quando descobriu que os dados jogavam contra ele. Mas Bourne tinha um pouco mais do que sua cota de sorte, e como o desconsolado Thompson ainda se apegava aos altares da fortuna, onde já tinha sacrificado mais que o dobro de seu pagamento, Bourne deu a ele 5 francos e lhe disse para ir e tentar a sorte com vinho ou mulheres, pois poderia se dar bem em outro jogo. Thompson seguiu o seu conselho e se virou, desiludido por um mundo insensível.

Depois disso, curiosamente, por um tempo Bourne perdeu; mas ele continuou e sua sorte virou de novo. Conseguiu ganhar cerca de 75 francos e tomaram outra garrafa de champanhe antes de seguirem pela escuridão até seus alojamentos.

O velho ainda mantinha a luz da cozinha acesa, e Bourne decidiu visitá-lo e perguntar sobre sua saúde. Bourne tinha um cachimbo de roseira-brava em uma bolsa de couro, que um amigo da Inglaterra lhe mandara, embora ele nunca tivesse fumado cachimbo; levou-o consigo e presenteou seu anfitrião, como um gesto de gratidão. O velho ficou surpreso e emocionado. Ele estava bem de novo e ofereceu a Bourne um pouco de café com conhaque, mas Bourne recusou, explicando que marchariam pela manhã; contudo, se o *monsieur* estivesse de acordo, ele viria bem cedo e tomaria café. *Monsieur* se declarou encantado.

5

> *Começo a considerar uma escravidão desnecessária e orgulhosa na opressão da tirania envelhecida, que governa, não por ser seu o poder, mas por ser aceita.*
> – Shakespeare, *Rei Lear*, ato I, cena II

Passaram os dias seguintes indo de um lugar para o outro, e Bourne não fez nada na administração do acampamento a não ser ajudar a arrumar e abrir baús de estanho repletos de documentos, comer, marchar e dormir com seu pelotão. O capitão Malet tinha partido inesperadamente e substituiu-o, como ajudante de ordens, o capitão Havelock. As estradas poeirentas mostravam em seus trechos pavimentados sinais de desgaste na superfície irregular. O caminho era quente e instável sob os pés, e os choupos e plátanos às margens não estavam perto o suficiente para lançar suas sombras e fornecer abrigo para o sol inclemente.

Ao fim do segundo dia de marcha, depois de terem deixado Beaumetz, pararam diante de um muro de pedra com cerca de 15 pés de altura, com um único portão arqueado como entrada. Do outro lado da estrada, salgueiros podados inclinavam-se para longe deles, na direção de um riacho de fluxo rápido, cheio de água brilhante. Vários dos recrutas saíram da formação e responderiam por isso na manhã seguinte; por ora, estavam exaustos, as camisas e túnicas empapadas de suor, e as calças exibiam manchas escuras no lugar onde o equipamento pesara contra o corpo.

Do outro lado do portão havia um grande pátio, com a estrumeira de costume em seu centro; além dele via-se uma casa imensa, meio sede de fazenda, meio castelo. De um lado estava um enorme celeiro de pedra ladeando o pátio e, do outro, estábulos e outras dependências de aparência igualmente sólida. O conjunto lembrava um próspero convento. Ao abrirem as portas do celeiro, depararam-se com um bom espaço vazio, suficiente para acolher duas companhias de uma vez, oferecendo-lhes o melhor alojamento em sabe-se lá quantos meses. Era tão alto quanto uma igreja, o teto sustentado por vigas e caibros rústicos. As paredes tinham frestas por onde entravam luz e ar, e o chão estava repleto de palha seca e boa. Algumas aves assustadas passaram voando sobre suas cabeças quando tomaram posse do lugar. Livraram-se dos equipamentos e das túnicas molhadas e desenrolaram as grevas antes de se acomodarem.

"Lugar agradável este", comentou Shem, bastante satisfeito. "Queria saber como é o vilarejo. Seria bom se ficássemos aqui por uma semana; isto é, a não ser que estejamos indo para alguma cidade decente."

"Alguma maldita coisa está mordendo minhas pernas", comentou Martlow depois de alguns minutos.

"As minhas também", falou Bourne. "Mas que diabo...?"

"Estou fervilhando de insetos", disse Pritchard com raiva.

Os homens se coçavam e praguejavam furiosamente, pois a palha estava infestada de pulgas-de-galinha, que pareciam mordê-los em centenas de lugares diferentes ao mesmo tempo. Comparados a esses pequeninos insetos pretos, de natureza animada e vingativa, os piolhos apenas lhes faziam carícias. A quantidade de blasfêmias proferidas por aqueles homens, surpresos e em polvorosa, assumiu um fervor inesperado. Em um instante viram-se derrotados, coçando-se ferozmente com as unhas sujas; e então, gradualmente, as mordidas foram diminuindo. Parecia que, com exceção de um beliscão ocasional, eles haviam se tornado imunes às picadas; as pulgas-de-galinha aparentemente prefeririam um pasto mais delicado. Agarraram uma ou duas com dificuldade considerável e as examinaram curiosos; afinal, não eram tão repulsivas quanto os piolhos, brancos e parecidos com caranguejos que se arrastavam, viviam e se reproduziam nas partes cabeludas e quentes do corpo. As pulgas, por sua vez, representam a mera invasão de caçadores de prazer; quando o primeiro ataque perde a força, as escaramuças ocasionais que se seguem são suportáveis.

Soldados veteranos dizem que nunca se devem tirar as botas e meias depois de uma marcha até os membros terem esfriado e o suor nas pernas e pés, desaparecido; banhar pés quentes e inchados apenas os amacia. Descansaram até que o chá estivesse pronto e deram sorte na distribuição das rações: um pedaço de pão para cada quatro soldados e uma lata de manteiga e um pote de geleia para seis. Shem, Bourne e Martlow comeram, fumaram e, depois, pegando toalhas e sabão, seguiram o rio até encontrar alguma privacidade; então se despiram e se banharam. Não sabiam que aquele banho tinha sido proibido e, mesmo depois de terem se vestido parcialmente, sentaram-se na margem do rio, com os pés repousando sobre o fundo de cascalho, deixando a água correr por eles. Um guarda do regimento os encontrou ali e não se furtou a comentar em termos qualitativos o caráter de cada um, sem deixar de fora antecedentes e perspectivas futuras, nada restando à imaginação dos três. Como se mostraram admiravelmente contidos ante a natureza de seus comentários enfáticos, o soldado se contentou em levá-los de volta aos alojamentos, dizendo para se manterem afastados do vilarejo. Então seguiu seu próprio caminho pela estrada proibida em busca de prazer, como um homem privilegiado e acima de sua espécie.

"Eles não dão a mínima sobre como vivemos", disse o pequeno Martlow amargamente. "Estamos apenas pulando e sendo enrabados por toda essa França de merda enquanto eles fazem a guerra bem confortáveis em suas casas, meneando seus malditos queixos e dizendo o que fariam se fossem vinte anos mais jovens. Por Cristo, que fossem, assim poderíamos ter uma folga e ir para casa ver nosso pessoal pelo menos de vez em quando."

"Está aí uma verdade", concordou Shem. "Cinco malditas semanas no Somme sem um banho e treze homens para dividir um pão; quando lhe dão um descanso, você não pode lavar os pés em um rio ou entrar em um vilarejo para comprar pão. Gostam de deixar isso bem claro."

"Sobre o que vocês estão tagarelando?", perguntou Bourne. "Vocês tomaram um banho e não pagaram por ele. Não conseguem conversar sem começar a reclamar de tudo? Não querem beber o chá amanhã de manhã feito com a água do banho de outra pessoa, querem? Vou até a casa inspecionar quem mora lá. Tem uma *mad'moiselle* lá, Martlow, bem do seu tipo."

"Fique à vontade", retrucou Martlow. "Eu não vou; não gostei do jeito da família."

Bourne achou as mulheres suficientemente hospitaleiras e agradou-se enormemente. Comprou dois copos de vinho de *madame*, que lhe pediu que não contasse aos outros homens, pois havia muitos deles. Trechos da cantoria dos soldados vieram do celeiro do outro lado do pátio, e *madame* mostrou-se elogiosa em relação aos ingleses, sua coragem, seu contentamento. Ela perguntou a Bourne se ele cantava, e ele riu levantando a voz:

Dans le jardin de mon père les lilas sont fleuris...

Ela pareceu surpresa e sorriu para ele, a face enrubescida brilhante de suor.

Auprès de ma blonde, qu'il fait bon, fait bon, fait bon,
Auprès de ma blonde, qu'il fait bon dormir... [11]

Ele não sabia muito mais do que aquelas estrofes. Ela, porém, conhecia o restante da canção e disse a ele que não era adequado continuar, ao que ele assentiu e a encarou com conhecimento de causa. Depois, satisfeito por ter contornado aquele flanco, dirigiu sua atenção à garota, que o ignorou de forma discreta. Ela não era bonita, mas o frescor de sua juventude era vívido, os olhos castanhos sob cílios escuros, quase dourados quando iluminados. Dois homens mais velhos entraram e olharam para Bourne desconfiados, enquanto *madame* e a garota se apressaram para arrumar a refeição para eles. Cada vez que as duas se aproximavam, Bourne, com excessiva polidez, levantava-se de sua cadeira, e isso parecia aumentar a suspeita do homem mais jovem.

"*Asseyez-vous, monsieur*", disse ele com um sarcasmo indiferente; "*elles ne sont pas immortelles*"[12].

"*C'est dommage, monsieur*"[13], respondeu Bourne adequadamente, apesar de seu francês limitado, e *madame*

---
11 "No jardim do meu pai, os lilases estão floridos/ Ao lado da minha loira, como é bom, como é bom/ Ao lado da minha loira, como é bom dormir..."
12 "Sente-se, senhor"; "elas não são imortais".
13 "Uma pena, senhor".

sorriu para ele de novo; mas a animosidade que sua presença parecia despertar nos homens mostrou-se demais para ele. Bourne pegou seu quepe, agradeceu à mulher a bondade, fez uma reverência respeitosa a *mademoiselle* e, finalmente, saudou os dois *hobereaux*[14] de maneira tão meticulosa que os dois foram obrigados a se levantar e a reconhecer sua cortesia elaborada. Enquanto cruzava o pátio na semiescuridão, riu para si mesmo e depois assoviou um pedaço de *Auprès de ma blonde* alto o bastante para que eles o ouvissem na sala iluminada.

Ninguém poderia dizer que sorte o dia seguinte traria.

A garota mexera com ele, despertando em Bourne aquele senso de privação que afetava, de maneira mais ou menos consciente, todos os homens arrancados do mundo e que os fazia oscilar entre o sentimentalismo pegajoso e a obscenidade absoluta – a mente debatendo-se entre os dois sentimentos na tentativa de pôr fim à obsessão, que era menos desejo do que pura fome física e não podia ser saciada por sonhos.

Na convulsão da morte, alguém instintivamente ama, como um ato que parece afirmar a completude do ser. Nas trincheiras, o senso de privação desaparece, mas fica impresso nos homens quando estes voltam para as fronteiras da vida civilizada – que, afinal, é apenas a organização dos apetites dos homens, seja por comida ou por mulheres, as duas necessidades fundamentais de sua natureza.

Nas trincheiras, concentram todos os seus esforços em um único objetivo, que se torna alvo de toda atenção porque implica sobreviver. Em comparação, a busca por mulheres ou comida se converte em uma diversão trivial reservada aos momentos de ócio, enquanto, na angústia do

---

14 Caipiras.

combate, os pequenos caprichos não têm lugar e as mulheres deixam de existir a um ponto além da irrelevância. Depois disso, sim. Depois, todas as paixões desenfreadas, liberadas pela batalha, e a reafirmação da supremacia da vontade individual se renovam, ainda que estejam momentaneamente débeis pelo esgotamento. Não obstante, não encontram um objeto adequado que não o êxtase físico do amor, que é menos pungente.

Infelizmente, prosseguiram na manhã seguinte e a garota, parada entre sua gente no pátio, observou-os partir, como se lamentasse vagamente o desperdício de bons homens.

Por volta do meio-dia, algo na paisagem pareceu-lhe familiar, e a lembrança provocou a memória para torná-la mais clara, até que encontraram uma placa que lhes indicava estarem marchando em direção a Nœux-les-Mines; a reminiscência tornou-se antecipação. Pensar em uma cidade na qual as mínimas condições de vida ainda prevaleciam e onde eles poderiam ter um *bon* tempo deu-lhes um novo sopro de vida, e uma canção alegre elevou-se da coluna em marcha. Eram, pelo menos parcialmente, suas próprias palavras que enchiam a canção, suficientemente sentimental:

> *Oh, they've called them up from Weschurch,*
> *and they've called them up from Wen,*
> *and they'll call up all the women,*
> *When they've fucked up all the men.*[15]

Depois disso, a adjuração para que se mantivessem as lareiras de cada lar queimando pareceu muito banal. Estavam

---

15 "Chamaram todos de Weschurch,/ e chamaram todos de Wen/ e chamaram todas as mulheres/ Quando elas foderam todos os homens."

exultantes ao entrar em Nœux-les-Mines; mas, depois de terem descido pela estrada que levava da rua principal até o acampamento, as vozes que entoavam a canção foram perdendo a força. Quando a montanha de escória e a passagem de nível tinham sido deixadas para trás, voltaram para a menos alegre, mas ainda tolerável, perspectiva de ficar em Mazingarbe. Então Mazingarbe, com sua cervejaria feita de pedras, ficou para trás também.

"Estamos indo para as malditas trincheiras de novo", gritou Minton, que estava marchando logo à frente de Bourne.

"Oh, é confortável o suficiente nessa parte da linha", comentou Pritchard, resignado.

"Confortável é ser enrabado", retorquiu Minton, irritado.

Ainda seguiram mais um pouco pela estrada que levava a Vermelles e pararam finalmente em Philosophe, um vilarejo mineiro com construções encardidas de alvenaria, abandonado por seus habitantes. Desmancharam a formação e encaminharam-se para os alojamentos, imersos em um silêncio sombrio. Quase imediatamente deram a Shem e Martlow binóculos e apitos para avisarem da aproximação de aviões inimigos. Ordenou-se às tropas que ficassem perto das casas quando andassem pelo vilarejo e se protegessem quando ouvissem os apitos.

Bourne foi até a administração do acampamento. A rua principal de Philosophe era perpendicular à estrada de Mazingarbe para Vermelles e, no final dela, havia outra rua, mais ou menos paralela à estrada. A administração do acampamento fora instalada na terceira casa, descendo à esquerda. O vilarejo, mesmo praticamente intacto pelos bombardeios, era um lugar austero, desagradável. Uma ou duas famílias permaneceram ali; suas crianças, ali em Mazingarbe, que não era distante, subiam e desciam a rua com grandes cestas nos braços em intervalos durante o dia, gritando "Panquecas 'inglechas', panquecas 'inglechas'", com um tom curioso de melancolia ou tédio em suas vozes agudas.

Bourne, inadvertidamente, melhorara sua posição na administração do acampamento. O primeiro-sargento Tomlinson, com sua ironia usual, tinha se referido à possibilidade de torná-lo um membro permanente da equipe de administração, e Bourne respondera, com uma inabalável firmeza, que ele preferia voltar para sua companhia. Ao constatar de uma vez por todas que o soldado realmente dizia a verdade, a relação entre eles tornou-se mais amigável. Enquanto ele e o anspeçada abriam os baús de estanho com documentos, pediu os cadernos de anotações e lápis que o sargento-mor Robinson queria e os conseguiu sem nenhuma dificuldade. Quando ele e Johnson foram jantar, Bourne os entregou para o sargento-mor, que estava com o sargento Tozer e o sargento intendente da companhia.

"Você é um maldito sortudo por estar na administração do acampamento por uma temporada", disse-lhe o sargento-mor. "O oficial comandante acha que os homens não estão em forma e diz que todo tempo disponível deve ser gasto em instrução. Os guardas da companhia e os do quartel-general formam para revista em frente à administração do acampamento todas as manhãs, às 11 horas; e suponho que haverá grupos de trabalho na linha toda maldita noite. O que você acha do capitão Havelock na administração? Os homens o chamam de Janey. Viram-no caminhando pela brigada com o oficial comandante há alguns minutos – a brigada em Le Brebis. O capitão Malet está voltando para a companhia em alguns dias. Vamos passar a maior parte do nosso tempo carregando malditos cilindros de gás pela ruela de Potsdam: foi isso que ouvi."

A perspectiva de erguer cilindros de gás de 180 libras e carregar as peças em dois homens, penduradas em uma vara sobre os ombros, provou conclusivamente para Bourne que o trabalho de datilógrafo tinha sua serventia. O trabalho tornava-se ainda mais difícil porque os homens tinham de usar suas máscaras de gás, que eram quentes e sufocantes. Ele voltou para a administração com a lição aprendida.

No dia seguinte, cada companhia marchou de volta para a cervejaria em Mazingarbe para tomar banho. Despiram-se em uma sala, entregando a toalha, as meias, a camisa e a cueca ao encarregado, que, em troca, deu a eles uma muda de roupas limpas, prontas em um pacote já preparado. Cada homem recebia o que lhe era fornecido sem questionar, exceto no caso de a roupa não ser do seu tamanho ou receber uma peça totalmente inútil, quando então ele poderia pedir ao seu sargento-mor que interviesse, embora essa interferência nem sempre fosse efetiva. Invariavelmente, nos postos médicos avançados ou nos banheiros da divisão, os incompetentes no comando e seus amigos pegavam para si o melhor que havia à disposição, e aqueles que chegavam da linha de frente tinham de fazer o melhor possível com o que sobrasse.

Os homens deixavam de lado sua muda de roupas limpas, com suas botas e calças, e passavam nus para uma sala comprida com barris partidos em dois, dispostos em filas, para os banhos. Havia poucos chuveiros improvisados. Era ali onde eles se molhavam e se ensaboavam, em uma algazarra e com um bocado de brincadeiras indecentes.

"Vire sua cara para a parede, rapaz, assim não vemos o seu pinto!", gritou um homem para um recruta; e quando o garoto virou o rosto, vermelho de indignação, por cima do ombro, foi recebido com escárnio, e outro homem puxou-o para fora da tina; começaram a lutar, os dois escorregando no sabão. Claramente não tinham nenhuma vergonha. Mesmo rude e brutal como era a refrega, havia um ruidoso bom humor em torno dela; riam-se de sua demonstração de temperamento e de sua humilhação;

alguns homens intervieram e deixaram que ele se soltasse e voltasse para a banheira, onde continuou se lavando, tão modestamente quanto conseguiu. Por fim, depois de terem lutado pelos chuveiros, secaram-se, vestiram-se e partiram, para que outra companhia tomasse seu lugar ali.

Na administração do acampamento, Bourne acomodou-se próximo do sinaleiro, em uma mesa comprida encostada à parede, sob duas janelas. Sentou-se de costas para a sala, olhando para a rua, por onde ocasionalmente alguns soldados passavam. Durante os poucos dias em que permaneceram estacionados em Philosophe, ele mergulhou em um tipo de depressão, o que não era de seu feitio.

Bourne não entendia a razão para aquilo. Dizia a si mesmo que era apenas um entre centenas cuja vida, quando longe da linha de batalha, era um vazio branco: homens que andavam pela França e não viam nada além de estradas por onde viajavam e estábulos em que dormiam. Eram apenas autômatos cuja consciência ainda vivia na Inglaterra. Sentiu-se curiosamente apartado, mesmo deles. Não era de seu condado, nem mesmo de seu país, não compartilhava sua religião e somente em parte mesma raça. Quando eles conversavam sobre seus povoados remotos e aldeias, ou mesmo vilarejos sonolentos em que nada acontecia, a não ser o sino da igreja batendo a cada hora, sentia-se um estrangeiro entre eles; e, submerso nessa vaga de nostalgia, Bourne procurava não companhia, mas solidão.

No dia seguinte ao que foram aos banhos, estava ele registrando ordens no livro quando o oficial comandante entrou e pediu bruscamente uma folha de papel e um lápis. Bourne deu-lhe o que ele queria e voltou para o seu lugar, completando os registros e fechando o livro sem ruído. Jamais fazia trabalho de datilografia enquanto o oficial comandante estivesse na sala ou durante o anúncio das ordens do dia. Então olhou pela janela, enquanto os guardas formavam para a inspeção.

O oficial da administração, o sr. Sothern e o subtenente Hope estavam na formação e fizeram uma inspeção preliminar dos homens. Depois, o subtenente encaminhou-se para a administração e entrou prestando continência. O ajudante de ordens colocou seu quepe e saiu da sala, seguido pelo subtenente. Ainda se encontravam no corredor que conduzia à porta da frente quando Bourne, olhando pela janela, viu um clarão cegante, seguido por uma explosão; uma chuva de vidro caiu sobre a mesa diante dele. Por um instante, a rua era apenas um borrão, mas conseguiu distinguir a figura do subtenente correndo e ordenando, aos gritos, que os homens se abrigassem. Nove jaziam sobre o pavimento de pedra. Então houve uma segunda explosão, claramente na outra rua. O primeiro instinto de Bourne foi correr e tentar ajudar. Empoleirou-se sobre um pé no banco onde estava sentado e, virando-se, viu o oficial comandante afundando-se em sua cadeira, os olhos esbugalhados no rosto pálido e os dentes à mostra, em um curioso esgar; o velho primeiro-sargento estava abaixado, a ponta dos dedos no chão sustentando-o como um macaco que anda, e Johnson agachara-se contra a parede. O cabo Reynolds ainda estava em pé, tranquilo, embora tivesse escutado o que acontecera.

"Fique sentado quieto", sussurrou o sinaleiro para Bourne em tom de aviso; mas, quando o cabo foi até a porta, Bourne o seguiu.

"Podemos ajudar?", perguntou ele em voz baixa.

"Não", respondeu o cabo veementemente. "Os maqueiros já estão lá. Você não deveria ter deixado o seu posto. Saia comigo agora."

Eles ganharam a rua, cruzando com o ajudante de ordens e o ordenança da sede de comando que voltavam a toda pressa para a administração. Estava extraordinariamente silencioso outra vez, e o último dos feridos fora levado embora pelos maqueiros. O oficial comandante, o capitão Havelock e o ordenança saíram de novo e desapareceram na esquina da rua principal; Bourne e o cabo foram os únicos que restaram ali. Olharam para o sangue na rua e então para o céu, onde alguns rolos de fumaça ainda surgiam contra o azul, dispersando-se e gradualmente desvanecendo-se ante seus olhos.

"Isso tudo para as malditas exibições deles", disse Bourne amargamente para o cabo.

"Acho que é a guerra", retorquiu Reynolds com um quê de fatalismo.

"Guerra!", exclamou Bourne. "Eles colocam homens com binóculos e apitos para darem aviso sobre aviões inimigos; às tropas dão ordens de se mostrarem o mínimo possível nas ruas e ficarem próximo das casas, e a polícia nos diz que devemos nos tornar um incômodo para qualquer garoto descuidado e esquecido; e depois, mesmo com todas essas precauções, cinquenta homens são perfilados no meio da rua oposta à barraca da administração como um alvo, suponho, e são mantidos parados lá por vinte minutos ou meia hora. É muito boa essa maldita guerra."

"Qual é o sentido de conversar sobre isso? Se Jerry[16] não tivesse levado todas as suas coisas para o Somme, estaríamos imersos em merda em meia hora. Entre e continue seu trabalho."

---

16 Jerry era uma gíria usada pelos soldados ingleses em 1919 para se referir aos alemães. A origem deve-se a uma corruptela de *German* ou ao formato do capacete dos soldados alemães, que era como um *jerry*, gíria inglesa para penico.

O primeiro-sargento olhou para eles de forma enigmática quando entraram na sala e Bourne, sem falar nada, começou a limpar o vidro quebrado da mesa e do chão, fazendo uma pilha com as peças maiores. O cabo veio ajudá-lo e, quando pegaram com as mãos todos os cacos que conseguiram, Bourne varreu os estilhaços. Depois, sentou-se diante de sua máquina de escrever. De vez em quando, o telégrafo recebia uma mensagem em código Morse, que o sinaleiro anotava em uma folha e passava a Johnson, que a entregava para o primeiro-sargento. Bourne, datilografando ordens, ouvia fragmentos da conversa atrás de si e algumas vezes o sinaleiro, falando baixo, com a mão na boca, no transmissor. Nada significava para ele, pois não estava pensando sobre aquilo.

"... Surpresa... lugar tranquilo, sem nenhum ruído... artilharia no Somme... tudo muito silencioso e calmo... ostensivo, é o que isso é... estou muito velho para isso... não uma bomba... uma bateria antiaérea... dizem que duas granadas não explodem... major... o que... sim... embora ele tivesse ficado embaixo da mesa... vento... uma parte agradável... aviões..."

Era uma baboseira sem sentido para ele. Ao terminar de datilografar as ordens, colocou na máquina uma folha em branco e escreveu qualquer coisa que lhe veio à mente, para praticar a velocidade: trechos de versos estranhos, pedaços em latim, *Aequam memento rebus in arduis/ Servare mentem*. Tinha um texto de Horácio com a tradução de Conington no bolso. "E mancha o pavimento com o vinho soberbo", isso era *pavimentum mero*; por que isso lhe veio à mente agora? "Vinho soberbo" era bem ruim de qualquer forma, e "mancha" no topo disso dava uma rima feia.

Ora, não tinha importância, era tudo experiência; ocupava-o e preenchia o tempo. Continuava a martelar as letras. "Que era melhor do que o da ceia dos pontífices."

O que ele precisava era tomar um bom porre em algum lugar e dar um tempo em sua maldita monotonia. Quando tinha preenchido a folha, tirou-a da máquina para virá-la e assim poder usá-la do outro lado; mas primeiro olhou-a, para ver quantos erros tinha cometido, e então, pela janela, viu dois homens varrendo e lavando a rua. Sim; Fritz não se importava com o lugar onde soltava uma bomba. Ele descansou o queixo sobre as mãos entrelaçadas e permaneceu observando o trabalho, absorto.

Homens valiam pouco naqueles dias – ou pelo menos aqueles que não eram mineiros ou rebitadores de navios, para quem a guerra significava apenas salários mais altos. Oficiais eram escassos, mas poderiam ficar com um ou dois a menos sem causar muito dano. De modo geral, tinham um bom grupo de oficiais. O major Shadwell e o capitão Malet tiravam o máximo dos homens, mas não hesitavam em retribuir com igual valor; o pobre sr. Clinton era valente, mas estava exausto, e o sr. Sothern era um pouco idiota, mas um sujeito muito decente. Havia também aquele velho brigadeiro, que havia falado com ele na floresta de Trônes: devia estar na casa dos 60 anos, mas não era tão velho a ponto de não vir e fazer a sua parte e ainda permanecer em seu posto. Mas havia alguns que poderiam ser facilmente poupados. Logo seria a hora do jantar.

"Bourne", chamou o primeiro-sargento repentinamente, "o anspeçada Johnson está levando alguns livros para o sargento intendente em Nœux-les-Mines. Você o ajudará; e ouso dizer que ele achará você muito útil enquanto estiver naquele lugar. Você passará a noite lá e voltará amanhã à tarde. Esteja pronto para partir às três horas da tarde. É melhor trazer sua mochila depois do jantar e assim seguir viagem sem demora."

"Muito bem, senhor", respondeu Bourne calmamente, sem deixar transparecer a surpresa que sentira. Intuía que a companhia do anspeçada Johnson não seria das mais animadas, mas a viagem poderia proporcionar a ele prazeres inesperados. Juntando suas coisas e cobrindo a máquina de escrever, ele considerou suas finanças. Embora satisfatórias, imaginou se conseguiria ter um cheque descontado pelo capelão ou ainda pelo sr. White, o oficial do transporte, que provavelmente veria o encarregado do setor de finanças em breve, já que o dia de pagamento se aproximava. Tinha de ser previdente, e algum deles conseguiria uma nota de 5 libras para ele. Por fim, o primeiro-sargento lhe disse que fosse; ele pegou sua marmita e o bornal, no qual carregava uma faca e um garfo, um caderno de notas e lápis. Assim poderia ajeitar seu equipamento depois que tivesse comido. Foi juntar-se ao anspeçada, que comia em outro refeitório: ali viu o sargento Tozer pegando o próprio jantar, e ele e Abbot o encararam, mas Bourne apenas acenou e foi até onde o anspeçada Jakes supervisionava a distribuição dos pratos.

"Você estava na administração do acampamento quando a maldita bomba caiu?", perguntou o cabo.

"Sim. Eu estava olhando pela janela."

"Tirou um pouco da empáfia daquele maldito subtenente do qual você está tão amigo", comentou um dos homens, colérico, e Bourne olhou para ele em silêncio: um tipo durão de Lancashire chamado Chapman.

"Espero que ele dê cabo de suas ordens como de costume", disse Bourne, inclinando-se para pegar sua comida. "O que diabos você tem a ver com quem é meu amigo?"

"Ora, ele é daqueles que ganharão um pouco de peso extra se não tomarem cuidado."

"Quando você falar bobagens deve fazê-lo em voz baixa", aconselhou Bourne, inclinando-se mais um pouco para a frente, assim seu rosto estava a quase 1 pé de distância do de Chapman. "Alguém que não conheça você tão bem como eu poderia pensar que você falou a sério."

"Não queremos esse tipo de conversa aqui", interveio Jakes, incisivo e solene.

"Não quando há dois pobres bastardos mortos e cinco em um estado não muito melhor."

"Bem, não queremos mais nada de conversa sobre isso. Não faz nenhum bem; e você não tem nada que se intrometer; ninguém disse nada para você. Se não tem nada de útil a dizer, mantenha sua maldita boca fechada."

"O que eles acharam disso na administração?", perguntou Martlow a ele.

"O que todo mundo pensou?", indagou Bourne em resposta. "Que foi uma idiotice fazer uma formação ali. Não se pode pensar outra coisa. O que estão dizendo agora é que não foi uma bomba mesmo, mas um morteiro, ou melhor, dois morteiros de nossas próprias baterias antiaéreas. Você estava no monitoramento dos aviões inimigos, não, Martlow?"

"De jeito nenhum, maldição", respondeu Martlow às pressas. "Já tive o bastante anteontem. Você não consegue ver nada e ganha um maldito torcicolo; e os binóculos não são tão bons quanto os que o oficial comandante roubou de mim."

"Eu não ouvi nenhum assovio, não até a bomba estourar", comentou Chapman, um pouco mais calmo pela comida. "Pergunte ao Bill. Ele estava monitorando os aviões."

"A primeira coisa que eu vi foi um morteiro explodindo, depois outro", afirmou Bill Bates nervosamente, "e usei meu apito assim que percebi o primeiro. O sol estava nos meus olhos. Por que vocês estão me enfiando nessa conversa?"

"Não tem nada com que se preocupar, garoto", disse Jakes. "Você estava do outro lado da cidade."

"Ora, então por que ele quer me enredar no assunto?", perguntou Bates com indignação.

A visão de Bourne juntando seu equipamento distraiu o grupo e, quando explicou o motivo da preparação, olharam para ele como se carregasse toda a sorte do mundo.

"Acho que iremos a mais um lugar", disse Bourne para Shem, "ou o anspeçada Johnson não pediria o equipamento completo. Teremos de levar um monte de coisas. Você ou Martlow querem que eu traga alguma coisa na volta?"

"Traga o que quiser", respondeu Shem, sorrindo. "Martlow e eu temos andado juntos desde que você está na administração."

"Ora, nós três podemos andar juntos agora", disse Bourne.

"Quando você voltar para a companhia, você quer dizer", corrigiu-o Martlow.

Bourne não demonstrou nenhuma curiosidade sobre o motivo que os levara a Nœux-les-Mines. Estava feliz por largar o baú que ele e o anspeçada Johnson tinham carregado por 3 milhas, desde Philosophe, no chão do escritório do sargento intendente. Tinham-no carregado entre eles. O baú tinha aquelas alças que ficavam penduradas quando não estavam em uso, mas que viravam e apertavam as juntas de quem o segurava quando era levantado. As juntas poderiam ser poupadas, mas só à custa de uma torção do cotovelo e dos músculos do antebraço. Tendo tentado dos dois modos, ambos passaram seus lenços pelas alças e amarraram os cantos, assim o baú balançava entre eles, mas os lenços eram de tamanhos diferentes, e o peso não se distribuiu igualmente. O escritório do sargento intendente da companhia era um largo galpão de ferro galvanizado que poderia ter sido originalmente uma garagem. Ele não estava lá, mas o carpinteiro, enquanto fazia cruzes de madeira e as empilhava em um canto, disse que ele poderia estar nas linhas de transporte. Como poderia estar de volta a qualquer momento, eles então resolveram esperar enquanto fumavam um cigarro e observavam o carpinteiro, que, tendo terminado uma cruz, pintava-a com uma rala tinta branca.

"Esta é a divisa do regimento", disse o carpinteiro, pegando uma cruz com o escudo e o lema cuidadosamente pintados. "Está em latim e significa 'Aonde a glória leva'."

Bourne examinou a cruz com um sorriso sarcástico.

"Você é quase um artista com o pincel, Hemmings", disse ele para encobrir o que realmente pensava.

"Bem, eu tenho um tanto de orgulho do meu trabalho. Isso não dura, claro, a tinta é ruim e essa madeira, muito macia; mas pode-se tentar apenas fazer um bom trabalho com isso."

"Que tal irmos até as linhas de transporte?", perguntou Johnson.

"Estou pronto, anspeçada", disse Bourne, e eles deixaram Hemmings fazer seu trabalho.

"Não é muito agradável sentar ali com um monte de cruzes de madeira", confessou Johnson assim que ganharam a rua.

"Por que não?", perguntou Bourne, insensível. "Você acha que as de pedra são melhores?"

"Assim que encontrarmos o sargento intendente, poderemos ir para nossos alojamentos", desviou-se do assunto Johnson, sem querer prosseguir com aquela conversa. "Então poderemos largar nossas mochilas e dar uma volta pela cidade. Não vão precisar de mim até de manhã."

"Espero que encontremos algum lugar onde possamos conseguir uma bebida decente", replicou Bourne. "Por que não recebemos uma cota de rum toda noite ou uma garrafa de cerveja no jantar? Os franceses recebem o vinho deles. Você viu aquela loja enquanto passávamos por Mazingarbe, com garrafas de Clicquot e Perrier-Jouët na vitrine, e uma etiqueta nelas, *Reservée pour les officiers*?[17] Que descaramento. Metade deles não sabe se está bebendo

---

17 Reservada aos oficiais.

champanhe ou sidra. E nós temos de nos conformar com a beberagem que nos vendem no café."

"Não sei nada sobre vinhos", confessou Johnson, envergonhado. "Algumas vezes, quando saía com minha namorada na Inglaterra, íamos a um hotel, um lugar respeitável, sabe, e tomávamos uma taça de vinho do Porto acompanhada de um biscoito. O vinho do Porto e o conhaque são bons para cólicas e constipação. Carrego uma fotografia dela na minha carteira. Aqui está. É apenas um instantâneo, claro, de baixa qualidade; e o sol estava batendo nos olhos dela. Você a acha bonita?"

"Muito bonita", respondeu Bourne, que ocasionalmente conseguia ser um mentiroso de primeira. Na verdade, pensou que ela parecia constipada, também; mas eles estavam chegando às linhas de transporte e Johnson guardou a fotografia no bolso. O sargento intendente não estava lá, nem no escritório de transporte, então verificaram as casas, e Bourne acariciou o focinho de uma velha égua cinzenta que puxava a carroça até o refeitório dos oficiais. Sua consciência pesou um pouco pelo animal. A carroça geralmente precedia o carrinho da metralhadora que Bourne ajudara a puxar durante a marcha; e sempre que chegavam a um morro, se o oficial estava preocupado com outros assuntos, Bourne amarrava sua corda à carroça e deixava o peso para a égua. A velha dama não guardava rancor, como se soubesse que enfrentavam tempos difíceis. As mulas não lhe despertavam nenhum tipo de sentimento; para ele, pareciam símbolos da guerra moderna, animais grotescos, teimosos e vingativos.

Não havia nada para fazer a não ser voltar ao galpão do sargento intendente; encontraram-no dessa vez. Ele conversou com o cabo e lhes deu um bilhete para que levassem ao major comandante da cidade ocupada pela guarnição, e assim foram atrás dele. O oficial também estava fora, mas um cabo em seu escritório encarregou-se do bilhete e acompanhou-os até os alojamentos na rua de trás, a caminho de tomar seu chá. Teriam de voltar ao escritório do major novamente para se certificar de que estava tudo certo.

Uma mulher magra, por volta dos 40 anos, com uma expressão pesada de sofrimento no rosto, era a única ocupante da casa; e ela deixou seu trabalho na cozinha para mostrar a eles um quarto vazio. Bourne percebeu que o chão de tábuas de madeira estava limpo.

"*Mais c'est tout ce qu'il y a de plus commode, madame*"[18], disse Bourne, e começou a sondá-la para ver se conseguiam uma refeição mais ou menos civilizada.

"*Mais, monsieur, l'encherissement est tel...*"[19]

Ele não se deu por vencido, insinuando-se para cair nas graças dela com a mesma habilidade com que uma enguia desliza por um gramado; mas, depois de fazer várias sugestões, teve de deixá-la; apenas insistiu para que ela trouxesse uma garrafa de um bom vinho, de preferência Barsac, e lhe deu algumas notas para que ela o comprasse.

"*Oh la*!", exclamou ela, encantada.

"O que ela está dizendo?", perguntou Johnson.

"É a expressão francesa para 'bom Deus'", respondeu Bourne, rindo. Seguiram-na para fora da cozinha, onde ela pegou seu xale e uma cesta; a cabeça elegante não necessitava de chapéu. Eles seguiram para o pátio e admiraram os legumes que ela cultivava em um pequeno jardim no fim do terreno. Então ouviram um som familiar, embora estranho naquele contexto: o silvo de uma bomba cortando o ar e, em seguida, a explosão nos arredores da cidade.

---

18 "Mas é o que há de mais cômodo, senhora".
19 "Mas, senhor, o preço das coisas aumentou tanto..."

A mulher, segurando a cesta, ergueu os olhos para o céu, como se averiguando a firmeza do tempo. Então ouviu-se outro silvo.

"*Ah, des obus*!",[20] exclamou ela tranquilamente e partiu para seus afazeres.

"Qualquer um diria que esses franceses sempre viveram em guerra", observou Johnson.

"Ora, você se acostuma a isso, não é?", retorquiu Bourne. "Tenho a impressão, às vezes, que jamais conhecemos algo diferente. De alguma forma, não parece real; e, ainda assim, anulou tudo o que veio antes. Sentamos aqui e pensamos na Inglaterra, como muitos homens devem sentar-se e pensar em sua infância. Tudo é passado, irrecuperável, mas sentamos e pensamos sobre isso para esquecer o presente. Esta manhã, nove de nós foram praticamente destruídos por uma bomba, diante da nossa janela, e nós já nos esquecemos disso."

"Não foi um morteiro, foi artilharia antiaérea."

"Mesmo?", perguntou Bourne com indiferença. "O que realmente aconteceu?"

"Uma bateria antiaérea apresentou-se em resposta à investigação da brigada, dizendo que tinham disparado nove vezes contra um avião inimigo, e que o quinto e o sexto morteiros falharam."

Isso dava um aspecto acidental ao acontecido. Alguém poderia prever um ataque aéreo inimigo e evitar a exposição desnecessária a ele; mas ninguém poderia prever um morteiro defeituoso que falhasse em seu objetivo e então explodisse no pavimento duro de uma rua.

Bourne manteve o que pensava para si; mas sabia que os homens disseram que ninguém apitara até depois da primeira explosão, e os homens no monitoramento de

---

20 "Ah, foguetes!"

aviões tinham dito que, na verdade, não viram o avião, mas apitaram quando nuvens de fumaça surgiram depois das primeiras explosões.

Se estivessem certos, a versão oficial era mentirosa, pois a explosão que matara dois homens na rua fora antes de a bateria antiaérea disparar. A inutilidade prática de um vigia de aviões escolhido aleatoriamente entre os homens não era uma consideração relevante: não tinham sido treinados para fazer aquele trabalho específico. Também era irrelevante dizer que o morteiro encontrara seu alvo por acaso. Bourne compartilhava o ponto de vista dos homens de que aquelas formações eram tolas e inúteis; e depois concluiu, com amargura, que havia uma guerra acontecendo, e que nela os homens eram passíveis de serem mortos rapidamente.

Esperaram até *madame* voltar das compras; ao chegar, ela exibiu para Bourne, triunfante, uma garrafa de Barsac. Pôs-se a preparar para eles um filé e uma omelete e mais batatas fritas – que Johnson chamava de *chips* – com uma salada e queijo cremoso. Bourne foi generoso em sua apreciação aos cuidados dela. Deixaram-na preparando a refeição e foram até o escritório do major comandante, quando o mesmo cabo que tinham visto à tarde lhes disse que poderiam ir dormir na casa onde tinham se alojado aquela noite. Eles o convidaram para encontrá-los no café e tomar uma bebida, e ele disse-lhes que os encontraria lá mais tarde. Então ficaram sentados por uma hora em uma sala cheia de barulho e fumaça, onde beberam *vin blanc*.

De volta ao alojamento, tomaram um banho satisfatório com um balde cheio de água limpa. E então *madame* serviu-lhes a refeição. Bourne tentou convencê-la a comer com eles; ela recusou, firme mas amavelmente, concordando, porém, em tomar uma taça de vinho com eles. Ela não deu muita atenção ao anspeçada, mas conversou bastante com Bourne. Seu marido estava no front e sua filha, prometida a um homem do Exército, estava na casa de parentes longe da zona de batalha. Ela se casaria quando a guerra terminasse.

Quando a guerra terminasse! E quando ela terminaria? Ela deu uma risada grave, estranha, que expressava muito mais o significado da tragédia do que as lágrimas conseguiriam fazer. Parecia extraordinariamente tranquila em seu pessimismo: não se deixava tomar pelo desespero, mas suprimia toda esperança por temer que esse sentimento se virasse contra ela ao final. Mas todo aquele pessimismo era aparentemente pelo curso que a guerra estava tomando: tinha certeza de que os alemães precisavam ser derrotados. O mundo para ela estava arruinado de maneira irreparável; a justiça tinha de prevalecer e era, ao que parecia, alguma lei divina, trabalhando lenta e inexoravelmente entre as disputas confusas dos homens. Ela o interessou porque, embora fosse uma mulher pouco instruída, seu pensamento era claro, lógico e sólido.

Bourne tentou infundir-lhe esperança, imaginando se não estava apenas tentando convencer a si mesmo. Ela admitiu que o avanço alemão fora contido e a força da Inglaterra aumentava: "*Maintenant elle est très bien montée*"[21], acrescentou, ainda que seu tom deixasse implícito que se tratava de uma expiação tardia para uma culpável negligência. Havia em sua expressão algum traço daquele espírito que ele percebera entre os homens mais velhos nas fileiras – um espírito que cessara de aspirar para si mesmo, mas que permanecia intacto.

Ele terminou o vinho do qual Johnson tomara apenas duas taças, enquanto ela tirava a mesa. Depois ela o chamou para

---

21 "Agora ela está muito bem organizada".

o quarto onde ele e o cabo dormiriam, e Bourne descobriu que ela deixara ali uma pilha de oito cobertores que, com certeza, eram propriedade da República francesa, por serem azul-celeste. Um era o bastante para cobri-los; dobrando três deles em cada cama, dormiriam em um leito macio.

Bourne havia muito deixara de se incomodar com onde e quando dormia; mas a gentileza dela o tocou. Ele agradeceu-lhe de maneira tão afetuosa que ela também se enterneceu. Uma coisinha de nada significava muito naqueles dias. Ele não queria mais cair na farra; comera uma refeição decente e bebera um pouco de um bom vinho e se sentiria bem feliz em apenas sentar-se ali até que fosse a hora de dormir, mas Johnson tinha concordado em encontrar o cabo e ele achou melhor ir; afinal, havia pouca chance de qualquer comportamento indecoroso com Johnson.

Encontraram o café abarrotado de tropas e o cabo, que estava conversando com alguns homens, veio até eles. Era evidente que ele se sentia em casa naquele lugar, pois, assim que conseguiram uma mesa, uma das duas garotas que serviam bebidas veio anotar o pedido e ele a puxou para si com intimidade, sentando-a em seu joelho, deslizando a mão ao redor de sua cintura e passando o braço sobre o dela, para que assim pudesse sentir seu seio esquerdo, acariciá-lo com dedos curiosos, enquanto ela dava gritinhos e se contorcia, deixando-o mais audacioso.

Bourne sentiu-se contagiar pelo local e por suas veias correu uma chama sutil; era como se houvesse um enorme apetite carnal solto entre eles, alimentando-se deles como o fogo devora a lenha; de todos os lados chegava o barulho da conversa alta e ininteligível, argumentos sem sentido desembocando em discussão, posta de lado por uma torrente de gargalhadas secas, quase sem alegria, enquanto soava ao fundo uma canção entoada por vozes estridentes, com a qualidade de uma serra de mão:

And the old folks at home,
they will sit all night and listen,
In the evening,
By the moonlight,
By the moonlight[22]

Houve apenas esse lapso de nostalgia em meio à confusão barulhenta e bestial que aumentou e o afogou. Bourne percebeu que a garota o encarava, enquanto o cabo a acariciava com os olhos furtivos e insolentes. Ela o exasperava, tanto que ele quase sentiu a luxúria da crueldade que tais mulheres provocam em alguns homens – e ela parecia saber disso.

"O que diabos nós vamos beber?", perguntou ele com repentina impaciência. O anspeçada se endireitou na cadeira e a garota se levantou, arrumando as saias; então ergueu os dois braços para arrumar o cabelo, rodeou a mesa e parou ao lado de Bourne, ronronando com a perversidade calculada de um gato. *Eu não quero essa maldita mulher*, disse raivosamente a si mesmo; ignorando-a, discutiu o que beber com o cabo, que não tinha nenhuma ideia que não incluísse champanhe barato, coisa que Bourne só bebia quando não havia outra coisa. Ali não lhe dariam nem um pouco de *café-cognac*, mas ela sugeriu a privacidade de um local mais reservado.

"Muito bem. Você bebe champanhe se quiser", disse Bourne despachando a garota com o pedido. Levantou-se e foi até o bar, onde uma suada e bem atada *madame* e um *monsieur* serviam seus clientes bárbaros de uma posição de superioridade legal, se não moral. Bourne abordou o *monsieur* e, depois de alguma hesitação, o homem deixou

---

22 "E todos os velhos em casa, sentados,/ Velam e escutam a noite/ À luz do luar,/ À luz do luar".

o bar e voltou com meia garrafa de vinho branco e a garantia de que era de boa qualidade. Bourne pagou pela bebida; eles desarrolharam e lhe entregaram a garrafa, deram-lhe um copo limpo e ele voltou para a mesa.

"Não quero ir para nenhum lugar nos fundos para ter um pouco de conhaque no meu café. Você prefere um pouco disso, cabo...?"

Mas o cabo preferiu o champanhe que a garota trouxera; Bourne pagou por ele, deixando uma pequena gorjeta. Ele não bebeu muito de seu vinho, embora fosse tolerável; não queria beber e sabia que o lugar logo fecharia. Johnson e o cabo tinham muito a dizer um para o outro, então ele só precisava se juntar à conversa por civilidade uma vez ou outra. Deixou-se ficar ali sentado, fumando tranquilamente e bebericando o vinho, até que fosse hora de sair. A garota fulminou Bourne com um olhar emburrado quando disseram boa-noite.

6

> *Psiu! Em nome de Jesus Cristo,
> falai mais baixo! A maior admiração
> no mundo universal é quando não são
> observadas as verdadeiras e antigas
> prerrogativas e leis da guerra [...]
> Não existia disse me disse nem chove
> não molha nos acampamentos de
> Pompeu. Posso afiançar-vos que
> encontrareis as cerimônias de guerra e
> suas precauções, e suas formas, e sua
> sobriedade, e sua modéstia por
> modo inteiramente diferente.*
> – Shakespeare, *Henrique V*, ato IV, cena I

O anspeçada Johnson foi encontrar-se com o sargento intendente sozinho na manhã seguinte, dizendo a Bourne que não havia necessidade de ele acompanhá-lo; mas, sim, que ficasse pronto para seguir para o quartel-general do batalhão ao meio-dia.

Bourne foi comprar alguma comida para levar para Shem e Martlow. Encontrou uma loja de aparência decente na rua principal, mas a primeira coisa que capturou sua atenção na vitrine foi uma notícia em inglês dizendo que a venda de pães para as tropas estava proibida até o meio-dia. Ele entrou e foi-lhe permitido comprar um bolo pequeno, algumas latas de sardinha e um pote de geleia de cereja. A dificuldade era encontrar alguma coisa que faria diferença para Shem e Martlow e que fosse fácil de carregar. De modo algum poderia comprar um presunto ou uma lata de biscoitos. Desde que deixara o Somme, até a carne fresca tornara-se escassa; o jantar deles consistia, quase invariavelmente, em um guisado feito de carne enlatada, sopas em pó, vegetais desidratados ou em conserva e batatas. Havia alguns doces na loja, mas eles não poderiam ser guardados em sua mochila, assim como o bolo e a geleia de cereja. As latas de sardinha, ele poderia levá-las nos bolsos laterais do casaco.

Johnson voltou alguns minutos antes do meio-dia com a notícia de que o batalhão tinha voltado para Mazingarbe e se instalado em galpões de zinco perto do cemitério; ali seria organizado um grande grupo de trabalho naquela noite. Ele e Bourne pegariam a caixa no escritório do intendente. Voltariam para Mazingarbe muito tarde para o jantar; mas *madame* tinha preparado para eles um bom café da manhã, servindo-lhes uma boa caneca de *café au lait* e mais um pão para cada um, manteiga fresca e ovos cozidos. Como a mulher saía cedo para trabalhar, Bourne pagou-lhe e disse adeus, no caso de eles partirem antes que ela voltasse, no meio do dia. Sob a máscara de sofrimento que ela trazia se escondia uma alma envolvente e indomável. Ele dobrou os cobertores, empilhando-os cuidadosamente, pois fora assim que eles tinham sido recebidos; e depois deixaram a casa vazia, fechando a porta atrás de si.

Tiveram o mesmo problema de antes com o baú; embora não tivessem de caminhar tanto, ele estava ainda mais pesado. Bourne sentiu-se aliviado quando, finalmente, pousou o baú em um canto do galpão que agora abrigava a administração do acampamento. Olhou ao redor e a primeira coisa que viu foi um aviso, impresso em letras maiúsculas:

CUIDADO COM O QUE FALA, OS ALEMÃES TÊM EQUIPAMENTOS DE ESCUTA E PODEM OUVIR VOCÊ.

Era um comunicado inquietante, e ele concluiu que se destinava apenas ao sinaleiro; mas depois ele viu o mesmo aviso pregado do lado de fora de alguns dos galpões. O primeiro-sargento Tomlinson, cumprimentando-o afavelmente, deu-lhe uma notícia que o perturbou ainda mais. "Bourne, de agora em diante você vai dormir na administração do acampamento."

"Sim, senhor", disse ele, surpreso, mas com a obediência mecânica que era esperada dele. Não queria que vissem e cobiçassem a comida que ele trouxera às escondidas; então, depois de uma pausa, completou:

"Devo pegar meus cobertores, senhor; e algumas coisas que deixei com um dos meus camaradas."

O primeiro-sargento consentiu, e ele saiu com a mochila ainda nos ombros, e conversou com Shem e Martlow por um tempo antes de irem formar para a inspeção.

"Você nunca vai voltar", afirmou Shem, enfático. "Tem um emprego cômodo; e, se eles não quisessem você, já o teriam mandado de volta. É melhor levar uma lata de sardinhas e metade do bolo com você."

"Eu não quero. Comi bem na cidade."

A divisão da comida proposta pela mente prática de Shem lhe pareceu um ato formal de dissolução de sua camaradagem. Apático, voltou para a administração e pôs-se a copiar ordens no livro. O ajudante tinha reclamado que sua letra era muito pequena; ele tentou fazê-la maior, e o resultado foi que sua caligrafia tornou-se irregular e forçada, como a de uma criança que pensa nas letras em vez de nas palavras e frases. Parecia-lhe, de alguma forma, simbolizar a perda do equilíbrio que tinha detectado em si mesmo nos últimos dias.

Ouviu o primeiro-sargento e seu tom de voz cheio de timidez afetada; o sussurro eficiente e brusco do cabo; e um eco vazio de Johnson. Ocasionalmente, Reynolds ou Johnson dava a ele um papel para datilografar, o que o deixava momentaneamente absorto com o barulho das teclas.

Terminado o trabalho, mergulharia de novo na apatia, pensando, com uma intensidade singular, sobre nada. Sua consciência não estava submersa ou inibida, mas tão dilatada que se tornou muito débil em captar qualquer realidade.

O ajudante de ordens entrou e, depois de ter permanecido em sua mesa por um tempo, com seu ar habitual de perplexidade paciente, foi até o telefone de campanha. Acompanhar apenas um lado da conversa torna o diálogo incompreensível, mas o que o ajudante dizia parecia estupidez. Sim, ele era *pimenta* e aparentemente recebia – e em alguns casos repetia – instruções sobre como exterminar ratos, e tudo o que diziam era sobre ratos e postes que seriam encontrados no depósito de Potsdam e *sal*. Bourne abandonou o vazio de sua consciência interior para prestar mais atenção ao assunto. *Pimenta* e *sal* eram códigos para dois batalhões na brigada, e, quando o ajudante de ordens voltou ao seu lugar, Bourne rabiscou em um pedaço de papel a pergunta "O que são ratos?", e o passou para o sinaleiro, que escreveu abaixo "cilindros de gás" e devolveu o papel a ele. Se os alemães continuassem a desenvolver sua criatividade àquele nível alarmante, logo eles estariam usando a linguagem dos surdos-mudos.

Depois, um pequeno oficial belicoso com uma insígnia de tenente no ombro chamado Wirral – um recém-chegado que Bourne ainda não conhecia – entrou e, de forma educada, mas firme, perguntou ao ajudante se ele, Wirral, deveria fazer todo o trabalho não somente de sua própria companhia, como de todo o batalhão. O ajudante pareceu impressionado – ou pelo menos embaraçado – pela magnitude dos problemas compreendidos naquela pergunta; no entanto, demonstrando uma patética fé na falácia de que o homem é um animal racional, enumerou para o sr. Wirral todas as dificuldades em que ele próprio se encontrava dada a escassez de oficiais: o capitão Malet encontrava-se fora, o sr. Clinton estava nas mãos do dentista e alguns outros oficiais, ausentes por um pretexto ou outro.

O sr. Wirral não ficou em nada comovido com as dificuldades do ajudante de ordens; na verdade, parecia disposto a aumentá-las por todos os meios dos quais dispunha, a menos que fosse tratado com o mínimo de consideração; se o sr. Clinton sofria de cáries, ele próprio, naquele momento, martirizava-se por causa de unha encravada no dedão do pé. O ajudante de ordens argumentou que se tratava de problemas diferentes: o cuidado com os pés, independentemente da hierarquia, era de responsabilidade pessoal. O senso de injustiça do sr. Wirral tornou-se ainda mais acurado por causa da falta total de compaixão do outro, enquanto o ajudante se retesava, tenso, em sua cadeira.

O malicioso diabinho que vivia no coração de Bourne riu de novo por um momento. Se fosse o capitão Malet no lugar do ajudante de ordens, a conversa não teria durado mais de um minuto; sob o olhar intolerante do oficial, o sr. Wirral não teria continuado a discutir, pois para o capitão Malet a necessidade imediata era tudo o que contava. Se ele fosse obrigado a repetir uma ordem, sua voz e seu semblante quase se transformavam na antecipação da violência física. Bourne não tinha nada contra o ajudante de ordens; até admirava a forma minuciosa e aplicada com a qual ele trabalhava. Porém, fazia isso mais para ganhar a aprovação dos seus superiores do que para angariar a obediência daqueles que estavam sob seu comando.

Ao fim da discussão, foi dito ao sr. Wirral que, recém-chegado da Inglaterra ao front, era certo que deveria assumir um pouco do fardo que repousava sobre os ombros dos oficiais que trabalhavam sobrecarregados havia meses. Isso encerrou a discussão e ele se retirou depois de ter saudado o ajudante de ordens sem esconder o seu descontentamento.

Depois, o primeiro-sargento veio até a mesa do ajudante e, inclinando-se por alguns minutos, conversaram aos sussurros. Aquele tipo de coisa sempre chamava atenção de Bourne; a tensão o excitava. Mas ele pensou que seria mais humilhante se ocorresse na presença do pessoal da administração do acampamento. O velho Tomlinson, o cabo Reynolds e até mesmo o anspeçada Johnson tinham ciência de tudo sobre cada oficial do batalhão. Ele e o sinaleiro sabiam muito. Exceto em uma ou duas ocasiões, Bourne sempre deixava a sala durante o anúncio da ordem do dia, mas os outros ficavam, e, depois que eram tratadas as transgressões da tropa, um oficial era ocasionalmente chamado. Era-lhe então solicitado que explicasse sua conduta, sob certas circunstâncias. Isso devia ser feito em âmbito privado. Se um oficial quisesse fazer uma queixa ao ajudante, como no caso do sr. Wirral, não havia razão para que o pessoal da administração testemunhasse o que seria dito.

O Exército deve trabalhar qual uma máquina: uma organização impessoal e implacável; mas sua ação não é una e indivisível, pois exige a intervenção humana o tempo todo, de modo que, por vezes, o funcionamento inexorável da máquina se torna um duelo entre personalidades antagônicas. Mesmo que a ação mecânica cesse ao ser alcançado o seu objetivo, o enfrentamento entre as pessoas perdura por algum tempo. Sob toda aquela rotina monótona de trabalho – que fazia a guerra parecer um negócio entediante e sórdido –, existia uma sensação de perigo, talvez mais forte do que os desejos de dominá-la.

Dos homens que agem em conjunto, em perigo constante de vida, espera-se que ao menos as chances sejam igualmente divididas entre todos. Se houvesse uma real necessidade, eles poderiam ser generosos, aceitando fardos adicionais sem reclamar; porém, nos momentos mais amargos, o dever e a honra pareciam a eles meros pretextos para que os privassem de seus direitos mais elementares. Mesmo durante as tarefas de transporte e no trabalho rotineiro das trincheiras em setores tranquilos, os homens eram mortos de maneira fortuita e indiscriminada. Embora ele não se sentisse inclinado a ajudar a carregar cilindros de gás de um posto, enquanto observava os homens trabalhando na estrada naquela noite, Bourne sentiu-se alheio a tudo aquilo, como se estivesse fugindo do trabalho.

Na hora do café da manhã ia diretamente para o refeitório e, a menos que estivesse chovendo, comia ali, conversando com Abbot, abrigando-se sob uma fina e pouco frondosa sebe. Pegou no bolso uma latinha de caramelos que recebera em um pacote vindo da Inglaterra. Ofereceu alguns a Abbot.

"Grato", disse Abbot, "mas não sou muito chegado a doces. Ali está o Williams. Sempre faminto por doces, ele. Não bebe, não fuma e, a menos que procure mulheres, não sei o que ele faz. Você poderia dar-lhe alguns. Aqui, Williams, alguns caramelos para você!"

Williams era um galês baixo, cozinheiro do quartel-general da companhia, com o rosto anguloso qual o de um fenício, marcado com linhas finas, mas sem nenhuma ruga mais profunda. Um rosto curiosamente impassível e envelhecido precocemente, pois não havia nem chegado aos 50 anos. Aproximou-se correndo, usando seu dólmã engordurado e enegrecido pela fumaça, secando as mãos em um pano.

"Faz tempo desde a última vez que comi caramelos decentes", confessou ele com o desejo refletido nos olhos negros.

"Acho que ele venderia a alma por uma lata de caramelos", disse Abbot, rindo.

"Aqui está então, pegue vários", ofereceu Bourne. "Tenho mais guardado. Não ligo para eles, mas alguns amigos sempre me mandam uma lata. Vou trazer mais para você."

"Muito, muito obrigado", disse Williams com simplicidade; ele era um homem de poucas palavras – qualidade rara em um galês.

"Como foi o trabalho de transporte ontem à noite?", perguntou Bourne. "Pois cada vez que um grupo voltava o oficial no comando vinha até a administração com uma folha de papel, acho eu – estava meio sonolento e não prestei muita atenção. E, algumas vezes, um mensageiro entrava também e deixava um papel sobre a mesa. O primeiro-sargento estava reclamando disso bastante essa manhã. Eles perturbaram o sono de um homem trabalhador."

"Ele já era primeiro-sargento quando foi para a reserva", comentou Abbot. "Você o conheceu, não foi, Williams? Os homens estavam bem cansados quando voltaram às duas horas da madrugada, depois de terem marchado, parado e uma coisa e outra, carregando aqueles cilindros de gás o tempo todo. Formação de novo às dez horas da manhã de hoje e transporte pesado à noite. Não há sentido em trabalhar noite e dia."

"Ora, eles nos mandarão logo para as trincheiras para descansarmos, suponho", concluiu Bourne. Ele pediu a Abbot água quente para lavar sua marmita, depois limpou a faca e o garfo esfregando-os na terra e voltou para a barraca da administração. Chegou no meio de uma crise; o ajudante de ordens, capitão Havelock, estava na mesa dele, parecendo irritado e bastante nervoso; ao seu lado estava o primeiro-sargento Tomlinson, tremendo de raiva enquanto falava, e em frente a este se postara o subtenente Hope, imperturbável e sorrindo arrogantemente.

O cabo Reynolds acenou impacientemente para Bourne, indicando que saísse. Ele não entendeu o que o ajudante dissera, mas ouviu a réplica do subtenente, a voz impassível, quase insolente:

"Claro, senhor; se o senhor não pretende apoiar seu subtenente, então não há mais nada a ser dito."

Bourne desceu as escadas até a rua para não ouvir a conversa; lembrou-se então das palavras de Tozer sobre as discussões entre o primeiro-sargento e o subtenente. Este saiu em seguida, sorrindo com desdém ao caminhar altivamente. Não viu Bourne, que decidira esperar alguns minutos e dar tempo para que as coisas se acalmassem antes de voltar ao trabalho.

A disputa não parecia ter sido premeditada; de qualquer forma, não envolvia o capitão Malet. Sua volta estava prevista para aquele dia, mas ele continuaria como comandante da companhia. O major Blessington parecia gostar do capitão Havelock, mas não o tratava de maneira especial; melhor assim. Era uma lástima que o major Shadwell e o capitão Malet não pudessem dirigir o batalhão juntos. Bourne não conhecia muito bem o major Shadwell, mas ele era como o capitão Malet, só que mais velho, mais quieto: sua natureza exibia mais ferro do que fogo. Os homens diziam que ele mudara bastante desde que chegaram à França; se antes era alegre e bem-humorado, agora se mostrava taciturno, o rosto endurecido por uma expressão severa e inflexível. Os homens gostavam dele: o capitão Malet estimulava mais a imaginação dos homens, mas eles confiavam mais no major Shadwell. Aparentemente, o oficial sabia disso, porque Bourne lembrou-se da conversa que tivera com o capelão. O religioso contara-lhe o que o major tinha lhe dito, depois de uma ofensiva no Somme, esforçando-se para se conter. "É uma maldita carnificina, padre, mas juro por Deus que não há nada como comandar esses homens."

Isso ocorreu depois que o coronel Woodcote tinha sido ferido; desde que ele e o antigo ajudante de ordens, o capitão

Everall, tinham partido, as coisas não eram mais as mesmas. Os antigos oficiais continuavam unidos e os homens os conheciam, ou tinham ouvido falar deles mesmo antes da guerra; mas o major Shadwell e o capitão Malet eram os últimos que restavam. Os oficiais de carreira não entendiam o novo Exército; ainda tinham em mente o modelo antigo e profissional, e conversavam sobre a disciplina de combate do antigo Exército e a força de ataque que deveriam manter para repelir contra-ataques, dizendo que agora a infantaria dependia de bombas, arruinando assim o uso de espadas. Eles se esqueceram de como a guerra havia mudado desde 1915, ignorando o progresso da artilharia; e jamais ocorrera a eles que, se uma metralhadora poderia fazer o trabalho de dez homens, seria insensato preferir usá-los à arma, que oferecia um alvo menor. A maioria dos oficiais – embora existissem brilhantes exceções – não entendia que o tipo de disciplina que desejavam aplicar àqueles exércitos improvisados não tinha outra consequência a não ser frear seu ímpeto. Além disso, no novo Exército os oficiais de carreira não se misturavam aos oficiais temporários; o Exército regular, perfeito como era, desempenhava um papel menor. As coisas agora estavam em uma escala diferente, e nessas novas condições o oficial de carreira era tão amador quanto os seus camaradas temporários. Depois de alguns minutos, Bourne se dirigiu a seu posto de trabalho, e a administração do acampamento estava tranquila outra vez.

O capitão Malet reassumiu suas funções naquela tarde e, no dia seguinte, foi um dos personagens principais em outro ocorrido. Quando a brigada ordenou que o batalhão formasse um grupo de trabalho para aquela noite, deram-se conta de que os dados fornecidos ao comando pela administração do acampamento compreendiam não só o efetivo da companhia de combate como também o da companhia de serviços. Assim a ordem só poderia ser cumprida, como tinha sido dada, se fossem convocados todos os homens disponíveis – incluindo até os cozinheiros da companhia. O oficial médico foi um dos primeiros a reclamar em respeito a seus comandados, e vários oficiais especialistas se seguiram a ele. Um dos preços que se pagam pela infalibilidade é não poder corrigir os erros, pois isso demandaria admitir que eles ocorrem; o capitão Havelock estava envergonhado, mas inflexível. Então o capitão Malet chegou, pronto para lutar por qualquer coisa, e os princípios que se danem.

"O senhor tem a intenção de levar meus cozinheiros, senhor?"

Ao ajudante de ordens não ocorria nenhuma outra solução.

"Não vou permitir que meus homens sofram por causa da maldita incompetência da administração. O senhor entende que, se meus cozinheiros forem para esse grupo de trabalho, os homens não terão nem mesmo chá quente quando voltarem exaustos, às 3 da madrugada?"

O ajudante de ordens tentou impor-se, mas o colérico oficial não o deixou falar.

"O senhor não tem fibra moral para defender seus próprios homens ou admitir um erro estúpido. Ora, vou dizer o que farei. Pedirei que preparem meu cavalo e, com dois ordenanças, vou inspecionar as trincheiras. O senhor contará com dois soldados a menos – e que se foda a brigada!"

Com um murro na mesa, virou-se, sem prestar continência, e saiu. O ajudante de ordens e o primeiro-sargento entreolharam-se, como se pensassem que aquele tipo de comportamento merecia uma reprimenda, e então procederam a um debate rápido. Não havia nenhuma dúvida que o capitão Malet cumpriria com sua palavra, e a consequência daquele incidente resultou em deixarem para trás dois cozinheiros, responsáveis por fazerem o chá para o batalhão inteiro. No dia seguinte, o oficial médico disse ao oficial no comando da administração do acampamento que os homens não haviam descansado o suficiente; que não poderiam passar o dia todo em revista para depois cumprir tarefas a noite inteira também. Expôs a questão de forma muito tranquila, mas o major Blessington respondeu-lhe de qualquer maneira.

Retorquiu o oficial médico: "Muito bem, senhor, se algum homem reportar alguma doença, eu o dispenso do dever". Fez então continência, retirando-se e deixando o major Blessington a olhar para as próprias unhas.

Ninguém tinha muita simpatia pelo ajudante de ordens, mas suas funções o obrigavam a ser um emissário do oficial comandante, e, mesmo com todas as falhas e defeitos, dava o melhor de si para levar a cabo o seu trabalho. Seus deveres, com frequência, eram desagradáveis.

Alguns dias depois, ele chamou o sr. Clinton, que não tinha ido à linha uma única vez desde que chegara àquele setor. O ajudante teve de dizer-lhe que não aceitaria mais desculpas e que ele estaria no comando de um dos grupos de trabalho daquela noite. O sr. Clinton aceitou tudo sem reclamar; o ajudante dera suas ordens em um tom amistoso e comedido. Não havia nada de errado na conversa: era mera rotina. Mas, quando o sr. Clinton saiu, Bourne percebeu um sorriso ácido no rosto do primeiro-sargento Tomlinson e sentiu-se, ele mesmo, humilhado. Clinton era um bom camarada: tinha participado de algumas das piores ofensivas no Somme e nunca deixou de dar o seu melhor, e aquele porco se achava no direito de rir dele.

Ouviu que o grupo de trabalho voltara no começo da madrugada e, como de costume, deixara papéis sobre a mesa, entrando e saindo, iluminado unicamente pelo brilho da lua que entrava pelas janelas. Acordaram o anspeçada Johnson, que se endireitava na cadeira quando outro homem entrou, e Bourne ouviu uma conversa sussurrada.

"Pegaram o sr. Clinton. Um dos chucrutes se aproximou e estourou as tripas dele pra fora. Não, ele não está morto, deram a ele morfina e o levaram em uma maca. Bem, se ele ainda não está morto, logo vai estar."

"Quem é esse?", perguntou o cabo Reynolds, sentando-se.

"O sr. Clinton, cabo; chegou a vez dele. Fiquei mal ao vê-lo. Ele estava consciente e disse que sabia que não iria sair dessa. Sabia disso."

Bourne não se mexeu; deixou-se ficar completamente imóvel sob os cobertores, preso por uma emoção tão intensa que sentia como se algo se quebrasse dentro de si.

7

> *Não importa se eu manco; tenho
> a guerra como desculpa e minha
> pensão será mais de acordo.*
> – Shakespeare, *Henrique IV*,
> segunda parte, ato I, cena II

O primeiro-sargento Tomlinson teve sucesso em conseguir sua dispensa; pelo que diziam, partiria para casa naquela noite. Sentiu muito prazer em detalhar aos seus subordinados os muitos anos de serviço que ainda enfrentariam, uma perspectiva que não os alegrava do mesmo modo; e sua ronronante satisfação parecia tornar ainda mais difícil para os homens encontrar palavras adequadas que expressassem o quanto lamentavam a sua partida. Parabenizá-lo pareceu-lhes mais fácil. Bourne não disse nada; no que dizia respeito a ele sobre o assunto, estava feliz porque o velho hipócrita estava indo embora. Não conseguia pensar em nada além do destino do pobre Clinton, que sempre tinha sido muito decente com ele. Queria ver o sargento Tozer e ouvir dele o que acontecera.

"Esperava, antes de partir", disse o primeiro-sargento, ungindo a assistência com o óleo de sua benevolência, "ver o anspeçada Johnson como cabo e Bourne recebendo uma divisa." Bourne, que jamais acreditara em uma palavra que o velho dissera, encarou-o surpreso, o que o outro provavelmente confundiu com credulidade; continuou então a tagarelar alegremente enquanto amarrava as botas. Bourne, tendo terminado de arrumar sua cama e varrer o chão, saiu para se lavar e se barbear e, depois de ter voltado para pegar sua túnica, atravessou a estrada e encontrou o sargento Tozer.

"Eu também sinto muito", disse o sargento. "Foi um dos chucrutes. Eles zombam de mim e então tudo dá errado. Você vê essas malditas coisas pelos ares, mas não sabe onde elas vão cair. Tem de carregar tudo pela trincheira sob fogo, entende, e tomar posição ali, de pronto. Depois de cada par de homens ter soltado a carga, retrocediam por um ramal de comunicação até a trincheira de apoio, onde eu estava. Ora, o alemão não estava a mais de 50 jardas de distância, e eles conseguem ouvir uma boa parte do que está acontecendo em nossas trincheiras, da mesma forma que podemos ouvir o que acontece nas deles. Ouvimos aquela coisa maldita subir. Dois dos nossos camaradas esvaziaram suas armas e foram para a trincheira seguinte, e o oficial que estava no comando se enfiou em um pequeno abrigo para pegar um papel. Podíamos ver a maldita coisa se aproximando. O sr. Clinton e algumas sentinelas eram os únicos ali, e ele agiu de forma apropriada, com certeza."

"Fiquei mal quando o colocamos em uma maca; tudo o que ele disse, antes de lhe darem morfina e o levarem, foi: 'Eu sabia que algo assim me prenderia aqui, eu sabia', e continuou repetindo isso. Um dos homens que estava no grupo de tiro também foi ferido, mas disseram que não foi nada grave. Engraçado, não acha, ele dizer que sabia que ficaria aqui?"

"Não sei", respondeu Bourne. "A maioria de nós tem premonições como essas às vezes, mas elas nem sempre se cumprem."

"Tenho um pressentimento de que vou passar por tudo isso", disse o sargento. "Sabe o que mais me veio à mente sobre o sr. Clinton? Bem, ele parecia saber que nada mais importava, que estava tudo bem. Claro, podia-se ver que ele estava sentindo dor, até que lhe deram morfina, e ele gemeu um pouco e você podia perceber que ele estava tentando não fazer isso. Não sei o que era, mas seu rosto tinha mudado de alguma forma; não tinha mais aquela expressão preocupada e inquieta. Sabia que tinha chegado a sua hora e estava bem com isso."

"É um azar dos diabos, depois de ter sobrevivido ao Somme sem nenhum arranhão", retrucou Bourne. "Sinto muito por ele. Sempre que estávamos juntos, algo engraçado acontecia, e ele era um sujeito muito bom. Sempre foi decente com os homens; não perdia as estribeiras porque estava cansado ou exausto; parecia diverti-los e ensiná-los ao mesmo tempo. Tinha uma voz baixa e clara, você percebeu? Não precisava gritar para ser ouvido."

"Ah, todos os homens gostavam dele", concordou o sargento. "Você não pode enganar os homens. Às vezes, aparece um oficial que só sabe gritar, farrear, matar os homens de tanto trabalho, e, quando passa a tropa em revista, crê que os deixou cheios de medo. Ora, não é bem assim. Ele acha que os homens o respeitam, mas a única coisa que os soldados veem é que ele usa um cinto Sam Browne, enquanto eles têm de se conformar com uma simples corrente como essa. E os homens valorizam que conversem com eles. O sr. Clinton era um bom camarada, e todos nós gostávamos dele."

"Você sabe, no meu modo de pensar somos mais religiosos do que muitos padres que pregam para nós. Estamos dispostos a correr riscos – estamos sim. A natureza humana é o que é, esteja você certo ou errado. Mas, se pensa que está certo, deve se apegar a isso. O que importa se for morto?

Um dia você vai ter de morrer. Você tem a chance de fazer alguma coisa nessa vida, e algumas vezes isso é tudo."

"Alguns falam sobre a guerra ser um maldito desperdício; mas não estou muito certo disso. Eles pensam que não leva a nada, acho eu. Veja os recém-chegados. Não digo os garotos, mas alguns dos mais velhos, que não se alistaram até que fossem obrigados. Esses são os que falam que a guerra é um maldito desperdício de vida. Que não deveria haver guerra, como se isso mudasse alguma coisa. Mas, quando são mandados para as trincheiras com um rifle, uma baioneta e algumas bombas, e dão de cara com um chucrute, estão cagando se vão desperdiçar a vida de outro desgraçado, não é? Nem por um segundo: é só em salvar a maldita pele o que eles pensam. E a isso chamam de seus princípios. Parte deles é um bando de cagões lá de onde vieram, e lutam como ratos se forem incomodados. É a natureza humana. Qualquer covarde é capaz de lutar se provocado da maneira certa. Mas e nós? Quem tem o princípio mais elevado? Acham que viemos para cá pelos 7 xelins por semana? Eu não fico martelando isso na minha consciência. Tenho um pouco de autorrespeito. Tenho sim."

Bourne prezava o ponto de vista do sargento Tozer porque ele entendia o significado implícito de suas palavras, mesmo quando parecia se afastar da ideia central. A vida era um perigo envolto em mistério e a guerra acentuava nos homens o sentido de ambos: o soldado, assim como o santo, poderia escrever seu tratado *De contemptu mundi* e diferir dele apenas no ângulo e no espírito de onde ele observaria a mesma sombria realidade.

Ele não podia mais ficar, mas voltou para a barraca da administração do acampamento, onde esperou até que o oficial comandante começasse a distribuir as ordens para, como costumava fazer, encontrar um bom lugar para se sentar e fumar. Mal falava com alguém, a não ser com o sinaleiro, que ocasionalmente sussurrava-lhe algo ou escrevia alguma coisa em um pedaço de papel, passando-o adiante na mesa para que ele o lesse. A única pessoa a quem prestou alguma atenção foi o ajudante de ordens. Quando ele apareceu pela primeira vez naquele dia, Bourne estava saindo para levar alguns papéis para um dos oficiais da companhia; eles se encontraram na porta.

Bourne esquivou-se para um lado, dando-lhe passagem, e percebeu a expressão de ansiedade e preocupação no rosto do oficial. Sentiu uma grande simpatia por ele. De quando em quando, durante o dia, olhava em sua direção para encontrá-lo em seu lugar, sem fazer nada, com o queixo apoiado na mão esquerda, o olhar vago, o rosto jovem e bonito deixando transparecer pensamentos confusos e perplexos. Todos sabiam quais eles eram. O primeiro-sargento o interrompia de quando em vez com alguma questão rotineira; e ele respondia com um olhar de resignação cansada, mexia nos papéis e caía novamente em seu estado de aflição e melancolia. Era muito fácil lidar com esses assuntos de rotina. Tinha até esquecido que o primeiro-sargento havia selado um tratado de paz com o inimigo e, quando este o lembrou disso, com delicadeza e modéstia, o outro apenas comentou envergonhado:

"Ah, sim, sargento-mor!" – essa era a atual patente de Tomlinson; o antigo "primeiro-sargento" não era mais do que mera lembrança, logo esquecida, quando ele se aposentou no Exército, antes da guerra. "A que horas o senhor parte?"

"Eu renuncio aos meus deveres às 18 horas, senhor."

"Bem", disse o ajudante um tanto desesperado, "você ficará feliz de ter um descanso, não é?"

Bourne, datilografando ordens, estava escrevendo a frase "... o cabo 18075, T. S. Reynolds, promovido a sargento", bem como a data e, em seguida, a nomeação do sargento Reynolds à administração do acampamento. Ele sentiu a dor que a preocupação do ajudante infligia à vaidade do velho. Nesse momento, o capelão entrou e imediatamente o capitão Havelock se levantou e saiu com ele. Bourne lembrou que desejava pedir ao padre que trocasse para ele um cheque por dinheiro. E então, um tanto subitamente, ouviu atrás de si aquela voz metálica que sempre lembrava o miado de um gato castrado.

"Bourne, você vai deixar este serviço às 18 horas de hoje."

"Muito bem, sargento-mor", disse ele, conciso; ainda que esperasse a dispensa, o aviso o pegara de surpresa naquele momento em particular. Evidentemente, o sargento-mor Tomlinson pensou haver desapontamento em sua voz, e isso despertou nele a vontade de confrontar o soldado.

"Você não é o homem certo para o trabalho", afirmou o superior com satisfação.

"Não, sargento-mor", confirmou Bourne com indiferença, e depois acrescentou casualmente: "Regozijo-me em voltar a ser soldado de novo".

Nada poderia ter ficado mais claro do que a distinção implícita entre o trabalho dos outros e o dele; satisfeito com o efeito daquele contragolpe, continuou a datilografar. Tinha se tornado quase um especialista. Um segundo depois, o sinaleiro o encarou e, solene, piscou.

"Como você está?", perguntou o sargento-mor Robinson quando Bourne se apresentou alguns minutos depois das 18 horas com sua mochila, baioneta e roupa de cama completa.

"Gordo e preguiçoso, sargento-mor", respondeu Bourne, sorrindo.

"Podemos dar um jeito nisso. Você deve ir ao alojamento do sargento Tozer; acredito que ele tenha preparado um canto para você."

"Ouvi que você estava voltando na hora do chá", comentou o pequeno Martlow quando Bourne largou suas coisas no chão, ao lado dele. "Não vamos para a linha hoje: será a primeira noite de descanso desde que chegamos a esse buraco fodido. O que vamos fazer?"

"Onde está Shem?", perguntou Bourne.

"Está se lavando. Vamos até a maldita Mazingarbe passar um *bon* tempo, nós três. Tenho uma nota de 20 e mais 10 xelins que minha mãe me mandou."

Shem apareceu na porta.

"Você sabe onde está o capelão, Shem? Venha e me mostre o caminho; depois quero encontrar Evans. É melhor você vir também, Martlow, e vamos à farra."

"O que você quer com Evans?", perguntou Martlow com ciúmes.

"Quero que ele me compre um pouco daquele champanhe que é *reservée pour les officiers*; já que ele é um intendente dos oficiais comandantes, vão vender a ele sem problemas."

"Convide o sargento Tozer para vir", sugeriu Shem. "Ultimamente ele tem sido um bom camarada."

"Certo, mas primeiro preciso achar o padre. Teremos bastante tempo para encontrar o sargento depois, ou vocês podem ir procurar por ele enquanto espero pelo capelão."

Pegaram um atalho por trás dos galpões do quartel-general da companhia e da administração do acampamento, saindo em uma via lateral – ou, melhor dizendo, em um beco onde ficavam as melhores casas do lugar. Bourne bateu a uma das portas, e Shem e Martlow, que disseram que o encontrariam em um café da rua principal algumas portas depois da esquina, foram à procura do sargento Tozer.

Ninguém atendeu a porta. Então uma velha que atravessava o pátio disse a ele que o capelão não estava, mas que voltaria logo; mostrou-se evasiva ao ser indagada sobre quando seria isso. Bourne subiu e desceu a rua, esperando.

Justo naquele momento, de uma das casas saiu o ajudante de ordens. Ele encarou Bourne, que lhe fez continência.

"Você está esperando alguém?", perguntou ele.

"Estou esperando para ver o capelão, senhor."

"Ele está com o oficial comandante. Não creio que vá demorar."

Isso foi encorajador. Finalmente, a figura alta e magra do padre surgiu à vista. Não deu por Bourne, que ia rua abaixo, e continuou a caminhar em direção à sua casa. Bourne o seguiu, alcançando-o antes que chegasse à porta. O capelão ficou surpreso quando Bourne contou-lhe que não estava mais cumprindo funções na administração do acampamento. Não houve problemas quanto ao cheque, pois ele tinha bastante dinheiro; precisava dele para o refeitório e, além disso, partiria na manhã seguinte para Nœux-les-Mines.

"O sr. Clinton sucumbiu aos ferimentos e morreu esta tarde. Sabe, ele me disse, dias atrás, ter um pressentimento de que seria morto se fosse para a linha de combate. Acho que ele me contou porque, de alguma forma, estava envergonhado; ele foi para a frente entusiasmado, pois tinha tirado esse pensamento da cabeça."

Bourne se conteve ao conversar sobre esse assunto com o capelão, embora pensasse que ele era um dos melhores. Conseguiu dizer apenas, com alguma emoção, o quanto sentia muito. Era curioso pensar sobre como conseguia falar mais francamente sobre a questão com o sargento Tozer.

"Não sei como você poderá continuar assim, Bourne", disse o capelão, mudando de assunto de repente. "Acho que até os mais afortunados de nós enfrentam uma situação ruim; mas, se você fosse um oficial, poderia pelo menos desfrutar as poucas comodidades que há aqui, e teria um pouco de privacidade e amigos de sua classe. Pergunto-me por que você insiste em ficar com a tropa. Não há ninguém que você possa chamar de amigo entre esses homens, há?"

Bourne pensou um tempo antes de responder.

"Não", disse por fim. "Não acredito que haja alguém a quem eu possa chamar de amigo. Gosto dos homens em geral e penso que eles gostam de mim. São um grupo honrado, generoso, que me ajudou bastante. Tenho um ou dois mais chegados, claro; e, de certa maneira, boa camaradagem toma o lugar da amizade – ela é diferente: tem suas próprias lealdades e afeições, e chego a crer que em algumas ocasiões pode alcançar tal intensidade de sentimentos que a amizade jamais terá. Pode ser menos importante, não sei, mas ocorre mais amiúde. A amizade implica condições mais estáveis, não acha? Você tem tempo para selecionar. Aqui não se pode optar, ou as possibilidades de escolha são limitadas. Não acredito que o heroísmo seja uma coisa comum. Ah, ele obedece a uma escala de valor, é claro. Quando o jovem Evans escutou que o coronel Woodcote estava sendo afastado, voltou correndo para fazer tudo que podia por ele – e é certo que devia muito ao coronel, que, ao se dar conta de que era uma atrocidade enviar um menino à frente de batalha, nomeou-o seu ajudante, para tentar dar uma chance a ele. Esse é um caso mais do que especial, mas vi um homem se arriscar por outro mais de uma vez; não digo que todos fariam isso. Parece tratar-se de uma ação espontânea e impensada, como quando, instintivamente, corremos para salvar uma criança que, brincando na rua, está prestes a ser atropelada. Por um instante, um homem pode não ser nada para você e, no minuto seguinte, descemos até o inferno por ele. Não, isso não é amizade. O homem não importa muito; é uma emoção impessoal, um tipo de entusiasmo, no antigo sentido da palavra. Claro que estamos todos com os nervos à flor da pele e exaustos. Ajudamos uns aos outros. O destino de um homem hoje pode ser o de outro amanhã. Estamos todos enfiados nisso até o pescoço e sabemos disso."

"Sim, Bourne, mas existe esse mesmo sentimento entre os oficiais e entre eles e os homens. Veja o capitão Malet e os soldados, por exemplo."

"Não sei nada sobre oficiais, senhor", disse Bourne, um tanto reticente. "Os homens têm o capitão Malet em alta conta. Estou falando apenas sobre minha experiência nas fileiras. Essa é uma vida difícil, mas tem suas compensações. Os outros têm sido bem decentes comigo; como dizem, estamos todos no mesmo atoleiro. Sabe, capelão, acho que isso tudo está me corrompendo. Começo a considerar oficiais, suboficiais, a guarda militar e o alto escalão do Exército como inimigos naturais de homens de bem como eu. O capitão Malet não é uma exceção: às vezes ele também nos maltrata e perturba a nossa existência."

"Não duvido que você tenha merecido. Foi despedido da administração do acampamento?"

"Sim. Suponho que esse seja o termo adequado, senhor. Fui mandado para a administração do acampamento na crença de que ficaria lá por dez dias, enquanto Grace estivesse sob tratamento médico. Completei esse período e Grace continuou doente. Agora o posto está vago. A verdade é que lá não era o meu lugar. Cá entre nós, capelão, lá não existe trabalho para três homens, muito menos quatro. Três são necessários quando estamos em combate; mas agora a sensatez mandou que mantivessem apenas dois até encontrarem alguém adequadamente qualificado."

"Bem, não acho que você deveria ficar onde está. Não acredito que seja o lugar certo para você. Poderia ser mais útil de outro modo. Entretanto, tenho algum trabalho a fazer agora. Venha me ver outra noite, embora eu acredite que muito em breve estaremos em marcha de novo. Você conhece aquele homem, o Miller?"

"Miller, o que desertou pouco antes da ofensiva de julho, senhor? Não o conheço. Só ouvi falar dele."

"Foi preso em Rouen. Não consigo atinar como ele chegou tão longe. Encontrou uma mulher que lhe deu abrigo; assim que o dinheiro dele acabou, ela o entregou à polícia. Imagino que teria sido melhor fugir sem deixar rastro, ou que alguma coisa tivesse lhe acontecido. Agora, a coisa ficou bem ruim. Boa noite."

"Sinto muito por ter de se preocupar com isso, senhor; é muito desagradável para qualquer um de nós. Espero não tê-lo incomodado e estou, realmente, muito agradecido pelo cheque. Boa noite, senhor."

"Boa noite, Bourne; e procure-me de novo alguma hora. Boa noite."

Enquanto descia correndo a rua iluminada pelo crepúsculo, Bourne refletia sobre as múltiplas possibilidades de formarem um pelotão de fuzilamento para pôr fim à carreira do anspeçada Miller. A verdade é que lamentava mais pelo pelotão do que pelo prisioneiro. Sempre achara que Miller deveria ter soletrado o seu nome como Müller, pois sua cabeça era quadrada como a de um alemão. Era uma coisa bem ruim mesmo. Quando Miller desaparecera, um pouco antes do ataque, muitos homens disseram que ele provavelmente tinha ido até as linhas inimigas e se entregado. Foram severos e rápidos em julgá-lo. O fato de ter desertado e abandonado seu oficial comandante, como fora registrado no livro de ocorrências, não era nada comparado ao fato de que os tinha abandonado. Os homens correram risco enquanto ele salvava a própria pele. Era quase tão ruim quanto parecia ser, e, se alguém perguntasse a qualquer soldado que estivesse lá na ocasião o que deveria ser feito no caso de Miller, haveria apenas uma resposta: atire no safado. Mas, se a esse mesmo homem fosse ordenado fazer parte do pelotão de fuzilamento, seus sentimentos mudariam consideravelmente.

De repente, Bourne perguntou-se o que faria se fosse designado para o trabalho. Tentou deixar a questão de lado, mas descobriu ser impossível: ele era um daqueles homens que tentam cruzar a ponte antes mesmo de chegar a ela. Seria o seu dever; sua consciência pesaria mesmo no caso de haver uma responsabilidade coletiva, mas essa justificativa não soava real.

A distância entre a covardia real de Miller e o medo reprimido que até mesmo os homens corajosos sentiam antes da ofensiva parecia pequena à primeira vista; mas, afinal de contas, outros lutavam; se falhassem no teste, pelo menos tinham tentado e com isso seriam alvo de simpatia; outros falhavam momentaneamente e se levantavam, como os dois homens que o sargento-mor Glasspool ajudara a se recompor. Podia ser até mesmo necessário atirar em desertores para prevenir o pânico. Todos esses casos eram diferentes e podiam ser considerados. Se fizesse parte do pelotão de fuzilamento, daria o melhor de si; seria como todos os outros: ninguém dando a mínima em ser o carrasco.

Esqueceu-se de procurar Evans, mas, de qualquer maneira, seria tarde demais: mesmo que tivesse se lembrado, o outro estaria ocupado atendendo o major. Encontrou Shem e Martlow na esquina, mas o sargento Tozer não estava com eles: não tinham conseguido encontrá-lo. Então Bourne disse para esperarem ali, enquanto ia a um pequeno restaurante onde tinha comido antes. Minutos depois, apareceu com uma garota aparentando 17 anos; e, para surpresa de Shem e Martlow, seguiu com ela para longe deles, subindo a rua. Andava ao lado da moça como um apaixonado, segurando-lhe o braço.

"Você é um safado, não é?", exclamou Martlow. "Quem dera eu conhecesse algumas malditas francesas."

"Ora, não vou esperar por ele", retrucou Shem, mal-humorado. "Vamos para o café beber alguma coisa."

Eles aguardaram até que Bourne e a garota desaparecessem de vista ao virar o quarteirão e notaram uma mulher mais velha à porta do restaurante, olhando para o casal um pouco ansiosa.

"Ele não tem sido o mesmo, não desde que esteve na administração do acampamento", disse Martlow. "Certo, vamos conseguir uma bebida."

Entraram no café e beberam um pouco de *vin rouge* e granadina, enquanto conversavam sobre o que realmente pensavam sobre Bourne e os defeitos em seu caráter, que estavam se tornando mais pronunciados. Cerca de vinte minutos depois, Bourne reapareceu sorrindo e perguntou se eles estavam prontos.

"Onde você esteve?", perguntaram ambos, indignados.

"Qual é o problema com vocês?", devolveu Bourne surpreso. "Fui pegar o sargento Tozer, claro. Ele está esperando no restaurante."

"Pensamos que você tinha fugido com a garota", retrucou Shem um pouco sem jeito, "e nos deixado por nossa conta."

"É evidente que você errou de novo", comentou Bourne. "Estava na hora de eu voltar: não pensei que ficaria tão lerdo em dez dias."

Bourne não ficou ofendido com o mau humor dos companheiros; se ficara magoado em um primeiro momento, deixou de lado o sentimento e os guiou para o bom humor. O sargento Tozer estava feliz por ele ter voltado e gostara da taberna – lugar que dificilmente alguém poderia chamar de restaurante –, muito melhor e mais tranquila do que o grande e barulhento salão do café. Só conseguiram uma omelete e *pommes frites*[23] para comer; mas *madame*

---

23 Batatas fritas.

e sua filha, que estavam esperando por eles, guarneceram a mesa com algumas garrafas de champanhe Clicquot.

Madame voltou direto para sua cozinha, mas Bourne começou a protestar com a menina. Ela tentou argumentar com ele, aparentemente, mas ele não quis escutá-la. Em dado momento, com um pouco de relutância, ela foi até uma gaveta do aparador e trouxe um cartão, com um pedaço de cordão verde gasto, no qual estavam penduradas as rolhas de duas garrafas. Nelas estava impresso, bem visível, em letras uniformes, *Reservée pour les officiers*. *Madame*, voltando com a comida, prontamente agarrou o arranjo. Alguém poderia vê-lo, protestou. A guarda militar podia-lhe causar problemas. Por fim, para tranquilizá-la, Bourne enfiou o cartão no bolso, dizendo que iria guardá-lo como uma lembrança da guerra.

Comeram e beberam em ótimo humor. O pequeno Martlow seguia os movimentos da garota, que os encarava com olhos cheios de admiração. Ninguém mais apareceu naquela noite; tinham o lugar só para eles e esvaziaram as garrafas com prazer. Depois, Bourne foi até a cozinha e pediu a conta, o que fez com que *madame* e a garota se voltassem para ele; Bourne riu ao ouvir as explicações detalhadas das duas e lhes deu o dinheiro. Então, um tanto imprudentemente, beijou-as – a mais velha primeiro, depois a filha.

"Por que você quis beijar a velha?", perguntou Martlow assim que chegaram à rua.

"Porque assim eu poderia beijar a garota depois", respondeu Bourne, rindo na escuridão.

Viraram a esquina e voltaram para os alojamentos. Como o sargento Tozer quis passar antes pelo escritório da companhia, Bourne esperou por ele enquanto os outros dois seguiam caminho.

"Não vamos dormir ainda, sargento", disse Bourne quando o outro saiu do escritório. "Vamos até atrás dos alojamentos para sentar, fumar e conversar. Está uma noite formidável. Olhe aquela pilha de escombros ali, cortando o horizonte como o rochedo de Gibraltar. Há outra na direção de Saims. O vinho subiu sem me animar..."

"Ele me subiu um pouco à cabeça também", concordou o sargento.

"Dizer que me subiu à cabeça seria incorreto", observou Bourne. "Agitou o meu sangue, acendeu simultaneamente todos os meus cinco sentidos. Sinto-me como um ser humano de novo. Para lhe dizer a mais pura verdade, sargento, embora eu não quisesse ficar na administração do acampamento, quando o velho Tomlinson veio para cima de mim com aquele jeito felino dele, mandando que eu voltasse para minha companhia, eu me senti um pouco triste. Feriu minha vaidade e ele pareceu satisfeito com isso. Mas, como você diria, tenho me sentido desconfortável desde que deixamos Sand-pits."

"Você poderia ter se esforçado mais, assim eles teriam deixado você ficar lá, se quisesse", disse o sargento.

"Eu não queria ficar lá", retorquiu Bourne com impaciência. "O trabalho era enfadonho, e eu prefiro estar morto de cansado a aborrecer-me. Gosto de estar com a companhia e mais ainda da sua ostentação, mesmo quando ela é tão oca quanto um tambor. Aprecio a grandiosidade de um tambor. Mas, se eu tivesse ficado muito mais tempo na administração, teria me tornado também um daqueles que se esquivam do trabalho. Poderia ter pedido ao primeiro-sargento ou ao ajudante de ordens que me mandassem de volta; mas não o fiz, pois não queria ter de carregar cilindros de gás. Dancei conforme a música. Claro que não me importo de vadiar um pouco na companhia, especialmente quando acho que mereço descanso. É um jogo, como dizem."

"Bem, não venha com nenhum desses jogos para cima de mim", o sargento advertiu-o. "Aquele jovem Shem é o demônio mais astuto que eu conheço. Ele fazia parte de um grupo de trabalho quando requisitamos todos os homens que pudemos conseguir. Ele se livrou do trabalho por causa das botas, acho. Elas estavam gastas, e não tínhamos outro par que servisse no desgraçado. Ele tem uns pés bem largos."

"Shem se livra por causa dos olhos dele", explicou Bourne, rindo. "Quando um oficial o encara, sempre acha que está escutando a verdade. Não consigo ser assim. De qualquer forma, tudo isso faz parte do jogo, contanto que não se exagere. O senhor acha que eu estou louco?"

"Você não está mais louco do que qualquer outro homem", afirmou o sargento, ponderando sua resposta à pergunta repentina. "O sargento-mor Glasspool disse que você era correto, e você sempre foi honesto comigo. Além disso, se pensasse que você estava fugindo das suas responsabilidades, o capitão iria para cima de você. O que quer que eu diga? Não conhece a si mesmo?"

"Queria outra opinião", respondeu Bourne. "Não acho que eu esteja louco. Fico deprimido às vezes, mas todo mundo está. A princípio era algo que me lançava à frente até o ponto de me sentir tonto; mas, quando a excitação passa, a depressão só me faz pensar em tragédias mais rapidamente do que de costume. Quando fui ver o capelão hoje à noite, ele me perguntou por que eu queria fazer parte da companhia, e eu respondi que gostava dos homens. Bem, nós dois sabemos que há todo tipo de homem nas fileiras, e o senhor mais ainda, mais do que eu, porque tem de mantê-los na linha e pressioná-los às vezes."

"O que eu disse ao capelão soou um tanto ingênuo assim que as palavras saíram da minha boca, mas suponho que fosse verdade mesmo assim. Acho que a vida é melhor quando estou com os homens. Na administração do acampamento via os homens irem para a estrada para chegarem à frente e sentia falta daquilo. Agora que estou de volta, sinto-me melhor."

"Bem, é melhor irmos dormir", disse o sargento. "Estou feliz que você tenha voltado, se é o que deseja. Mesmo assim, você é um maldito de um sortudo. Não dormi o suficiente por uma semana. O céu está ficando nublado. Vamos ter chuva antes do amanhecer."

8

> [...] *A ambição, que é a virtude do soldado, prefere uma derrota a uma vitória que venha a desservi-la.*
> – Shakespeare, *Antônio e Cleópatra*, ato III, cena I

O capitão Malet observava o sargento ministrar a instrução de seu pelotão em um areal atrás dos galpões de zinco. Chovera um pouco durante a noite e o ar estava limpo, sem poeira. Praticavam a construção de cercas de arame farpado usando estacas-parafuso, mas não havia material suficiente; era impossível medir a eficiência dos homens no trabalho. Então, para acordá-los, o sargento Tozer deu início à instrução de combate.

Como Bourne era o último da fila à direita, o sargento divertia-se à sua custa, dando continuamente a ordem de meia-volta à esquerda, fazendo-o suar em bicas durante a hora seguinte. Tão logo ele engrenava o passo completo, mais rápido, para entrar em sintonia com o soldado regulador da marcha, de novo ouvia-se o apito estridente do sargento, que, parado e muito ereto, percorreria com o braço estendido um quarto do horizonte, fazendo com que Bourne voltasse à marcha rápida. Sem fôlego, ele murmurava comentários não muito polidos que perpassavam sua alma – coisas mais sinceras do que corteses.

O capitão Malet não conseguia entender claramente os motivos do sargento para tais instruções. Acreditava ser ele um instrutor eficiente – rigoroso, mas gentil. Naquele momento, porém, parecia estar infligindo um castigo à tropa, e não treinando os homens. Irritado, bateu seu bastão de comando em um monte de terra. Não gostava daquele tipo de coisa. Acenando para o sargento – que não desconfiava dos pensamentos de seu comandante –, mandou-o interromper o exercício e avançou em sua direção.

"Os homens não estão trabalhando muito bem esta manhã, sargento", disse ele com uma amabilidade tensa. "Não mantêm um ritmo adequado nem fazem a meia-volta corretamente. Vou comandá-los por alguns minutos. Vá para o flanco esquerdo, e vamos ver se conseguimos melhorar um pouco as coisas."

O sargento Tozer inquietou-se. A princípio, tinha dúvidas quanto ao método do capitão; em poucos minutos deu-se conta de que era completamente errado. O capitão Malet dava continuamente ordens de meia-volta à direita e o sargento, obrigado a marchar rapidamente, tentava não tropeçar. Bourne, ao contrário, limitava-se a dar meia-volta à direita e continuar calmamente na direção indicada. Percebeu de imediato a situação e mal conteve o riso. Teria dado tudo para estar ao lado do sargento, ainda que fosse para marchar a passos ligeiros, só para escutar o que o outro dizia. O sargento também reparou no objetivo do capitão e esteve a ponto de explodir ante a injustiça. Os soldados se divertiram vendo o sargento fazer exercícios desnecessários. Finalmente, o capitão Malet pôs fim à instrução e agrupou os soldados ao seu redor. Com todos reunidos, chamou o indignado sargento para dar sua opinião sobre a execução das manobras.

"Sargento, esses homens têm a tendência de retardar o ritmo da marcha como soldados da infantaria e acredito que, pelo menos durante a instrução, deveriam manter nosso passo, curto e rápido. Claro está que ninguém espera que consigam manter a mesma velocidade sob essas condições; carregam um pouco mais de peso aqui do que carregavam em casa. E está muito quente hoje, não é? Aquele homem à direita ali... Não, aquele à esquerda, agora; ele me parece um pouco lento. Ele não deveria pensar no que os outros fazem. Parece-me que diminuía o passo para que os outros tivessem tempo de realinhar-se em suas posições."

Ele falou devagar, dando tempo ao sargento para recuperar-se de seus esforços.

"Aquele homem esteve na administração do acampamento pelos últimos dez dias, senhor. Ele pode estar um pouco lento e destreinado no momento; mas seu desempenho nos exercícios é satisfatório. Acho que precisa de um pouco de trabalho extra para entrar em forma, senhor, por isso o coloquei no outro flanco."

"Oh, foi por isso, não foi?", perguntou o capitão Malet, encantado. "O que você acha de seus homens, sargento? Conte-me sua opinião."

"Não acho que seja um grupo ruim de homens, senhor", respondeu o sargento Tozer, secretamente indignado de que pudesse haver alguma dúvida sobre o assunto.

"Não. Eu não acho que eles sejam um grupo ruim, de modo algum", concordou o capitão Malet. "Quando eu fizer críticas, não quero que pense que estou insatisfeito. Acredito que você mantenha um padrão elevado de treinamento, lidando muito bem com seus homens. Que repitam a instrução de combate, ida e volta até o campo a passo ligeiro. Depois, podem descansar por dez minutos e fumar."

O sargento Tozer bateu seu fuzil no chão em continência e virou-se para os soldados. Deu ordem de descansar e, depois de tê-los juntado à base de grunhidos, passou-lhes uma descompostura. Sua intenção era não somente recuperar o prestígio como também dar a impressão de que seu desprezo pela absoluta falta de espírito militar dos homens não era mais do que um eco da opinião do capitão Malet. Dessa forma, fazia bonito com o comandante da companhia, que apreciou o fato. Depois, assim como fora mandado, retomou as instruções de combate, ordenando os homens a marchar por cerca de 150 jardas, ida e volta. Quando os interrompeu, a tropa olhou para ele enfurecida, ofegando como gado cansado. O sargento os encarou por um tempo, com um ar de indiferença paciente, e disse-lhes para descansarem por dez minutos, para depois voltar-se para o capitão Malet.

"Porra de feitores, isso é que são!", esbravejou Minton, jogando-se no chão. "Que boceta vai querer vir aqui se somos enrabados por qualquer coisa? Já não fizemos o maldito trabalho o suficiente esta semana?"

O capitão Malet conversou com o sargento por alguns minutos sobre assuntos de menor interesse, olhando ocasionalmente na direção dos homens, que descansavam.

"Sargento, quero falar com Bourne, mas não agora; deixe-o descansar e terminar seu cigarro. Acredito que ele possa receber uma promoção. Há muitas baixas e a escassez de oficiais já se faz sentir. Sempre estão nos pressionando para que recomendemos homens apropriados. Acho que ele serve, não acha? Qual é sua opinião sobre ele?"

"Não sei o que pensar sobre ele, senhor. Ele é um sujeito esquisito. Quando chegou, todos pensaram que fosse um inútil, mas depois de alguns dias demonstrou ser capaz de cuidar de si mesmo; na verdade, ficou tão bem sozinho que se permitiu algumas liberdades, e por isso decidi não tirar o olho dele. Mas nunca registrei nada desabonador de sua parte e ouve uma reprimenda sem se alterar. Também é um homem muito disciplinado. Nunca tentou fazer amizade com ninguém, mas é bem agradável, se alguém quiser falar com ele. Não deixa que se aproveitem dele. Todos os homens o têm em alta conta. É um cavalheiro e mais educado do que nós, mas nunca fala sobre si mesmo. Parece não pertencer às fileiras, de alguma forma."

"Você parece ter dúvidas a respeito dele", observou o capitão Malet.

"Não é bem isso, senhor", disse o sargento. "Acho que ele dará um ótimo oficial. Ele não tem a constituição de um soldado; um pouco fraco; mas é bem esperto. Só que ele diz que não quer deixar a companhia, senhor."

"Bem, um homem não pode fugir às suas responsabilidades. Ele poderia ter ficado na administração do acampamento se gostasse dali. Fiquei bastante interessado em ver o que ele faria, e muito feliz por não ter permanecido lá. Ele lhe disse alguma coisa sobre isso?"

"Sim, em particular, senhor", respondeu o sargento com discrição.

"De maneira que não é assunto meu, não é? Entendo. Bem, traga-o até mim, e terei uma conversa com ele."

O sargento prestou continência, deu uns poucos passos até os homens e gritou o nome de Bourne. O capitão Malet viu seu homem primeiro hesitar, surpreso, e então levantar-se, limpar a grama e a poeira da calça, agarrar seu fuzil e encaminhar-se até eles. Sim, ele era um pouco fraco. Uma pena não ter um pouco mais de força; isso contava bastante. O oficial respondeu à continência de Bourne.

"Então você desistiu dos louros e da glória, Bourne", comentou, sorrindo.

"Não sei nada sobre louros e glória, senhor. Fui dispensado."

"Suspeitei que você provavelmente tivesse pedido por isso. E não fez muitos amigos, não é? Por que ficou tanto lá se não gostava?"

"Queria evitar o trabalho pesado por um tempo, senhor."

"Não acho um modo muito honrado de proceder", disse o capitão Malet, e notou um brilho de ressentimento no rosto de Bourne. "Gosto de tirar o melhor de cada homem. Fazê-los trabalhar até que desfaleçam, não é isso que dizem? Então, se o oficial médico acredita que não devem mais trabalhar, eles podem conseguir uma ocupação mais leve na intendência; são tarefas duras, sujas e desagradáveis, mas suponho que alguém tenha de fazê-las. O caso é que, ainda que depois não sirvam para mais nada, o tempo que permaneceram comigo tende a ser proveitoso. Atormento-me sempre por descobrir em que posto cada homem será mais útil, mas às vezes é uma loteria; não há tempo suficiente."

Ele fez uma pausa e encarou Bourne, que permanecia impassível sob seu olhar.

"De fato", continuou o capitão Malet, "pensei que talvez você merecesse um pouco de descanso. Creio que, no geral, serve bem na companhia; a respeito disso, não encontrei nenhuma falha em sua conduta. Você não é covarde e mantém a cabeça fria. Mas não é o tipo adequado."

"Senhor, apesar disso, tenho mais força do que muitos garotos..."

"Admita; você sabe que eu estou certo", interrompeu-o o capitão Malet. "Esses garotos, como você os chama, treinam, e muitos deles podem parti-lo em dois. E você está no auge de sua forma; diria que está no seu limite. Mas todos esses homens são resultado de muito trabalho físico, coisa que você não consegue fazer. Aposto que nunca esteve em um treinamento adequado até que se juntou ao Exército. E não pode melhorar; é provável que até piore. Se ficar pior, será um fardo para o resto. Você está fora do lugar ao qual pertence. Percebi que exerce certa influência entre os que o cercam. Não quero dizer que você tenta influenciá-los, mas é como se, naturalmente, eles achassem que você sabe mais do que eles. Valorizam sua opinião. Ora, tudo isso está errado; você não deveria, em sua posição, exercer influência sobre os soldados. Oh, sim, você conquistou alguma amizade com várias demonstrações de coragem, e os homens o admiram. Isso é diferente. Não digo que estejam errados; na verdade, acredito que admirem seu valor, mas não é isso que os influencia. É alguma coisa diferente. Você deve aceitar uma promoção."

"Prefiro ficar na companhia, senhor."

"Não se trata de suas preferências", disse o capitão Malet impaciente. "Trata-se do que deve fazer. Você não tem o direito de fugir das suas responsabilidades nesse assunto. Disse isso ao sargento Tozer, quando ele me contou que você preferia ficar na companhia. Bem, digo o mesmo a você também, e falo sério."

"Bem, senhor", retrucou Bourne com firmeza, "permissão para falar livremente."

"O que você pensa?", perguntou o capitão Malet, olhando fixamente suas botas enquanto golpeava uma delas nervosamente com o bastão de comando.

"Quando me alistei, perguntaram-me se eu aspirava a uma promoção; isso foi em Milharbour, senhor; e, quando o ajudante falou comigo, eu disse a ele que não tinha nenhuma experiência com homens, nem mesmo o tipo que os garotos têm em uma escola pública, por estarem em uma grande comunidade. Não quero fugir das minhas responsabilidades, mas disse a ele que achava que seria melhor eu ganhar um pouco de experiência com homens e ser soldado antes de tentar uma promoção. Ele não tinha pensado dessa maneira, mas concordou imediatamente quando viu que fazia sentido. Bem, agora acho que nós dois estávamos errados. Experiência com a tropa não ajuda em nada. Apenas consegui me sentir como um soldado, tal como os outros. Seria muito difícil para mim, agora, olhar para a guerra ou considerar os homens do ponto de vista que um oficial deve ter."

"Oh, você pode esquecer tudo isso", disse o capitão Malet alegremente. "Se seguir o meu conselho, começaria já a pensar nisso; mas não vou pressioná-lo por uma resposta hoje, caso você deseje tempo para pensar melhor. Estou certo de que é o mais sábio a fazer nessas circunstâncias."

"Só mais uma coisa, senhor. Não quero ser um problema para o senhor, mas parece que estamos nos preparando para outra ofensiva. Não quero fugir antes dela. Prefiro enfrentá-la com todos e depois seguir adiante."

"Muito bem, Bourne", replicou o capitão depois de ter hesitado, perplexo, por um segundo ou dois. "Faça como quiser. Só que não posso prometer que você ficará na companhia o tempo todo. Não faria tanta diferença; você não perderia a ofensiva. Dispensado."

Olhou-o com curiosidade, enquanto ele voltava para junto de seus companheiros, e virou-se para o sargento Tozer.

"Você está certo, sargento, ele é um rapaz estranho. Prossiga com a instrução, mas eu não exigiria muito dos homens. Trabalharam pesado nos últimos dias e amanhã nos poremos em marcha novamente. Nesse meio-tempo, não precisa tornar as coisas fáceis para Bourne; na verdade, seria melhor torná-las um pouco mais difíceis. Ele pensa demais para, no final, fazer o que qualquer homem sensato faria. Fique de olho nele."

Os outros soldados se retorciam por saber o motivo de Bourne ter sido chamado e Martlow, com sua curiosidade insaciável, perguntou-lhe; mas Bourne se recusou a dizer qualquer coisa, e a ordem do sargento para que continuassem o trabalho impediu que mais perguntas fossem feitas. A hora seguinte passou tranquila.

Quando voltaram aos alojamentos para o almoço, Bourne ainda estava calado e preocupado. Os homens deduziram que ele tinha levado uma reprimenda por alguma coisa – muito provavelmente, por seu fracasso em corresponder às expectativas da administração do acampamento. Um mártir da autoridade sempre lhes despertava profunda simpatia; contudo, assim que Bourne pôs-se fora do alcance de suas vozes, concordaram que, se um homem tentasse ser esperto, acabava por se tornar um tonto. Shem, que o conhecia, olhou para ele de soslaio, receoso, e decidiu por fim deixá-lo quieto; o sargento Tozer também parecia distante, como se a conversa que presenciara pela manhã o tivesse envergonhado um pouco. Entretanto, estava certo de uma coisa: enquanto o outro fizesse seu trabalho, não infernizaria a vida de Bourne só para agradar o comandante da companhia. Um homem que pensa ser tratado injustamente se rebela e torna-se problemático. Se isso acontecesse, teria de prestar contas ao comandante. Aquilo não fazia nenhum sentido.

Bourne comeu pouco e depois foi fumar sozinho. Tinha a habilidade de ficar só consigo mesmo; sua consciência se retraía até os cantos mais longínquos de seu ser, até se tornar um ponto, enquanto seu corpo automaticamente permanecia fiel aos hábitos. Não se ressentira de nada que o capitão Malet lhe dissera. Simplesmente experimentava um ressentimento impessoal e impreciso contra as circunstâncias em que se achava imerso. Na companhia, vivia em um mundo flexível, humano e de mútua estima; em contrapartida, ao ser promovido passaria a ser parte de um maquinário inflexível e desumano. Ainda que pensasse que a guerra era magnífica sob o ponto de vista do esforço moral, sentia que, como operação mecânica, deixava muito a desejar.

Voltaram à formação às duas horas da tarde e às três passaram por uma revista dos equipamentos, durante a qual o capacete de Bourne foi condenado uma segunda vez. O sr. Marsden, que retornara ao posto depois de ter sido levemente ferido no Somme, foi o primeiro a examinar o capacete, e depois o sr. Sothern lembrou-se de que ele havia sido dado como inutilizado em Méaulte. Lembrou o sargento-mor do fato e voltou-se para Bourne novamente.

"Você falou com o sargento intendente da companhia sobre isso?", perguntou a Bourne.

Bourne tinha uma lembrança muito viva de sua conversa com o sargento intendente, um velho diabólico como o primeiro-sargento Tomlinson, violento por causa da bebida. Ele também tinha sido reformado e alcançara o cume de sua ambição: ser dono de um bar.

"Sim, senhor", disse Bourne mecanicamente.

"O que ele disse?", continuou o sr. Sothern de modo inquisitivo.

"Mandou-me procurar alguém que me enrabasse", respondeu Bourne em voz baixa.

O sargento-mor Robinson e também o sargento Tozer ficaram escandalizados por Bourne divulgar uma parte da conversa que, obviamente, deveria ser confidencial. Os oficiais pareciam um pouco surpresos com sua ingenuidade.

"Qual é seu objetivo falando assim?", inquiriu o sargento-mor severamente. "Ele apenas não tinha nenhum outro capacete."

Bourne achava que as palavras do sargento intendente poderiam ser interpretadas de diversas maneiras; mas, diante da indignação do primeiro-sargento, não lhe pareceu o momento certo para continuar a discussão. Continuou firme em sua posição, esperando a reprimenda que receberia do sr. Marsden, do sr. Sothern e do sargento-mor, em sequência. O sargento-mor achou necessário dizer ao sr. Marsden que o sargento intendente Leak tinha sido mandado para casa.

"Ele não andava bem, senhor. Era muito velho e isso o tornava um sujeito irritadiço", observou com certa indulgência.

"Certifique-se de que esse homem tenha um novo capacete até a noite", ordenou o sr. Marsden.

"Não há nenhum aqui, senhor", protestou o sargento-mor. "Podem-se encontrar alguns nos galpões do intendente em Nœux-les-Mines, mas mesmo lá provavelmente eles empacotaram as coisas para a marcha."

"Então encarregue-se de que ele consiga um na primeira oportunidade possível", disse o sr. Marsden. Excedera-se no tempo que determinara a si mesmo dispensar a cada homem e por isso partiu, apressadamente, a fazer críticas às deficiências do soldado seguinte.

Todos os homens esticaram as orelhas para ouvir Bourne recebendo, pela segunda vez no dia, reprimendas. Uma vergonha. Uma vez que os desgraçados colocavam a faca em seu pescoço, você não conseguia se livrar mais. Nunca estavam contentes, era preciso reconhecer. Mas a referência inadvertida do sargento-mor à efetiva perspectiva de marcha fez com que eles se esquecessem da compaixão esporádica e se preocupassem com o que os interessava mais. Assim que saíram para o chá, ouviram a programação: café da manhã às 8 horas; todos os alojamentos limpos e prontos para a inspeção pelos oficiais da companhia às 9; batalhão em formação, pronto para marchar, às 9 e meia. Bourne bebeu seu chá sozinho, mas Martlow invadiu sua solidão.

"Olhe só, Bourne, você sai comigo esta noite e eu pago, certo? Tenho bastante dinheiro; não quero sair com você pagando tudo. Então você vem com Shem e comigo e vamos fazer um pouco de farra nós três. E não precisa se importar com o que qualquer maldito oficial diga, entende? Não leve a mal. Não é nada."

Foi a solenidade na expressão de Martlow que convenceu Bourne. A ideia de que ele não aguentaria uma simples reprimenda deu-lhe vontade de rir, mas se conteve. "Certo, garoto", disse ele agradecido. "Vamos à farra juntos."

"E eu pago", exigiu Martlow, imensamente feliz; mas, de repente, uma sombra de dúvida nublou sua expressão.

"Não tenho muito dinheiro para pagar champanhe de verdade", disse com franqueza; "mas as outras coisas também são boas, apenas não embebedam tanto; e, além do mais, não queremos ficar de porre com uma marcha pela frente amanhã, não é?"

"Oh, eu gosto de champanhe só às vezes", replicou Bourne, tranquilo. "Normalmente prefiro cerveja ou *vin blanc.*"

"A cerveja aqui é uma merda", disse Martlow. "Certo, vou contar ao Shem; ele está deitado lá fora."

Bourne não ficou sozinho por muito tempo no alojamento; estava guardando sua marmita e a faca quando o sargento Tozer entrou e notou que ele estava mais animado.

"Vai à vila comigo esta noite?", perguntou.

"Martlow acabou de me chamar para ir com ele, sargento. Se não fosse isso, eu o acompanharia. Acho que ele quer retribuir o meu convite; mas obrigado mesmo assim."

"Ele é um garoto decente", disse o sargento. "Estava indo chamá-lo e também Shem para virem. Mas vou deixar isso para outra noite. Não quero que pensem que estou me intrometendo. Você contou a eles alguma coisa sobre o que o capitão Malet lhe disse?"

"Não, não vou dizer nada sobre isso até que esteja mais ou menos resolvido."

"Muito bem. Eles acham que o capitão Malet lhe deu uma reprimenda."

"Mesmo? Como o senhor descreveria aquilo?"

"Ele é um bom oficial, o capitão Malet, e um cavalheiro também, mas pode estar errado a respeito de muitas coisas. Acho que há muito de verdade no que ele lhe disse e penso com frequência a mesma coisa. Você exerceu uma atração sobre nós em alguns aspectos..."

"Bem, em outros aspectos, o senhor exerceu a mesma influência sobre mim."

"Sim, mas isso não melhora as coisas; só as piora. Há algo no que você disse ao capitão. Só que você não disse tudo que estava pensando..."

"Como diabos pode-se dizer o que se está pensando a um oficial sem ser rude?", perguntou Bourne, indignado.

O sargento parecia se divertir com a situação.

"Você não foi muito educado ao falar sobre o sargento intendente com o sr. Marsden."

"Foi diferente. É de uma imbecilidade sem tamanho! A um soldado é mandado sanar uma deficiência em seu equipamento e ele vai até o sargento intendente da companhia para resolver a questão. Aí, tudo o que consegue é ouvir insultos por trazer problemas. O que ele pode dizer ao sargento intendente? Na próxima inspeção ele ganha uma reprimenda do oficial por não fazer uma coisa que o oficial sabe muito bem que ele não pode fazer. Jamais me ouviu reclamar de nada, ouviu? Muito bem. O que eu posso lhe dizer: raramente, no Exército, os erros não serão jogados sobre os ombros dos homens. Um imbecil da administração do acampamento manda uma mensagem errada para a brigada e os homens podem ficar sem seu chá quando voltarem de uma frente de trabalho, molhados e cansados às quatro horas da manhã, depois de não terem comido nada desde as cinco da tarde. Sim, o capitão Malet consertou a questão, e ele é o único oficial da companhia que eu sei que tem coragem o bastante para fazer isso."

"Um general passa de carro, a 40 milhas por hora, a caminho de uma farra em Amiens. Uma sentinela azarada agita sua bandeira bem a tempo de deixar seu posto e apresentar armas a uma nuvem de poeira. O general volta de ressaca na manhã seguinte e dá parte dele por negligência; como consequência, todos têm de montar guarda, os chucrutes sobrevoam a área e os bombardeiam. Esses não são casos excepcionais e o senhor sabe disso tão bem quanto eu. Essas imbecilidades acontecem todos os dias. Só peço a Deus que os alemães saúdem esse porco com uma bala de grosso calibre ou alguma coisa de igual eficácia. A guerra seria muito mais tolerável se não tivéssemos o maldito exército."

"Suponho que conseguirei outro capacete quando conseguir encontrar um nas trincheiras, porque estou bem certo de que não terei outro pelos meios oficiais. O que faço quando quero tudo agora? Vou até os sapateiros, que tudo têm. Mas acontece que eles não dispõem de um capacete no momento. Não sei se o sr. Marsden ou o sr. Sothern se sentem mais importantes quando me repreendem, mas o que sei é que um intendente, um cabo ou os dois juntos têm mais autoridade para me conseguir um capacete do que aqueles dois."

"Bem, há alguma verdade nisso", disse o sargento Tozer, procurando por seu tabaco. "Mas foi tolo repetir o que o sargento intendente disse. Nada importa, a não ser o que concerne aos oficiais; mas isso caiu nas costas do sargento-mor. Se o sr. Marsden não consegue mudar as coisas, você acha que pode?"

"Sei perfeitamente bem que elas não podem ser alteradas. Tinham de operar a máquina mais ou menos como fora passada a eles; e, porque eu sei disso, nunca disse nada a ninguém até começar a reclamar com o senhor há alguns minutos. Se o sargento-mor me hostilizar, ouso dizer que aguentarei. A última coisa que ouvi dele foi um pedido para que lhe arranjasse alguns cadernos de anotações e lápis na administração do acampamento. Mas não se preocupe, vou esquecer tudo isso. Eu já havia lhe dado uma ideia de por que não desejo uma promoção; mas, se me cabe receber uma, não há opção, há? Não devo fugir às minhas responsabilidades."

"Você tem toda a razão", disse o sargento Tozer, e fez uma pausa deliberada para acender o cachimbo. "Apenas tenha cuidado. Há muitas pessoas interessadas em você no momento para não temer bancar o tolo."

Bourne não disse nada, mas acendeu outro cigarro; fumaram em silêncio. Então o pequeno Martlow voltou e sentou-se calado ao lado deles. Encarou o sargento ligeiramente desconfiado, e Bourne sabia o que ele estava pensando: dizia a si mesmo que seu dinheiro não pagaria pela diversão das três pessoas ao seu lado. Podia ver em Martlow a firme determinação de não convidar o sargento; e então o cabo Greenstreet enfiou a cabeça pela porta do galpão.

"Bourne está aqui?"

"Sim, cabo."

"Guarda da companhia, 6 horas."

"Muito bem, cabo. Apenas me dê tempo para me preparar. Lamento, Martlow, mas iremos para farra juntos outra noite. Ouso dizer que o sargento-mor pensa que estive à toa nos últimos tempos."

"Maldito exército!", praguejou Martlow, desapontado. Sentou-se encarando Bourne, retorcendo o lábio de tanto mau humor.

"Oh, não sei", disse Bourne alegre. "Está tudo bem como nos tempos de paz, como os veteranos dizem."

Olhou para o sargento Tozer com sua cara mais divertida, e o sargento tirou o cachimbo da boca.

"Então é melhor que você e Shem venham comigo esta noite, Martlow, e por minha conta. Podemos comer alguns ovos e batatas fritas, e depois dar uma espiada em alguns cafés. Ajudará a matar o tempo. Você poderá conseguir um pouco de *vin blanc* para Bourne."

"É um plano danado de bom, Martlow. Vá e conte a Shem."

"E não pareça ansioso", recomendou o sargento quando Martlow saiu relutante.

"Ele está desapontado por não ser o anfitrião da farra, caso contrário estaria exultante. Isso foi bem decente de sua parte, sargento."

9

> *Mas falando tu a minha língua,*
> *como o fazes, e eu a tua, por maneira*
> *tão errônea, forçoso é concordar*
> *que ficamos quites.*
> – Shakespeare, *Henrique V*, ato V, cena II

Bourne jamais dormia muito; tão logo tirasse o cigarro da boca e se enrolasse em seus cobertores, dormiria como uma pedra por uma hora, ou talvez duas, e então o sono tornava-se tão leve que o menor ruído era capaz de despertá-lo. A lenda que corria na companhia era que qualquer soldado que levantasse no meio da noite haveria de encontrá-lo sentado fumando. Pelo menos a sentinela da companhia não o incomodava. Era um bom guarda, sem formalidade; e Bourne gostava da solidão e do vazio da noite. A alma poderia submergir naquele silêncio como nas águas frias e profundas de um lago. A terra parecia respirar, mesmo que fosse através do anélito do soldado ali sentado, outorgando à sua consciência uma cadência constante, sem som nem movimento, mas suscetível de converter-se em qualquer um dos dois a qualquer momento.

Os montes de escombros, imensos contra o céu iluminado, poderiam ter sido as torres de vigia da Babilônia ou as pirâmides do Egito; a noite, com seus encantamentos, transformava até mesmo a terra mais plana e inóspita em um lugar encantado por ilusões fantásticas. A manhã devolveu à vida suas realidades mais sórdidas. Bourne serviu-se de um pouco de chá no refeitório e sorveu-o enquanto conversava com Abbot; depois se lavou e fez a barba, antes que o resto de seu corpo estivesse completamente desperto.

O batalhão pôs-se em marcha passados vinte minutos depois das nove horas; cinco minutos depois, o oficial comandante e o ajudante de ordens aproximaram-se a cavalo das fileiras de soldados, teoricamente para fazer uma inspeção rápida e, objetivamente, para anunciar que ambos haviam sido condecorados com a Cruz de Mérito Militar por seus serviços no Somme.

"Gostaria de saber se eles têm peito para usá-las", comentou Martlow, indiferente.

O major Shadwell e o capitão Malet não tinham condecorações.

"Eu não quero nenhuma medalha mesmo", completou Martlow com desinteresse.

Bourne se surpreendeu com a destreza com que o ajudante de ordens manejava seu cavalo gris. Quando a montaria trotava, o sol intenso atravessava o espaço entre suas nádegas e a sela, de tal maneira que dava a impressão de que, em vez de o animal levar o ajudante, era o homem quem impulsionava o animal. Entretanto, ele dava à tarefa a mesma atenção séria que dispensava aos deveres menos árduos.

Quando em marcha, os homens estavam proibidos de beber dos seus cantis até que isso lhes fosse permitido. Avançaram e, por volta das 10 horas, estavam marchando por dentro de Nœux-les-Mines de novo; e então o que se dizia pelas fileiras era que estavam seguindo para Bruay. Pouco depois, não havia mais dúvidas sobre o destino final:

o capitão Malet confirmou-o ao sargento-mor Robinson, e os homens lançaram-se à frente, apesar da poeira e do calor, distanciando-se uns dos outros a fim de dar espaço para que o ar circulasse mais livremente entre eles. A marcha seguiu em boa disciplina. Chegaram ao novo acampamento por volta de uma hora da tarde.

Bruay fora construída nos dois lados de um vale, e os alojamentos dos soldados ficavam, naturalmente, na parte mais pobre da cidade, numa rua igual a todas as ruas que sempre evidenciam a monotonia da vida industrial moderna. Era um bairro que havia sido ocupado por mineiros. A rua onde estavam os alojamentos da Companhia A tinha cerca de 100 jardas de comprimento apenas; levava a lugar nenhum e terminava abruptamente, como se as construções tivessem se cansado, de repente, de toda aquela repetição sem sentido.

Estava tudo muito limpo; maçante e sombrio, mas limpo. Algumas das casas estavam vazias, e Bourne, Shem e Martlow, com o restante de seus companheiros, ocuparam uma delas. Bruay era, em sua maior parte, anterior aos dias em que cidades começaram a ser planejadas. Podia-se ver que a sabedoria do gado – que em tais assuntos era maior do que a do homem – tinha determinado o curso de muitas das ruas sinuosas da cidade, conforme fazia seu caminho de ida e volta para pastar, guiado apenas pela sensação do chão sob os pés e pelos declives com os quais se defrontava. Assim a cidade ainda conservava um pouco de charme e personalidade. Tinha o seu lugar, com todos os seus lados desiguais erguidos na encosta – que se cruzava não de ponta a ponta ou de cima a baixo, e sim na diagonal. Talvez, o gado tivesse determinado isso também, pois o homem, pobre tolo, havia muito perdera o sentido de sua natureza.

As casas, na parte mais antiga da cidade, embora mais modestas e discretas, ainda conservavam um pouco de distinção e individualidade. Recusavam-se a ser confundidas umas com as outras. Ignoravam a tola suposição de que os homens são iguais. Acreditavam na propriedade privada.

Era, obviamente, intenção do comando permitir que os homens tivessem um *bon* tempo. Os soldos foram pagos às duas horas, e então estavam livres para fazer o que bem quisessem.

"Você sai comigo esta noite", intimou Martlow a Bourne.

"Tudo bem", respondeu ele, jogando seus pertences no chão do quarto que ocuparam e abrindo a janela. Estavam no andar de cima; ele olhou para os dois lados da rua. Havia cinco ou seis cabos e anspeçadas parados do lado de fora; e tanto o cabo Greenstreet quanto o anspeçada Jakes o encararam imediatamente, chamando-o. Bourne foi até eles, um pouco relutante, imaginando o que ambos queriam.

"Você é o homem que estávamos procurando", disse o cabo Greenstreet. "Os sargentos vão abrir um rancho para eles pelo tempo que vamos ficar aqui; e não vemos motivo para não fazermos o mesmo, abrindo um para os cabos."

"Ora, faça isso", incentivou Bourne com desinteresse. "Pelo que sei, não há nada nos Regulamentos do Rei que o proíba."

"Bem, não podemos cuidar disso nós mesmos. É aí que você entra: conhece um pouco o idioma e parece capaz de sempre convencer mulheres mais velhas. Um cabo não tem o mesmo soldo de um sargento, mas queremos fazer isso o melhor que pudermos. Seremos oito; Jakes, Evans e Marshall estão alojados aqui, onde podemos abrir nosso rancho, se *madame* se responsabilizar pela comida. Você precisa falar com ela."

"Está tudo muito bem", disse Bourne com prudência, "mas agora estamos em uma cidade decente e eu quero me divertir. Acabei de dizer ao Martlow que vou sair com ele hoje."

"Ora, acabei de designá-lo para guarda da companhia esta noite."

"Foi mesmo, cabo? Bem, trate de colocar outro no lugar, ou então não há nada a fazer. Toda vez que planejamos sair e farrear juntos, ele, Shem ou eu somos designados. Eu montei guarda ontem à noite."

"Bem, foram ordens do sargento-mor Robinson. Disse que lhe faria bem; que você estava ficando um pouco preguiçoso."

"Foi o que imaginei", disse Bourne. "Ele não quis ser mau, claro, mas pensou estar me dando um aviso. Não me importo de ter a minha cota como guarda. Mas, se você colocar um de nós, que nos coloque todos e faça disso um encontro de família. Não me importo em ajudar você com o refeitório, mas quero me divertir também."

"Bem, venha à farra conosco", sugeriu o cabo Greenstreet.

"E você não precisa colocar nada na coleta para o refeitório", completou o anspeçada Jakes.

"Oh, obrigado mesmo assim, mas gosto de pagar pelas minhas coisas", explicou Bourne com frieza. "Não me importo de ir perguntar a *madame* o que pode ser feito sobre isso; e então, se chegarmos a algum acordo, me encarrego de comprar a comida, mas, antes de as coisas avançarem, tem de ficar claro que nem Shem nem Martlow estão de guarda esta noite. Nós três vamos à farra juntos, e amanhã à noite estarei com vocês no trabalho."

"Combinado", disse o cabo Greenstreet sem hesitar. "Vou mandar outro parasita para a maldita guarda, se houver guarda. Não recebi ordens ainda."

"Pois seria bom levar isso em consideração", replicou Bourne, "mas ainda acho que você daria conta disso muito bem sem a minha ajuda."

"Vamos lá. Você *parlez-vous*[24] com a velha", disse o cabo

---

24 Fala.

Greenstreet, e o levou correndo para dentro da casa, para o front de batalha: a cozinha. *Madame* era uma mulher muito elegante e competente, e encarou Bourne, com as duas filhas atrás dela como apoio à sua retaguarda. Ele avançou habilmente por entre as *politesses*[25] iniciais. A mulher já havia entendido que os cabos queriam a sua ajuda para alguma coisa, mas aparentemente tinham falhado em deixar claro no quê.

"*Qu'est-ce que ces messieurs désirent?*"[26], perguntou ela a Bourne, indo direto ao ponto com admirável prontidão. Quando ele explicou a questão, entraram em uma discussão sobre formas e meios. Depois, ele se virou para o cabo Greenstreet.

"Suponho que seja certo que ficaremos aqui por duas noites, não é?"

"De acordo com os planos atuais, sim. Claro que não dá para ter certeza de nada no maldito exército. Faz alguma diferença para ela?"

"Não muita", respondeu Bourne. "Você pode ter filé grelhado com cebolas fritas, batatas e feijões ou um par de galinhas. Imagino que tipo de doce você conseguirá."

"Poderíamos ter pudim de sebo com melado?"

"Não creio", respondeu Bourne, pensativo. "Não acho que os franceses usem sebo na cozinha e, de qualquer forma, não sei como se diz sebo em francês, mesmo que usassem. *Suif* é banha de porco, acho eu. Você consegue pegar uma lata de geleia na intendência? Então pode ser que consiga uma omelete doce com geleia. Talvez fosse melhor comprar uma geleia decente; você não quer uma de ameixa ou maçã, quer? Só desejo fazer o dinheiro render o

---

25 Gentilezas.
26 "O que esses senhores desejam?"

máximo possível. Gosto daquelas groselhas em calda que costumavam vir de Bar-le-Duc."

"Consiga-as. Não me importa a mínima de onde elas vêm. Não queremos a maldita ameixa ou maçã quando podemos ter coisa melhor. E não se preocupe com o dinheiro, desde que esteja dentro de certo limite. Eles vão nos deixar aqui apenas por alguns dias para passarmos um *bon* tempo antes de nos mandarem para a merda de novo. Então é melhor conseguirmos tudo que pudermos, enquanto pudermos."

Bourne voltou-se para *madame* outra vez e perguntou se ela faria as compras para eles; como resultado, ambos concordaram em ir juntos. Ele se virou para o cabo Greenstreet e perguntou-lhe sobre o dinheiro.

"O que acha de contribuirmos com 20 francos cada um para começar?"

"Acredito não ser preciso tanto; deem-me 10 francos cada um e, se isso não for o bastante, então podem me dar mais 10 depois. Vou deixar que ela compre o vinho, pois conhece alguém no mercado e diz que nos consegue o do bom, não disponível nos cafés, a preço baixo."

"Jantar, cabo", avisou o cabo Marshall, enfiando a cabeça pela porta; e, agradecendo a *madame*, foram depressa comer.

"Onde diabos você estava?", perguntou Martlow indignado a Bourne, e Shem começou a rir do modo como o outro fizera a pergunta.

"Do que diabos está rindo?", quis saber com o cenho franzido.

"Estava dando o melhor de mim para livrar você da guarda da companhia esta noite."

"Eu!", exclamou Martlow. "Eu na maldita guarda da companhia esta noite, na única cidade decente em que já estivemos! Essa é para enrabar qualquer um, não é? Está falando sério? Ficarei de guarda esta noite?"

"Bem, eu aceitei o cargo de oficial de racionamento no refeitório dos cabos com a condição de eles encontrarem outro para seu lugar na guarda, caso haja mesmo guardas esta noite; é possível que faltem. O ensopado não estava ruim hoje, não é? Parece-me que fazia um bom tempo desde a última vez que tivemos carne fresca, com exceção de alguns besouros nos biscoitos. Assim que eu terminar de comer, vou com o cabo Greenstreet fazer a coleta do dinheiro entre os outros cabos, volto a tempo de pegar meu pagamento e então saio para fazer compras com *madame*. Vamos tomar o chá do outro lado da cidade, para o caso de virem atrás de nós com alguma tarefa. Há um cinema lá. E olhe, Martlow, você não vai pagar por nada esta noite, certo? Devemos aproveitar ao máximo a oportunidade de ter um *bon* tempo, pois pode ser nossa última chance. Odeio o pensamento de morrer jovem."

"Bem, eu vou pagar a comida", disse Martlow, cuidadoso. "Tenho cerca de três semanas de soldo e minha mãe me mandou 10 xelins. Gostaria que ela não me mandasse mais dinheiro, pois pode lhe fazer falta, mas ela é teimosa."

"Shem pode pagar as bebidas depois. Claro que ele tem dinheiro. Ser judeu e não ter dinheiro seria uma desgraça completa, o bastante para negar a providência divina. Ele nunca vai se oferecer para pagar alguma coisa, a menos que você o obrigue. Não acha que isso é prudente. Mas mesmo assim, se você está quebrado, Shem vai aparecer todo generoso; aí não se importaria de gastar à larga, pois isso justificaria sua sovinice habitual. Shem e eu nos entendemos muito bem, só que ele acha que eu sou um maldito imbecil."

"Eu não acho que você seja um maldito imbecil", disse Shem, indulgente; "mas sim que me daria melhor com sua inteligência do que você."

"Shem se acha um homem prático", interveio Bourne, "e um cínico, e materialista; e acredite, Martlow, ele tinha um emprego tranquilo no centro de pagamentos do exército, onde podia aplicar os talentos que sua raça lhe deu. Vestia uniforme cáqui de funcionário administrativo e apresentava armas com uma caneta-tinteiro. O mais seguro esconderijo de toda a Inglaterra, e ele largou tudo para virar soldado! Aqui está, lave minha marmita como um bom garoto e minha faca e meu garfo. Tenho de ir atrás daqueles cabos. Não confiaria em nenhum deles para ir até a esquina com uma moeda de 3 *pence* no bolso, a menos que eu fosse um sargento."

Ele encontrou o cabo Greenstreet à sua espera e seguiram juntos; o cabo coletou dinheiro de todos, menos do cabo Farman e do anspeçada Eames.

"E o cabo Whitfield?", perguntou-lhe Bourne.

"Não é um bom sujeito", respondeu Greenstreet. "Nunca vai se juntar a nós em nada. Ele recebe ao menos uma vez por semana um grande pacote de casa, e nunca o vi dar uma migalha que fosse a ninguém. Em todo caso, não nos interessa. Ele é um recabita."

"E o que diabos é isso?", perguntou Bourne, um tanto assustado.

"Não sei, uma espécie de prática sexual, ou algo assim. Não bebem, não fumam, mas comem que é uma beleza. O maldito não nos interessa."

"Não sei nada sobre ele", confessou Bourne.

"E você não quer saber", retrucou Greenstreet, sério. "Estou no mesmo alojamento onde fiquei da última vez, mas ainda não tive tempo de dar uma olhada. A dona é uma velha e ela tem uma governanta – na verdade, uma cozinheira que arruma a casa. Elas são muito decentes conosco. Pessoas respeitáveis, entende; poderia dizer que a mais velha tem como que um entusiasmo por ela. De qualquer forma, vivem bem confortáveis. Gostaria que você fizesse silêncio e limpasse os pés no tapete, entende."

A casa ficava em uma das ruas que davam acesso à saída da cidade; tinha um portão lateral por onde se chegava a um pequeno pátio ajardinado com flores e uma horta. Havia uma macieira carregada de frutos vermelhos e um plátano com os galhos retorcidos e as folhas já amareladas. O cabo Farman estava saindo no momento em que eles passavam pelo portão e deu a eles seus 10 francos, alegremente. Ele e o cabo Greenstreet eram, talvez, os homens mais bem-apessoados do batalhão: ruivos, com olhos azuis e uma personalidade alegre. A *ménagère*[27] reconheceu o cabo que chegava e acenou-lhe da porta.

"Ela esteve perguntando pelo senhor, cabo."

"*Bonjour, Monsieur* Greenstreet"[28], gritou ela, acentuando os erres.

"*Bonjour, madame*, já vou até aí. Cabo, vou me encontrar com você no escritório da companhia para mostrar-lhe os alojamentos. Bourne está encarregado de tudo."

Farman acenou e foi cuidar de seus assuntos. O cabo Greenstreet e Bourne entraram na casa depois de terem limpado bem os sapatos no tapete da porta de entrada; mas mesmo assim a *ménagère* olhou de forma suspeita para Bourne.

"*Vous n'avez pas un logement chez nous, monsieur*"[29], disse ela com firmeza.

"*C'est vrai, madame; mais j'attends les ordres de monsieur le caporal.*"[30]

Ele falou pausadamente, com certa frieza em seus modos, *de haut en bas*,[31] por assim dizer. Depois de mais um olhar penetrante em sua direção, ela o ignorou por um momento.

---

27 Governanta.
28 "Bom dia, senhor Greenstreet".
29 "Você não está hospedado conosco, senhor".
30 "É verdade, senhora; mas estou às ordens do senhor cabo".
31 De alto a baixo.

O cabo Greenstreet deixou seus pertences em um quarto ao lado da cozinha, ao qual se chegava por uma escada cujo piso era de madeira em vez de azulejos; depois ele voltou e a mulher se mostrou, rapidamente, mais cordial para com ele, expressando seu prazer em vê-lo e sua gratidão por ele estar, obviamente, com boa saúde. Ele não entendia uma palavra do que ela dizia, mas achava lisonjeiros e bastante agradáveis o prazer e o reconhecimento em seu rosto.

"*Ah, oui, madame*"[32], disse ele, esforçando-se para ser cavalheiro.

"*Mais vous n'avez pas compris, monsieur.*"[33]

"*Ah, oui, compris, madame.* Feliz em voltar, *compris? Cushy avec mademoiselle.*"[34]

A expressão no rosto da *ménagère* passou, muito de repente, da surpresa para a indignação e desta para a ira. Antes de o cabo Greenstreet perceber o que estava prestes a acontecer, ela virou um braço musculoso e lhe deu um tapa violento na orelha, quase o derrubando sobre uma caixa repleta de toras e carvão para o fogão. Bourne, pensando com a mesma rapidez com a qual ela se precipitou, concluiu que o termo hindustani *cushy*[35] e o francês *coucher*[36] deviam ser derivados da mesma raiz em sânscrito. Colocou-se heroicamente entre a fúria e sua vítima, que, sem nenhuma hesitação, assumiu o papel submisso ante as circunstâncias.

"*Mais madame, madame*", protestou, lutando para conter a risada. "*Vous méprenez. 'Cushy' est un mot d'argot militaire qui veut dire doux, confortable, tout ce qu'il y a de plus commode. Monsieur le caporal ne veut pas dire*

---

32 "Ah, sim, senhora".
33 "Mas você não entendeu, senhor."
34 "Ah, sim, entender, senhora. Feliz em voltar, entende? *Cushy* com a senhorita."
35 Agradável, confortável.
36 Dormir.

autre chose. Il veut vous faire un petit compliment. Calmez-vous. Rassurez-vous, madame. Je vous assure que monsieur a des manières très correctes, très convenables. Il est un jeune homme bien élevé. Il n'a pour vous, ainsi que pour mademoiselle, que des sentiments très respectueux."[37]

O francês de Bourne era suficiente apenas quando as circunstâncias lhe exigiam pouco uso da língua; e aquelas eram o bastante para levá-lo à falência até mesmo em inglês. *Madame* agora andava pela cozinha em um frenesi digno de uma *prima donna* no clímax de uma grande ópera. Cada emoção tinha seu ritmo adequado, e ela encontrou o seu de maneira natural: era um talento nato. Seu virtuosismo era tal que impedia as palavras de Bourne de atingir seu efeito completo de imediato. Ela não conseguia passar do sublime ao prosaico tão rapidamente. O rosto do cabo refletia sua inocência, o que serviu de atenuante; a senhora, porém, resistia a ceder, pois isso seria interpretado como uma fraqueza feminina.

"Nous retirons, madame, pour vous donner le temps de calmer vos nerfs"[38], disse Bourne com alguma seriedade. *"Nous regrettons infiniment ce malentendu. Monsieur le caporal vous fera ses excuses quand vous serez plus à même d'accepter ses explications. Permettez, madame. Je suis vraiment désolé."*[39]

---

37 "Mas senhora, senhora. A senhora se enganou. '*Cushy*' é uma gíria militar que quer dizer doce, confortável, tudo o que existe de mais cômodo. O senhor cabo não quer dizer outra coisa. Ele quis fazer-lhe um pequeno elogio. Pode ter certeza. Fique tranquila, senhora. Eu lhe garanto que ele tem modos extremamente corretos, muito apropriados. É um jovem bem-educado. Ele nutre pela senhora, assim como pela senhorita, sentimentos bastante respeitosos."
38 "Nós iremos nos retirar, senhora, para que possa se acalmar."
39 "Lamentamos infinitamente esse mal-entendido. O senhor cabo pedirá desculpas quando a senhora estiver em condições de aceitar suas explicações. Com sua licença, senhora. Eu realmente sinto muito."

Ele arrastou o cabo para fora da casa até a rua e, achando um canto escondido, não conseguiu mais conter o riso.

"Que diabos foi tudo aquilo?", perguntou o cabo, intimidado e exasperado. "Eu entrei na casa, mal tive tempo de cumprimentá-la e ela já me vem com um bofetão? Você também vai ficar de orelha quente se não parar de rir!"

Bourne, quando se recompôs minimamente, explicou o que a governanta tinha entendido quando ele expressou sua intenção de ter sua patroa como amante e levá-la para cama.

"O quê?! Você está falando sério? Mas como, a velha tem uns 60 anos!"

Bourne começou a assoviar *Mademoiselle de Armentieres*, deixando o cabo tirar suas próprias conclusões do acontecido.

"Olhe aqui", disse o cabo Greenstreet com repentina ferocidade. "Se você contar o que aconteceu para qualquer um daqueles bastardos, eu vou..."

"Oh, não seja idiota", falou Bourne com raiva também. "Se existe algo que me aborreça é que me peçam para não contar alguma coisa. Você acha que eu não tenho mais discernimento do que um garoto ou uma velha? Você ficaria bem melhor com esse capacete de lata amarrado em seu traseiro, não é? É melhor irmos. Os soldos vão começar a ser pagos agora."

"Quem dera eu soubesse um pouco de francês", comentou o cabo, ainda sério.

"Quem dera você não misturasse o pouco que sabe com hindustani", disse Bourne.

A companhia inteira estava na rua, esperando pelo pagamento; formaram pequenos grupos e os homens passavam de um grupo a outro, ou dois grupos se fundiam, ou se separavam de repente, distribuindo seus membros entre os outros. Os movimentos eram inquietos, impacientes e aparentemente sem sentido. O cabo Greenstreet, ao encontrar o anspeçada Eames, coletou sua parte referente ao refeitório e então passou a quantia completa de 80 francos a Bourne. Naquele momento, dois homens trouxeram uma mesa e um cobertor do exército de uma das casas. A mesa foi posta na calçada e o cobertor, colocado sobre ela. Um dos homens voltou até a casa e reapareceu com duas cadeiras, seguido pelo sargento intendente James, que designou ambos os homens como testemunhas.

Quase imediatamente o capitão Malet surgiu com um novo subalterno, um tal de sr. Finch, que não tinha nem 20 anos, embora já tivesse participado de uma ofensiva com outro batalhão, ferindo-se levemente. Aos homens da companhia, agora agrupados em um semicírculo diante da mesa, o sargento intendente deu ordem de sentido; o capitão Malet, respondendo à saudação, ordenou que descansassem.

Houve um momento de pausa; depois, uma das testemunhas trouxe uma terceira cadeira para o sargento intendente, que se sentou à esquerda do capitão Malet, que tinha o sr. Finch à direita. Os três começaram a contar as notas e arrumá-las em montes, enquanto os homens, inquietos, sussurravam entre si.

O sargento-mor, que tinha ido à administração do acampamento, voltou e saudou o capitão Malet. Ele era o primeiro homem a ser pago; em seguida vinham o sargento intendente, o sargento Gallion e o sargento Tozer. Os outros eram pagos em ordem alfabética; e, quando o nome de cada homem era chamado, ele vinha à frente, batia continência e recebia a ordem de tirar seu quepe para que o oficial pudesse conferir se o seu cabelo estava cortado de maneira adequada. Os homens tinham uma séria objeção a ter o cabelo cortado tão rente. Foram convencidos a deixar que lhes raspassem a nuca e as laterais da cabeça e deixassem, na parte de cima da cabeça, um topete, como o de Absalão, escondido sob o quepe. No caso de um ferimento na cabeça, esse cabelo espesso, emaranhado e pegajoso por causa do sangue seco tornava o curativo da ferida muito mais difícil para o médico e seus assistentes, atrasando os cuidados de outros casos igualmente urgentes.

Como consequência, a todos os homens era ordenado tirar o quepe antes de receber o pagamento, e, se o cabelo de um não estivesse aparado corretamente, a culpa seria apenas dele; e ele teria dificuldades formais em qualquer tentativa de receber os pagamentos atrasados.

Bourne sempre gostara de seu cabelo bem curto. Tinha sido contra deixar crescer um bigode, no qual sempre ficavam presos pedaços de cenoura e carne do ensopado diário. Pensou que era inconsistente da parte do Conselho do Exército fazer os homens deixarem crescer pelos em um lugar e rasparem o de outro, como se fossem poodles franceses. Em uma ocasião, quando estavam discutindo a questão no alojamento, ele disse aos homens que deveriam raspar todos os pelos, assim não forneceriam tantos viveiros para os piolhos. Eles acharam sua sugestão indecente.

"Não seja um maldito imbecil!", protestou Minton. "Querer que um homem tire a calça antes de ele receber seu pagamento!"

"Mas o oficial comandante quer que todos nós usemos *kilts*", retrucou Bourne em um tom preocupado; e a preferência declarada do major Blessington por um regimento de *kilt* acabou por ser motivo de ressentimento perene.

Seu nome estava no início da lista e sua cabeça, quase raspada, então logo ele se viu livre; e foi imediatamente às compras com *madame*. Ela insistiu que Bourne deveria estar presente, pois assim saberia exatamente o quanto tudo iria custar. Depois do mal-entendido involuntário do cabo Greenstreet com a governanta, Bourne havia se tornado um pouco ansioso quanto à possibilidade de que o mesmo ocorresse com aquela outra senhora, mais tratável, mas igualmente forte, com quem ele teria de lidar. Contudo, quando chegou à sua cozinha, descobriu que ela mudara de ideia e tinha decidido que a mais velha de suas filhas assumiria seu lugar. Explicou que tinha outro trabalho a fazer na casa.

A filha estava esperando, recatadamente vestida de preto, o que talvez realçasse sua palidez, mas parecia, em todo caso, ser o uniforme das donzelas núbeis na França. Ela carregava uma cesta enorme, mas não usava chapéu, satisfeita com a maciez incerta de seu cabelo preto, enrolado um pouco acima da nuca. Havia algo sobre seu pescoço, a parte de trás da cabeça pequena e a forma como as orelhas, também pequenas, assentavam-se sobre seu cabelo brilhoso que atraiu os olhos avaliativos de Bourne. Ela percebeu isso, pois ergueu a mão para ajeitar o cabelo ou acariciar a nuca; e uma pergunta surgia nos seus olhos rapidamente para depois ir-se, de novo e de novo, como um coelho que aparece e desaparece na saída de uma toca. Excetuando-se a firme mas delicada estrutura da parte de trás da cabeça, a nuca e os olhos grandes, ao mesmo tempo curiosos e tímidos, ela não era bonita. A testa era baixa e bastante estreita; o nariz, achatado, e a boca, muito grande, com lábios amplos que dificilmente se curvavam, mesmo quando ela sorria. Os dentes eram bons e pequenos.

Bourne sempre tratara as mulheres com um pouco de cerimônia, fossem do tipo que fossem. O caso da garota em Nœux-les-Mines fora excepcional, mas ela era do tipo que tentava estimular o desejo de maneira irritante e ele tinha a pele muito sensível. Ainda assim, ele havia reprovado a si mesmo por sua atitude, pois, afinal, aquela garota provavelmente não conhecia outro tipo de vida.

Naquele momento, declarava estar totalmente nas mãos de *madame*; não achava necessária sua ida às compras, mas, se ela o desejava, seria um grande prazer acompanhar *mademoiselle*. *Madame* ficou lisonjeada com sua confiança, embora fosse certo que ele devesse ir. Talvez ela tivesse menos confiança nele do que o contrário; ou era apenas porque ela demonstrava interesse, ao passo que ele lhe era indiferente? Bourne seguiu a garota até a rua. A maior parte da companhia ainda esperava para receber seu pagamento; quando Bourne e a garota passaram, os homens viraram-se para observá-los com grande curiosidade.

"Olá, Bourne, namorando?", um de seus colegas perguntou a ele sorrindo.

Bourne apenas o encarou e aproximou-se mais da garota, sentindo uma agressividade crescer dentro dele. Afinal, se a garota não era bonita, tinha postura e caráter. Ela ignorou todos os olhos cheios de desejo e as insinuações furtivas, os desafios provocativos, como se fosse indiferente à homenagem que todos os homens rendiam, de um modo ou de outro, ao mistério que ela encarnava. Com mulheres de sua índole, tudo era um mistério. Dava a impressão de que poderia escolher para si quem quisesse, sua vontade sendo tudo o que importava. Até mesmo o capitão Malet, a quem Bourne fez uma breve continência do outro lado da rua, olhou o casal com interesse.

"Então é essa a maneira como ele gasta o seu dinheiro, não é?", murmurou ele meio que para si mesmo, meio que para o sargento intendente; embora as duas testemunhas, todas ouvidos e atenção, naturalmente também tivessem escutado seu comentário.

Tão logo viraram a esquina, ela abriu seu coração para Bourne. Tinha dois irmãos que haviam estado no front e agora trabalhavam em uma mina. Pareciam estar indefinidamente de licença, mas poderiam ser convocados de novo, a qualquer momento, para o exército. Então outros que também tinham ganhado um descanso da vida nas trincheiras tomariam o lugar deles. *C'est dure, la guerre.*⁴⁰ Mas mesmo assim ela sentia o mesmo que tantos outros: que a guerra parecia tão natural e inevitável quanto uma enchente ou um terremoto. Bourne tinha notado a mesma sensação entre os camponeses perto do front. Aravam, semeavam e esperavam a colheita, expondo-se ao risco de o fragor da batalha correr como um rio de lava sobre suas terras, do mesmo modo que se exporiam a uma temporada de chuvas ou de seca. No caso de acontecer o pior, as colheitas arrasadas seriam o testamento da crueldade gratuita de alguns generais irresponsáveis; e, se fosse um exército britânico ou alemão que devastasse seus campos e destruísse suas casas, não afetaria seu ponto de vista. Não obstante, em geral seu pessimismo estava à altura das circunstâncias.

"*C'est la guerre*"⁴¹, diriam com aquela resignação que era quase apatia; pois todas as pessoas sensatas sabem que a guerra é uma das forças cegas da natureza: não pode ser controlada nem prevista. Sua postura, apesar de toda a ingenuidade, era sensata. Não há nada na guerra que não esteja na natureza humana; mas a violência e as paixões dos homens tornam-se, em conjunto, uma força impessoal e imensurável, um movimento cego e irracional da vontade coletiva, incontrolável e incompreensível, o que só se pode suportar como o fazem aqueles camponeses: com amarga resignação. *C'est la guerre*.

A pessoa franzina e recatada que seguia a seu lado, carregando sua cesta, deu-se conta de que a guerra tornara a vida mais precária, principalmente porque dela resultaram uma escassez de provisões e um aumento de preços. Havia sempre alguma coisa um pouco desconcertante para o soldado na prudência, na previsão e no sentido prá-

---
40 "É dura a guerra".
41 "É a guerra".

tico da mente civil. É impossível conciliar o ponto de vista que defende que tudo é tão escasso com o oposto, que diz ser o tempo tão curto. A garota ficou surpresa com sua extravagância, pois, sob sua supervisão, comprou frangos, ovos, batatas e cebolas, e, em seguida, quatro garrafas de vinho; verduras e grãos, a horta de sua mãe poderia fornecer. Como um adendo às groselhas vermelhas em calda que levava, Bourne acrescentou um pouco de queijo cremoso. Em seguida, com as compras feitas, voltaram. Ela tocou de leve no braço uma vez e perguntou-lhe por que ele não tinha listras na manga.

"*Je suis simple soldat, moi*"[42], explicou ele, desconfortável.

"*Mais pourquoi...?*"[43] E então, percebendo sua expressão, ela deixou o assunto de lado, com o que não foi mais do que a sombra de um encolher de ombros. As mulheres devem sempre estimular a ambição dos homens. Ele a seguiu por um momento, pois ela se afastou um pouco, quase com sofrimento nos olhos. Queria beijar aquela nuca adorável, ali onde o cabelo terminava, deixando um pedaço de pele frágil, quase dourada, sob a luz. Então aquele rosto patético, quase simiesco, com os olhos de veludo lustroso, virou-se para ele; e, tocando a manga de sua camisa de novo, ela lhe perguntou se ele poderia, se faria a ela um grande favor que deveria ser mantido no mais absoluto segredo. Bourne lhe perguntou o que seria, um pouco espantado por seus modos.

A garota tinha um amigo, um soldado inglês que estivera hospedado em sua casa por dez dias, não fazia muito tempo. Ela citou o nome de seu regimento. Ele lhe escrevera três cartas e ela respondera, mas ele não sabia francês e ela sabia apenas algumas palavras em inglês. Prometera a

---

42 "Eu sou um simples soldado, eu."
43 "Mas por quê...?"

ele que aprenderia a língua, assim poderia lhe escrever em seu próprio idioma. Bourne a ajudaria? A mão, um pouco vermelha e brilhante pelo trabalho, tremeu sobre a manga da camisa. Bourne traduziria as cartas do soldado para ela e a ajudaria a escrever para ele uma carta em inglês? Bourne, surpreso, tentou imaginar o homem, como se sua mente fosse uma bola de cristal em que surgissem visões, da mesma maneira que, instantes antes, tinham lhe aparecido sonhos. Isso o desconcertou.

"*Restez, monsieur, restez un moment*"[44], disse ela, pousando a cesta no chão; e depois, enfiando a mão dentro da blusa, encolheu um pouco os ombros enquanto buscava alguma coisa entre os seios e o corpete. Dali tirou uma carta, uma verdadeira, com o selo dos serviços de correios da Força Expedicionária Britânica e o nome do oficial censor que havia aberto a carta e rabiscado no canto inferior esquerdo. A garota entregou a missiva a Bourne.

"*Lisez, monsieur. Je serai très contente si vous voulez bien la lire. Vous êtes si gentil, et je n'aime que lui.*"[45]

Era uma carta simples. Nada se interpunha entre o escritor e a emoção que ele tentara colocar nas palavras, embora tivesse sido cuidadoso, levando em conta o censor e talvez outras coisas que existissem entre eles.

A mão da garota tremeu novamente sobre a manga da camisa de Bourne, enquanto ela o convencia a traduzir as palavras para ela; e ele fez o seu melhor, seu francês falhando mais do que nunca enquanto ele estudava a caligrafia, pensando se isso poderia lhe dizer algo sobre quem a escrevera. O texto era claro, as letras bastante grandes, comuns o bastante; alguém poderia dizer que possivel-

---

44 "Fique, senhor. Espere um momento".
45 "Leia, senhor. Eu ficarei muito contente se puder lê-la. O senhor é tão gentil, e eu amo tanto ele."

mente se tratava de um amanuense. Tudo estava bem, isso era preciso dizer; estavam em uma época tranquila; a vila onde estavam alojados tinha sido abandonada por seus habitantes, exceto algumas pessoas mais velhas; que a guerra não duraria muito mais tempo, pois os alemães deveriam saber que não poderiam ganhar. Em seguida, as três frases que exprimiam tudo que ele podia dizer: "Vou voltar e encontrar você algum dia. Queria que estivéssemos juntos de novo, pois assim poderia sentir o cheiro de seus cabelos. Sempre vou amá-la, minha querida". Ali se viam sinais de pressa ao escrever, como se o homem tivesse encontrado, naquele ponto, alguma dificuldade em abrir o coração.

"*C'est tout?*"[46]

"*Je ne puis pas traduire ce qu'il y a de plus important, mademoiselle; les choses qu'il n'a pas voulu écrire.*"[47]

"*Comme vous avez le coeur bon, monsieur! Mais vraiment, il était comme ça. Il aimait flairer dans mes cheveux tout comme un petit chien.*"[48]

Ela enfiou a carta de volta àquele lugar de segredos e levantou a mão novamente para acariciar o cabelo amado. De repente, Bourne sentiu-se subitamente enciumado daquele outro homem. Abaixou-se e pegou a cesta.

"*Ah, mais non, monsieur!*", protestou ela. "*C'est pas permis qu'un soldat anglais porte un panier dans les rues. C'est absolument défendu. Je le sais bien. Il m'a dit toujours, que c'était défendu.*"[49]

---

46 "Só isso?"
47 "Eu não posso traduzir o que há de mais importante, senhorita; as coisas que ele não quis escrever."
48 "Como você tem um bom coração, senhor! Mas ele realmente era assim. Ele adorava farejar meu cabelo como um cachorrinho."
49 "Ah, não, senhor!", protestou ela. "Não é permitido a um soldado inglês andar com uma cesta pela rua. É absolutamente proibido. Eu sei bem disso. Ele sempre me disse que era proibido."

"Ele fez isso?", pensou Bourne, e apertou a cesta nas mãos.

"*Je porterai le panier, mademoiselle*"[50], disse ele em voz baixa.

"*Mais pourquoi...?*"[51], perguntou ela com ansiedade.

"*Parce que apparemment, mademoiselle, c'est mon métier*"[52], respondeu ele, apreciando a ironia do fato. Ela o encarou com olhos preocupados.

"*Vous voulez bien m'aider à écrire cette petite lettre, monsieur?*"[53]

"*Mademoiselle, je ferai tout ce que je puis pour vous servir.*"[54]

Ela subitamente caiu em um silêncio ansioso.

---

50 "Eu levarei a cesta, senhorita".
51 "Mas por quê...?"
52 "Porque, aparentemente, senhorita, é esse o meu trabalho".
53 "O senhor vai me ajudar a escrever essa pequena carta?"
54 "Senhorita, eu farei tudo o que puder para lhe servir."

10

> *Tens piedade dele? Não merece compaixão.*
> *Amas a semelhante mulher? Como! Fazer-te*
> *de instrumento e tocar notas em falso?*
> *Intolerável! Vai, vai até ela, pois vejo que o*
> *amor fez de ti uma serpente domesticada; e*
> *dize-lhe que, se ela me tem amor, ordeno-lhe*
> *que te ame; e que se ela me desobedecer, não*
> *a quererei mais, a menos que intercedas*
> *em seu favor. Se és amante sincero, vai-te*
> *logo daqui, sem replicar uma palavra,*
> *que já vem chegando mais gente.*
> – Shakespeare, *Como gostais*, ato IV, cena III

"Bebi demais ontem à noite?", perguntou Martlow, jogando o cobertor para longe. Apoiando-se na mão esquerda, encolheu as pernas nuas para esfregá-las com a direita.

"Bem, deve ter bebido, se não consegue você mesmo responder a essa pergunta", disse Shem com sensatez. "Tem um pouco de chá ali."

"Minha cabeça está pesada", replicou Martlow, apanhando a marmita, "e estou com o gosto do maldito cobertor na boca. Este é um bom lugar; poderia ficar aqui para sempre. Onde está o bom e velho Bourne?"

"Lá fora, fazendo a barba."

"Ele estava em boa forma ontem à noite. Gosto do velho Bourne assim, disparando suas historinhas como uma metralhadora. O que você achou daquela sobre o garoto que estava negociando com o meliante no andar de cima, com a janela aberta, e então o sargento Thomas bateu na porta da casa às onze da noite pedindo que a velha senhora tirasse o neto de lá? Sempre fico espantado em como as pessoas inventam essas coisas."

"Então você não estava tão bêbado assim, se consegue se lembrar de tudo isso", comentou Shem.

"Eu estava me sentindo meio estranho quando saímos de lá", admitiu Martlow, e virou a cabeça na direção da porta, enquanto Bourne entrava. "Ei, Bourne, eu bebi mesmo como um gambá ontem à noite?"

"Não", respondeu Bourne, considerando a questão quase judicialmente. "Eu não diria que você bebeu como um gambá, já que subiu a ladeira melhor do que desceu; e parecia se esforçar para manter a boca fechada por medo de deixar escapar alguma coisa. Mas não acho que estivesse bêbado como um gambá, Martlow; só que tinha tomado um agradável pileque. Você nos fez bem. Eu estava mesmo a fim de aproveitar a vida ontem à noite. Foi muito decente da sua parte nos convidar para sair."

"Muito bem", disse Martlow. "Se eu tiver me divertido na noite anterior, não me importo de aguentar a cabeça rodando logo de manhã cedo. Só não suporto a rabugice de quem já acorda reclamando."

"Meu pai, ele é um sujeito decente, mas às vezes, quando está de pileque, fica de um jeito que ninguém acredita. Ele era o capataz do sr. Squele, e um dia, depois de uma caçada, minha mãe preparou um bom jantar para ele, um belo pedaço de carne assada, mas ele foi para Plough, em Squelesby, com outros capatazes, e eles começaram a virar uns copos e tagarelar sobre que tipo de armas eles tinham e como algumas delas eram ruins de atirar. Ora, a minha mãe não queria que a carne passasse do ponto e então acabou cortando um pedaço, colocou no prato dele com outro prato por cima e pôs de volta no forno, deixando a porta aberta para que a carne ficasse quente, mas não queimasse. E todos nós jantamos, minha mãe e minha irmã, que estava trabalhando como criada na casa do sr. Squele, e os meus dois irmãos, que estão em Tessalônica agora, com os Cheshires. E depois que comemos, e era um assado muito bom, com um pudim de Yorkshire, couve-flor e batatas, o namorado da minha irmã apareceu para buscá-la, meu irmão mais velho, Dick, saiu e meu outro irmão, Tom, escapuliu também. Ele não tinha uma garota naquela época, mas costumava seguir meu irmão e minha irmã e se esconder atrás de uma cerca para espionar os dois namorando. Ele levou uma tremenda surra por causa disso uma vez."

"Bom, eu fiquei para ajudar a minha mãe com a louça e guardar as coisas, e ela já estava ficando irritada; ia até o forno, tirava o prato de lá, olhava para ele, colocava o prato de volta no forno e me dava um tapa na cabeça por algo que eu nem tinha feito; finalmente, viu que a carne já estava ressecada, colocou o prato sobre a mesa e disse que não dava a mínima se meu pai nunca mais voltasse. Ela deixou a mesa posta com a toalha, o garfo e a faca dele, pegou a lamparina e começou a costurar meias perto da lareira. Ela usava um daqueles antigos ovos de cerzir e eu costumava pensar que, se você colocasse um daqueles ovos dentro de uma meia, poderia rachar a cabeça de alguém com um golpe. Ela não me deixou sair; pediu que eu apanhasse um livro e sentasse do lado dela. Eu só queria cair fora dali."

"E então ele chega, joga o chapéu em uma cadeira e tenta colocar a bengala em um canto da sala, mas a bengala não fica em pé e ele precisa se abaixar para apanhá-la do chão; começa a grunhir e a reclamar, e ela não diz nada. Continua a costurar, olhando para ele por sobre os óculos; ele vai até o tanque para se lavar e então, quando se senta à mesa, ela se levanta e coloca o prato na frente dele, mas não diz nada, simplesmente se senta e continua a costurar. E dá para ouvir enquanto ele corta a carne e, de repente, joga a faca e o garfo sobre a mesa e diz: 'Esta carne não está nem quente nem fria!', e ela se levanta e vai até ele com as mãos na cintura. 'Se você tivesse chegado mais cedo', diz ela, 'a carne estaria quente; e, se tivesse demorado mais, estaria fria. Do jeito que está, você pode comer ou deixar de lado. Não me importo se este for o seu último jantar.' Ele se levanta, não tem mais nada a dizer; ela volta a costurar, ele vai lá para fora para olhar a lua nova, da esquina de casa, e ver se aquele seria um mês chuvoso ou seco. Ele era ótimo em prever o tempo. Tem gente que tem um dom para isso."

Bourne enrolava as grevas enquanto ouvia.

"Devo dizer, Martlow, que seu pai foi enganado no amor", disse ele gentilmente.

"Ora, a minha mãe também", replicou Martlow, sorrindo. "Eles se dão bem porque estão acostumados um com o outro. Minha mãe sempre diz que você precisa ter paciência com as pessoas e que as pessoas não têm mais paciência hoje em dia. Se qualquer um de nós dissesse qualquer coisa contra o meu pai, ela nos dava um tapa na cabeça no mesmo instante. Mas ela era pai e mãe para nós. Trabalhar como capataz é um ofício pesado, mas meu pai é um sujeito bom. Ele sempre dá o melhor de si. E ele é uma pessoa muito melhor agora, isso porque ela nunca se sujeitou a ele. 'Charlie', ele me dizia, 'faça sempre o que é certo e nunca deixe que um homem lhe diga o que fazer.' Este é o meu lema na vida, e se a sua cabeça está pesada como chumbo é porque você mereceu. É isso que eu penso."

"Filosofia bem animadora", comentou Bourne, que tinha uma grande admiração pela franqueza desapaixonada com que Martlow descrevia a vida de sua família. Ele provavelmente puxara à mãe; de qualquer maneira, parecia ter recebido uma educação bem rígida.

"Alguns desses sujeitos que estão chegando agora", observou Martlow, "nunca tiveram de fazer nada que não quisessem na vida e agora estão enfrentando uma coisa realmente séria; acham que basta fazer umas músicas sobre isso. Eles se acham uns malditos heróis só porque estão aqui."

Levantou a fralda da camisa azul-acinzentada e, com as pernas separadas, examinava o baixo-ventre à procura de piolhos quando o cabo Marshall entrou no quarto.

"Ei! Por que você não está vestido?", perguntou ele. "Já é hora de levantar, rapaz! Não vai querer ficar aí, mostrando seus pertences ao mundo inteiro."

"Tudo bem, cabo", disse Martlow alegremente. "Só estou caçando alguns amiguinhos, sabe como é. Bem que gostaria de poder ver os meus pertences; dá um trabalho dos diabos procurar por eles. Fico me perguntando: o que esses desgraçados vão fazer quando a paz voltar?"

Vestiu rapidamente a calça, calçou as meias e, depois de ter amarrado as botas, apanhou a toalha e foi se lavar, deixando todo mundo rindo, até mesmo Shem.

"Foi um jantar pra lá de bom o de ontem à noite, Bourne", disse o cabo. "O sargento-mor Robinson chegou bem no meio, acho que nunca tinha visto um homem mais surpreso. Ele ficou bastante irritado; disse que os malditos cabos sabem se divertir melhor do que os oficiais. Falou sem meias palavras. E ele tinha razão. Sentimos muito por você não ter podido ir; quem tem todo o trabalho merece também um pouco de diversão. Você vem hoje à noite, não é?"

"Oh, está tudo bem, cabo", disse Bourne. "Fui até a casa ontem à noite, quando voltei, só para perguntar a *madame* se vocês haviam se divertido. Ela é uma boa mulher e cuidou de tudo. Vou ver se ela quer algo extra para hoje à noite, mas acho que é melhor eu não ir. Vou beber uma taça de vinho com vocês depois que jantarem.

Madame teve todo o trabalho; antes de irmos embora, vocês podem querer acrescentar um dinheiro extra ao que juntaram para pagar a ela. A que horas é a marcha?"

"Às nove horas. Só vamos andar um pouco pela rua para manter os homens unidos. Há boatos de que podemos partir novamente hoje, mas eu ainda não ouvi nada a respeito. De qualquer maneira, estou com um pressentimento de que vamos pernoitar aqui; pelo que eu soube, os oficiais estão recebendo informações sobre os novos planos. Treinaremos o ataque e suponho que, em duas semanas, estaremos prontos para uma carga novamente."

"Quantas esperanças!", disse Shem suavemente.

"Não temos do que reclamar", disse o cabo serenamente. "Aquele maldito Miller vai à corte marcial amanhã ou depois, como o sujeito que se mandou em julho. Espero que pegue a cadeira elétrica. Seria uma beleza, não?"

Um silêncio pesado caiu sobre eles.

"Bem, preciso ir; os cabos têm sempre alguma maldita coisa a fazer. Vejo você depois."

"Cabo, talvez você possa me convocar para uma faxina imaginária perto das onze e meia. Isto é, se não houver muito a fazer. Pode acertar tudo com o sargento Tozer. Pensei em ir até lá ver se *madame* quer alguma coisa."

"Tudo bem. Vou ver se posso arranjar isso."

Eles o ouviram descer as escadas e Shem olhou para Bourne com um sorriso curioso.

"Acho que você está sentindo falta de traçar alguém."

Bourne virou-lhe as costas com desdém. Martlow voltou, vestiu sua túnica e os três saíram para o desjejum.

A manhã avançava lentamente; a marcha jamais deveria ser feita de maneira desleixada, e aquela parecia planejada para matar o tempo, deslizando por uma via sem importância. A luta de baionetas fora útil; no meio do treinamento com armas, o cabo Marshall, descendo a rua, parou para falar com o sargento Tozer. Eram quase onze e vinte. Dez minutos depois, o sargento chamou Bourne, ordenando que fosse ao alojamento dos cabos.

Além da garota, que estava na cozinha, ele não encontrou ninguém na casa; disse a ela que estava à disposição se quisesse escrever a carta. A garota hesitou, parecendo constrangida por um momento, antes de se decidir. Ele puxou uma cadeira para perto da mesa e ela apanhou caneta, papel e tinta, sentando-se ao lado dele. Bourne tinha sua própria caneta-tinteiro, na qual, após enchê-la de água, só precisava deixar cair um tablete de tinta; e então começou a traduzir as frases dela para o inglês, escrevendo-as de modo que ela pudesse copiá-las depois. Era um processo um tanto mecânico. Nada ocupava sua mente, a não ser a dolorosa percepção da proximidade daquela garota.

Ele viu o nome do homem outra vez: *Anspeçada Hemmings*, escrito junto ao endereço no alto do papel. Ele podia ser qualquer coisa – havia gente de todo tipo no exército –, mas estava na linha de frente; quais eram as chances de que retornasse vivo? Ela levava a carta dele entre os seios, escondida no decote. O que Bourne vira nela? Nem sequer era bonita; mesmo assim, sua curiosidade havia despertado assim que colocara os olhos nela. Tinha sido apenas um interesse casual até ela mencionar aquele homem desconhecido, e fora justamente ele, curiosamente, que havia fornecido o canal para os próprios desejos difusos de Bourne. Ele parecia ver o outro homem acariciando-a, e a garota cedendo, não com relutância, mas com aquela sua aquiescência passiva tão característica; então, em sua imaginação, seus próprios desejos se misturaram aos do outro homem e uma sensação de antagonismo crescia nele. Ela estava tão completamente tomada por aquele homem, enquanto, para Bourne, o soldado era apenas uma sombra. O fato de ele ser só uma presença obscura fazia uma enorme diferença; se fosse o cabo Greenstreet, ou qualquer outro soldado que ele conhecesse, então Bourne e a relação que ele tinha com cada um dos homens e com ela seriam menos importantes.

Aquelas não eram considerações meramente sentimentais; elas correspondiam a uma realidade sólida que pesava, de maneiras diferentes, sobre todos eles. O homem estava na linha de frente e, dentro de poucos dias, o próprio Bourne também estaria. Talvez nenhum dos dois voltasse vivo. Bourne era capaz de perceber a totalidade da tragédia do outro homem; conseguia vê-lo vivo, respirando, movendo-se naquele estado de semissonambulismo que, para cada um deles e da mesma forma, era o único refúgio contra a desolação e a desesperança daquele mundo louco. Na verdade, a relação entre ele e aquele homem desconhecido era, de certa forma, mais próxima e mais direta do que a que ele tinha com a garota à sua frente. Ela não sabia nada sobre aquela vida subterrânea, furtiva, crepuscular; nada sobre o limbo em que eles, com sua humanidade obliterada, se moviam como espíritos a quem fora negada a Eucaristia; ignorava a fome das mãos que tateavam além do vazio em busca de alguma esperança ou apoio.

O ontem e o amanhã podiam dar aquilo a eles, homens que anseiam por lembranças, por um passado irremediavelmente perdido. Por que ela havia falado sobre aquele homem? Bourne sabia, e muito melhor do que ela própria. Em seu âmago, compreendia aquele soldado tão bem que ambos poderiam ser um e o mesmo homem. Ela falava suavemente, sem erguer a voz; mas a necessidade que tinha de fazê-lo entender, de expressar com clareza o que desejava, dava-lhe, aparentemente, uma flexibilidade infinita; de tempos em tempos ele sentia em sua manga o toque daquela mãozinha perturbadora. As palavras mortas ali, no papel à sua frente, aqueles símbolos graves e rígidos, jamais voltariam à vida por meio do movimento e da persuasão da voz dela – porque também eram vestígios de algo já passado. Ela parecia irradiar calor, que ele sentia percorrendo a superfície de sua pele como pequenas línguas de fogo, tomando conta de suas veias, fazendo seu sangue ferver e lhe subir à cabeça.

"Je t'aime, cheri! Je t'aime eperdument! Je n'aime que toi!"[55], ela quase cantava; e, de repente, o braço dele envolveu-a pelos ombros e sua boca desceu rapidamente sobre a pele macia atrás da orelha, onde a linha dos cabelos se encontrava com o alto do pescoço firme e branco. Ela sucumbiu, surpresa, sob o toque dele; não se afastou nem se aproximou, mas pareceu desfalecer na cadeira. Ela então o empurrou firme e bruscamente com a mão direita. Bourne recuou, afastando a cadeira, e levou uma das mãos à testa, a fronte levemente úmida, enquanto enfiava a outra no bolso. Levantou-se, sentindo-se culpado, e olhou para ela.

"Vous m'aimez?"[56] Havia uma ponta de raiva em sua voz sufocada, e ela virou o rosto para ele, olhando-o sem raiva ou medo; encarava-o apenas, com a surpresa do reconhecimento. Era como se ela jamais o tivesse encontrado antes e agora se lembrasse dele. Bourne sentou-se novamente, encarou-a e pousou as mãos sobre as dela, mantidas firmemente cruzadas sobre a mesa. Ela continuou imóvel, impassível.

"Vous m'aimez? C'est vrai?"[57] Ouviram então passos leves no corredor e alguém suspirar de alívio. *Oh, la!* E *madame* surgiu da passagem que dava para a cozinha. Depois de ter ajeitado a cesta sobre a copeira, virou-se para eles.

"Bonjour, monsieur!", disse ela quase alegremente.

"Bonjour, madame!"

---

55 "Eu te amo, querido! Te amo perdidamente! Te amo mais que tudo!"
56 "Você gosta de mim?"
57 "Você gosta de mim? É verdade?"

Ela olhou para o papel, as canetas e a tinta sobre a mesa, e um sorriso de entendimento divertido iluminou seus olhos. Ergueu as mãos e deixou-as cair novamente, com um gesto de humor exasperado.

"*C'est fini, maintenant?*"[58]

"*Oui, madame*", disse Bourne tranquilo. "*C'est fini.*"[59]

Ele não se levantou imediatamente; um resquício de gentileza o impediu.

"Por que diabos ele quer voltar e beber vinho com os cabos?", perguntou Martlow. "Por que não ficar aqui e ter outra noite divertida? Ele pode ter todo o maldito vinho que quiser aqui."

Shem riu.

"Você tem um bocado de juízo para um garoto, sabe, Martlow? Mas um homem não faria tantas perguntas."

Martlow grunhiu ressentido.

"Algumas dessas *mademoiselles* são astutas como ninguém. É melhor olhar por onde anda com elas, estou lhe dizendo."

O batalhão deveria partir de Bruay às duas horas, e perto do meio-dia Bourne foi procurar o cabo Greenstreet em seu alojamento para que este pagasse a *madame* e à menina pelos serviços prestados – sentia um escrúpulo absurdo em fazer isso ele mesmo. Os cabos haviam arrecadado entre si 120 francos, e as despesas, incluindo algum vinho extra na noite anterior, não tinham chegado a 90.

"Dê tudo a ela", disse o cabo. "Ela fez um bom trabalho."

"Entregue você o dinheiro", disse Bourne. "Dê 20 a *madame* e 10 para a garota."

---

58 "E agora, acabou?"
59 "Sim, senhora." "Acabou."

"Vai ficar tudo em família", disse o cabo.

"Sim, mas algumas famílias gostam de ser consideradas como um grupo de indivíduos", disse Bourne, "e indivíduos gostam de ser tratados separadamente."

Mandou o cabo entrar sozinho e esperou até que ele saísse da casa.

"Tudo certo", disse o cabo Greenstreet com ar de quem tinha dado a uma situação difícil um desfecho de sucesso. "Acho que você foi um pouco meigo com aquela garota, Bourne."

"Como você com a sua governanta-cozinheira?", perguntou Bourne de maneira inconveniente, fazendo o rosto já corado de Greenstreet ficar ainda mais vermelho.

"Ela nunca disse nada de mais", retrucou ele imediatamente, gaguejando. "Só me ofereceu uma xícara de café naquela noite, e *mademoiselle* veio e disse algumas palavras gentis. Foi bem divertido, não é?"

"É divertido quando você olha pra trás, e não quando se está no meio da situação", comentou Bourne de forma seca. "É curioso como as coisas tendem a mudar ao nos lembrarmos delas."

"Sim, e acabam no penico", murmurou o cabo para si mesmo, quando se afastava. Bourne se virou e encaminhou-se para a casa.

Ao vê-lo entrar na cozinha, a garota pegou uma cesta e foi para o jardim, enquanto *madame* olhava para ela e depois para Bourne um pouco ansiosa.

"*Je viens faire mes adieux, madame*"[60], disse ele, ignorando a fuga da garota. Agradeceu-lhe efusivamente em seu próprio nome e no dos cabos. Esperava que não tivessem lhe causado nenhum inconveniente. Ela estava bastante satisfeita, mas, quando Bourne perguntou se poderia

---

60 "Venho me despedir, senhora."

dizer adeus a *mademoiselle*, ela o encarou com aquela expressão cômica de desespero, a mesma de quando os interrompera no dia anterior. Então decidiu resolver o assunto de uma vez por todas.

"*Thérèse!*", gritou da porta, e quando a garota, relutante, atendeu ao seu chamado, completou: "*Monsieur veut faire ses adieux*".[61]

E disseram-se adeus com aquele leve tom de formalidade que a presença de *madame* impunha a eles – seus olhos tentando, ao mesmo tempo, ler os pensamentos um do outro e manter afastado quem estava à frente. *Madame* poderia ter suas suspeitas, mas era evidente que poderia conter a curiosidade que nada lhe traria; e parte do segredo entre eles estava oculta até mesmo para ambos.

Em toda ação, um homem busca conhecer a si mesmo e, assim que o ato se completa, já não é mais parte dele; escapa de seu controle para uma existência independente e objetiva. É o fruto de seu casamento com um momento, e não o momento divino em si, nem mesmo o significado que o instante assumiu para ele, pois este também voou ao sabor do vento. Bourne nutria ódio profundo pela justificativa "não importa", quando dada como um motivo para qualquer ação; se uma coisa não importava, por que ser feita? Importava, sim. E muito, mas não necessariamente para os outros, e as razões por que seria tal coisa tão cara a alguém são, provavelmente, inexplicáveis até para si mesmo. É importante não confundi-las com as consequências, o resultado a ser carregado sobre os ombros; tal carga não pode ser transferida para outros com um gemido de simpatia.

Com a mochila pendurada nas costas, aquiesceu e ajudou Martlow e os outros a puxar o carrinho da metralha-

---

[61] "O senhor quer se despedir."

dora. Pegaram a estrada rumo a Béthune, com a velha égua cinzenta – Rocinante, como ele a chamava – seguindo à frente, como sempre. Por volta das quatro e meia, as nuvens que haviam se acumulado no céu por todo o dia tornaram-se plúmbeas; as árvores e os campos destacaram-se curiosamente por um breve momento sob uma pálida luz dourada que, ao desaparecer, deu lugar à semiescuridão. A tempestade explodiu sobre eles, trovões em sequência após um raio vívido quebrando o silêncio. Uma rajada de vento chicoteou o grupo com chuva e granizo, e envergou as árvores, que rangiam e gemiam, espalhando galhos e folhas ainda verdes. Estavam todos encharcados até os ossos antes mesmo de conseguirem apanhar seus sobretudos das mochilas – e não foi até que a tempestade tivesse praticamente passado que lhes foi dada uma oportunidade de fazê-lo. Então, estando todos molhados, não valia mais a pena cobrirem-se, e nenhuma ordem foi dada nesse sentido.

Antes que a chuva parasse completamente, alcançaram um vau onde um riacho, consideravelmente engrossado pela chuva, cruzava a estrada. E foi ali que Rocinante se vingou de todas as injustiças que haviam lhe infligido. Depois de ter hesitado por um momento, ela se lançou na travessia, com os nervos em frangalhos por causa da tempestade. Não notaram o vau até já estarem dentro dele, sem conseguir soltar o carrinho da metralhadora da carroça a tempo. Martlow e outro homem se esquivaram a tempo, mas Bourne e outro companheiro não conseguiram se soltar das cordas e, enquanto Rocinante, em sua corrida impetuosa, arrastava o carrinho da metralhadora, a água até os joelhos dos homens impedia que avançassem. Acabaram caindo ambos: Bourne, segurando-se na corda, foi arrastado; o outro homem acabou atropelado pelo carrinho da metralhadora, que era bastante pesado – teve os joelhos ralados e as pernas machucadas pelas rodas.

"Fizeram um maldito de um ótimo serviço!", gritou um coro exultante.

Bourne, cujo rosto tinha revelado todo tipo de expressão ridícula de ansiedade durante sua corrida pelo vau, teve de rir.

"Nunca tinha visto ninguém", disse um encantado Martlow, "com uma cara tão engraçada quanto a sua, Bourne."

Soltaram as cordas rapidamente, para o caso de alguém de patente superior vir perguntar a causa do rebuliço.

Passaram novamente por Béthune, a caminho de Nœux-les-Mines. Marcharam rumo aos galpões do lugar, com a chuva caindo sem clemência. Antes de serem dispensados, foi-lhes ordenado que se despissem imediatamente e levassem suas roupas para a lavanderia, menos os sobretudos e as botas. Sobretudos pouco resguardariam a nudez de um homem. Os quepes precisavam secar, mas antes foi preciso que os emblemas fossem arrancados por seus desconfiados donos. Por um tempo os homens foram vistos usando nada além de sobretudo, capacete e botas, andando atrás de madeira e carvão para ter fogo em seus alojamentos. A eles foi dado, talvez para ajudá-los a se aquecer mais rapidamente, chocolate quente em vez de chá. Depois de uma hora ou um pouco mais, suas roupas foram entregues secas, e, durante uma trégua da chuva, Bourne, Shem e Martlow foram até o pequeno café perto dali em busca de uma bebida. Ficaram fora por apenas vinte minutos, voltando felizes para a cama. A água continuou a cair dos céus durante todo o dia seguinte – exceto por uma pequena estiagem depois do jantar.

A chuva parou naquela noite e todos marcharam durante todo o dia seguinte e no outro, como que perseguindo horizontes. Ocasionalmente garoava, como que apenas para assentar a poeira. Na tarde do segundo dia, a companhia foi alojada em um vilarejo, separada do resto do batalhão, estacionado em Reclinghem. Vincly, pensou Bourne, era como se chamava o lugar. A ele fora designada uma fazenda nos arredores, onde moravam apenas dois velhos, uma mulher idosa, curvada e magra, cuja vida havia muito tinha deixado de ser uma surpresa, e um menino. Quando estavam todos acomodados, o cabo Marshall veio até Bourne, ansioso, mas não oficialmente, pedir-lhe ajuda.

"O anspeçada Miller é meu prisioneiro; sou o responsável por ele. De qualquer forma, não é para atirar nele. O capitão Malet e o capelão lutaram com unhas e dentes para conseguir transferi-lo, e a sentença vai ser dada mais tarde. Então eles me deixaram encarregado do sujeito. Ele deveria estar com a polícia, mas agora é como numa prisão aberta, ou em condicional, por assim dizer. Não confio nele."

Bourne deu uma olhada no homem, parado a alguns metros de distância, e concluiu que tampouco ele confiava. O sujeito tinha um rosto fraco, mau e astuto; e havia algo tão abjeto em sua subserviência, que nutria por ele uma piedade a ser mal tolerada até por quem a sentia. *Podia ser eu*, pensaria alguém involuntariamente, e essa ideia o faria quase de forma impiedosa atirar-se sobre o homem que o contaminara com tal medo.

"O que você vai fazer se ele tentar fugir de novo?", perguntou Bourne.

"Matar o desgraçado", resmungou Marshall, o sangue fugindo de seus lábios. "Por Deus, se ele tentar me passar para trás, não vou dar a ele nenhuma chance."

"Certo", disse Bourne usando um tom de voz neutro. "Não fique nervoso. Não posso tirar de você essa responsabilidade, mas posso tentar evitar que ele o deixe em maus lençóis, cabo. É melhor que ele durma entre nós, porque tenho o sono leve. Explicarei a situação a Shem e Martlow. Trocarei de lugar para que eles não precisem fazê-lo."

"Jakes vai pernoitar aqui também, mas ele dorme como uma pedra", avisou Marshall um pouco mais seguro. "Vou ficar mais do que feliz quando a sentença dele sair, isso posso dizer. Por que diabos eles não o sentenciam logo, em vez de envolver todo mundo nessa confusão? Se me ajudar, eu não vou esquecer, vai ver."

Provavelmente o sujeito sabia que estavam falando dele, porque, quando Bourne olhou de novo em sua direção, viu que os encarava curioso, com um meio sorriso tolo nos lábios. Depois de Bourne ter se recuperado daquele instante de pena e repulsa, sentiu-se cada vez mais indiferente ao homem. Miller teria se tornado completamente irrelevante, a não ser pelo fato de ser um incômodo. Estaria melhor morto, e assim ninguém mais faria perguntas sobre ele, ninguém ficaria impaciente com a ideia de uma corte marcial e um fuzilamento, e não haveria desfiles sem sentido na forma da lei. Mantê-lo daquele jeito, exibi-lo ao batalhão, não lhes servia de advertência nem os impediria de fazer o que fosse; apenas irritava os homens. Miller deveria ter sido morto assim que possível; como não pretendiam matá-lo – e isso era evidente –, deveriam tê-lo mandado para longe. Não era mais um homem para o grupo; era um fantasma que infelizmente não tinha morrido.

Parecia ser verdade, como acreditavam os homens, que o capitão Malet e o capelão tinham intervindo em favor dele, e isso implicaria a existência de circunstâncias atenuantes. Ninguém guardava rancor de Miller, mas naturalmente todos tinham reservas em relação a ele. Um homem que havia desertado no Somme, chegado até Rouen e fugido da polícia do exército por seis meses não podia ser um completo imbecil; e, depois de apenas um olhar para aquela boca mole e para a astúcia furtiva daqueles olhos, Bourne desconfiou dele. Os homens também estavam certos sobre a aparência do homem; ele parecia um alemão. Resolveu evitar a questão. Bourne, deitado perto dele naquela noite e cansado após o longo dia, adormeceu quase que imediatamente. Quando acordou algumas horas depois, o prisioneiro dormia tranquilamente ao seu lado, e então Bourne caiu no sono de novo. Pela manhã, o prisioneiro ainda estava lá.

Bourne não o vigiou na noite seguinte. Às duas horas, marchavam em campo aberto, na frente da pousada do vilarejo, quando mandaram que Bourne, Shem e Martlow saíssem de formação; o resto da companhia continuou. O sargento-mor Robinson enviou-os à seção de telégrafos para serem instruídos. Mandou os outros dois pegarem seus equipamentos para que pudesse falar a sós com Bourne.

"Lamento demais que você esteja indo, mas estão com falta de pessoal. Você me deixou louco no outro dia ao falar daquele jeito com um oficial. Sei que não se importa com que patente leva no quepe, mas deveria ter aceitado a recomendação para ser promovido a oficial, como o capitão Malet disse a você."

"Bem, por ele eu vou me empenhar. Por que desejam me mandar para os telégrafos? Parece ser a regra básica do exército: achar alguma tarefa em que você é um completo ignorante e então obrigá-lo a executá-la."

"Ouvi o ajudante de ordens dizer que você parecia ser sensato. Ele indicou você e, como precisavam de três homens, eu disse que Shem é bastante perspicaz e Martlow, jovem o bastante para aprender."

"Isso foi decente de sua parte, sargento. Lamento tê-lo irritado no outro dia. Não era minha intenção aborrecê-lo. Achei que era hora de eu ser um pouco questionador."

"Deveria é ter mostrado mais bom senso. Sei que você não quer deixar a companhia."

"Não me importo mais, sargento. Lamento ir, por várias razões, mas não da mesma maneira que antes. Decidi, no outro dia, que deveria seguir o conselho do capitão Malet.

Não desejo ser um oficial, mas permanecer nas fileiras vai me tornar um frouxo. Ele está certo."

"Bem, é melhor cair fora e pegar sua mochila", aconselhou o sargento-mor. "Suponho que assim que você receber sua promoção, voltará para passar algum tempo aqui como anspeçada. Você sabia que o major Blessington parte esta noite para assumir o seu próprio batalhão? O major Shadwell ficará no comando até que o novo coronel chegue, amanhã ou depois."

"Não, eu não sabia."

"Bem, adeus por enquanto, Bourne."

"Adeus, sargento, e obrigado."

Mas ele não partiu de imediato, pois o sargento intendente lhe dissera haver, além de algumas cartas, um pacote para ele, o que soava promissor. Foi buscá-los.

"Qual é o caminho para Reclinghem, sargento?"

"Suba a colina depois da igreja e desça à direita. Quase 2,5 quilômetros de caminhada. Do outro lado do vale."

Bourne voltou para o alojamento, pegou suas coisas e partiu, com Shem e Martlow, rumo à sua nova carreira.

11

> *Companheiro, onde é que há palha?*
> *É por demais estranha a arte dos pobres que*
> *faz preciosas as mais baixas coisas.*
> – Shakespeare, *Rei Lear*, ato III, cena II

O sargento-mor Corbet, do quartel-general da companhia, era um homem alegre, inteligente e alerta; um excelente operador de telégrafo que acolheu de bom grado os oito homens que tinham vindo de várias companhias para serem treinados. Depois de tê-los examinado rapidamente, não logrou perceber em nenhum deles sinais de um intelecto ardente, tampouco contava com ele; tinha viva a fé de que os seus dotes pedagógicos, somados aos do cabo Hamley, extrairiam o melhor daqueles rapazes.

"O cabo Hamley saiu com os rapazes da seção e não vale a pena mandá-los atrás dele, já que não chegariam lá a tempo de voltar. Os sinaleiros estão alojados no lado oposto daquele café. Vocês podem esperar por ele lá e ele lhes dirá onde ficam seus alojamentos."

Eles esperaram o cabo em um pátio cercado por celeiros e estábulos, onde um dos mensageiros da administração do acampamento, também alojado ali, apontou-lhes a parte das instalações que tinha sido designada aos sinaleiros. Encontrando um lugar para si, Bourne, Shem e Martlow sentaram-se sobre o colchão de palha para investigar o conteúdo da encomenda de Bourne. Era um grande pacote, de uma das mais conhecidas lojas do West End, muito bem acondicionado em uma caixa feita de madeira fina chamada de compensado; Bourne, sacando seu canivete do bolso da túnica, cortou o cordão que o mantinha atado à correia que a sustentava ao ombro e abriu de um só golpe a caixa com uma ponteira de aço, daquelas usadas para abrir furos no couro ou tirar pedras das ferraduras dos cavalos. À primeira vista, o conteúdo mostrou-se um pouco desapontador, pois uma grande parte da caixa estava tomada por um grande naco de pão, conhecido por alguns como pão para sanduíche, pois poderia ser cortado em fatias quadradas para esse fim.

"Por que nos mandam pão?", perguntou Martlow, indignado, como se o pacote fosse para todos eles.

Uma lata de carne de frango, um pequeno e sólido bolo de ameixa, um vidro pequeno de geleia de morango e uma lata com uma centena de cigarros russos. Era tudo.

"Imagino o motivo de eles terem mandado o pão. Ele é um camarada sensato, mas talvez o pão tenha sido ideia de sua mulher. Sabe, Martlow, meu amigo está com 55 anos, mas ele é muito bom camarada e se casou por amor no ano passado."

"Ora, ele não me importa agora", retrucou Martlow. "Estou com alguma fome. Vamos comer o frango, assim não teremos de carregá-lo."

"Podemos guardar o bolo para o chá", sugeriu Shem. "Acho que só mandaram o pão para preencher a caixa, mas servirá junto com o frango."

"Então abra a lata", disse Bourne; "e você, Martlow, corte umas fatias de pão."

Martlow, no entanto, estava muito interessado em observar Shem abrindo a lata de frango para se ocupar do pão. Ele esperou até ver os pedaços da carne desfiada imersa em pálida e trêmula gelatina.

"Parece que está tudo certo", disse enfim. Agarrou o pão que, preso à caixa, demandava um pouco de esforço para ser tirado de lá.

"Malditos empacotadores!", exclamou Martlow. "Não se importam como..."

Deu um bom puxão e caiu com um pedaço de pão na mão; do outro naco, libertada da pressão que exercia a caixa e ainda com a rolha incrustada de miolo, deslizou uma garrafa, que teria ido ao chão se não fosse a agilidade de Shem.

"Ora, que me fodam o rabo!", exclamou um atônito Martlow.

"Aqui, esconda isso, rápido!", disse Shem, excitado. "Vai se formar uma fila interminável na porta se descobrirem que você tem amigos que lhe mandam garrafas de uísque escocês. Malditos bons empacotadores! Eu deveria ter desconfiado; tiraram quase todo o miolo! Vamos ter de comer a casca seca com o frango. Aqui, abra rápido; vamos tomar um trago e depois esconder o resto na sua mochila."

"Shem", disse Bourne muito sério, "se algum dia eu for condecorado com a Cruz Vitória, vou mandá-la para Bartlett de lembrança."

"Você não quer ir atrás de uma Cruz Vitória", admoestou-o Martlow em um tom didático. "O que você quer é ser cuidadoso o suficiente para não ganhar uma cruz de madeira, isso sim."

Deram os ossos do frango para um cachorro do pátio e atrás dessa área, em um poço escavado para servir de lixeira, jogaram a lata vazia. Shem colocou um pouco mais de uísque na marmita de Bourne, cuja tampa se fechava quase hermeticamente. "Cairá bem no chá", disse ele enquanto arrolhava a garrafa, colocando-a nas sobras do casaco de Bourne e enfiando-o no fundo de sua mochila. Depois, cada um fumou um cigarro russo e esperaram calmamente a volta do cabo Hamley de suas tarefas árduas.

O cabo Hamley era como o sargento Tozer em formação: um homem magro e ossudo, mas de tez escura, enquanto a do sargento era clara, quase rosada. Seu temperamento era mais suave, ao contrário de Tozer, que, apesar de reflexivo e sensível, também era rude e crítico. O cabo, também, por ser um pouco mais frágil do que o sargento Tozer, era inclinado a acreditar nos boatos acerca do caráter de um homem, antes de, por experiência, formar a própria opinião. Alguém, evidentemente, tinha-o envenenado contra Bourne e Shem.

Quando os novos homens saíram do estábulo para a inspeção, o cabo Hamley estava inclinado a isolar os dois do restante do grupo, pois os olhava fixamente enquanto fazia uma homilia, para o restante do grupo, sobre o dever de todo soldado. Havendo acomodações para somente quatro homens nos estábulos, ele dividiu o grupo arbitrariamente em dois. Martlow, Shem e Bourne, com mais um homem negro grande chamado Humphreys, foram enviados para outro alojamento, a 150 jardas abaixo de uma estrada secundária onde estavam alojados alguns ordenanças e franco-atiradores. Era um inconveniente ficar tão longe do resto de sua seção.

"Ele não parece gostar muito de nós", observou Shem com uma voz satisfeita.

"Nada de amar em vão, pois", completou Martlow estoicamente.

"Ele me parece correto", disse Bourne. "Na verdade, acho que ele é, provavelmente, um camarada legal; apenas não nos conhece, e alguém lhe avisou que devíamos ser observados. Você ouviu o que ele disse sobre o subtenente? Não acho que falei com o subtenente desde que estivemos em Beaumetz, a não ser um 'Bom dia, senhor', caso passasse por ele. Tudo vai se ajeitar entre ele e nós em alguns dias, vocês vão ver. O sr. Rhys é muito mais difícil de se deixar influenciar, acredito; um bom homem, mas capaz de ser rude quando acorda de ressaca. Ele e o sr. Pardew são chegados a um bom copo; quando bebem, o fazem juntos. Quando eu estava na administração do acampamento, percebia que, sempre que o sr. Rhys despejava seu mau humor nos sinaleiros, o sr. Pardew o fazia com os franco-atiradores. Não é bom pensar que temos três quartos de uma garrafa de um bom uísque escocês?"

"Queremos guardar a bebida até podermos ter uma farra tranquila, só nós. Temos o que coloquei em sua marmita para o chá e pegaremos outro gole para o chá de amanhã. Assim ele durará três ou quatro dias. Podemos conseguir alguma coisa no café. Lembre-se de não tirar a garrafa do meio do seu casaco. Enfie-a em uma meia e deixe sua toalha sobre ela."

"Vai ser engraçado se ele pegar o casaco toda vez que precisar de uma toalha, não é?", perguntou Martlow. "Só a meia vai dar conta."

Logo se provou que Bourne estava certo sobre o cabo, que os observou ainda cheio de suspeitas por dois ou três dias. Com o tempo, porém, mostrou-se mais disposto em relação a eles. Tiveram de começar a aprendizagem desde o princípio: o código Morse, a sinalização com bandeiras, o alfabeto fonético e a prática com a campainha. Martlow, que aprendia rápido, conseguiu facilmente ser o melhor aluno; Bourne mostrou o pior desempenho entre os três; e Shem tinha um poder considerável de concentração. Madeley, um dos sinaleiros, normalmente a serviço na administração do acampamento, tornara-se amigo de Bourne quando este fora designado como datilógrafo, embora se vissem apenas casualmente. Talvez ele tivesse ajudado a corrigir o ponto de vista do cabo Hamley. Da parte deles, gostaram do trabalho e dos homens em sua seção.

No primeiro dia, o batalhão inteiro entrou em formação às nove horas, na rua principal de Reclinghem, para que o major Shadwell inspecionasse rapidamente a tropa. Foi realmente extraordinário; ninguém deixou de notar a mudança de humor da tropa quando o oficial passou por entre as fileiras. Não somente os soldados gostavam do major como sentiam que aquele homem era um deles; pertenciam ao mesmo planeta. Não davam a mínima se o major era homem de caráter intransigente e severo. A opinião geral era que ali estava um homem que deveria ser mandado a um curso para oficiais mais graduados para então voltar e comandá-los durante o restante da guerra. Não que o major fosse popular entre eles como os outros oficiais eram; inspirava-lhes menos afeto e mais apreciação e respeito.

Poderia se imaginar que esse sentimento iria contra a aceitação do novo oficial que havia chegado e assumido o comando naquela noite; mas, quando o coronel Bardon os passou em revista pela manhã, andou entre a tropa com um ar de eficiência tranquila, mostrando-se, porém, reservado, como se a experiência tivesse lhe ensinado que, enquanto inspecionava aqueles homens silenciosos e rigidamente perfilados, também era inspecionado por eles, com a mesma perspicácia e seriedade com que ele percorria as fileiras. A gravidade de seu rosto escanhoado era parecida com a do major Shadwell; era mais baixo, porém tinha o corpo forte e bem distribuído, equilibrado e alerta; seus olhos eram de um tom verde azulado, penetrantes e rápidos em julgar seus homens. Parecia ter apenas um único questionamento: que tipo de homens teria de comandar? A resposta à sua pergunta só dizia respeito a ele.

Não havia nada da superioridade romântica e arrogância às quais, nos últimos meses, os homens se acostumaram e, por isso, tornaram-se indiferentes. Bourne sempre tivera a ilusão de que seus próprios sentidos sempre se estenderam ao longo da fila de homens ao seu lado. Quando alguém está em posição de sentido, mantém-se estático, ereto, olhando diretamente para a frente, mas, quando os passos da autoridade chegam cada vez mais perto, é como se apreendesse uma parte da realidade antes que ela se tornasse visível. Ela entra em seu campo de visão primeiro de forma vaga e indeterminada; depois, de repente, bem definido, surge um rosto, frio e irreconhecível, mas ávido em sua análise, até tornar-se difuso novamente e desaparecer. Por esses breves segundos sente-se as narinas sugarem a respiração até que ela preencha a cavidade do peito; aí vem a expiração e, mais uma vez, a sucção do ar. As opções são prender o fôlego, como se fosse um alvo sob a mira, ou então – a única alternativa possível – bufar como um cachorro ou um cavalo faria ante a percepção de algum possível perigo. De qualquer forma, esses eram os sentimentos de Bourne ao se encontrar pela primeira vez sob o escrutínio daqueles olhos incisivos. O coronel Bardon foi-se, como uma força impessoal, e a tensão esvaiu-se. Então Madeley, ao lado dele, sussurrou praticamente sem mexer os lábios.

"Bem, ele se parece com um maldito soldado, no fim das contas."

Afinal, isso era o que mais importava a eles; e, já que o dever e o serviço implicavam certas obrigações recíprocas do seu lado, a opinião da tropa lhe importava mais do que talvez ele soubesse. Certo era que eles seriam seus homens se os tratasse bem, era algo que deixara claro uma vez que haviam enfrentado aquele rosto justo e intransigente. As companhias seguiram para seu treinamento e os especialistas, para cumprir com seus deveres, bem cientes de que, naquele momento, estavam se preparando para outro massacre. Marcharam para fora do vilarejo, passando por um calvário de pedra, e todos os homens, conhecedores de todos os pecados do mundo, levantaram, para a agonia da figura crucificada, os olhos que tinham sondado e compreendido o mistério do sofrimento.

Shem foi o protagonista de um episódio que poderia ter feito a ele, Bourne e Martlow caírem em desgraça com o coronel Bardon. Estavam contentes com o trabalho deles, com o cabo Hamley e com a seção em geral; mas já havia sido levantada a questão de quais seriam seus deveres quando o batalhão entrou em formação. Obviamente, não seriam capazes de ser sinaleiros a não ser, talvez, no tocante aos deveres periféricos, como ajudar a reparar ou montar linhas. Até mesmo Martlow, cujo toque delicado e ouvido rápido o tornavam um aluno muito apto a lidar com a campainha, dificilmente seria qualificado para o trabalho. Como faltavam mensageiros, poderiam ser úteis nessa função.

Depois, ficou acertado que, por três dias, o batalhão inteiro praticaria uma ofensiva, e novamente a questão veio à tona. O cabo lhes disse que cada um deveria se apresentar à sua companhia. Shem, que era bastante responsável com todas as suas obrigações, mas um tanto preguiçoso quando se tratava de entrar em formação ou fazer exercícios que considerava desnecessários, logo se pôs a reclamar.

"Bem, precisamos ir."

"Não precisamos", protestou Shem. "Aposto que ninguém da Companhia A sabe alguma coisa sobre irmos até eles. A única coisa que precisamos fazer é nos esconder aqui todas as manhãs, e temos alguns dias de descanso. É uma dádiva."

"Faça o que quiser", disse Bourne, pensativo; "mas eu prefiro me juntar à companhia logo."

"Vamos nos meter em confusão", ponderou Martlow, preocupado.

"Se vai um, teremos de ir todos. Não há sentido em irmos, a não ser que seja para entrarmos em combate. Essas malditas práticas não são boas para nada. Um monte de peixes gordos traça os planos mais intrincados e passa as instruções àqueles que estão envolvidos, os oficiais estudam a maquete do alvo a ser atacado e depois nos mandam correr por milhas, todos marcados para representarem trincheiras; e então, quando tudo está completo e cada homem supostamente sabe com exatidão o que deve fazer, a desgraça toda muda e vamos para o ataque sem ter uma mísera ideia do que esperam que façamos."

O resumo simples e perspicaz de Shem sobre os métodos utilizados pelos oficiais instigou Bourne a firmar um compromisso; propôs-se a visitar seus amigos na Companhia A, o sargento-mor Robinson e o sargento Tozer, e descobrir onde estavam. Shem estava recalcitrante.

"Você só vai conseguir estragar tudo", disse ele com convicção. Recusou-se a ir até os alojamentos da Companhia A com Bourne, que, por fim, foi com Martlow.

"Não me importo em me meter em confusão, se valer a pena", disse Martlow, pensativo.

"Não vale", retrucou Bourne. "Entretanto, o velho Shem assim o quer, e temos de ficar juntos."

O sargento-mor e o sargento intendente Deane ficaram surpresos quando Bourne enfiou a cabeça pelo vão da porta e perguntou se havia algum pacote para ele.

"Você quer um maldito pacote todos os dias?", perguntou o sargento intendente. "Recebeu um bom há dois dias, não foi?"

"Esperava um pacote pequeno de cigarros", respondeu Bourne inocentemente. "Tenho poucos dos bons sobrando, mas estou ficando sem os fortes, mais baratos. Prove um desses, sargento-mor. O sr. Rhys esqueceu sua carteira de cigarros ontem; estávamos cerca de 1,5 milha do outro lado de Reclinghem, praticando sinalização com bandeiras; e, quando tivemos um descanso, ele me pediu um cigarro, se – olhe só, 'se'! – fosse um dos bons. Como um tonto, dei a ele um desses, e ele esqueceu sua carteira de cigarros durante o dia todo. Não posso fornecer cigarros aos oficiais. Quero alguns dos mais vagabundos; são bons o bastante para a tropa."

"Que sangue-frio você tem", disse o sargento-mor acendendo um cigarro, enquanto Bourne oferecia a carteira ao sargento intendente.

"O que acha de estar com os sinaleiros?", perguntou o sargento intendente acendendo seu cigarro.

"Oh, é confortável o suficiente", respondeu Bourne com indiferença. "Estou sempre contente com a companhia. Aparentemente, eles não sabem o que vão fazer conosco quando entrarmos em combate. Acho que devemos saber alguma coisa amanhã, pois quando marchamos para o ataque presumivelmente devemos ir com a seção com a qual praticamos. Eles dizem que podemos ser usados como mensageiros."

"Você não tem como saber realmente", falou o sargento-mor Robinson, "porque, em geral, organizam tudo no último minuto. Parece-me que todos esses treinamentos são apenas distração para os olhos dos oficiais; e, se alguma coisa der errado, podem dizer que não foi por falta de preparação. De qualquer forma, se você estiver com os mensageiros ou com os sinaleiros amanhã, vai ter um dia mais tranquilo que o nosso. Eu sou o desgraçado que faz a maior parte do trabalho nos ataques. Quando conseguir sua promoção, Bourne, trate bem o seu sargento-mor. Não se esqueça de que é ele que faz todo trabalho sujo."

A referência à possibilidade de promoção enfureceu Bourne. O sargento-mor tinha se esquecido da presença de

Martlow. Sentado em silêncio em uma caixa perto da porta, agora encarava Bourne com os olhos arregalados de surpresa.

"Por que eles não nos mandam de volta à companhia para o ataque?", perguntou ele com impaciência, mudando de assunto e tentando encobrir a indiscrição do sargento-mor.

"Ah, você é um tolo bastardo!", exclamou o sargento-mor. "Conseguiu um trabalho confortável com os sinaleiros até ir para casa e agora quer procurar confusão. Quando lhe dão a chance de um descanso, você aceita. Não creia que ser segundo-tenente vai ser fácil; e, se quer se tornar um bom oficial, não reclame com o seu sargento-mor quando alguma coisinha for mal. Apenas se lembre de todo o trabalho que ele faz e de todas as suas responsabilidades, entendeu?"

"Ora, não me candidatei a nenhuma promoção ainda, sargento-mor", argumentou Bourne, tentando mostrar indiferença sob os olhos de Martlow. "Quais são as ordens? Posso dar uma espiada?"

Passeou os olhos por algumas folhas datilografadas, como se para esconder sua vergonha.

"Você está olhando a segunda parte. A parte 1 está na primeira página."

Bourne as olhou rapidamente. O sargento-mor não poderia ensinar a ele coisa alguma sobre ordens. Depois, colocou as folhas de volta na mesa.

"Bem, devemos voltar. Se um pacote chegar para mim, acredito que o oficial do correio vai me entregar. Boa noite, sargento-mor. Boa noite, senhor."

Ele e Martlow saíram; já estava escurecendo.

"Devemos tomar uma bebida aqui ou esperar até voltarmos para Reclinghem?", perguntou Martlow.

"Esperar", respondeu o outro.

Caminharam em silêncio por um tempo, e então Martlow virou-se para ele.

"Bourne, você vai ser um oficial?"

A pergunta em si pareceu criar um abismo entre eles. Havia algo frio, distante e quase desagradável no tom usado para a pergunta. Era como se o garoto estivesse perguntando se ele devia avançar e se render aos alemães.

"Sim", respondeu ele, um tanto rude, aceitando amargamente tudo que estava implícito na pergunta.

Estavam se aproximando da igreja e, de repente, emergiu das sombras o velho cura, com sua batina e chapéu de abas largas. Bourne se empertigou um pouco e o cumprimentou. O velho tirou o chapéu e se curvou, permanecendo com a cabeça descoberta, em atitude de oração, enquanto eles passaram; e, mesmo que Bourne tivesse percebido antes aquela espécie de reverência da parte de alguns sacerdotes franceses para com um soldado, o incidente trivial encheu-o de angústia. Pensou ter ouvido em algum lugar que era azar encontrar um padre ao entardecer; e, enquanto essa ideia preenchia sua mente, sentiu a espinha se enregelar. Ele era um homem reticente e pouco expansivo, mas, depois de mais alguns passos através das sombras silenciosas, passou o braço ao redor de Martlow, a mão repousando em seu ombro.

"Não quero a promoção. Mas terei de aceitá-la", disse.

"Estamos bem do jeito que estamos, nós três, não?", perguntou Martlow com uma curiosidade amarga, quase iracunda. "Isso é o pior do maldito exército; assim que você começa a se dar bem com um camarada, alguma coisa acontece."

"Ora, de qualquer jeito vai acontecer", disse Bourne. "Não vou antes que a ofensiva comece, de qualquer forma. Nós três vamos ficar juntos, e depois... Bem, não faz muito sentido pensar no futuro, não é?"

Quase não falaram durante o resto da caminhada. Encontraram Shem e seguiram para o café em Reclinghem para beber. Shem riu com desdém quando lhe contaram que a companhia aparentemente não os esperava na revista pela manhã.

"O que eu lhes disse?", perguntou; e Bourne, de um jeito mal-humorado, disse a ele que era melhor irem embora e comprarem algumas provisões.

"Vamos amanhã pegar nossa porção de pão e queijo", completou.

Pela manhã, eles pegaram a ração com o restante do quartel-general da companhia e esconderam-se no sótão do estábulo onde estavam. Por entre as ripas de uma janela de ventilação empenada ao fim da cumeeira conseguiam vigiar a entrada. Naquele exato momento, o guarda da companhia, que também estava alojado ali, saiu com o cassetete nas mãos, disposto a cumprir seu dever. Eles conheciam mais ou menos os seus horários, mas não contaram que a instrução naquele dia alteraria a rotina de tarefas e que seus movimentos seriam mais difíceis de prever.

Bourne sentia-se entediado; havia perdido o espírito de garoto gazeteiro que ainda habitava Shem e Martlow. Toda a alegria da desobediência residia em ser fruto do livre-arbítrio, o que não se aplicava a Bourne; tinha embarcado no plano de Shem. Por outro lado, agora estava igualmente envolvido com eles; não era o responsável direto por aquilo e sentia-se livre para criticar o que acontecia de um ponto de vista quase imparcial. Havia algum prazer nisso, pois o opunha a Shem e, naturalmente, gostava de manter uma ascendência moral – ou mesmo imoral – sobre seu aliado. Ia fazer o possível para que o plano de Shem tivesse êxito, claro, mas, em caso de fracasso, e apesar de ambos sofrerem as mesmas consequências, entre eles sempre poderia negar qualquer responsabilidade, alegando que a amizade, seu ponto fraco, nublara seu discernimento até ver-se envolvido pelo plano do outro. Essas reflexões eram a única coisa que tornava sua aventura emocionante.

O guarda da companhia tinha ido embora havia pouco mais de meia hora e eles não esperavam que voltasse até por volta de quinze para o meio-dia. Foram, portanto, surpreendidos ao ouvir passos marciais no pátio; e à ansiedade veio somar-se a surpresa quando os passos seguiram para o estábulo abaixo deles, passaram pela escada que dava acesso ao sótão e, em seguida, soaram por toda a extensão do prédio, de um lado a outro. Alguém estava evidentemente inspecionando os alojamentos. O militar voltou ao pé da escada e os três prenderam a respiração; a escada estava suspensa apenas por um grampo encaixado em um gancho, preso em uma viga abaixo da entrada do sótão. A escada se moveu quando a mão do militar a segurou: ele estava subindo. Bourne, tomado pela alegria tola que às vezes atinge alguém diante do perigo, esteve a ponto de rir ao ver Shem e Martlow caídos sobre uma pilha de feixes de trigo, observando a entrada como dois animais prontos a defender o seu covil; e a gargalhada irrompeu quando o rosto de Humphreys apareceu abaixo do nível do chão. As expressões dos dois mudaram de culpa e surpresa para desapontamento ao reconhecerem-no.

"Mas que diabos você veio fuçar aqui?", gritou Martlow com raiva.

"Tenho tanto direito de estar aqui quanto você", respondeu ele com truculência.

"A questão de direito, neste contexto, é de interesse meramente acadêmico", explicou Bourne, encantado com a situação que se apresentava; "mas deveria admitir que temos prioridade e, portanto, estamos em posição privilegiada. Não vou esconder, Humphreys, o fato de que a sua presença não é bem-vinda e, se quiser discuti-la, vai ser posto para fora daqui de cima de cabeça. Sim, por nós três, se necessário. Nós não o achamos muito sociável nos últimos dias, e uma consideração imparcial de seu caráter e de seus hábitos nos dá razão. Entretanto, aqui está você, e temos de tirar o melhor de sua companhia como de outros inconvenientes inerentes à situação. Mas, se criar problemas, vamos empurrá-lo pela maldita escada abaixo e dane-se o que acontecer. Isso está claro para o seu intelecto atrofiado?"

"Bem, aqui há lugar para nós quatro", disse Humphreys com uma modéstia inesperada.

"Muito bem", disse Bourne, cujo único objetivo era assumir o controle da situação e evitar que Shem ou Martlow começassem uma discussão irracional. "Este sótão serve de refúgio para nós quatro; mas não dê com a língua nos dentes. Acho que sou o soldado mais velho aqui; então, naturalmente, estou no comando. Se acabarmos em confusão, serei eu a assumir a responsabilidade."

"Shhh!", advertiu Martlow, levantando a mão para avisá-los. Ouviram então mais uma movimentação no pátio: vozes altas e femininas invadiram os estábulos e, novamente, a escada se mexeu, pendendo um pouco conforme alguém subia.

"Meu Deus, estamos dando uma maldita recepção", sussurrou Bourne.

O rosto de *madame*, a proprietária da fazenda, apareceu rente ao piso, e ela encarou um a um, curiosa.

"*Bonjour, madame!*", disse Bourne com grande domínio de si mesmo. "*J'espère que notre présence ici ne vous dérange point. Nous trouvons un peu fatigués après de marches longues, et des journees assez laborieuses. Or, nous avons pris la résolution de nous reposer ici, pendant que le régiment fait des manoeuvres dans les champs. Ca n'a pas d'importance,* *je crois; ces exercices sont vraiment inutiles. Nous ne ferons pas de mal ici."*⁶²

"*Mais ce n'est pas très régulier, monsieur*",⁶³ respondeu ela com ar de dúvida. As duas amigas que permaneciam no andar de baixo perguntavam, nervosas, o que estava acontecendo. Bourne pensou que a objeção da mulher era incontestável, mas ligeiramente pedante. Apenas metade do corpo da mulher estava à vista e, enquanto ela hesitava, parecia um espírito conjurado a partir das sombras.

"*Montez, madame, je vous en prie*"; implorou a ela. "*Comme vous dites, ce n'est pas régulier, et ce sera vraiment dommage si nous sommes découverts. Montez, madame, vous et vos amies; et puis nous causerons ensemble.*"⁶⁴

Levou algum tempo para convencê-la de que eles não eram desertores e que sua escapada não era importante exceto para eles mesmos, mas finalmente Bourne conseguiu. Ela subiu os degraus restantes da escada; e, cheias de curiosidade, as duas amigas a seguiram, uma rotunda e corada e a outra uma daquelas mulheres anêmicas, sem filhos, que assombram as sacristias das igrejas de aldeia. Shem e Martlow pareciam um tanto inclinados a fugir dali. Humphreys apenas encarou a invasão com um ressentimento nervoso. Só Bourne pareceu entender o fato essencial de que eles eram, na realidade, prisioneiros das três mulheres, que agora constituíam um júri de matronas que tinha por finalidade julgar o caso. Ele precisou fazer o papel de ad-

---

62 "Bom dia, senhora. Espero que nossa presença aqui não a incomode. Nós estávamos um pouco cansados depois de longas caminhadas e jornadas bastante trabalhosas. Ora, resolvemos então descansar aqui, enquanto o regimento faz manobras nos campos. Pois não é importante, acho; esses exercícios são, na verdade, inúteis. Nós não faremos nada errado aqui."

63 "Mas isso não é exatamente conforme as regras, senhor."

64 "Suba, senhora, eu lhe peço". "Como a senhora disse, não é regular e seria uma pena se fôssemos descobertos. Suba, senhora, com suas amigas; depois conversaremos juntos."

vogado, não só em causa própria, mas para ajudar aqueles cúmplices que, por pura estupidez, nada faziam para cair nas graças de suas juízas.

"Pelo amor de Deus, sorriam!", pediu ele desesperadamente. Apenas Martlow respondeu, abrindo um largo sorriso que dava a ele uma aparência menos criminosa. As mulheres são notoriamente influenciadas pela expressão facial de um homem e se sentem lisonjeadas, pois atribuem essa resposta ao poder sutil da intuição feminina. Na verdade, elas têm tanta intuição quanto um ovo. Os modos exageradamente refinados de Bourne e o humor sorridente de Martlow os salvaram da situação em que se encontravam. As mulheres discutiram o que fariam, baseando-se em parâmetros que julgavam razoáveis. Era preciso persuadi-las e, considerando a falta de charme delas, Bourne esperava que nenhuma pudesse vir a ter uma natureza romântica.

Madame, sentada no chão, pegou um feixe de trigo e começou a retirar os grãos, debulhando sobre um pano estendido no chão aqueles que resistiam à pressão de seus dedos. Shem, Martlow e Bourne tinham ficado longe dos feixes desde que ela chegara, mas Humphreys estava sentado sobre um fardo. A mulher tomou sua decisão depois de ter consultado suas irmãs Moiras e, terminando o que fazia, levantou-se e entregou a sentença.

Não poderiam ficar no sótão: o local era "*malsaine*"[65], declarou ela, pois os grãos ali guardados eram seus "*vivres*"[66] para o inverno. Por outro lado, ela não os entregaria à polícia. Achava que estariam a salvo de serem presos se ficassem no estábulo mais adiante; depois, virando-se para Humphreys, mandou-o se levantar. Bourne traduziu para ele o que ela dissera, mas ele não se moveu, mostran-

---

65 Insalubre.
66 Víveres.

do-se rude. Mesmo que ela não tivesse entendido o que ele dissera, seus modos foram tão grosseiros que a mensagem tornou-se óbvia. Tomando isso como um desafio à sua autoridade, ela avançou em direção a ele e, antes que Bourne pudesse se colocar entre os dois, esbofeteou o soldado insolente nas duas faces, enquanto lhe dizia o que pensava dele. Não levantou a voz. Apenas encarou-o do mesmo modo que um gato olha um cão, bufando baixo e pronta a cravar-lhe as garras, caso ele mostrasse qualquer sinal de que partiria para a luta.

Humphreys, é claro, embora estúpido e rude, não atacaria uma mulher, mas parecia quase sufocar de raiva. Bourne voltou a se interpor entre ambos, como ocorrera com o cabo Greenstreet; mas, dessa vez, não tentou acalmar a mulher nervosa, e sim o homem colérico.

"Você é um maldito idiota que vai acabar nos metendo em confusão", disse tão exaltado quanto os dois. "Não vou dizer isso duas vezes. Pegue suas coisas e desça a escada agora mesmo."

"O que ela quer...?"

Madame avançou novamente para cima dele, com um ronronar ameaçador.

"Você está indo?", perguntou Bourne, a paciência quase esgotada. "Aqui está sua maldita mochila."

Lançou-a escada abaixo, e Humphreys foi atrás dela, praguejando e reclamando. Todos estavam nervosos e Bourne mandou, autoritário, que Shem e Martlow descessem. As mulheres, exibindo ares de triunfo, estavam inclinadas a olhar Bourne mais favoravelmente. Ele então se aproximou de *madame* novamente e perguntou se não havia outro lugar onde pudessem se esconder naquele dia e no outro, e talvez até por um terceiro dia. Por fim, ela o levou através do pátio até um pequeno quarto com chão de cimento, que outrora deveria ter sido uma leiteria ou um depósito. Tinha duas portas: uma que saía do lado da casa, em um caminho estreito de grama, delimitado por uma cerca viva e por campos que se estendiam depois dela; a outra dava para uma passagem do lado oposto, onde o guarda da companhia estava alojado.

Bourne ficou satisfeito. Assegurou-se de que *madame* não tomaria nenhuma medida contra Humphreys e se desculpou por ele o melhor que pôde. Ela não queria o soldado na casa, mas disse que ele poderia ficar onde estava. Depois, Bourne voltou para os estábulos e contou a Humphreys que provavelmente ele ficaria bem onde estava, e ali permaneceria, querendo ou não; se voltasse ao sótão, *madame* certamente o entregaria para o policial alojado perto dali. Levou Shem e Martlow para a casa com ele. Depois, pediu a *madame* que os deixasse tomar café e disse que pagaria por isso. Junto com o café, beberam um pouco do valioso uísque, cujo nível na garrafa parecia diminuir rapidamente. Ouviram o guarda da companhia voltar ao meio-dia. Continuaram a monitorar seus movimentos – mais facilmente agora – e saíram quando ele partiu, à tarde. Ficaram felizes quando o batalhão voltou às quatro da tarde e puderam se juntar aos homens, misturando-se à tropa.

O segundo dia foi mais agradável, uma vez que ousaram mais, saindo para os campos; e Bourne, depois de ter seguido o policial até vê-lo pegar a estrada para Vincly, voltou e comprou uma garrafa de vinho em um dos cafés para revezar com seu uísque, do qual só restavam alguns goles. Nessa missão, deparou-se com Evans, agora ajudante do novo coronel.

"Procurando por problema?", perguntou Evans, sorrindo. Bourne deu uma bebida a ele e soube que o batalhão faria o mesmo treinamento no dia seguinte, a menos que chovesse; como não havia instalações para a secagem dos uniformes, eles não se arriscariam a molhar-se.

No dia seguinte, depois de o batalhão ter saído, uma tempestade desabou e os homens foram trazidos de volta. Os três ausentes tiveram certa dificuldade em voltar para a seção dos sinaleiros sem serem notados; precisaram se molhar primeiro. Martlow encharcou-se embaixo de uma torrente que descia do telhado.

Ficaram ausentes dos treinamentos por três dias consecutivos, mas isso não lhes deu muito prazer. Nessa mesma tarde, foram levados para um banho em uma mina, a 5 milhas de distância; finalmente, na manhã seguinte, o peso da justiça do destino, que atua segundo princípios aleatórios, recaiu sobre eles. Foram os últimos a se juntar ao exercício e o sr. Rhys encontrava-se de ressaca. Não estavam realmente atrasados e as outras seções ainda não tinham chegado; mas o oficial ordenou ao cabo Hamley que anotasse o nome deles, e foram levados diante do capitão Thompson às onze e meia. Bourne meramente observou que eles estavam alocados em separado do restante da seção, em alojamentos distantes, mas não tentou se justificar. Foi sábio de sua parte. O capitão Thompson, depois de tê-los advertido estritamente, rejeitou a acusação. Martlow pareceu ferido pela injustiça do ato disciplinar, mas Bourne riu para ele. "Se pegássemos 28 dias de punição por uma coisa que não fizemos, ainda assim, mereceríamos", disse. "Suponho que isso equilibre as coisas, afinal."

Imediatamente depois do jantar, uma onda de excitação passou rapidamente de uma companhia a outra; todos os exercícios foram cancelados, alojamentos tiveram de ser limpos e o batalhão estava pronto para marchar às cinco e meia. Já fazia algum tempo desde a última vez que marcharam durante a noite. Pela primeira vez, também, havia detalhes definidos: eles marchariam até St. Pol-sur-Ternoise, onde tomariam o trem para o front.

Era curioso ver como as notícias os afetaram; os amigos se reuniam para expor suas opiniões a respeito; mas extraordinário era o impulso comum que os movia, que juntava forças o bastante para acabar com as dúvidas e as ansiedades. Um tipo de entusiasmo calmo e contido, pois estava ciente de tudo que implicava, tomou conta deles, como um incêndio ou uma inundação. Mesmo aqueles que estavam assustados fingiam coragem, por mimetismo ou contágio, e essa vontade externa se convertia em sua própria, os homens se deixavam levar por ela. Ao fim podiam fracassar, tombando ou reduzindo-se a nada na agonia do medo, mas esse impulso irresistível os arrastava agora até um destino desconhecido, como o impulso coletivo que move um enxame de abelhas furiosas.

A luz decaía rapidamente enquanto eles tomavam posição e marchavam em silêncio. A Companhia A se juntaria a eles na encruzilhada, marchando para encontrá-los a partir de Vincly. Perceberam que o novo coronel tinha talento para comandar, o que fazia sem esforço. Logo depois que a Companhia A se juntou a eles, receberam ordem para marchar livremente, o que facilitou a caminhada. Alguns minutos depois, Bourne viu novamente o velho cura de Vincly. Ele estava parado à beira da estrada observando-os passar, curvado e com a cabeça descoberta, característica de sua humildade – um gesto, ao mesmo tempo, belo e sinistro.

Bourne sentiu algo como melancolia, uma espécie de saudade de casa, acalmar a excitação que o invadira. Observou a cor sumir da terra, deixando todos os contornos vagos e cinzentos, exceto onde colinas e bosques sombrios se destacavam contra o céu, tão luminosos e verdes quanto a água que fluía sobre o calcário. Algumas estrelas, pálidas ainda, penduravam-se no firmamento. Tinha a impressão de ter renunciado a tudo. Não se tratava, todavia, da sensação estúpida do sacrifício, de servir de expiação indireta do fracasso dos demais; o vento com o qual alguns homens sopram sua vaidade. A corrente de suas lembranças fez surgir uma frase da corrente de seus pensamentos: *la resignation, c'est la defaite, de l'ame*.[67] Mas não era exatamente isso, posto não haver sentimento de derrota. Curiosamente, já não tinha consciência de si mesmo; era como se seu espírito transbordasse de paz, uma paz que ainda tremia em sua superfície, como se um suspiro fosse o bastante para dissipá-la, embora tivesse, em seu coração, a certeza de que ficaria em paz, limitando-se a refletir o vazio da noite.

O ritmo daqueles passos pesados exercia sobre ele um curioso efeito hipnótico. Sentia-se como se estivesse em um sonho. Os homens cantavam para manter o coração alegre:

'Ere we are, 'ere we are, 'ere we are, again,
Pat and Mac, and Tommy and Jack, and Joe!
Never mind the weather! Now then, all together!
Are we down'earted? NO! ('ave a banana!)
'Ere we are, 'ere we are...[68]

A música poderia ter durado indefinidamente, mas os homens, de repente, mudaram para *Cock Robin*[69], e escutavam-se vozes a interpor *"another poor mother 'as lost 'er son"*[70], como se tentassem afrontar o destino sinistro contra o qual estavam determinados a marchar de cabeça erguida. Conforme atravessaram um vilarejo, às dez horas,

---

67 "A resignação é a derrota da alma."
68 "Vamos, e vamos e vamos outra vez,/ Pat e Mac, e Tommy e Jack, e Joe!/ Que se dane o tempo! Agora então, todos juntos!/ Estamos derrotados? NÃO! (Aqui, uma banana!)/ Vamos, e vamos..."
69 *Galo Robin*, cantiga de roda tradicional inglesa.
70 "Outra pobre mãe perdeu seu filho."

portas se abriram de súbito e iluminaram as entradas e vozes perguntaram aonde estavam indo.

"Somme! Somme!", gritaram como que desafiados. "Ah, não *bon*", responderam as vozes, piedosas e amáveis; e, mesmo depois que as portas se fecharam e eles tinham deixado o vilarejo para trás, as vozes amáveis pareciam flutuar na escuridão como fantasmas: "Somme! Ah, não *bon*!".

Aquela pequena amostra de doçura e bondade era sua inimiga; feria com punho mais duro que o da morte, e eles cantaram mais alto, encarando apenas a estrada branca diante deles e as sombras das árvores ao lado da estrada. Por fim, o canto cessou; não havia nada a não ser a miríade de incontáveis pés. Pararam por dez minutos e as trevas ao longo da estrada tornaram-se vivas, pois o brilho dos cigarros acesos era como vagalumes atravessando a névoa baixa.

Chegaram a St. Pol-sur-Ternoise perto da meia-noite, desafiando as trevas com suas canções ruidosas. Eles agora cantavam uma das marchas de seu regimento, parodiando suas façanhas ao ritmo da *Marselhesa*:

At La Clytte, at La Clytte,
Where the Westshires got well beat,
And the bullets blew our buttons all away,
And we ran, yes, we ran,
From that fuckin' Alleman;
And now we are happy all the day![71]

As janelas se abriram e, reconhecendo o patriotismo no ar, alguns dos virtuosos habitantes da cidade se juntaram ao coro; mas, no final, alguns mal-entendidos acabaram

---

[71] "Em La Clytte, em La Clytte,/ Onde os Westshires foram batidos,/ E as balas estouraram nossos botões,/ E corremos, sim corremos,/ Dos bastardos alemães;/ E agora estamos felizes o dia todo!"

surgindo nessa aliança entre dois povos distintos. Os homens riram prazerosamente até que a ordem de marchar com atenção impôs silêncio à tropa. Dirigiram-se para um vasto acampamento que Bourne ouvira ter sido um hospital e, depois de ter esperado algum tempo sem descanso no escuro, tiveram seus alojamentos designados.

"Gosto de marchar à noite", disse Martlow. "E você, Bourne?"

"Sim, eu gosto disso, garoto. Você está cansado?"

"Um pouco. Shem não está. Ele não se cansa."

Eles se deitaram, já que poderiam dormir algumas horas; e Bourne, deixando-se cair entre ambos, perguntou a si mesmo o que era aquele vínculo espiritual que se criara entre eles, vivendo e crescendo cada vez mais vigoroso em meio à bestialidade.

12

> *Como não há? Em guerra dessa espécie,*
> *dado o primeiro passo, a ação premente,*
> *ter esperança é estar contando com*
> *esses botões que a primavera deita cedo,*
> *produzindo menor expectativa de virem a*
> *dar fruto do que medo de mordidas da geada.*
> – Shakespeare, *Henrique IV*,
> parte II, ato I, cena III

Bourne acordou e, depois de alguns minutos de semiconsciência, sentou-se e olhou em volta para seus companheiros adormecidos, para os fuzis apoiados em volta do mastro de sustentação da barraca, para o círculo de botas em volta deles. Enfiou a mão direita por entre os botões da camisa e coçou o peito com prazer. Estava imundo e cheio de piolhos, mas, graças a Deus, não tinha sarna: meia dúzia de homens do quartel-general da companhia – incluindo Shem, naturalmente – tinha sido enviada no dia anterior a um hospital de campo próximo a Acheux, sofrendo ou regozijando-se, de acordo com o temperamento de cada um.

No dia seguinte à chegada dos soldados a Mailly-Maillet, o médico militar tinha feito o que os rapazes chamaram irreverentemente de uma "inspeção de picaduras". Ele procurava por sintomas que justificassem um diagnóstico por ele já definido e, assim, fazia apenas uma pergunta aos soldados. Os homens formaram uma fila com as calças e cuecas arriadas até os tornozelos e, quando o doutor inspecionava a linha, eles, nas palavras do subtenente, "erguiam a cortina", ou seja, levantavam a camisa e expunham a barriga.

Enquanto coçava o peito, Bourne pensava sobre as botas; se a espada era o símbolo da batalha, as botas eram, certamente, o símbolo da guerra; e, porque em seu criado-mudo em casa havia sempre uma *Bíblia do rei James*, ele lembrava agora o versículo em Isaías que falava sobre as botas dos guerreiros usadas em combate e as vestes manchadas de sangue que deveriam ser queimadas como lenha no fogo. Bourne acendeu um cigarro. Era isso que pensava em fazer com seu maldito uniforme, caso sobrevivesse às suas obrigações atuais; mas suas chances de sobrevivência, à luz de uma avaliação fria e distanciada, pareciam ínfimas, e Bourne espontaneamente deixou de se preocupar com o assunto. No mesmo instante, parou de pensar naquilo. Sua mente não descartou a ideia; apenas ignorou a iminente possibilidade de sua própria destruição.

Bourne olhou novamente para seus companheiros adormecidos, agora com um pouco mais de simpatia, imaginando que o sono devia fazer com que seus rostos parecessem tão enigmáticos e distantes; e, ainda coçando e esfregando o peito, retomou a contemplação das botas. Com a guimba do cigarro quase a lhe queimar os dedos, esfregou-a ainda em brasa na terra, afastou o cobertor e alcançou a calça.

Qual um gato, vestiu-se ágil e rapidamente; em seguida, apanhando sua marmita, deixou a barraca e avançou pelo frescor orvalhado da manhã. Pôde ver, entre as árvores esparsas, os cozinheiros, instalados a pouca distância da estrada. O bosque onde estavam acampados ficava logo atrás de Mailly-Maillet, em um ângulo formado por duas estradas: uma subia ao longo da encosta de Mailly-Maillet e a outra contornava o sopé do morro em direção a Hedauville. Era uma encosta bastante íngreme, o que fornecia alguma proteção contra o fogo da artilharia inimiga. Havia ainda abrigos em trincheiras, abertas de maneira apressada e ineficiente, como proteção adicional. Era um local privilegiado para observar sem ser visto. As árvores eram pouco mais do que mudas; aveleiras, pinheiros e faias, além de alguns abetos que mal haviam crescido, mas até aquele momento ainda se mantinham inteiros. Bourne caminhou despreocupadamente até onde estavam os cozinheiros.

"Bom dia, cabo; o chá está pronto?"

Williams estendeu a mão para alcançar sua marmita, encheu-a até a borda e então, entregando-a de volta a Bourne, retomou seus afazeres sem dizer uma palavra. Bourne ficou por ali bebericando a bebida escaldante.

"Você esteve na linha de frente ontem à noite?", Williams finalmente perguntou.

"Com o grupo de transporte", respondeu Bourne, sentindo a marmita tão quente que mal conseguia segurá-la; protegeu então as mãos enrolando-as em um lenço sujo. "Tive azar. Eu estava no fim da coluna e, quando me puseram nos ombros uma caixa de munição, descobriram que ainda havia outra de pistolas sinalizadoras para ser levada também. O oficial encarregado disse que achou que eu seria capaz de levar as duas. Acho que sou uma porra de um desajeitado, mas uma daquelas malditas caixas já era o suficiente para mim e eu decidi me livrar de uma delas na primeira oportunidade. Então o sr. Sothern veio andando ao longo da trincheira de comunicação e, encontrando-me sobrecarregado e exausto, disse todo tipo de coisas blasfemas contra todos os envolvidos. 'Largue isso, seu imbecil, largue isso!', ele gritou. Eu desaprovo quaisquer medidas extremas. 'Dê-me essa maldita caixa!', insistiu ele. Como ele parecia realmente bravo com a situação, passei-lhe a caixa de munição, que era a mais pesada das duas. Ele desapareceu na escuridão, afastando-se na direção do começo da coluna, com seu bastão de comando em uma das mãos e a caixa de munição na outra. Eu gosto desses jovens oficiais conscienciosos, cabo."

"É um bom sujeito, esse sr. Sothern", observou Williams com uma expressão melancólica no rosto.

"Muito", concordou Bourne. "De qualquer forma, existe um grande abrigo dentro da trincheira Legend, e entre ele e a trincheira Flag Alley vi uma caixa de munição que foi simplesmente largada lá, no meio do chão da trincheira. Pode muito bem ser a caixa que entreguei ao sr. Sothern: 'Perdida por conta do serviço ativo'. Exatamente o que a comissão de investigação disse sobre a dentadura de Patsy Pope."

Williams continuou entretido com suas tarefas.

"Não vai demorar muito até que vocês, rapazes, sejam mandados para lá de novo", disse ele com um fio de voz.

"Não", concordou Bourne com relutância, constrangido com o tom de compaixão disfarçada que percebera na voz de Williams.

"Esse lugar está infestado de armas", continuou o cozinheiro.

"Por que diabos você não fala de outra coisa?", exclamou Bourne, exasperado. "Ontem à noite os chucrutes nos perseguiram por todo o caminho de volta ao acampamento. O sr. Sothern, que lê aquele maldito mapa pior do que eu, tentou pegar um atalho e se afastou na direção de Colincamps, até que demos de cara com uma das nossas baterias de campo e quase fomos alvejados. Um oficial de campo se aproximou e repreendeu o sr. Sothern. Quando voltamos à estrada na direção certa, os Fritz tentaram nos acertar, você precisava ter nos visto ali! Todos se inclinando como um milharal atingido pelo vento."

"Para muitos dos rapazes isso tudo ainda é novidade", disse Williams, tolerante. "Você poderia levar chá para o cabo Hamley? É um bom companheiro, o cabo Hamley. Dei a ele alguns caramelos na noite passada e nós falamos sobre você. Vou encher sua marmita até em cima, caso você queira mais chá, também."

Bourne aceitou a bebida, agradeceu e se afastou. O acampamento começava a acordar e, quando ele alcançou sua barraca, todos os seus ocupantes estavam despertos, desfrutando um momento de indecisão antes de escolherem o que vestir. Derramou um pouco do chá na marmita de Hamley e deu um pouco a Martlow também. Como ainda lhe restava um terço na marmita, perguntou: "Quem quer chá?".

"Eu quero!", disse Weeper Smart, que, de camisa azul com os punhos desabotoados e as longas pernas brancas à mostra, atravessou sem jeito a barraca com a marmita na mão. Smart era um sujeito extraordinário, com a agilidade desajeitada de um gorila, embora a maneira como levava a cabeça lembrasse um abutre: o pescoço projetando-se diretamente dos ombros largos arredondados como um alpendre; as costas encurvadas; a testa estreita acima das sobrancelhas arqueadas; o queixo sob os lábios frouxos e pendentes, ambos abruptamente recuados, e o grande e carnudo nariz, projetando-se entre salientes olhos azuis, parecendo pesado demais para o rosto. A pele dele era de uma palidez doentia, exceto na parte superior do nariz e sobre as narinas, onde se tornava vivamente rubra, como se Smart sofresse de um resfriado incurável. Além disso, ele era cheio de espinhas. Ser quase imberbe acentuava sua falta de pigmentação e até mesmo o cabelo crescia-lhe fino e cor de areia. Seria o rosto de um imbecil, não fosse a expressão de irrestrita tristeza que carregava; ou uma face classicamente trágica, se nela fosse possível ver algum traço de nobreza. Mas era apenas abjeta, uma máscara de passivo sofrimento, ao mesmo tempo lamentável e repugnante. Era inevitável que os homens, presenciando diariamente tal espetáculo de sofrimento, aprendessem a zombar dele como um mecanismo de autodefesa. Foi essa pungente necessidade que fez com que um espírito sagaz dentro do acampamento lançasse sobre ele a alcunha de "Weeper", transformando esse personagem cadavérico e abatido no soluçante alvo de uma piada sem fim. Weeper deu um gole no chá e voltou para Bourne seus olhos lacrimejantes de uma malevolente astúcia.

"O que eu digo é que qualquer um que tente filar alguma coisa da cozinha acaba saindo com algo."

Bourne olhou-o com um desprezo algo tolerante, apanhou seu aparelho de barbear, jogou a toalha suja sobre o ombro e retornou os passos em direção à cozinha para furtar um pouco de água quente. Ele sobreviveria melhor sem as necessidades mais básicas do que sem alguns pequenos prazeres.

Depois que o café da manhã acabou, eles limparam e arejaram a barraca, e quase imediatamente foram avisados de que seriam passados em revista com a companhia do quartel-general. O capitão Thompson observou-os marchar em frente à barraca dos oficiais; bateu o cachimbo contra o bastão de comando para limpá-lo e depois, enfiando-o no bolso da túnica, seguiu para o topo da colina, absorto, a testa inclinada. Era um homem baixo e atarracado, a cabeça redonda como uma bola de canhão. Seu rosto, sempre imperturbável, mostrava olhos tranquilos, mas atentos.

À ordem de "Sentido!" do sargento-mor Corbet, a tropa saudou o capitão Thompson, que retribuiu o gesto ordenando que descansassem. Então ele começou a falar com os homens com uma calma não convencional, como alguém cuja autoridade fosse tão inquestionável que a tal gentileza jamais seria mal interpretada. "Vocês já desfrutaram um bom descanso", disse ele (apesar de estar se dirigindo aos mesmos homens que haviam lutado para avançar lenta mas inexoravelmente até a conquista de Guillemont!). Agora, uma nova tarefa se apresentava – uma tarefa difícil e perigosa: matar tantos alemães inúteis quanto possível. Ele lia para os homens passagens das ordens do comando sobre a ofensiva, pois, como tropas descansadas e recondicionadas, logo seriam chamadas à carga. Ele leu; e enquanto lia sua voz ia se tornando mais e mais monótona, até não mais refletir o caráter do homem, parecendo vir de longe dali.

O plano era abstrato demais para os homens o entenderem, e sua atenção, apesar da gravidade com que ouviam, estava inclinada a vagar; ou talvez eles se recusassem a pensar naquilo, exceto do ponto de vista da experiência concreta e individual. Acima daquela voz monótona eles podiam ouvir, de quando em vez, a brisa passando entre as folhas secas das árvores. Algumas podiam flutuar até o chão, chocando-se contra o tronco ou os galhos, crepitando qual papel ao ser amassado.

Aqui e ali, ele fazia questão de enfatizar a frase, mesmo que ligeiramente, para que o significado não se perdesse em suas mentes, e os olhos acendiam-se e pousavam sobre ele com curiosidade, quase com um brilho animal de paciente admiração. Era estranho notar como um movimento discreto, mesmo uma pausa no ritmo de sua respiração, denunciava os sentimentos dos rapazes em determinadas passagens.

"... E os soldados estão expressamente proibidos de parar com a finalidade de auxiliar os feridos..."

O leve enrijecimento dos músculos pode ter sido imperceptível, já que a inflexão monótona não se alterou conforme o capitão avançava para uma passagem na qual foi declarado que o comando considerava ter feito todos os arranjos necessários para levar a cabo este humanitário, porém irrelevante, propósito.

"Vocês podem estar interessados em saber", e isso soou um pouco forçado, como se reprimisse uma dúvida, "que estimamos poder dispor de artilharia pesada... Suponho que isso signifique bombas e metralhadoras por cada 100 milhas quadradas de terreno a conquistar."

Um ataque a uma linha de combate de 20 milhas, se totalmente bem-sucedido, significaria penetrar em terreno inimigo de 6 a 7 milhas, e os homens pareciam estar impressionados com o peso da artilharia destinada como apoio. Em seguida, o capitão Thompson chegou ao parágrafo final da carta de instrução: "Não se espera que o inimigo ofereça resistência significativa no momento".

Houve um sussurro quase mais alto do que um suspiro.

"Que porra de esperança que nós temos!"

A voz mansa e delicada era a de Weeper Smart e soou claramente audível para todo o batalhão; seu efeito foi imediato. A tensão nervosa, que havia dominado todos os homens, de repente explodiu e o alívio rápido trouxe consigo um desejo quase histérico de rir, o que era difícil de reprimir. Se o capitão Thompson também ouviu a voz de Weeper e que interpretação ele deu àquele súbito acesso de emoção das fileiras, era impossível dizer. Abruptamente, ele deu ordem de sentido e, depois de alguns segundos, durante os quais os encarou de forma impessoal, mas com grande severidade, os homens foram dispensados. Enquanto se afastavam, o capitão Thompson chamou o cabo Hamley.

"O que será de nós, pobres desgraçados, na próxima quinta-feira?", perguntou Weeper à barraca lotada, despencando em seu catre. Ao verem aquela caricatura de pesarosa aflição, o riso, agudo e sarcástico, sufocado entre as fileiras, finalmente escapou.

"Riam, seus fodidos idiotas!", gritou ele com ira veemente. "Sim, agora vocês riem! Vocês vão rir pelo outro buraco quando todos aqueles Krupps[72] nojentos vierem com a artilharia deles para cima de nós! Riam! Uma arma pesada para cada 100 malditas jardas e não esperam nenhuma resistência do inimigo! Eles nos tomam por um bando de malditos garotos! Como se não soubéssemos o que acontece no front e..."

"Feche essa matraca!", disse um exasperado cabo Hamley, inclinando-se ao entrar na barraca, mas mantendo a cabeça erguida e o queixo projetado, o que lhe dava uma aparência desesperadamente agressiva. "Deixe-me ouvi-lo mais uma vez quando em formação e na presença de um oficial e você estará fodido, soldado. Entendeu? Seu miserável escroto! Um queima-rosca como você é o que basta para desmoralizar toda a porra do exército! Fui claro? Apanhe aquelas campainhas e faça alguma coisa de útil, para variar."

Com os lábios descoloridos e parecendo exausto por aquela demonstração de eloquência pouco habitual, o cabo Hamley lançou sobre os soldados um olhar fulminante, sem fazer distinção entre culpados e inocentes. Weeper olhou-o com depreciativo pesar e recolheu-se em um silêncio prudente. Os demais rapazes, todos eles aprendizes, optaram pela submissão conformada: não havia sentido em provocar o cabo Hamley só porque ele se descontrolara. Pegaram lápis e papel e voltaram-se para ele com um olhar frio. Weeper estava entre eles. O cabo, então, tomou uma campainha e começou a simular mensagens, e a classe laboriosamente as escrevia. Em seguida, tentou dois homens e duas campainhas: um enviava uma mensagem e

---

72 Soldados alemães.

o outro recebia a mensagem e enviava uma resposta, enquanto o restante registrava a conversa. "Você já fez isso antes", disse ele a Weeper. "Eu, cabo?", retrucou Weeper com palpável e afetada inocência. "Eu jamais toquei em uma coisa dessas."

"Não?", perguntou o cabo. "Você já trabalhou em um posto de telégrafo? Nem tente me enganar. Dá para perceber que sim, pelo seu toque."

Não estava com humor para tais jogos e os homens, preocupados com a ofensiva que se aproximava, não estavam trabalhando bem. Um clima sombrio espalhou-se entre eles. Bourne era o menos satisfeito.

"Vocês estão fazendo corpo mole", disse o cabo Hamley. "Aqueles que não souberem usar a campainha serão mandados para reparar as linhas ou para ajudar a carregar o maldito painel sinalizador."

As coisas iam de mal a pior entre eles. A garoa que caía converteu-se gradualmente em uma chuva torrencial. O humor sombrio reinante transformou-se em ressentimento, ocupando irremediavelmente seus pensamentos; a desaprovação do cabo continuava a se manifestar de maneira seca e agressiva. Foi então que o rosto impassível, mas perfeitamente alegre, do cabo Woods surgiu pela abertura da barraca.

"Posso levar seis de seus homens para uma faxina?", perguntou com amabilidade. "Pode levar a porra do lote completo!", respondeu com entusiasmo o cabo Hamley, enfiando a campainha sob seus cobertores com o ar de um homem que renunciou a toda esperança.

Shem voltou, molhado e com cheiro de iodo, na hora do jantar. Durante todo o dia chovera e eles permaneceram nas barracas. A exasperação passara, e o espírito de pessimismo que os havia preenchido se aquietou, tornando-se reflexivo, até mesmo sereno, mas sem deixar de ser pessimismo. O sr. Rhys passou pela barraca e disse-lhes que, tendo em conta a interrupção da sua formação por outras funções, seu progresso tinha sido bastante satisfatório. Ele declarou também que Weeper Smart era um telegrafista especialista e Martlow, o aluno mais adiantado da turma; quanto ao resto dos novatos, teriam de continuar praticando até estarem qualificados para as respectivas funções. Quando faltavam quinze para as três, disse ao cabo que podiam dar a tarefa por concluída.

Se o tempo tivesse melhorado, teriam saído para praticar com sinalizadores, mas levaram toda a manhã com as campainhas e, na monotonia de repetir o mesmo exercício, hora após hora, os homens perdem o interesse e nada aprendem. De fora vinha o murmúrio denso e ininterrupto da chuva que, por momentos, se reduzia a um sussurro através do qual se podiam ouvir gotas pesadas caindo das árvores sobre a barraca a intervalos curiosamente regulares. Ou ainda um ramo carregado de chuva que cedia lentamente para então derramar a água recolhida de uma vez só, erguendo-se para buscar mais. Entretanto, essas pausas eram apenas momentâneas e a chuva tornou-se mais intensa até se converter em um rugido surdo no qual se afogavam todos os sons menores. Havia pouco vento.

O sr. Rhys permitiu que fumassem e deixou-se ficar um momento conversando com eles. Todos gostavam dele, apesar de seu temperamento errático e impulsivo que os deixava sem saber como lidar com ele. De tempos em tempos, sem deixar de lado o prestígio e a autoridade que mantinha sobre eles, interagia com os soldados para saber o que pensavam. Só um grande homem pode falar em igualdade de condições com os que ocupam os escalões inferiores da vida. Ele tampouco era suficientemente imaginativo ou flexível no caráter para ter sucesso nessa empreitada. Poderia desdobrar para sua audiência uma mente rica em tópicos curiosos sobre clichês do cavalheirismo e dar um ar de irrealidade para alguns valores que para ele, e para todos ali, em diferentes medidas, tinham a força, senão a substância, de fato. Não paravam para pesar a verdade ou a falsidade de suas opiniões; simplesmente elas não tinham nenhum significado para eles. O que se tornava claro é que famílias de cavalheiros viviam em circunstâncias muito diferentes das suas e podiam se permitir alguns luxos estranhos. De tudo o que disse, provavelmente apenas os interessou um comentário feito casualmente: se continuasse o mau tempo, a ofensiva poderia ser suspensa. Nesse momento o rosto de Weeper Smart tornou-se subitamente iluminado em um êxtase de esperança.

Quando finalmente o sr. Rhys os deixou, os soldados relaxaram com um suspiro. O comandante Shadwell e o capitão Malet, eles entendiam, porque cada um deles era como todo soldado raso: um homem em armas contra um mundo, um homem que lutava desesperadamente por si mesmo e consciente de que, em última instância, estava sozinho. Essa autossuficiência repousa no coração sincero da camaradagem. Na medida em que o sr. Rhys demonstrava algo desse mesmo caráter, eles o respeitavam; entretanto, quando falava de patriotismo, de sacrifício e de dever, não fazia mais que turvar e confundir sua visão das coisas.

"Companheiros!", exclamou Weeper de repente. "Pelo amor de Deus, vamos rezar para que chova!"

"Que bem isso poderia fazer?", questionou Pacey sensato. "Se não nos mandam à frente aqui, nos mandarão a outro lugar. O que tiver de ser será. E se tem de ser, quanto antes, melhor. Se temos de morrer, morreremos e não importará a ninguém, ou pelo menos não por muito tempo. E se não morremos agora, morreremos em outra ocasião."

"Mas por que tanto você fala em morrer?", meteu-se Martlow, ressentido. "Eu prefiro matar algum filho da puta antes. Quero ter minha porção de aventura antes de morrer, sim senhor."

"Se você quer orar, melhor rezar para que a guerra acabe", continuou Pacey, "assim todos poderemos voltar para casa em paz. Sou um homem casado com dois filhos e não digo que seja melhor que ninguém, mas ainda tenho um pouco de religião dentro de mim e não lido bem quando se falam essas coisas em tom de brincadeira."

"Sim", disse Madeley, contrariado, "e que bem farão todas essas orações para você? Se houvesse alguma verdade na religião, haveria guerra? Deus o permitiria?"

"Alguns de nós culpam Deus pelos próprios pecados", respondeu Pacey com frieza. "Foram os homens que provocaram a guerra. Não nos serve de nada sentarmos aqui, compadecendo-nos de nós mesmos e culpando Deus por nossas faltas. Não tenho nada a dizer contra o sr. Rhys. Ele nos fala de liberdade, de lutar por nossa pátria, por nosso futuro e assim por diante, mas o que eu quero saber é por que lutamos..."

"Estamos lutando por tudo o que temos!", exclamou Madeley sem rodeios.

"E assim, docemente, fodem-se todos!", disse Weeper Smart. "Eu digo para que saibam que a única coisa que eu quero é salvar minha maldita pele. E a primeira coisa que eu penso em fazer quando estiver na linha de frente é procurar saber onde estão os malditos hospitais de campanha; se eu conseguir um belo ferimento, camaradas, e olhar em direção à minha casa, vou rir. Vocês não vão nem ver meu cu sumindo no meio da poeira. Não me orgulho disso, e digo isso claramente, mas aquele que pensa diferentemente que desfrute a guerra o quanto quiser; cedo de bom grado a parte que me cabe."

"Então por que diabos você se alistou?", perguntou Madeley.

Weeper levantou a mão enorme, que parecia bem mais uma pá, com a solenidade de quem faz um juramento.

"Aí você me pegou, meu chapa", admitiu. "Quando vi todos eles se alistando, e eu passeando com minha namorada aos domingos, como de costume, me senti envergonhado. Tentei esquecer e deixar de lado, mas não pude. Eu sabia como seria, mas aquilo despertou o melhor em mim e então, como um maldito idiota, eu me alistei também. Sentia vergonha de me verem andando pela rua. Mas digo uma coisa a vocês: se agora pudesse tirar esse uniforme e me enfiar em roupas de civil, não me importaria em sentir toda a vergonha do mundo! Não, nem que eu tivesse que escapulir por todas as vielas escondidas e não pudesse botar os pés no Old Vaults de novo. Já não resta nenhum orgulho dentro de mim, e é a pura verdade o que estou dizendo. Deixem que lutem aqueles que fizeram a guerra, é o que eu estou dizendo."

"Isso é o mesmo que eu penso também!", disse com ar de desafio Glazier, um homem da idade de Madeley. Baixo, atarracado e corado como Madeley, era mais rude, com um ar de brutalidade que faltava ao outro; o tipo de homem que, se atacado, mata entre grunhidos de prazer.

"Por que temos de matar e morrer por todos os malditos preguiçosos que ficaram em casa? Não está certo. Não me importa o que digam, não está certo. Estamos cumprindo com o nosso dever e eles fazendo dinheiro, enquanto nos dão 10 francos por semana. Não dão a mínima para nós. Uma vez que nos alistamos, eles nos têm presos pelas bolas. E falar em disciplina?! Eles não tentam disciplinar nenhum desses civis escrotos, não é? Precisamos botar alguns desses malditos políticos na linha de frente para que eles voem como pedaços de merda! Isso viraria as ideias deles pelo avesso."

"Eu não luto por um bando de civis malditos", disse Madeley sensatamente. "Eu luto por mim e pelos meus. É uma maravilha dizer que lutem os que fizeram a guerra. Os alemães a provocaram."

"É o que eu digo", disse Weeper, otimista. "Existem logo ali, nas linhas alemãs, milhares de pobres desgraçados que ignoram mais do que nós do que se trata tudo isso."

"Então por que vêm e lutam esses fodidos imbecis?", indignou-se Madeley. "Por que não ficaram em casa? Agora você vai dizer que franceses mandaram um convite."

"O que eu estou dizendo é que não temos nada que ver com tudo isso. Não deveriam nos chamar para nos metermos nas brigas dos outros países", retrucou Weeper.

"Pois com isso eu não concordo", retrucou Glazier, judicioso. "Eu não estou lutando por aqueles que se recusam a se alistar ou pelos malditos preguiçosos que deixamos em casa. Mas o que digo é que os chucrutes têm de ser detidos. Se não tivéssemos vindo, eles teriam acabado com os franceses, e então seria a nossa vez."

"Seria a nossa maldita vez!", confirmou Madeley. "E eu prefiro vir à França e combater os chucrutes a eles irem para a Inglaterra arrasar nossas casas, como fizeram aqui."

"Nunca chegariam à Inglaterra. A marinha se encarregaria deles", disse Pacey.

"Não tenha tanta certeza disso", disse o cabo Hamley, participando afinal na conversa. "A marinha faz o que pode, dadas as circunstâncias."

"Bem, camaradas", intercedeu Glazier, "talvez eu esteja certo ou talvez eu esteja errado, mas não é tanto lá nem tanto cá: só que às vezes cheguei a pensar que seria uma maldita coisa boa para nós se os chucrutes desembarcassem algumas tropas na Inglaterra. Mostrar a quem ficou em casa o que é a guerra. Madeley e eu tivemos sorte e pegamos uns dias livres juntos e você jamais verá nada como o que presenciamos. Ignorantes! Eram como um bando de malditas crianças, e não falavam com mais bom senso do que elas. Você se surpreenderia com as perguntas que nos fizeram; não havia como responder a eles sensatamente, pois jamais acreditariam se assim fizéssemos. Assim, mantivemos a boca fechada e apenas dissemos que a guerra estava indo bem e que haveríamos de ganhá-la, mas não ainda. Essa foi a única maneira de mantê-los quietos."

"Os bares de City Road passavam quase todo o dia fechados, mas Madeley e eu acabamos no Greyhound às sete horas, e sempre estava apinhado de caras bebendo o mais rapidamente que conseguiam, antes que chegasse a hora de fechar. Havia alguns veteranos e alguns recém-chegados dos hospitais de campanha, ainda não recuperados, e também novos recrutas. Mas quase todos eram mineiros, os filhos da puta que tiraram nosso trabalho para se safar de vestir uniforme. Malditos mineiros eles são. Enfim, um sábado à noite estávamos bebendo em paz quando um maldito mineiro se aproximou e nos perguntou aos gritos se queríamos um trago. Estávamos tranquilos de verdade, até teríamos tomado uma bebida com ele, mas o porco meteu a mão no bolso e tirou de lá um punhado de notas e meias coroas e deixou cair sobre o balcão. 'Aqui está', disse ele. E completou: 'Este é meu salário de uma semana e não trabalhei mais de oito horas. Não me importo se a guerra durar para sempre'. Então ergui os olhos e vi Madeley pálido e belicoso. 'Está falando comigo?', disse ele. E o outro responde: 'É claro'. 'Pois então tome isso, seu filho da puta!', e Madeley deu-lhe um soco no meio da cara. Primeiro os amigos dele se meteram, e em seguida os nossos amigos entraram na briga; cinco segundos depois o maldito bar se encheu de uma algazarra dos infernos, com a velha cadela atrás do balcão, histérica, gritando pela polícia. Então Madeley agarrou o braço do sujeito, que choramingava e praguejava horrivelmente, e o torceu. Eu estava muito ocupado tentando manter os filhos da puta longe dele, mas ele não estava prestando a menor atenção. Pegou o sujeito e o arrastou da porta até o pátio, com a velha gritando que aquilo era assassinato. E Madeley enfiou a cabeça do homem dentro do mictório, esfregando bem a cara dele lá dentro. Eu também saí pela porta dos fundos e vi quando os quepes vermelhos apareceram pelo bar. Madeley então ficou de pé e limpou as mãos na parte de trás da calça. 'Pronto, seu filho da puta', disse a ele, 'agora vá para casa falar sozinho.' 'Pare com isso', disse a ele; 'tem um pelotão lá fora.' Então saltamos a cerca que havia atrás do pátio. Uma das tábuas se soltou e enfiei uma maldita lasca enorme na palma da mão. Saímos então ralando o traseiro pelas ruas laterais até chegar ao Crown; tomamos umas cervejas e voltamos para casa em paz."

"Olhem esse velho chorão!", gritou Martlow. "E eu que pensava que você não gostava de confusão, Weeper."

O rosto de Weeper estava aceso de entusiasmo.

"Gosto de uma baderna como qualquer homem, contanto que não vá muito longe", confirmou Smart. "Eu teria dado tudo para ver você tratar aquele mineiro como ele merecia, Madeley. Esses são os que estão sempre no lucro e não se importam em como fazer isso, como fazem as guerras. Eles são os malditos covardes."

"Isso tudo é verdade, Madeley?", questionou o cabo Hamley.

"Foi mais ou menos isso, mas não me lembro de tudo", respondeu Madeley com modéstia. "Mas é tudo verdade o que Glazier disse sobre as pessoas que ficaram na Inglaterra, a maior parte delas. Eles não dão a mínima para o que acontece conosco, desde que possam manter a preciosa pele. Dizem que estão prontos a fazer qualquer sacrifício, mas nós somos o maldito sacrifício. Você nunca viu gente assim; sanguinários não é o bastante para nomeá-los. São todos doidos. Você até acha que seus melhores amigos não vão ficar satisfeitos até ver seu nome no quadro de honra dos que morreram em ação. Disse a um deles que ele tinha uma visão mais sangrenta da guerra do que eu próprio. A única pessoa com alguma sensatez era minha mãe. Ela só se preocupava com o que eu ia comer. Ela não quis saber nada sobre a guerra, ela só temia por mim. Não se importava com mais nada. 'Por Deus, você vai estar de volta logo', ela me dizia. 'Na graça de Deus, eu vou'."

"E então eles nos preparam festas", emendou Glazier. "Madeley e eu estivemos em uma. Vocês precisavam ver as garotas. Moças de 17 anos mais pintadas que as putas que eu conheci. Uma delas começou a entoar um monte de canções com letras safadas. Lembro que ela começou um dueto com outra garota, 'Foda-me agora'. Ela fez isso e tudo o mais... Quando acabar essa maldita guerra, vamos voltar para a Inglaterra e não vamos achar nada mais do que um monte de sujeitos que se recusaram a se alistar e prostitutas."

"Existe o bem e o mal", comentou Pacey, moderado. "Se existe mais mal que bem, eu não sei, mas o bem não está se saindo melhor. Mas não há mais nada certo neste mundo, não mais."

"Não, e nunca houve", disse Madeley, pessimista.

"Nada é certo para nós, de qualquer maneira", acrescentou Weeper, recaindo na tristeza. "Vocês não escutaram o que o capitão Thompson leu esta manhã sobre parar para ajudar qualquer pobre desgraçado ferido? O maldito oficial estrelado que escreveu aquela instrução nunca pisou na linha de frente de uma grande batalha, ouso dizer; um daqueles imbecis, que o mais perto que ficou da coisa real foi em uma sala do quartel-general."

"Você não quis dizer isso", admoestou-o o cabo Hamley. "Já tem suas ordens."

"Não me importo em dizer, cabo", retrucou Weeper, levantando outra vez a mão, como se esse gesto pudesse fazer calar todas as bocas do mundo, "não me importo em dizer que, se vir um camarada cair e se houver alguma coisa que eu possa fazer para ajudá-lo, nem todos os oficiais estrelados do exército britânico – e há uma maldita multidão deles – vão poder me impedir. Farei a coisa certa, e se existe algo que eu sei é fazer o que eu faço."

"De qualquer jeito, você não quis dizer isso", sentenciou o cabo Hamley em voz baixa. "Não estou dizendo que você está errado, eu faria o mesmo que qualquer outro, mas não há motivos para alardear isso aos quatro ventos."

"O que me espanta", disse Shem, rindo, "é que o pobre idiota que escreveu aquela instrução não faz a menor ideia do que faria qualquer homem comum nessas circunstâncias. Já sabemos que haverá baixas; é impossível tomar uma trincheira sem vítimas; mas eles parecem partir da ideia de que as perdas são inevitáveis até pensar que elas são necessárias e, a partir daí, as consideram sem importância."

"Eles não sabem pelo que passamos, essa é a verdade", emendou Weeper. "Medem as distâncias, contam os soldados e as peças de artilharia e acham que a batalha é uma soma que podem fazer com um lápis e um papel."

"Escutei o sr. Pardew falando com o sr. Rhys algo sobre um curso de formação que ele fez. Pelo visto, um estrelado fez um discurso sobre as lições aprendidas na batalha do Somme e deu uma estimativa do total de perdas alemãs. Em seguida, um oficial no fundo da sala levantou-se e perguntou se ele poderia lhes dar algumas informações sobre as perdas britânicas, e o estrelado respondeu: 'Não', e olhou para eles como se fossem um bando de criminosos."

"É um fato", disse Glazier; "se você está falando com um civil ou com um estrelado – e alguns dos oficiais não são boa coisa –, se disser a verdade, eles acham que você é um maldito covarde. Eles não têm a nossa experiência e eles não enfrentaram o que nós encaramos."

"Dê a eles uma chance", intercedeu Bourne para acalmar os ânimos; ele ainda não havia falado. Em geral se sentava e ouvia silenciosamente os debates.

"Depois de dá-la, vou mostrar onde enfiá-la!", gritou Weeper, rancoroso.

"Há algo razoável no que você diz", ponderou Bourne, que estava um pouco envergonhado pela forma como todos olharam para ele de repente. "E acho que há uma boa dose de verdade nisso. Mas, afinal, qual é o trabalho de um oficial estrelado? Ele não está pensando em mim ou em você, ou ainda em nenhum homem em especial, nem em um batalhão ou em uma divisão em particular. Homens, para ele, são apenas parte de seu material de trabalho; se ele se sentisse como eu ou você, não poderia levar a cabo suas tarefas. Não é justo pensar que ele é desumano. Ele tem de elaborar um plano a partir de informações extremamente desconexas e depois emiti-lo na forma de uma instrução de batalha. Ele sabe, porém, que algo pode acontecer a qualquer momento e lançar tudo para fora dos eixos. O plano original não é mais do que uma espécie de mapa; você não pode ver um país olhando um mapa, como não se pode ver a luta de um plano de ataque. Lançar-nos à carga é o trabalho do coronel e do comandante da companhia; uma vez que nos encontremos com um huno cara a cara, passa a ser trabalho nosso..."

"Sim, mas nosso trabalho é muito pior do que o deles", retrucou Weeper.

"Não é pior que o do coronel ou o do comandante da companhia", disse Bourne. "De qualquer maneira, eles vêm conosco. Têm de nos levar até lá, nos guiar. Eles podem ter de nos pedir para fazer alguma coisa sabendo perfeitamente bem que seremos sacrificados. Eu não os invejo. Acho que a parte da carta que fala sobre não parar para socorrer os feridos é uma bobagem. Isso cabe a nós, embora também dependa de nós não usar a agonia de outro homem como desculpa. O que é uma idiotice total, sim, é a última parte, quando dizem que não há previsão de grande resistência por parte do inimigo. Isso é trabalho da equipe do Estado-Maior, e eles deveriam conhecê-lo melhor."

"Começamos a conversar sobre o porquê de lutarmos", riu Shem. "O sr. Rhys foi quem iniciou tudo."

"Sim, e desde então vocês não pararam de tagarelar", disse o cabo Hamley. "Vocês todos deveriam fazer parte do Estado-Maior, isso sim. Quem está de serviço aqui? Shem e Martlow? Então vamos, acabou-se o chá."

Shem e Martlow olharam a chuva que caía sem trégua e puseram os sobretudos sem vontade.

"Tudo o que eu sei é que", continuou Weeper, "a um homem morto não importa mais quem ganha a maldita guerra. Estamos aqui, não há como fugir disso, cabo. Aqui estamos nós e, já que é assim, lutando por nós mesmos; por nós mesmos e uns pelos outros."

Bourne observava como que fascinado aquela figura rude de enormes braços de símio e rosto entre melancólico e parvo. Ali estava um homem que, se perdesse a paciência, poderia jogar todo mundo para fora da barraca em dez segundos; entretanto, sentava-se entre aqueles homens todos os dias, pacientemente, sob a zombaria diária, recebendo com indiferença até as insolências pueris do pequeno Martlow e acalentando constantemente a amargura e a dor em seu coração.

Já pingando, Shem e Martlow lançaram o resto de chá pela entrada da barraca e, ao fazerem isso, quase jogaram longe as marmitas ao escorregarem na lama oleosa, onde tantas outras botas já haviam patinado e deixado assim a entrada corrediça.

"Jamais conheci um bando de vagabundos tão miseráveis como vocês", disse o cabo Hamley. "E eu sou mais aquele pote de geleia de frutas."

"Não sou miserável, cabo", disse o pequeno Martlow. "E não estamos mortos ainda. Eu não luto por nenhum belga de merda, sabe? Um desses fodidos quis me cobrar 5 francos por um pedaço de pão."

"Bem, fechem essa matraca. Já houve muito falatório por hoje."

Comeram praticamente em silêncio e fumaram contentes o bastante. A chuva diminuiu; havia agora mais luz. Depois de ter fumado, Glazier despiu o casaco e a camisa e começou a catar piolhos. Um após o outro, todos seguiram o seu exemplo, despojando-se da calça, cueca e das meias, até que na barraca não houvesse nada mais do que homens nus. Tomavam uma vela ou até mesmo um palito de fósforo aceso e os passavam pelas costuras das calças, esperando que o calor destruísse as lêndeas. Um lampião pendurado no mastro de sustentação da barraca foi aceso, e sob a chama eles continuaram com sua busca escrupulosa, a luz recaindo sobre aqueles ombros brancos, encurvados cuidadosamente sobre sua tarefa. Estavam completamente absortos na caça quando o ar foi cortado por um suspiro lastimoso, seguido por uma explosão surda no campo atrás do acampamento. Imediatamente imóveis, ouviam atentamente, entreolhando-se. Outro projétil zuniu vertiginosamente sobre eles, acabando em uma explosão mais forte que a anterior nos campos atrás do arvoredo, bem depois da estrada. Então, fez-se o silêncio. Suspiraram e continuaram com o que faziam.

"Se o Jerry começar a nos bombardear de verdade", disse o cabo enquanto se vestiam, "vocês vão querer buscar abrigo nas trincheiras."

"Elas não são nada mais do que tocas de coelho", lamentou-se Weeper.

"Bom, vocês podem se enfiar lá dentro", disse o cabo, "e, se não forem boas o suficiente para vocês, poderão cavar mais fundo amanhã."

Nada mais foi dito. Estavam um pouco entediados, ali estirados e fumando outra vez, buscando refúgio em seus pensamentos mais íntimos. Lá fora havia parado de chover. Estavam todos indo, naquela noite, para a linha de frente com um grande destacamento de transporte.

Por volta das seis horas, ouviram um ruído metálico e pesado que vinha da estrada, o que os fez aguçar os ouvidos. Em seguida, escutaram movimentos apressados do lado de fora da barraca.

"O que é isso?"

"Tanques! Tanques!"

Precipitaram-se para fora da barraca e se uniram, aparentemente, a todo o resto do acampamento numa selvagem debandada por entre as árvores em direção à estrada. Nenhum deles tinha visto ainda um tanque. Era apenas um trator de esteira levado para o acampamento para mover grandes peças de artilharia. Os oficiais saíram correndo para ver o que acontecia e logo voltavam aborrecidos para as barracas. Sargentos e cabos praguejavam ordens para que os soldados voltassem a seus postos. Ao regressar com os demais, Bourne olhou para cima e viu, em um clarão entre as nuvens, a lua crescente, flutuando como um barco. Um ramo jogava uma malha de galhos finos ao longo da imagem prateada e tamanho encanto sustou-lhe o fôlego, quase como em um soluço.

As esteiras do trator continuaram o tilintar abafado ao longo da estrada e o arvoredo se encheu de sussurros dos homens que, rindo na escuridão, subiam a encosta de volta às barracas mal iluminadas. Bourne, que tinha perdido Shem e Martlow na corrida desabalada morro abaixo, viu-se ao lado do sargento Morgan, do corpo de granadeiros, que havia pouco tempo o cumprimentara com simpatia quando se encontraram e depois veio gradualmente a conhecer melhor. Era um homem decente e alegre. Enquanto subiam a encosta, a eles se juntou o subtenente Hope, com quem Bourne pouco havia falado desde que partiram de Beaumetz.

"Olá, Bourne. Faz muito tempo desde que eu soube algo de você. Como tem se saído com os sinaleiros? Venha à minha barraca para conversar um momento. Soube que você vai ser promovido."

O sargento Morgan, dizendo boa-noite, desapareceu na escuridão entre as árvores, e Bourne seguiu o subtenente até sua barraca, que estava acima do arvoredo, um pouco separada do resto. O lampião iluminava debilmente o interior da barraca onde estava apenas Barton, seu ordenança e valete. Bourne lhe tinha apreço, sobretudo por saber que, se não fosse por seus prudentes conselhos, o subtenente quase se vira em sérios apuros em um par de recentes ocasiões. Tomaram assento e falaram alguns minutos sobre as perspectivas da iminente ofensiva, e o subtenente comentou que, na manhã seguinte, fariam exercícios com o resto da brigada em um terreno demarcado: um dia de manobras com o general da divisão e quase toda a sua equipe de oficiais agaloados. Haveria uma boa quantidade de encenações antes que o exercício fosse encerrado.

"Estou achando engraçado", disse o subtenente, "ter sido designado para a coluna de munições."

"É uma punição a receber lá assim como em qualquer outro lugar", replicou Bourne de maneira realista.

Barton desviou a conversa para longe de seus próprios assuntos e os dois continuaram sem preocupações, como uma dupla de homens que não têm muito a se falar, mas que gostam da companhia um do outro.

"Você não parece bem esta noite", disse Bourne por fim. "O que aconteceu? O coronel está entusiasmado com as manobras de amanhã?"

"O coronel é um soldado até a medula, não se esqueça disso", respondeu o subtenente, manifestando um apreço sincero. "Não sei o que há de errado comigo. Estou muito frustrado com tudo isso."

"Não pode se dar por vencido", disse Bourne como quem fala do tempo. "Você está tentado a sair dos trilhos desde que estávamos em Mazingarbe."

"Tudo não passa de malditas histórias..."

"Eu não supus que fosse verdade", reconheceu Bourne, sereno, "mas você estava alto e nunca se sabe o que somos capazes de fazer quando estamos bêbados. Você foi suficientemente bem desde que deixamos Nœux-les-Mines e tem de continuar assim; eu lamentaria se acabasse se metendo em confusão. Alguns se alegrariam com isso e não vai querer lhes dar o gosto..."

"Está tudo bem, Bourne. Eu não me importo que você o diga, mas guarde o resto para si. Cada um tem de seguir seu maldito caminho e não estou pedindo a ajuda de ninguém. É meu próprio enterro. Já sei como se comportam os amigos de alguém que comete um deslize. Oh, não me referi a você. É meu camarada, mas não vai me servir de ajuda, aconteça o que acontecer."

"Eu sei disso", disse Bourne, contundente. "Seu problema é que consegue as coisas com demasiada facilidade – a promoção, por exemplo. Você é muito insolente. A única coisa que faz muito bem você acha que não tem serventia alguma."

Voltaram a conversar sobre trivialidades até que Bourne o deixou, pois precisava se apresentar ao destacamento de transporte.

Estavam em formação sob o abrigo das árvores, próximo à estrada, com o sr. Marsden no comando. O simples fato de estarem se movendo no escuro dava um ar de discrição ao negócio. As ordens eram dadas em voz baixa, assim como eram chamados os nomes dos soldados. Abandonaram então o arvoredo, girando à direita e à direita novamente até chegarem à estrada principal, que se inclinava à esquerda, colina acima. Havia no céu estrelas e a lua crescente, qual uma foice afiada, e na noite clara, postes de concreto que levavam a energia elétrica recortavam o céu a intervalos regulares. Na encosta inversa eles se encontravam intactos, com a base larga perfurada para não oferecer muita resistência ao vento e a parte superior pontiaguda, como se fossem obeliscos; entretanto, o primeiro poste que se erguia no alto da colina estava danificado e todos os que se viam depois tinham sido destroçados em um bombardeio, deixando unicamente as bases mutiladas.

Mailly-Maillet começava no topo da colina. A primeira das bifurcações do caminho conduzia a Auchonvilliers; a principal, que atravessava o povoado, continuava em direção a Serre, ocupada pelos alemães; o terceiro caminho da esquerda levava a Colincamps, um povoado que escapara da devastação, apesar dos graves danos sofridos. No entanto, os poucos habitantes que restavam se preparavam, com relutância, para abandoná-la, coagidos pela pressão militar.

Ao entrar no povoado, o sr. Marsden suspendeu a marcha da coluna para falar com o guarda no posto de controle. Depois, continuaram pela estrada que levava a Serre.

Assim que cruzaram Mailly-Maillet, o terreno tornou-se gradativamente mais plano; quase não se notava a inclinação. A maior parte dos detalhes da paisagem, exceto a estrada que brilhava diante deles, perdia-se na escuridão ou desenhava-se como sombras compactas. Continuaram mais um tempo pela estrada até que viraram à esquerda para cruzar um campo abandonado de terreno irregular. Uma estrada procedente de Colincamps convergia à que acabavam de deixar, coincidindo em um ponto conhecido como a usina de açúcar. Justo antes de chegar à estrada, detiveram-se no grande depósito de munições denominado Euston, enquanto o sr. Marsden ia em busca do oficial no comando.

Tinham de transportar mais munições. Quando o sr. Marsden voltou com o oficial, as caixas foram verificadas. No breve intervalo de tempo em que se dedicaram a essa tarefa, um par de bombas sibilou através do céu, talvez em busca de uma bateria. Ouviram, não muito longe, a erupção que provocou a explosão na terra molhada. Mais adiante, na estrada, Bourne viu um par de ambulâncias paradas e, graças a um raio de luz fugaz e tênue, adivinhou, porque não chegou a ver bem, a entrada de um refúgio que bem poderia ser o hospital de campo.

Uma vez verificadas as caixas, puseram-nas sobre os ombros e atravessaram a estrada. Bourne, que já havia estado por ali na noite anterior, detectou um elemento novo a poucos metros da entrada da trincheira de comunicação chamada avenida Southern: uma cratera gigantesca, aberta por uma bomba, do tamanho de uma boa lagoa, mas sem água, com exceção de uma leve infiltração, o que mostrava que a explosão tinha sido muito recente.

O som das bombas e a visão daquela cratera avivaram a sensação de perigo, sem elevá-la a ponto de transformar-se em medo. Os homens aguçaram os sentidos, que estavam mais alertas e, ao mesmo tempo, distorcidos. À distância, um sinalizador subiu ao céu e, conforme sua luz se expandia e vacilava até agonizar, podiam distinguir os galhos e os troncos destroçados, a imagem de braços fanáticos levantados em imprecações, como petrificados em um grito de agonia. A trincheira de comunicação era profunda e permitia contemplar um céu sereno, contra o qual se viam os mesmos galhos desnudos que eram parcialmente visíveis. Em seguida, à direita, surgiram as ruínas de uma fazenda bombardeada, o cadáver oco de uma construção. Aquela paisagem melancólica exercia um inexplicável fascínio sobre Bourne: ainda assim, tão plácido e tão extraordinariamente tenso. Ouvia-se o sibilar de uma bomba sobre suas cabeças ou o distante matraquear de uma metralhadora, mas essas eram apenas interrupções de um silêncio que parecia tocar seu coração com um dedo de gelo. Um silêncio que apenas foi rompido quando um homem, ao tropeçar em uma tábua no chão da trincheira, praguejou entredentes:

"Foda-se...!"

Esse lembrete da proximidade do homem quebrou por um momento a sensação de irrealidade; caso contrário, seria como viajar por alguma paisagem estéril da lua ou alguma região sem alma dos confins sombrios do inferno. Saindo da trincheira de comunicação, viraram à direita pela rua Sackville, que não era mais que uma fortificação temporária erguida às pressas, dando a sensação de espaço aberto e de insegurança. Continuando, desembocaram em um sistema mais intrincado: Flag Alley, Flag Switch e as trincheiras Legend e Blenau.

Na trincheira Legend havia uma companhia de apoio, e eles passaram por uma sentinela que protegia um abrigo e um ou dois homens. Percorreram outra trincheira sem ver uma alma. Pouco antes de chegarem à primeira linha de trincheiras, afastaram-se para deixar passar maqueiros transportando um ferido e então sussurraram palavras de apoio:

"Boa sorte, camarada. Não se preocupe. Você estará de volta à Inglaterra em breve."

Pode ser que não os escutasse; estava imóvel. Mas Bourne, cujo espírito irônico beirava às vezes o sarcasmo, sentiu uma convicção irresistível de que suas palavras eram uma fórmula ritual concebida para evitar, de alguma forma, um destino para si mesmos. Contudo, mostrava até que ponto os homens estavam ligados uns aos outros por um laço invisível.

Passaram em frente aos soldados em pontos de tiro, figuras silentes como estátuas sobre as quais se derramava, trêmula e pálida, a luz do céu. Dois deles estavam largados na encosta, com as costas apoiadas na lateral, tentando aguentar a espera meio adormecidos, os capacetes apoiados sobre o rosto e as botas, as grevas e a calça cobertas de um barro que parecia argamassa. De vez em quando, seus olhos coincidiam com algum rosto, impassível em um cansaço que se convertia em indiferença; e como avançavam apenas alguns metros de cada vez, trocavam alguns sussurros.

"Como vai por aqui?"

"À tarde nos metralharam, mas é confortável o suficiente."

Bourne jamais ouvira outra resposta a essa pergunta em todas as centenas de vezes que ela tinha sido feita. A face da imobilidade sem expressão, com os olhos inescrutáveis e duros, e o mesmo sussurro monótono.

"Oh, é confortável o suficiente."

O cabo Hamley indicou-lhe com um gesto para que avançasse até o próximo ponto de tiro. Shem o seguiu, mas os demais, por um momento, foram barrados. Observou que o sr. Marsden falava com um oficial e compreendeu então que todos os homens tinham de sair da trincheira e despejar as caixas em uma vala aberta na zona morta. Subiu pela trincheira e viu, durante um segundo, desenhada contra o céu, uma teia de arame que se pendurava solta entre estacas; havia uma sinceridade profunda naquela visão. Quase tão logo se pôs de pé, uma bala passou silvando próximo a seu rosto; era como se alguém tivesse cuspido nele de dentro da escuridão. Na parte mais funda da vala, um oficial verificava as caixas que ali eram depositadas. Quando voltou à trincheira, Shem saiu com sua caixa. O sr. Marsden falava agora com o outro oficial em voz baixa. Restavam apenas três ou quatro homens por sair, depois iriam embora.

Bourne correu em diagonal da trincheira de fogo até a outra, localizada mais atrás, onde os demais esperavam. Shem se juntou a ele, e mais outro homem. Então ouviu-se um estrondo, o ruído elástico de uma bomba que explodiu bem próximo deles. E ouviram coisas voando, e outra bomba veio. E outra mais. Mal se escutava o sibilar e a bomba já havia explodido. Os dois últimos homens se juntaram a eles, bastante transtornados. As bombas continuavam a cair, explodindo com aquele curioso barulho, e, de vez em quando, uma lufada de vento lhes golpeava o rosto. Weeper, que estava próximo a Shem e Martlow, apoiava-se no cano de seu fuzil. Seu rosto refletia uma misteriosa resignação. O sr. Marsden não chegava. O bombardeio não era muito severo, mas parecia que se intensificava, o que os levou a perguntar se os chucrutes tinham começado uma ofensiva de verdade. Cada vez eram mais precisos e foi passando-se a ordem de chamar os maqueiros. Os maqueiros, acompanhados pelo cabo Mellin, dirigiram-se até a trincheira de fogo, embora não necessitassem deles. O sr. Marsden chegou afinal e os parou.

"Não aconteceu nada. Eles já têm seus próprios maqueiros. Talvez vocês nos façam falta mais tarde", disse para animá-los.

Antes que fossem embora, as bombas começaram a rarear até que o ataque cessou por completo. Bourne se deu conta de que um ou dois recrutas, sem chegar a demonstrar verdadeiro medo, estavam nervosos, inquietos, impacientes. Mas a aquiescência de Weeper com o que quer que o Destino reservasse para ele o impressionara mais. Estava também surpreso consigo mesmo. A bala que passara raspando por sua cabeça o havia deixado desconcertado, mas, pensando melhor, era certamente apenas uma bala perdida e talvez não tivesse passado tão perto quanto ele acreditava.

Deram-lhes uma dose de rum com chá ao regressarem, e os soldados fumaram um último cigarro antes de ir para a cama.

13

> *Tudo o que fazia era por meio dos tenentes,*
> *sem ter nenhuma prática dos destemidos*
> *esquadrões da guerra.*
> – Shakespeare, *Antônio e Cleópatra*,
> ato III, cena XI

Pela manhã, todo o acampamento fervilhava de homens acalorados e enfurecidos, como sempre acontecia quando oficiais de altas patentes vinham interromper a rotina da vida militar. Os preparativos para a simulação da ofensiva complicaram-se com as ordens de entregar os cobertores e limpar o acampamento antes que os homens fossem passados em revista. Foi-lhes ordenado que se apresentassem para a inspeção com uniforme completo e todo o equipamento; por causa disso, uma ração de pão e queijo foi distribuída. O dispensável mau humor continuou até que ganhassem a estrada em marcha; o coronel juntou-se à tropa com um ligeiro sorriso, como se satisfeito ao antever um dia de diversão. Sua voz alta e clara, que sempre parecia correr as fileiras sem esforço, fez-se ouvir, e o batalhão encaminhou-se para Bertrancourt.

Depois de terem marchado por milhas, abandonaram a estrada e continuaram por entre campos cultivados, para finalmente alcançar uma colina, onde se juntaram a outros batalhões da sua brigada. Uma vez ali, os soldados foram autorizados a romper as fileiras e comer. Puderam então compreender, com mais clareza do que quando foram lidas, as instruções de combate e como deveriam se posicionar. E então surgiu uma discussão sobre as vantagens e as desvantagens de tomar parte da primeira ou da segunda onda da ofensiva. No fim das contas, aparentemente o debate de nada serviu, a não ser para confirmar a opinião inicial de cada um; no entanto, provou indiretamente que havia naqueles homens uma quantidade considerável de obstinação, combatividade e tenacidade de propósitos – claramente bens de valor militar.

A primeira emoção foi provocada por uma lebre. Tinha escapado das tropas mais à frente, que a haviam perseguido por todo lado até que, flanqueando seus perseguidores, o animal seguiu diretamente para a companhia do quartel--general, onde quase passou sobre os pés de Bourne. Ele não se mexeu; sentiu pena do pobre animalzinho perseguido. Eles estavam em um ângulo de um campo circundado por uma cerca baixa de tela. A lebre correu até o canto e Martlow se lançou sobre ela; girando rapidamente o punho, quebrou-lhe o pescoço com precisão científica.

"Por que você a matou?", perguntou Bourne enquanto Martlow envolvia o animal com sua farda, abotoando-a sobre o corpo ainda trêmulo e quente.

Para Bourne, as lebres eram criaturas surpreendentes.

"Porque ela vai para a panela", respondeu Martlow, surpreso. O sr. Sothern se aproximou para oferecer 10 francos pelo animal e, depois de ter vacilado um segundo, Martlow o vendeu.

Nesse instante surgiram seres magníficos a cavalo, olhando com desdém para aqueles membros mais desafortunados de sua espécie que se viam obrigados a caminhar.

Bourne, um apaixonado por cavalos, não havia visto em meses nada além de mulas ou animais como o Rocinante, velhos, esquálidos e decrépitos. Nada mais do que alguns tristes pangarés montados por oficiais e alguns robustos cavalos de carga debulhando milho em um moinho de uma fazenda francesa. A imagem desses animais de passo elegante e pelo suave e lustroso o fez estremecer de emoção. Alguns dos ginetes, por outro lado, não lhe causaram a mesma impressão.

"Aquele puto dará ao seu cavalo uma dor nas costas antes do fim do dia", comentou ao ver um daqueles grandes homens galopando para se mostrar importante.

"Você aprendeu um monte de palavrões conosco", disse Martlow, esboçando um sorriso.

"Bom, vocês têm a boca tão suja quanto muitos dos estudantes bem-nascidos de Eton", retrucou Bourne com indiferença. "Alguma vez você ouviu um australiano praguejar?"

"Não, nem tenho vontade", afirmou Martlow. "E aqueles vagabundos ali têm dinheiro demais para saber o que é ser soldado."

Entraram de novo em formação, imersos mais uma vez naquele mau humor reprimido. Muitos dos novos sinaleiros foram designados para o serviço de mensageiros do quartel-general, mas Weeper Smart, embora fosse continuar perto deles, foi instruído a carregar, como integrante do corpo de sinaleiros, o painel sinalizador, um instrumento que servia para se comunicar com os aviões. Podia-se ver agora que a maioria dos homens estava muito interessada: eles sabiam que o plano fora concebido para fornecer-lhes um guia, em escala real, para as trincheiras que encontrariam durante o real assalto. Seu interesse não desapareceu por completo conforme avançavam, mas eles rapidamente se tornaram conscientes da irrealidade do que viviam. As fileiras de soldados avançavam lentamente e, ao chegar aos cordões que demarcavam os limites do campo de batalha, seguiram pelos caminhos indicados com admirável precisão. As formações não se romperam nem foram desfalcadas por nenhum bombardeio hostil, andando por um terreno sem crateras nem barricadas de arame farpado a impedir-lhes a passagem. Tudo correu conforme o planejado; foi um triunfo do trabalho da equipe de oficiais, e aqueles homens pacientes e de pouca imaginação tentavam entender o significado de tudo aquilo, com uma ansiedade que só os deixava mais perplexos. Algo estava faltando, eles o sentiam. O que os soldados realmente precisavam era de um mapa daquele estranho país que lhes assombrava a mente já assustada pelo dia que se aproximava, quando a terra seria envolvida por trevas e se encheria de cadáveres.

Bourne, Shem e Martlow, com outros mensageiros, seguiam de perto o coronel quando aquele indivíduo soberbo, cujo modo de cavalgar havia provocado o comentário negativo de Bourne, galopou até eles e refreou sua montaria.

"O que são estes homens?", perguntou ao coronel, apontando quase diretamente para um constrangido Bourne.

"São meus mensageiros, senhor", respondeu o coronel.

Bourne, do ângulo em que estava, viu o rosto do oficial enquanto este se voltava para o cavaleiro com um sorriso afável.

"Você parece ter muitos deles", comentou o outro, qual um Agamenon, com frieza arrogante. Avançavam lentamente, o cavalo parecendo inquieto debaixo de uma carga tão estranha.

"Não mais do que de costume, senhor", arriscou-se o coronel com uma desconfiança sem graça.

Outros cavaleiros, incluído o mais importante de todos, distinguível por sua montaria cinza, aproximaram-se e agruparam-se de maneira impressionante, como a posar para as lentes de um fotógrafo. Originou-se uma discussão que começou com o número de mensageiros designados ao coronel e terminou com o porquê de os homens não seguirem pelas trincheiras imaginárias delimitadas pelos cordões. O coronel manteve-se imperturbável, apenas dizendo, em tom de ligeiro protesto, que alcançariam as trincheiras ao longo do dia, embora houvesse alguma vantagem em separá-los do resto dos soldados naquele momento. Deslocavam-se a pé, lentamente ganhando terreno, e, aparentemente, os deuses olímpicos do destino pareciam admitir a validade do argumento do coronel, quando algo subitamente lhes chamou atenção.

Passavam por uma pequena casa de campo, pouco mais que um casebre, onde três vacas pastavam, amarradas, uma grama áspera e ressecada; os cordões seguiam em diagonal por um pequeno campo semeado por trevos de um verde mais escuro em comparação à forragem seca ao seu lado. Esse tinha sido o caminho tomado pelo pelotão da Companhia A, sob o comando do sr. Sothern. Assim que os primeiros homens puseram as botas sobre os delicados trevos, a porta do casebre se abriu, revelando uma mulher enfurecida.

"*Ces champs sont à moi*!"[73], ela gritou, e esse foi o prelúdio de uma rajada fulminante de invectivas que prometiam ser inesgotáveis. Isso deu um toque de realidade às operações que rapidamente degeneravam em uma série de movimentos de avanço coordenado. Os deuses olímpicos do destino olharam para a mulher e, então, uns aos outros. Era uma contingência que não tinha sido prevista pela equipe, cuja intenção era representar, sob condições ideais, um ataque à aldeia de Serre, a várias milhas de distância, onde aquela senhora não vivia. Eles sentiram, portanto, que havia uma boa justificativa para terem ignorado sua

---

73 "Esses campos são meus!"

existência. Ela era, obviamente, de opinião diferente. A mulher era uma realidade muito teimosa, ali plantada com a saia preta e as anáguas vermelhas arregaçadas até os joelhos, deixando à mostra as meias cinza e as botas de lavrador. Era um perfeito gênio da vituperação, distribuindo injúrias com precisão imparcial entre soldados, comandantes e oficias do Estado-Maior. O bloqueio foi eficaz: os homens, com o respeito tipicamente inglês pelos direitos de propriedade, hesitaram em cometer qualquer outra transgressão.

"Enviem alguém para falar com aquela mulher", ordenou o general de divisão ao brigadeiro. O brigadeiro deu a ordem ao coronel, o coronel ao ajudante de ordens e o ajudante de ordens ao sr. Sothern. Este, lembrando-se de que Bourne havia falado em francês com uma senhora idosa de Méaulte para lhe pedir uma vassoura, empurrou-o para o meio da arena de combate. Isso é o que é conhecido, no exército britânico, por cadeia de responsabilidades, o que significa que todo o peso dos erros de seus superiores é suportado eventualmente pelos soldados rasos em suas fileiras.

Em um primeiro momento, ela descarregou toda a sua hostilidade sobre Bourne, preparada para defender sua propriedade à custa de sua vida, se necessário fosse. Ele explicou que ela receberia uma indenização integral por qualquer dano causado pelas tropas, ao que ela retrucou, de maneira muito razoável para todo o seu ardor, que os trevos eram tudo o que ela dispunha para alimentar suas vacas durante o inverno, e que o mero pagamento pelo que seria destruído seria remuneração inadequada para a perda de seus animais. Bourne conhecia suas dificuldades; era bastante penoso, por causa da falta de transporte, para aqueles camponeses infelizes conseguirem provisões para si. Como medida desesperada, sugeriu ao sr. Sothern e ao ajudante de ordens que os homens, largando o caminho delimitado pelos cordões, desviassem do campo de trevos para então regressarem ao trajeto delimitado. O ajudante de ordens concordou ante a situação, e os soldados rodearam o terreno para voltar ao caminho delimitado pelos cordões e ao trajeto correto, enquanto o general e seus esplêndidos satélites afastaram-se discretamente até a outra parte do prado. Um dos soldados gritou algo sobre "*les Allemands*" à vitoriosa dama, e ela mandou a discrição às favas.

"*Les Allemands sont très bons!*",[74] gritou ela em resposta.

Um avião apareceu de repente no céu, descrevendo círculos sobre suas cabeças e acionando a sirene. Os homens moviam-se lentamente para longe de seus amados campos de trevos, e a mulher, cansada, meteu-se em sua cabana e fechou a porta àquele mundo monstruoso.

Ao juntar-se novamente aos mensageiros, Bourne viu o coronel à sua frente, os ombros ainda trêmulos, e então eles prosseguiram lenta, mas inexoravelmente, até a conquista da Serre imaginária. Quando chegaram ao seu objetivo final, houve uma longa pausa; e os homens, já entediados e desiludidos, dedicavam-se a esperar apoiados com indolência em seus fuzis. A tática havia levado à vitória. Passaram ao movimento seguinte. As companhias formaram nas marcas indicadas e os homens pareceram despertar de um sonho, tomados por um interesse espontâneo no processo, e o batalhão moveu-se para fora do campo. O coronel tinha um cavalo esperando por ele na estrada, e ao anoitecer chegaram a Bus-les-Artois.

Ali, Bourne encontrou-se com o sargento Tozer e, acompanhados de Shem e Martlow, deram uma volta de reconhecimento pelo povoado. Primeiro visitaram a Associação Cristã de Moços e depois um café, onde estava o sargento Morgan, do corpo de granadeiros. Conversaram sobre

---

74 "Os alemães são muito bons!"

todos os acontecimentos do dia, comentando o esplendor da equipe de oficiais do Estado-Maior.

"Esses vagabundos virão conosco?", perguntou Martlow inocentemente, provocando o riso nos demais. Ele continuou indignado: "Então o que é que eles foram fazer com a gente hoje, balançando o traseiro pra lá e pra cá? O filho da puta do cavalo negro falou com o coronel como se ele fosse um cabo! Não sei como ele tolerou aquilo!"

Ele e Shem foram ao cinema, enquanto Bourne e os sargentos acharam um lugar onde serviam café com rum. Depois, foram diretamente para a cama.

Praticavam sinalização com bandeiras pela manhã quando lhes ordenaram que entrassem em formação no campo com os demais, em duas fileiras. O ajudante de ordens saiu da administração do acampamento, que agora estava situada em um pequeno galpão do outro lado da estrada. Foi seguido por dois guardas militares, entre os quais andava Miller, com a cabeça descoberta e sem galões no uniforme. Estava pálido e abatido, mas sua boca estava entreaberta em um sorriso idiota e seus olhos furtivos vagavam sem descanso entre as fileiras de soldados postados diante de si. Bourne sentiu uma estranha emoção tomar conta dele: não era pena, mas repulsa pela degradação de um homem que já não era mais que um pária abjeto. Com uma voz clara e nervosa, um pouco como a de um aluno recitando uma lição, o ajudante leu a sentença que declarava o anspeçada Miller culpado por abandonar seu oficial comandante e o condenava a ser fuzilado, pena que fora comutada a vinte anos de trabalhos forçados. Os homens foram dispensados da formação e o miserável foi levado para ser exibido a outra companhia. Miller não seria, obviamente, mandado imediatamente; a execução da sentença seria adiada até o fim da guerra. Os homens não poderiam ser autorizados a escolher a prisão como alternativa ao serviço militar.

Ali repousava o absurdo da situação, como Bourne veio a compreender: uma vez restaurada a paz, seria concedida anistia geral para casos daquele tipo; e a tragédia, como o ato de humilhação indizível que tinham acabado de presenciar, tornar-se-ia uma farsa. "Estamos indo para as trincheiras amanhã", disse o cabo Hamley, "e isso que viram foi apenas para encorajar qualquer idiota que esteja pensando em desertar."

"Como se houvesse diferença em levar um tiro de um dos nossos ou dos alemães!", comentou Weeper, pessimista.

O cabo estava certo. O batalhão entrou em formação de combate às dez em ponto da manhã seguinte e iniciou a marcha para as trincheiras. Em Bertrancourt, marcharam diante do comando da artilharia divisionária e continuaram em direção a Courcelles-aux-Bois, uma aldeia semiabandonada. A partir dali a estrada corria em direção a Colincamps, onde, numa curva, encontrava-se um guarda militar de sentinela junto a uma placa vermelha de madeira, como as usadas nas estradas para advertir do perigo à frente. Pintado em grandes letras brancas, lia-se PERIGO DE GÁS. O verso estava marcado com a frase TÉRMINO DO PERIGO DE GÁS. Entretanto, parecia indiferente a todos para que lado girava a placa. Depois do controle, a distância entre os pelotões aumentava.

Logo à saída de Courcelles, a 300 jardas da estrada que subia pela colina até Colincamps, estavam sob observação direta do inimigo; por isso tinham-na camuflado com redes como as de pesca, penduradas feito grandes cortinas entre os postes à esquerda do caminho. Sobre o topo da colina, em uma curva, dominando a estrada e um caminho secundário, encontrava-se um celeiro de tamanho excepcional, uma espécie de marco dos limites de Colincamps. Bourne pensou que seria um lugar horrível se caísse nas mãos dos chucrutes.

Marchavam em um silêncio sepulcral – não que os alemães pudessem ouvi-los; além disso, a distância entre os pelotões devia ser de uma centena de jardas. Tinham um bom presságio. Depois do celeiro havia uma grande curva à direita e, depois, outra à esquerda; finalmente, ganharam a grande reta que atravessava Colincamps. Uma bomba alemã tinha acertado o campanário da igreja, deixando um grande buraco na parte superior, e a frente de uma casa, onde ainda se encontrava pendurada uma tabuleta onde se lia *Café de la Jeunesse*, tinha sido perfurada por milhares de estilhaços de outra explosão. Não havia sequer uma casa deixada intacta, e alguns dos celeiros feitos de adobe estavam ruindo por causa das repetidas explosões nas vizinhanças. A própria rua sofrera um intenso bombardeio; embora alguns dos buracos abertos tivessem sido tapados para permitir a circulação de veículos, outros haviam se transformado em poços de lama líquida. Toda a estrada agora era um extenso lamaçal, e a simples pressão do pé fazia com que o barro transbordasse por entre o cascalho que reforçava a pista.

Deixaram para trás a rua e, com ela, as casas. Chegaram a um entroncamento que ligava a estrada onde estavam à que levava a Mailly-Maillet, à direita; à esquerda, continuava-se até a usina de açúcar, onde o caminho se unia à estrada principal de Mailly-Maillet para Serre. Eles viraram à esquerda, para baixo, a estrada que descia em curva para o vale. Havia outro controle militar, com um abrigo sob a estrada onde podiam se esconder. A partir desse ponto, a estrada que descia a colina podia ser vista das linhas inimigas. Naquele dia havia pouca visibilidade: a neblina baixa distorcia a visão de grandes distâncias. Mesmo durante o dia, havia algo de belo e misterioso naquela paisagem. Árvores em uma alameda, afastadas mas convergindo gradualmente para a estrada, balançavam suas copas despedaçadas por bombardeios, encobrindo os movimentos da tropa conforme descia o morro. Deixando a estrada, esquivaram-se de fossos de armas e abrigos até chegar à avenida Southern. O buraco aberto por uma bomba já estava meio cheio de água, mas outro se abria cerca de 20 jardas adiante.

A partir dali, seguiram o caminho tomado pelos grupos de trabalho até chegar ao grande abrigo na trincheira Legend, onde estava o comando do batalhão. Havia duas entradas, e contavam-se trinta degraus até chegar-se ao fundo. Uma parte, separada por uma parede de cobertores, fora reservada aos oficiais; o restante era ocupado pela tropa. Havia um nicho, perto das escadas, onde eram guardadas algumas provisões, controladas pelo sargento-mor ou pelo sargento intendente da companhia, sentados a uma mesa improvisada por uma caixa. Quatro ou cinco velas enfiadas em latas iluminavam o espaço, e o ar era sujo e enfumaçado.

Shem, Bourne e Martlow estavam sentados perto da porta, três minutos depois de terem tomado posse do lugar, quando o sargento-mor, depois de o ajudante de ordens ter-lhe falado, dirigiu-se a eles:

"Ei, os três! Vocês voltarão a Colincamps; em uma das primeiras casas há um posto de retransmissão onde encontrarão alguns soldados do regimento de infantaria Gordon Highlanders. Eles têm mensagens da brigada que vocês enviarão para cá e receberão outras para serem entregues à brigada de Courcelles. Entendido? Pois então mexam-se!"

Levantaram-se e, enquanto ajeitavam os cintos, Weeper, sentado ao lado de Shem, encarou Bourne com um esgar e disse algo sobre o trabalho fácil e as pessoas que sempre têm sorte. Bourne não se preocupou em responder, já que, depois do que havia visto na estrada, o abrigo da companhia, escavado nas trincheiras de reserva, lhe parecia um palácio. Martlow, no entanto, não pôde se conter:

"Tire uma soneca, velho chorão, e então vai ver que se sentirá melhor."

Escalaram as encostas do abrigo e partiram de volta a Colincamps. Levavam apenas pão com queijo nos bornais; a um deles caberia conseguir mais tarde suas rações completas.

"Não entendo por que Weeper implica comigo", disse Bourne, pensativo.

"Porque você não lhe dá atenção quando ele começa a lamuriar-se com você", explicou Martlow.

"Pode ser", retrucou Shem, "mas lamento um pouco por ele. Parece que ele sempre foi um bom homem, mas terrivelmente pessimista, pelo menos é isso que dizem os da Companhia D. Não tem amigos; é tão miserável que jamais conseguirá algum. Você, Bourne, faz amizade com todo mundo, seja cozinheiro, sapateiro, primeiro-sargento ou simplesmente eu e Martlow. Até você chegar eu me dava bem com todos, mas não tinha nenhum camarada, então entendo como é isso."

"Cristo! Protejam-se!", exclamou Bourne, agachando-se, mas sua advertência foi abafada por um silvo estridente e uma explosão que a ele se seguiu.

Houve uma violenta erupção de lama, terra e pedras a poucas jardas atrás da trincheira. Esperaram, tensos e pálidos, cobertos de barro.

"Vamos cair fora daqui", sussurrou Martlow, a voz trêmula.

Enquanto falava, outra bomba cortou os ares. Contiveram a respiração até a explosão, mais longe que a primeira. Bourne olhou para Martlow e viu que seu lábio inferior, caído, tremia incontrolavelmente. A terceira bomba assobiou por um tempo consideravelmente maior e explodiu próximo ao depósito. Permaneceram imóveis, esperando.

"Foi uma maldita sorte a primeira não ter caído mais perto, ou teríamos morrido soterrados", disse Shem com o sorriso torto, depois de um momento.

"Vamos lá, garoto", dirigiu-se Bourne a Martlow. "Você nunca ouve se aproximar aquela que vai nos atingir."

"Não estou preocupado", respondeu Martlow, tranquilo.

"Deve ter caído a umas 20 jardas da trincheira", disse Bourne. "Mas eu não vou lá para ver. Acho que seria melhor usarmos a avenida Railway. Parece que os chucrutes têm a Southern bastante controlada, e não quero estar perto de uma bomba como a que abriu aquela cratera na rua Sackville."

"Nunca se sabe", disse Shem com indiferença. "É preciso se arriscar."

Caminhavam a um bom passo e logo se afastaram das trincheiras. A lama que fora lançada com a explosão do depósito era gordurosa e acabou por retardar-lhes o passo, mas ao chegarem à estrada avançaram com mais facilidade. Bourne perguntou à sentinela no posto de retransmissão de mensagens, e então se encaminharam para o segundo pátio à direita. Não havia sinal de vida por lá, e as poucas casas daquele lado da rua tinham sofrido danos mais severos do que as do outro; pouco foi deixado de pé. A maioria dos edifícios adjacentes na rua era de estábulos e cavalariças, pelo menos naquele extremo da cidade. As casas estavam mais para trás, no alto do talude. Não vendo ninguém, eles gritaram; de um estábulo veio uma resposta, e uma grande porta de madeira se abriu. Eles encontraram três Gordons lá, não muito felizes. Entretanto, foram civilizadamente educados e pareciam com homens que afinal ganhariam um merecido descanso. Seus rostos haviam esquecido, pelo menos provisoriamente, como sorrir. Eles olharam para as insígnias costuradas nos bornais e nas mangas dos uniformes e se deram conta de sua missão.

"Viemos render vocês", explicou Bourne.

"Pensei que jamais chegariam. Vimos uns pobres camaradas..."

"Bom, ainda não respire aliviado", disse Bourne animadamente. "Eles nos levaram às trincheiras para depois nos mandar de volta. Se o exército pode fazer tudo ao contrário, ele o faz. Parece que é tradição. Que tal por aqui?"

"Oh, é confortável o suficiente", respondeu o Gordon, resignado.

"Apostei comigo mesmo que você diria isso."

Olharam para ele com curiosidade, desconcertados por suas maneiras, enquanto terminavam de juntar seu equipamento, recolhendo o cantil, o bornal e as ferramentas para a trincheira. Levavam tudo pendurado ao ombro, sem prender nada às alças de sustentação, o que era proibido. Entretanto, no serviço ativo o comando permitia que os homens desconsiderassem esses pequenos detalhes, exceto em grandes ocasiões. Por fim, pegaram os fuzis e dirigiram-se à porta.

"Bom dia para vocês, e boa sorte, camaradas", disseram ao sair.

"Boa sorte", retribuíram os que os renderam, mais enfaticamente.

Bourne olhou-os afastarem-se um pouco melancolicamente. Não lhes invejava o alívio. Ele se perguntou quando dariam as costas a toda aquela desolação.

"Estou indo dar uma volta pelo povoado", informou Martlow. "Não vão precisar de mim por enquanto; aqui não há nada agora para fazer."

"Tudo bem", respondeu Bourne; "não vá muito longe nem se demore."

Ele voltou depois de vinte minutos com todo tipo de luxos: chá com açúcar, quatro latas de carne salgada, uma de guisado Maconachie e mais latas de porco com feijão, do tipo que só trazia feijão e jamais carne suína.

"Furtei de uns sapadores", afirmou com sóbrio orgulho. "Eles estão de partida e têm um montão de coisas que não querem carregar. Poderia ter conseguido mais se quisesse. Estão tão felizes por irem embora que distribuiriam tudo o que têm. Pois assim não importa se não nos derem nossas rações até a noite."

"Bom garoto", disse Bourne. "Você é um larápio de primeira, Martlow."

Pensou que a impaciência do Corpo de Engenheiros Reais por abandonar o povoado não seria um indício de que aquele não era um lugar especialmente acolhedor. Shem também havia saído para fazer o reconhecimento da posição e anunciou que havia ali um bom porão com mais do que uma casa em ruínas por cima, a umas 20 jardas dali. Martlow decorou a porta com um papel em que escrevera com tinta indelével POSTO DE RETRANSMISSÃO, em letras garrafais.

"Bom, podíamos tomar um chá com um pouco de carne enlatada", disse Shem.

Passava de uma hora da tarde, então eles se dispuseram a desfrutar uma boa refeição, descansando enquanto fumavam até um pouco depois das duas, quando chegou até eles uma mensagem das trincheiras. Um dos mensageiros regulares a trouxera, acompanhado de Pacey. O regulamento exigia que as mensagens fossem entregues sempre por dois soldados, no caso de algum ser ferido, embora essa norma fosse desconsiderada quase sempre por causa da escassez de mensageiros. Colocava-se em prática o acordo tácito de que fossem de um em um; assim, se mensagens fossem enviadas em ambos os sentidos, sempre haveria alguém de serviço em seu posto. Shem e Martlow levaram a mensagem ao comando da brigada do outro lado de Courcelles, e Pacey e Hankin, o mensageiro veterano, sentaram-se para conversar uns minutos com Bourne.

"Vocês estão bem aqui, mas parece que os chucrutes têm arrasado esse povoado, não?", disse Pacey.

Uma parte da parede de adobe tinha vindo abaixo, deixando as ripas à mostra. Depois de terem fumado um cigarro, Pacey e Hankin regressaram às trincheiras. Bourne mergulhou numa espécie de devaneio por cerca de meia hora até que Shem e Martlow voltassem, e a conversa fiada ocupou-os por um tempo. Subitamente o ar ganhou vida e, explosão após explosão, o povoado tornou-se um inferno. Por um momento os três, aturdidos, jazeram petrificados. Mais da parede de adobe cedeu, e telhas desprendiam-se do teto sobre eles. Encolheram-se, como que a tentarem se reduzir a nada. E o pior estava por vir. Uma bomba atingiu em cheio o *Café de la Jeunesse*, fazendo com que mil estilhaços voassem em todas as direções; telhas soltas continuavam a despencar e as paredes, atingidas pela onda de choque, reduziram-se a um esqueleto de ripas. Bourne percebeu que tremia, mas eles não podiam ficar ali.

"Vamos para o porão!", ele gritou para os outros.

Agarraram os fuzis e os cantis e se foram, hesitantes. Bourne sentiu-se respirando de forma pesada. As bombas caíam em praticamente todo o povoado. Ele não sabia o que fazer em relação ao posto de retransmissão de mensagens e, embora se sentindo um completo idiota, tomou uma decisão.

"Logo alcanço vocês!", gritou e, correndo como um homem que atravessa uma tempestade, desapareceu na rua. Dobrou a esquina e continuou colina abaixo até o abrigo do posto de controle. Na encosta, um pouco além do abrigo, um homem jazia morto. Seu capacete voara a várias jardas e o topo de seu crânio havia sido arrancado, de tal modo que se podia, em um relance, ver o que restara de seu cérebro espalhado. O povoado de Colincamps estava morto: elevava-se sobre ele uma nuvem de fumaça e poeira. Bourne se jogou escada abaixo; não tinha ideia do porquê de estar ali.

"Há um homem morto lá fora, sargento", disse ele estupidamente.

"E que diabos você estava fazendo lá fora? E tem certeza que ele está morto?"

"Sim, sargento. A maior parte da cabeça dele se foi. Eu estava no posto de retransmissão de mensagens. Pensei que seria melhor vir comunicar que abandonamos o estábulo e nos abrigamos no porão da casa."

"Vou sair para ver o homem."

Foram até onde o soldado jazia e, inclinando-se sobre ele e constatando que estava realmente morto, retiraram o corpo da estrada e regressaram ao abrigo.

"Estou voltando agora para a minha posição, sargento."

"É melhor você esperar um pouco", aconselhou o sargento com a voz um pouco mais gentil. "Você sabe que é contra o regulamento vocês mensageiros andarem sozinhos. Deveria haver alguém com você."

"É melhor eu voltar. Não sabia se poderíamos nos mover da posição porque é a primeira vez que me encarregam dessa tarefa. Tenho de voltar para ver como estão meus camaradas."

"Tudo bem", disse o sargento, curiosamente irritado. "Escreva na porta do posto onde vocês estarão."

O bombardeio continuava com a mesma violência, mas parecia que tinha se intensificado na curva que descia para Courcelles e ia se estendendo pela estrada para Mailly-Maillet. Uma vez do lado de fora, Bourne viu bombas caindo sobre o depósito e lançando estilhaços que, chamados de lagartas peludas por queimarem ao atingir a pele, voavam sobre sua cabeça. Nem ele mesmo saberia dizer se rezava ou praguejava enquanto subia com dificuldade a encosta de regresso a Colincamps. Os tijolos das casas agora em ruínas espalhavam-se por toda a rua. Cerca de 60 jardas de onde estava, subitamente uma parede desabou. Negou-se a olhar à sua volta e se viu dizendo a si mesmo, vezes sem conta, como um soldado: "Eu já estive nessa maldita merda por tempo demais". Não pronunciava as palavras, apenas as pensava com uma curiosa intensidade. Sua visão se concentrou em um ponto diante dele. Alcançou enfim o estábulo e foi direto ao cartaz de Martlow. Desenhou com pressa uma flecha embaixo de POSTO DE RETRANSMISSÃO e acrescentou em maiúsculas toscas: NO PORÃO. Foi então ao encontro dos camaradas e, ao descer ao abrigo improvisado, deu-se conta de que a entrada estava virada para o lugar errado. Shem e Martlow o observavam, mas ele mal podia distinguir seus rostos na penumbra.

"Como está tudo lá fora, agora?", perguntou Martlow com um tremor quase imperceptível na voz.

"Oh, confortável o suficiente", replicou Bourne com um humor fruto do desespero.

De repente, sentiu-se inexplicavelmente cansado. Abaixou a cabeça e sentou-se olhando para o nada, completamente vazio. O bombardeio continuou, intenso, durante um tempo, depois as explosões diminuíram e finalmente cessaram. Bourne tinha a sensação de que lá fora só restara a terra fumegante.

Uma garoa começou a cair, e a chuva se intensificou até encher o silêncio com o som contínuo das gotas caindo. O porão fora confortavelmente mobiliado, como se já tivesse servido de esconderijo para pessoas mais importantes que seus atuais ocupantes. Seu único defeito era que a entrada apontava diretamente para as linhas alemãs, e talvez tenha sido aquele inconveniente a razão de ter sido abandonado. Mas durante sua ocupação tinham sido colocadas três camas, com estruturas de madeira a 2 pés do chão, onde telas de arame tinham sido esticadas e pregadas à guisa de estrados. Um pedaço de lona cobria a entrada. Bourne recordou-se de ter visto um tipo mais grosso no estábulo e se propôs a ir buscá-la e prendê-la no umbral. Foram os três juntos ao posto de retransmissão. Pouco restava do estábulo, exceto a estrutura, umas ripas e algumas telhas que se penduravam perigosamente das vigas do teto, que agora deixava passar uma chuva intensa. Com os pregos que arrancaram da madeira, Shem e Martlow reforçaram a entrada do porão com a lona mais grossa. Bourne afastou-se por um momento sozinho e terminou por descobrir que as instalações tinham sua própria latrina. Desde que voltara do posto de controle, estava silencioso e preocupado e não dissera nada sobre o homem morto na encosta. Não tinha vontade de falar.

"Bourne está avoado", comentou Shem com Martlow.

"Pois ele não parecia assim quando saiu correndo dessa maneira", rebateu Martlow.

"Sim, ele estava", disse Shem rindo entredentes, "por isso mesmo saiu correndo."

"Se é por isso, avoados estamos todos", resmungou Martlow com lealdade.

Havia alguma verdade na observação de Shem. Bourne se aproximou minutos depois e, tendo inspecionado a cortina, acendeu o toco de uma vela. Martlow ia sair e lhe pediram que verificasse se a luz não era visível do exterior.

"Haverá em breve uma mensagem a ser levada até o front", disse Bourne a Shem. "Eu poderia muito bem ir sozinho. Vou ver se consigo furtar um par de velas da intendência."

"Então eu levarei o informe da meia-noite à brigada", retrucou Shem.

Martlow regressou dizendo que não se veria a luz do exterior se as lonas, é claro, estivessem postas uma sobre a outra. Tinham sido postas muito juntas para que se pudesse passar pela porta afastando uma e depois a outra, separadamente. Bourne concluiu que eles teriam de cobrir ou até mesmo apagar a vela a cada vez que um deles entrasse ou saísse. Como tinham apenas aquele toco, apagaram a chama e conversaram na escuridão. Os alemães lançaram três bombas a intervalos regulares. A artilharia britânica não se pronunciou durante o ataque. Entretanto, após uma pausa significativa, uma bateria de morteiros lançava três obuses sobre o inimigo; e após um intervalo providencial, para dar ênfase ao contra-ataque, acrescentou outro para dar sorte.

Bourne olhou para o relógio e viu que já tinha passado das 6.

"Parece uma resposta calculada", comentou.

Alguns minutos depois, ouviram dois homens gritando na rua acima, e Martlow, subindo a metade da escada, chamou por eles. Eram dois mensageiros da brigada. Quando a cortina de lona ficou de novo em seu lugar, Bourne acendeu a vela.

"Quando vi o maldito estábulo, pensei que vocês todos tinham batido as botas", confessou o mensageiro.

"Deixei um aviso na porta", disse Bourne sem pensar.

"Bem, eu não posso ler no maldito escuro, posso?", retrucou o mensageiro. "Pegue, é a mensagem habitual. Vamos fumar um cigarro antes de voltar. Vocês camaradas sabem como ficar confortáveis."

"É o primeiro dever de um bom soldado", replicou Bourne.

Eles falaram sobre o bombardeio; como tudo já havia acabado, ninguém exagerou sua importância.

"Apenas algumas bombas caíram em Courcelles", disse o mensageiro, "mas Colincamps e o depósito se foram."

"Estou partindo", disse Bourne. "Não exponham nenhuma luz."

"Você está ficando excitado", disse Shem, rindo.

"Excitado! Você está dizendo bobagens!", retrucou o mensageiro. "Você não quer correr nenhum risco, creia em mim. Parece-me que os chucrutes estão aprontando alguma."

Era justamente o que pensava Bourne, mas não queria continuar com a conversa.

"Você vai sozinho?", perguntaram a ele.

"Sim, nós quase sempre vamos sozinhos", respondeu Bourne. "Boa noite."

Martlow cobriu a chama com uma lata, e Bourne saiu para a escuridão. Estava muito escuro e caía uma chuva fina, penetrante e fria. Continuou pela estrada até chegar à altura do depósito. Não valia a pena tomar um atalho; pelo menos a pista molhada e repleta de charcos brilhantes o ajudaria a não se desviar do caminho. O guarda não estava no posto de controle. Um escrúpulo inconsciente o fez evitar o lado da estrada onde encontrara o homem morto, mas, olhando para onde haviam deixado o corpo, viu que ele havia sido removido.

O depósito estava vazio. Em um par de horas, estaria de novo repleto de homens e transportes. Bourne possuía o dom de caminhar com desenvoltura pela escuridão. A chuva não o incomodava e ele adorava o silêncio. Poucas bombas sinalizadoras haviam riscado a noite, e a chuva tornara ainda mais misteriosos do que o habitual os halos luminosos que se expandiam e se contraíam no céu negro.

Ele entregou a mensagem e, em seguida, foi conversar com o cabo Hamley, que estava acompanhado do sargento-mor Corbet, sobre o ataque.

"Bem, o capitão Malet está fora de combate por ora", disse Corbet.

"Que aconteceu com ele, sargento-mor?", perguntou Bourne, ansioso.

"O abrigo foi atingido, e uma viga caiu em cima dele quebrando-lhe as pernas. Demorou um tempo até que conseguissem tirá-lo de lá; tiveram de cavar debaixo da viga. Queriam usar um par de fuzis como talas para as pernas até que pudessem levá-lo ao hospital de campanha, mas ele se negou. 'Vocês podem precisar deles mais do que eu', disse. 'Levem-me a algumas milhas daqui e eu estarei rindo.' Fumou um cigarro enquanto o retiravam e não disse uma palavra, apesar de seguramente o terem machucado."

"Mais alguma baixa?", perguntou Bourne.

"Um garoto chamado Bates foi morto e outros dois estão feridos. Não sei os detalhes. Na Companhia B também houve algumas baixas. Temos uma sentinela do posto de controle que se feriu. Matheson. Você o conhece? Você é da Companhia A, não? Achei que fosse. Alguém me disse que o capitão Malet ia recomendar você ao coronel para uma promoção. É verdade? O que você vai fazer com isso agora?"

Quando o sargento-mor mencionou que Bates havia morrido, Bourne tentou lembrar quem era ele; e, enquanto se esforçava para recordar, pareceu ouvir de repente uma voz alta e excitada gritar, como se todo o abrigo pudesse ouvi-la: "Ora, então por que ele quer me enredar no assunto?". Era como se Bates estivesse fisicamente presente; a voz do sargento-mor não pareceria tão real. À luz trêmula das velas, as chamas envoltas em etéreas auréolas de fumaça, Bourne olhou para aqueles homens, todos em silêncio, alguns semiadormecidos ou com o olhar perdido, pensando, esperando. Tinha a sensação de experimentar uma extraordinária alucinação, mas conseguiu responder ao sargento-mor com sensatez, dizendo que teria uma conversa com o oficial quando já não estivessem nas trincheiras, e sugeriu que falasse com o sr. Rhys. E ele ouvia a própria voz dizendo aquelas coisas que de alguma forma não pareciam preocupá-lo, coisas sem sentido que teriam de ser levadas muito a sério. Não sabia mais de Bill Bates que fosse além daquela frase, apaixonadamente pueril: "Ora, então por que ele quer me enredar no assunto?".

"Posso pegar nossas rações agora, sargento-mor?", perguntou calmamente. "Trouxe a marmita para nossa dose de rum e ia perguntar se podia nos dar umas velas. Saímos do estábulo onde estávamos para um porão e necessitamos de um pouco de luz."

"E quem disse a vocês para saírem do estábulo e se meterem em um porão?"

"Os chucrutes. O estábulo estava em ruínas. Quando caíram as telhas e as paredes começaram a desmoronar, decidi que tínhamos de nos proteger. Comuniquei ao sargento do posto de controle onde estaríamos e deixei um aviso na porta. Estamos na mesma propriedade, só que no porão da casa. Como tudo o que resta dela é mais de um milhar de tijolos amontoados em uma pilha em cima do porão, estaremos seguros lá. Só que a entrada é de frente para as linhas inimigas, e temos de ter cuidado para não deixar vazar a luz."

"Eu só posso ceder-lhe um par de velas", disse o sargento intendente.

"Oh, não podem ser três, senhor?", pediu Bourne em um persuasivo protesto, e com um pouco de má vontade o sargento intendente deu-lhe mais uma, enquanto Bourne continuava falando para não pensar em nada.

"Um pouco antes do abrigo do posto de controle havia um homem morto na estrada. Nós pusemos o corpo dele ao largo. Ele era um artilheiro, eu acho... Eu posso levar a ração de rum na minha marmita, senhor... Ele faz com que fiquemos todos com a cabeça um pouco avoada, acho eu. Não há muito de Colincamps que tenha restado desde a última vez que o senhor a viu."

"Estou convencido de que os chucrutes estavam seguindo todos os nossos movimentos", sussurrou o sargento-mor.

"O que podemos esperar", disse Bourne, apontando para o tecido amarelo brilhante costurado em seu bornal. "Somos decorados com todas as cores do arco-íris e então marchamos ao longo de toda a zona rural para anunciar a ofensiva. Qualquer um pode ver que estamos com nossas pinturas de guerra. Vestimos cáqui para nos tornarmos mais ou menos invisíveis, e então nos enchem de cores para que possamos ser vistos. É genial."

"Isto é, de modo que a artilharia possa nos identificar", corrigiu-o o sargento-mor com sobriedade.

"Artilharia de que lado, sargento-mor?"

"Você é um demônio sem-vergonha, isso sim."

"Aqui está seu saco de rações; não vá perdê-lo, hein?", advertiu-o o sargento intendente.

"Certo, senhor, muito obrigado. Suponho que já esteja na hora de eu voltar. Sinto muito pelo capitão Malet, embora talvez tenha tido até sorte. Há alguma outra mensagem para levar, senhor? Assim economizo a viagem de outro soldado."

"Vá e espere lá dentro por alguns minutos", ordenou o sargento-mor; estavam conversando no nicho ao pé das escadas. "Vou ver o ajudante de ordens. Que maldita asneira terem instalado o posto de retransmissão em Colincamps. Os mensageiros da brigada podem facilmente vir até aqui, e os nossos ir a Courcelles. Aguarde alguns minutos, eu vou ver."

Bourne entrou e sentou-se ao lado de Weeper, que não se moveu nem falou com ele. O sargento-mor voltou minutos depois.

"Você já pode ir, Bourne, parece que, além do informe da meia-noite, não haverá nada. Boa noite."

"Boa noite, senhor", disse antes de pendurar seu fuzil no ombro e subir as escadas para voltar para a chuva e a escuridão.

Ao chegar ao porão, descobriu que Martlow tinha dado abrigo a um terrier abandonado. O cachorro estava nitidamente abalado pelos impactos das bombas, porque tremia de maneira comovente. Martlow contou que, quando foi pegá-lo, o cão tentara mordê-lo. O único animal doméstico com o qual Bourne cruzara naquelas ruínas desertas fora um gato arisco e esquelético que, ao vê-lo, tinha amaldiçoado toda a raça humana, fugindo precipitadamente. Comeram o jantar e tomaram o chá com rum; convenceram o cachorro a comer um pouco de carne enlatada e, depois, deitaram-se para fumar. Ouviram comboios de carretas passarem pelo povoado. Bourne e Martlow se encolheram para dormir, mas Shem permaneceu acordado, à espera do informe da meia-noite para levá-lo a Courcelles.

De manhã, às 7 horas em ponto, os alemães lançaram três bombas, e a bateria de morteiros da trincheira lhes deu a mesma resposta da noite anterior. Os projéteis alemães tinham caído muito perto. Martlow saiu primeiro para, em seguida, enfiar a cabeça pela porta para anunciar que a latrina havia sido atingida; onde ela estivera não havia nada além de um grande buraco.

"Bem, o que você quer, um maldito banheiro?", perguntou Shem.

O cão teve outro ataque de pânico com os impactos, mas se recuperou mais tarde. Martlow o levou para dar um passeio. Enquanto explorava as ruínas, seu instinto animal foi maior que sua recém-adquirida cautela e terminou desaparecendo ao perseguir um gato.

"Ele era um bom cachorro", lamentou Martlow, pesaroso.

14

> *Entre a realização de um ato covarde e
> sua primeira ideia, todo o intervalo é
> como uma aparição, um sonho hediondo.*
> – Shakespeare, *Júlio César*, ato II, cena I

Depois de três dias nas trincheiras, o batalhão foi liberado e seguiu para Courcelles, onde deveria permanecer por uma noite, em seu caminho para os alojamentos em Bus-les-Artois. O vilarejo tinha sido fortemente bombardeado, mas não tanto quanto Colincamps, que era construída no topo de um morro, um alvo mais visível. Courcelles era descoberta em uma das extremidades, mas permanecia parcialmente escondida por estender-se ao longo de um vale entre duas colinas. Assim como o cabo Williams previra sobre Mailly-Maillet, o lugar também estava cheio de armas. Por todos os lados havia provas de que os agricultores locais haviam tido abundantes colheitas. Bourne, levando mensagens entre Colincamps e Courcelles, notou três grandes palheiros formando um pitoresco grupo um pouco distante da estrada. Então, uma noite, viu um leve brilho de luz que saía de dentro de um deles. Era uma explicação lúcida da aparente fertilidade do campo. Peças de artilharia pesada também tinham sido escondidas, de alguma forma, nos pátios das casas do próprio vilarejo. Os alemães tinham suas suspeitas e iriam explorar as possibilidades da situação – muitas vezes, com explosivos.

Seu próprio batalhão não fazia fila ou formava para as refeições. Quando o café da manhã ou o jantar estava pronto, dois ordenanças carregavam o caldeirão ou o balde de chá do refeitório até algum lugar conveniente, e os homens, aproximando-se ainda que desordenadamente, pegavam sua ração e iam comer nas barracas ou nos alojamentos. Vinham juntos e se dispersavam rapidamente. Praticamente não havia aglomeração.

A sede do batalhão em Courcelles se instalara em um pequeno castelo erguido, assim como as construções agrícolas, em uma pequena colina praticamente cercada por uma estrada. Em sua primeira manhã lá, Bourne e Shem, vindos do celeiro no qual tinham dormido, encaminharam-se para tomar o café da manhã que estava à espera deles no caldeirão deixado a pouca distância. Perto dali, além da estrada, os homens de um batalhão escocês, agora companheiros de brigada, permaneciam com suas marmitas nas mãos em uma fila ordeira, à espera do desjejum. Quando Bourne e Shem voltavam para o celeiro, seguidos por Martlow, agora de pé, ouviram o silvo característico de uma granada que se aproxima e, ao se jogarem no chão em busca de abrigo, ouviram uma terrível explosão. Houve um instante de silêncio; e então, do outro lado da estrada, ergueram-se gritos e lamentos de dor. Quase imediatamente outra granada riscou o céu sobre suas cabeças e explodiu, e mais uma terceira. Aquela era a ração diária. No momento seguinte, Martlow, com o rosto sem cor, apareceu na entrada do celeiro, onde se refugiara.

"Aqueles pobres escoceses desgraçados", sussurrou, cheio de compaixão.

Não sabiam se houvera vítimas, embora os rumores dessem precisos e diferentes detalhes; uma granada causara todo o dano; as outras explodiram em um campo vazio. A compaixão que sentiam pelos escoceses era muito real; a mesma coisa poderia facilmente ter acontecido a eles. E, quando falaram sobre isso, o sentimento se transformou, gradualmente, em ressentimento contra uma autoridade que regulamentava, a rigor, todos os detalhes de suas vidas diárias. Uma granada cair onde aquela caíra, naquele momento em particular, provavelmente teria causado certo número de vítimas, mesmo que os homens estivessem se movendo livremente. Mas aquele tipo de disciplina, desculpável o suficiente apenas quando os homens têm de ser mantidos sob controle, como acontecia quando o grupo formava fila diante do depósito, fora desnecessário naquela ocasião. Afinal, o lugar era suscetível de ser bombardeado a qualquer momento; e, só por isso, era mais prudente evitar um grande número de homens aglomerados em qualquer ponto. Lembravam-se da própria experiência em Philosophe.

"Malditos pavões. Não dão a mínima para o que acontece conosco." Estavam com raiva e impacientes, como os homens ficam quando esperam ser chamados a fazer carga contra o inimigo a qualquer instante. Como ativo militar, esse tipo de sentimento é valorizado desde que, por trás da disciplina, contra a qual a impaciência é uma reação natural, existam suficiente inteligência e perspicácia para evitar que erros sejam cometidos. Não faz mal a um homem saber que ele pode ser sacrificado por um objetivo concreto em vista; esse era o tipo de risco que corriam, com grande coragem, muitos operadores de metralhadoras. Mas nenhum homem gosta de pensar que sua vida pode ser jogada fora por causa de um ato estúpido ou mera incompetência. Oficiais e soldados tornavam-se menos cuidadosos quando se acostumavam com o perigo, e então um incidente daquele tipo, um evento quase inevitável, enchia-os de surpresa.

Talvez o elemento mais trágico da situação atual dos homens, justificado ou não, era a sensação de estarem à disposição de algum poder inescrutável, que os usava para seus próprios fins, e totalmente indiferente a eles como indivíduos. Não era muito útil dizer-lhes que a guerra era o maior problema de toda a vida humana e demandava uma solução imediata. Quando cada consciência individual clamava por sua liberdade, aquela coisa implacável dizia: "Paz, paz; sua liberdade só a encontrará em mim!". Os homens reconheciam a verdade de forma intuitiva, mesmo que lhes faltasse a razão. Não havia nenhum homem que desconhecesse o mistério que o envolvia, pois ele próprio era parte do todo; não poderia se separar dele inteiramente nem identificar-se com ele por completo. Um homem pode rebelar-se contra a guerra; mas ela, com sua miríade de faces, sempre pode virar-se para o homem com um rosto igual ao seu. Todo esse ressentimento contra os oficiais, contra a autoridade, significava muito pouco mesmo para os próprios homens. Desvanecia-se através de suas palavras.

No final da manhã, o sargento-mor Corbet, conversando com o capitão Thompson fora do batalhão, viu Bourne atravessar o pátio. Ele o chamou e, virando-se para o oficial, disse sem rodeios: "O capitão Malet ia enviar o nome desse homem para uma promoção, enquanto ele estava com a Companhia A, senhor".

Ele encarou Bourne com um olhar severo e crítico, enquanto falava. O capitão Thompson reconhecera Bourne como um dos três soldados encrencados que estiveram diante dele em Reclinghem, mas não deu nenhum sinal de se lembrar do incidente. Ele lhe fez algumas perguntas, falou com simpatia sobre o capitão Malet e disse que analisaria a questão.

"Se o capitão Malet pensava em recomendá-lo, não tenho dúvidas de que você será um bom oficial", disse ele.

Isso encerrou a breve entrevista. Depois que terminou, Bourne contou a Shem e viu imediatamente que Martlow não tinha contado nada sobre as palavras casuais do sargento-mor Robinson em Vincly. Shem, contudo, não ficou surpreso.

"Sempre pensei que você iria, cedo ou tarde", afirmou.

Voltaram para Bus-les-Artois à tarde, marchando sob uma chuva fina e constante. Os dias passaram, e o tempo não dava sinais de melhora; e, quando retomaram a rotina de um batalhão na retaguarda, a lembrança do ataque não sumia de suas mentes, mas já não parecia um evento iminente, tornando-se apenas uma vaga possibilidade no futuro. Certamente, tinha sido adiado. As cores com as quais tinham tão alegremente se enfeitado tornaram-se sombrias.

A vida agora se resumia a uma luta incansável contra a enchente de lama que invadia e ameaçava engolir e aniquilar estradas e trincheiras. Diariamente, quando não estavam em formação, eram enviados com pás e vassouras para limpar a estrada e erguer diques para barrar sua entrada nos celeiros e estábulos à beira da estrada. Se a lama estava muito líquida para ser amontoada, era lançada em fossas. Um homem empurrando o lodo líquido com uma vassoura veria às suas costas correntes de lama convergindo e fechando-se atrás dele em um rio barrento. O peso dos comboios de armas ou dos caminhões que passavam parecia fazer a lama emergir de sob o cascalho e transbordar pelos acostamentos. A terra exsudava lama. A maior parte tinha a consistência de nata e ameaçava, caso fosse negligenciada por um momento, se transformar em um maremoto. Tiveram de raspá-la de suas grevas e calças com canivetes, e o que restou endureceu a sarja dos uniformes como se o tecido fosse papelão: foi preciso sová-los no canto de um galpão para que o barro se desfizesse em poeira. Isso, porém, acontecia raramente. Na linha havia trincheiras que só podiam ser mantidas limpas por bombeamento. Às vezes, a geada congelava a lama e, em seguida, o degelo rápido fazia partes da trincheira deslizarem, obrigando a tropa a reconstruí-la: ensacar areia e reforçar o muro de contenção. Os homens se tornaram quase indistinguíveis da lama em que viviam.

A temperatura caiu drasticamente e eles foram obrigados a usar casacos; em seguida, foram distribuídos coletes grossos de couro, forrados com lã ou sarja. O calor fornecido pelas roupas fazia com que os piolhos se multiplicassem a um ponto inimaginável. Passavam-se semanas entre um banho e outro, se é que se poderia chamar uma coisa tão improvisada de banho. Metade de uma companhia ficava sob chuveiros gotejantes enquanto a outra metade bombeava a água, e, quando os homens estavam cobertos de espuma, a água, invariavelmente, acabava.

O estranho é que, quanto maiores as dificuldades que tinham de suportar – pois a chuva e o frio traziam todos os tipos de misérias a reboque –, menos os homens resmungavam. Tornaram-se muito mais quietos e fechados em si mesmos, e, ainda assim, os cafés seriam tomados por tempestades tonitruantes, como diz a canção. Pode ter sido uma impressão meramente subjetiva, mas parecia que, uma vez na linha de frente, os homens perdiam muito de sua individualidade; suas personalidades, até mesmo seus rostos, pareciam se tornar mais uniformes, trabalhavam melhor, as tarefas pareciam aliviar um pouco a tensão em suas mentes e o nervoso da espera. Foi por isso, talvez, que se tornaram mais fechados, mais tímidos ao demonstrar seus sentimentos.

Na verdade, embora a pressão das circunstâncias externas parecesse acabar com a individualidade, tornando os homens quase indistinguíveis entre si, cada um deles tornou-se consciente da própria personalidade – como muito difícil e bem definido – dentro de um contexto em que os demais permaneciam apenas como "os outros". Ele via o mistério do seu próprio ser aumentado enormemente, tendo de explorar sozinho a escuridão incerta, encontrar um ponto de apoio aqui, outro lá, segurando-se em um após o outro até ser preciso renunciar ao que cedia sob seu peso; a ameaça repentina da ruína, ao deslizar para um passado irreal, clamando por reforços para conseguir outra trégua precária. Se não conseguisse ter certeza sobre si mesmo, não poderia ter certeza de nada.

O problema afligia a todos igualmente; embora alguns fossem incapazes ou não quisessem defini-lo, não dizia respeito tanto à morte quanto à afirmação de sua própria vontade diante da extinção. Uma vez que a natureza do problema fora claramente definida, eles perceberam que a solução era, na verdade, um paliativo, jamais sua resolução. A morte definia o limite de continuidade de um dos fatores do problema, e a paz, de outro; mas nem a morte nem a paz realmente afetavam a natureza do problema em si.

Como nem Bourne, Shem ou Martlow eram treinados o bastante para assumir tarefas como sinaleiros, quando estavam no front serviam como mensageiros e, algumas vezes, cumpriam tarefas comuns.

Um dia, quando estava de serviço com sua antiga companhia, Bourne saiu em patrulha com o sr. Finch. Protegidos, não pela escuridão, mas por uma névoa densa, cruzaram as linhas inimigas e as examinaram, percorrendo uma distância considerável, até que ouviram a movimentação de outro grupo, e o sr. Finch fez sinais desesperados para que se mantivessem imóveis.

"*Ach, so!*", exclamou baixo uma voz através da névoa; e movendo-se em diagonal para longe deles, mais ou menos na direção das próprias trincheiras, mal se viam as silhuetas da patrulha alemã. Agachados, mas prontos para atirar ou usar suas facas, observaram as sombras recuando por entre a névoa. O inimigo, aparentemente, estava em desvantagem em relação à iluminação. Como estavam em um terreno mais elevado, inclinado para longe deles, os alemães não imaginavam haver um destacamento inglês entre eles e as próprias trincheiras; estavam procurando além, no que parecia ser a única direção de onde o perigo era esperado. Bourne pensou que apenas a respiração de seus camaradas seria o bastante para denunciá-los e, enquanto prendia o fôlego, sentiu um desejo insano de rir.

A patrulha inimiga sumiu novamente na névoa, da qual jamais emergiu completamente; e quando, depois de ter prestado atenção, não ouviu mais o inimigo, o sr. Finch virou-se para a tropa com um sorriso e fez sinal para que os outros o seguissem. Continuaram pela cerca de arame farpado até darem meia-volta em direção às próprias trincheiras, passando pelas ruínas de um casebre. Aparentemente, era uma daquelas construções de adobe, com nada muito sólido a não ser uma chaminé de alvenaria; e mesmo ela já estava praticamente fundida à terra de novo, ainda que os tijolos, enegrecidos pela fumaça e em pedaços, resistissem à dissolução iminente, empilhando-se no formato de uma lua crescente a poucos metros acima do solo. A certa distância, os restos do casebre poderiam ser vistos como uma irregularidade no terreno.

Ao voltarem sentiam-se bem consigo mesmos, e ainda mais satisfeitos quando ouviram, mais tarde, que uma patrulha alemã tinha sido atingida ao fazer reconhecimento de terreno durante a névoa; se havia baixas, era impossível dizer. A única coisa da qual se lamentavam era o fato de o sr. Finch tê-los impedido de atacar a patrulha inimiga; pois, se não fosse por isso, teriam acabado com todos. Se a insatisfação dos homens chegou aos ouvidos do sr. Finch, ele provavelmente sorriu e nada disse; sentia-se também satisfeito e, o mais importante, muito mais sábio do que permitiria sua idade.

A chuva continuava, interrompida apenas para dar lugar à neblina e ao frio, que se tornava mais intenso conforme novembro avançava. O posto de retransmissão em Colincamps fora abandonado; eles agora recebiam as mensagens diretamente das trincheiras em Courcelles. Durante uma missão até lá, Bourne foi incorporado à brigada e designado para uma barraca em frente ao comando. Havia uma cama de verdade lá – de madeira e estrado de tela – e Bourne colocou suas coisas sobre ela, reivindicando-a para si. No mesmo instante, um escocês imponente entrou na barraca. Anunciando-se como oriundo de Peterhead – como se fosse um lugar do qual todo mundo ouvira falar –, ele olhou para as coisas de Bourne sobre a cama com desagrado.

"Essa cama foi minha da última vez que estivemos aqui", disse ele, indignado.

"Foi mesmo?", perguntou Bourne, desinteressado. "Bem, você não espera que sua sorte dure para sempre, não é?"

O sotaque carregado de cada um parecia materializar ali os oceanos que separavam a Escócia da Austrália, afastando-os e aumentando o mal-entendido. Bourne esticou ostensivamente as pernas, reclinou-se sobre o objeto da discórdia, acendeu um cigarro e esperou o desenrolar da situação. O enorme escocês sentou-se no chão e, investigando o conteúdo de seu bornal, tirou de lá um embrulho de jornal. Aberto, revelou um bom pedaço de bolo de ameixa, que o soldado cortou em dois, reembrulhou uma metade no jornal, enfiou-a no bornal e, repartindo o que tinha nas mãos, ofereceu uma das parcelas a Bourne.

"Obrigado", disse Bourne, aceitando o pedaço.

Um dos obstáculos insuperáveis em uma conversa com um escocês é a impossibilidade de persuadi-lo de que os britânicos falam inglês; mas Bourne deu a ele um cigarro, e eles fumaram no que foi pelo menos um silêncio amigável. Então outro escocês chegou, e a responsabilidade de Bourne de entreter o visitante terminou.

Encontrou o homem de Peterhead no front naquela noite. Ambos estavam encarregados de levar o relatório da meia-noite para a brigada e, ao saírem das trincheiras, pegaram um atalho ao leste de Colincamps. Passaram por trás de várias baterias, cada uma com sua pequena lâmpada presa a uma haste vertical. Seguiram pelo topo da colina, continuaram por um declive e decidiram então descansar e fumar um cigarro, reclinando-se no tronco de uma árvore ainda inteira. Ao terminarem o cigarro, o enorme escocês se levantou.

"Vamos sair logo daqui, rapaz. À uma em ponto vão bombardear essa árvore."

Bourne sorriu, olhando para seu relógio de pulso, que o informou que faltava cerca de um minuto para a uma; então eles seguiram para a estrada. Estavam distantes umas poucas jardas quando uma bomba aterrissou ao pé da árvore, restando nada além de lascas. Entreolharam-se com um pálido espanto e saíram correndo estrada abaixo.

"Homem!", disse o escocês depois de um longo silêncio. "Isso foi providencial!"

Bourne jamais se cansava de se maravilhar com a superstição e o sentimentalismo do homem comum; ele considerava ambos formas de autocomplacência.

"Você, evidentemente, tem o dom da clarividência e não sabe disso", disse ao escocês.

Aborrecia-se com a monotonia daquelas viagens frequentes às trincheiras, ida e volta. A probabilidade de o ataque acontecer permaneceu no futuro; nunca pareceram ter chegado perto disso. Rumores corriam entre os homens: o ataque tinha sido combinado para dali a dois dias; tinha sido adiado novamente; abandonou-se a ideia de um ataque. Pararam de renovar as tropas; o mau tempo, o excesso de tarefas e a incerteza deixaram os homens esgotados. Um dos rumores dizia que soldados alemães feitos prisioneiros durante uma investida teriam admitido que o inimigo sabia tudo sobre o plano de ataque, por informações extraídas dos dois britânicos capturados algumas semanas antes.

Um dia, em Courcelles, depois de terem saído das trincheiras na noite anterior, os homens estavam em formação quando foram solicitados voluntários para um ataque, com o objetivo de fazer prisioneiros para fins de identificação. Homens em número suficiente se ofereceram, mas ao mesmo tempo até os escolhidos resmungaram que não deveriam pedir que participassem de um ataque um dia depois de terem sido dispensados. A missão fora jogada sobre eles dessa maneira, com a dúvida implícita sobre suas qualidades como combatentes, e eles aceitaram o desafio ressentidos. Um grupo de dez homens, junto com o sargento Morgan e sob o comando do sr. Barnes, alcançou as trincheiras inimigas e bombardeou um abrigo. Os prisioneiros, porém, foram mortos ao resistir à captura. Trouxeram alguns papéis e outras evidências de possível valor. Não terem feito nenhum prisioneiro talvez fosse a causa adicional para a culpa que sentiam por não terem sofrido nenhuma baixa.

Os homens eram capazes de formar opiniões baseados na perspectiva de suas experiências. Sabiam que os alemães estavam preparados e que encontrariam os mesmos prussianos e bávaros cujas qualidades de luta tinham sido testadas antes, no Somme, em julho e agosto; e, se não sabiam quão forte era a posição sustentada pelos alemães, conheciam pelo menos as dificuldades do terreno que teriam de vencer durante o ataque e a enorme desvantagem que a lama representava. Não estavam deprimidos nem confiantes; seria mais preciso descrevê-los como determinados e resignados. A pior característica do negócio era o atraso; isso os enchia de impaciência. Um rumor os tornaria imediatamente tensos e então, com a pressão aliviada, cairiam de novo na atitude de resistência passiva. Não se pode manter o arco tensionado indefinidamente. O clima, que era a causa daquilo tudo, tornava-se cada vez pior.

Os homens então receberam suas ordens; e eles sabiam quais eram mesmo antes de serem oficialmente ditas. A verdade viaja como um mero rumor o faz, mas tem sua própria e distinta imprevisibilidade. Agora não importava mais saber se o atraso ou a resolução posterior eram certos ou errados; a decisão tinha sido tomada e era irrevogável. Aliviados, os homens voltaram para seus alojamentos em Bus-les-Artois. Foi ordenado que se preparassem para avançar na manhã seguinte. Os homens gritavam uns com os outros através dos galpões que o ataque tinha sido cancelado e se perguntavam desdenhosamente que tipo de malditas esperanças eles tinham. "Nós estamos em marcha mesmo assim", gritaram em coro. "Sim, mas para onde?" "Inglaterra!", gritou alguém espirituoso.

"Sim, você vai para a Inglaterra na porra de uma ambulância, se tiver alguma sorte", disse Weeper, sardônico.

A excitação inicial deu lugar a um quase silencioso e contínuo movimento, como uma melodia de cordas tensas. A arrogância estava lá, mas contida; os homens apertaram o cinto, levantaram o queixo e lançaram um insultuoso desafio ao destino. No entanto, seu discurso, principalmente nas nuances, era breve e excitado; até mesmo seus movimentos pareciam mais velozes, e os rostos, mais angulosos, como afiados por aquela impaciência raivosa que é um tipo de ansiedade. O quanto de confiança sentiam era um segredo guardado no próprio coração; a coragem era suficiente para ser partilhada entre eles. A paixão em suas almas lançava um brilho irreal sobre tudo, fazendo o dia, a terra e os vilarejos sórdidos, aos quais eram levados como se fossem uma manada, parecerem uma lembrança breve e irreal, como se os homens abrigassem dentro de si o mistério que tornava tudo inexplicável.

Na marcha para Louvencourt, eles passaram por um australiano conduzindo uma carreta puxada por cavalos. Levava uma carga pesada sobre a qual o homem se deitara, fumando um cigarro, com uma indolência que Bourne invejou. O coronel virou seu cavalo cinzento e o perseguiu, lançando por praticamente toda a extensão da coluna uma torrente de injúrias de tal forma virulentas que o homem ficou surpreso, como se jamais tivesse sido admoestado por tanto tempo e com tal vigor, com uma linguagem que faria corar uma dama. O australiano se sentou e jogou fora o cigarro, encarando a todos com um olhar ao mesmo tempo inocente e perplexo. Os homens ficaram encantados. Já era hora de alguém prestar um pouco de atenção àquele maldito grupo de desgraçados.

Em Louvencourt, os sinaleiros ocuparam o celeiro de uma grande fazenda, onde a estrada para Bus-les-Artois dava origem à rua principal. A cidade tinha um ar convidativo e civilizado, se comparada a Bus-les-Artois, e prometia algumas oportunidades para o prazer.

"Vamos à farra hoje à noite", falou Bourne, "como se eu nunca mais tivesse outra."

"Não faz sentido falar assim", disse Martlow; "vamos fazer muitas malditas farras juntos, meus camaradas sortudos."

"Bem, de qualquer forma, vamos fazer uma esta noite", resumiu Shem.

Assim que se viram livres, saíram para verificar as possibilidades do lugar. Logo descobriram que as comodidades de Louvencourt tinham atraído um número desnecessário de oficiais estrelados, bem como a guarda da companhia, com uma noção exagerada do valor da disciplina. Viram apenas um café, que permanecia fechado a maior parte do dia e só oferecia a cerveja nacional, acre e sem graça, quando estava aberto. A cerveja francesa é o bastante para tornar qualquer homem razoável pró-Alemanha. Um tanto mal-humorado, Bourne continuou ao longo da rua até chegar à cantina da força expedicionária. O capelão trocara-lhe um cheque de 5 libras na noite anterior, e a vitrine da loja era tão rica em iguarias como as de Londres: presuntos, queijos, compotas de frutas, azeitonas, sardinhas – tudo para tornar o lugar uma visão paradisíaca para homens famintos. Shem e Martlow continuaram a descer a rua, e Bourne entrou na loja e parou no balcão. Previa encontrar alguma dificuldade em conseguir vinho, mas pretendia apenas comprar comida, deixando a questão da bebida para resolver depois.

Queria coisas doces: *macarons*, bolo e frutas cristalizadas, tudo que ele tinha visto na vitrine. Quando o vendedor, digno em seu uniforme, apareceu para atendê-lo, ele começou a pedir essas coisas. O homem apenas perguntou a ele sobre seu vale; e quando Bourne respondeu que não o tinha, que pagaria em dinheiro, o vendedor se afastou, informando desdenhosamente que vendia apenas para oficiais. Bourne quedou-se paralisado por um momento. Outro atendente disse a ele, amigavelmente, que poderia conseguir chocolate e biscoitos em um galpão no pátio.

"Dinheiro foi arrecadado entre o público civil para fornecer cantinas aos homens da força expedicionária, e você diz que serve apenas a oficiais?!", disse ele colericamente pálido.

"Bem, não é minha culpa", respondeu o outro em tom depreciativo. "Essas são as nossas ordens. Você pode conseguir chocolate e biscoitos no pátio; só vai ter problemas se ficar aqui."

Chocolate e biscoitos. Bourne saiu da loja tão cego de raiva que esbarrou em um dos pretensos "senhores da criação" à porta e não parou para se desculpar. Ele o descreveria depois, ainda exaltado, como "algum maldito oficial que parecia Vesta Tilley travestida de homem"; e era uma comparação justa, contanto que se deixasse de lado a ofensa à senhora. A visão miraculosa do capricho endereçou-lhe um olhar de dignidade ofendida por sobre o ombro; hesitou, e então continuou seu caminho, com um ar de tolerância cristã sob o ataque de terríveis provocações. Bourne saiu tão apressado em busca de Shem e Martlow que quase atropelou o jovem Evans.

"Que diabos há de errado com você?", perguntou aquela criatura alegre, sorrindo espantado para o rosto tenso de Bourne, que segurava seu braço esquerdo.

"Olhe aqui, Evans; você pode entrar nesta maldita cantina e comprar-me qualquer coisa que eu queira, se eu lhe der o dinheiro?"

Evans acariciou pensativamente o queixo, áspero pela barba por fazer.

"Bem, não sei se conseguiria uma garrafa de uísque", disse devagar; "ainda que tenha falsificado um vale para ter um pouco. Eu posso arranjar qualquer outra coisa."

"Ah, consigo uísque facilmente de outra maneira, se eu quiser", confessou Bourne, sincero; "mas quero que você – venha aqui, vamos tomar um copo dessa cerveja horrível enquanto conversamos –, quero que você me consiga algumas garrafas do melhor champanhe que eles tiverem; eles lhe darão isso mais facilmente do que qualquer outra coisa, porque vão pensar que será para algum maldito oficial desgraçado ou outro..."

"Pra que você está querendo fingir que é um oficial?", exclamou Evans, divertido. "Você não está se dando uma promoção, não é?"

"Se eu fosse um coronel", explicou Bourne; "veja, apenas um coronel; e um homem como aquele maldito anspeçada, que nunca sentiu o cheiro de um cavalo morto nas batalhas da África do Sul, expulsasse um dos meus homens de uma cantina criada para o benefício das tropas e mantida com dinheiro público, eu pegaria o batalhão inteiro e saquearia o lugar todo, do porão ao sótão, mesmo que isso fosse a última coisa que eu fizesse."

"Vou conseguir tudo que você quer sem saquear o maldito lugar", disse Evans, sensato, embora não conseguisse parar de rir. "Olhe, só vim até aqui para conseguir algum material de limpeza. Vou voltar depois e conseguir o que você quer. Não se preocupe."

Bourne deu a ele uma lista de coisas, com exceção do vinho, e algumas notas.

"Não quero que você se arrisque por nada", disse ele; "guarde 25 francos para você e, se passar por nosso alojamento às oito e meia da noite, poderá pegar qualquer coisa que tivermos. Não vejo por que não devamos nos divertir, mesmo não fazendo parte do grupo de maricas ligado ao pessoal de algum maldito general ou outro oficial. Seremos apenas Shem, Martlow, eu e, talvez, o cabo Hamley. Ele não é má pessoa, embora tenha pegado no nosso pé no começo. Então você vai fazê-lo?"

"Com maldita certeza que vou. E de bom grado, como iria se ficasse para trás na porra da intendência de campo."

Terminaram a cerveja e saíram para a rua. Bourne apontou-lhe onde ficava seu alojamento.

"Vou trazer as coisas entre uma e meia e duas horas", garantiu Evans; "mas não vou poder descer esta noite. Olhe, vai ter muita coisa para carregar, com duas garrafas de vinho e tudo. Você não pode esperar do lado de fora da cantina à uma e meia?"

"Shem e Martlow talvez possam", disse Bourne, voltando a ficar nervoso. "Não vou chegar perto daquele maldito lugar de novo. Se eu vir aquele anspeçada do lado de fora, vou amassar tanto a cara dele que não será capaz de sorrir por uma semana. Não quero me encrencar por apenas um soco, mas se eu pudesse ter três minutos com ele..."

Evans se afastou rindo; ele não poderia esperar mais, pois já estava atrasado. Encontrou Shem e Martlow do lado de fora da cantina da força expedicionária, e eles lhe perguntaram se tinha visto Bourne.

"Vi sim. Botaram-no para fora da cantina e isso o deixou louco. O que eu gosto em Bourne é isto: quando ele sai completamente do eixo, perde a cabeça por completo. Ele estava procurando vocês dois. Onde estavam?"

"Na parte de trás, pegamos um pouco de chocolate e biscoitos", respondeu Martlow inocentemente.

"Pelo amor de Deus, não mencionem chocolate e biscoitos para Bourne", aconselhou Evans. Melhor que o levem para os alojamentos antes que comece a brigar com um guarda. Todo mundo parece estar com um humor dos infernos hoje. Todos nervosos, suponho. Encontrem-se comigo aqui à uma e meia e lhes contarei o que houve. Só porque não venderam nada a Bourne, ele quer o melhor que tiverem. Bem, vejo vocês depois."

"Vamos encontrar Bourne", disse Martlow a Shem quando Evans entrou na loja; "quando ele está assim, discute com a própria sombra."

Por fim, encontraram-no em seu alojamento, falando com o cabo Hamley, que ouvia a tudo calado. Tinha se recuperado, mas ainda se podia ver que ele sofria pela injustiça. Tentando alegrar a conversa, Shem, inadvertidamente, mencionou o incidente do coronel com o condutor australiano.

"Vocês querem algumas centenas de australianos no exército britânico", disse Bourne com raiva. "Com certeza, colocariam algum juízo na cabeça desses intendentes que pensam que são donos do negócio."

"Do que vocês estão falando? Quais intendentes?", perguntou o cabo Hamley, que não sabia nada sobre o assunto.

"De toda a maldita questão", respondeu Bourne, compreensivo. "Oficiais e outras patentes. Não se pode mandar oitocentos homens para o front sem ter outros oitocentos parasitas inúteis atrás deles, pegando coisas nas lojas."

Deu uma explicação rápida e incoerente sobre o episódio que o deixara tão nervoso, e eles não conseguiram entender, nem pelo que lhes dissera Evans, nem pelo que já sabiam, o quanto era grave o problema da cantina. A chegada do cabo ordenança os deixou ainda mais perturbados.

"Bourne está aqui?", perguntou ele e, vendo quem procurava, completou: "Você foi chamado para comparecer diante do major Shadwell às duas horas no alojamento dele na administração do acampamento. Você o levará, cabo."

"Qual é o problema?", perguntou o cabo Hamley, alarmado com a possibilidade de alguém de sua seção ter se metido em confusão.

"Oh, não há problema", respondeu Bourne com uma impaciência cansada. "Provavelmente é sobre minha promoção."

Sua entrevista com o major Shadwell lhe fez muito bem. Foi uma conversa simples e direta. O segundo em comando aparentemente sabia tudo o que precisava saber sobre ele, apenas lhe fez umas poucas perguntas e, então, explicou-lhe o procedimento. Ao mesmo tempo, conseguiu humanizar o que seria apenas uma coisa rotineira. O oficial era calmo, sério e, ainda assim, acessível. Fez apenas uma referência ao ataque, indiretamente, quando contou a Bourne que o coronel o veria depois que terminasse. Isso pareceu reduzir a carga ao inimigo à sua correta proporção, pois, afinal, era também um assunto de rotina. Enquanto voltava para os alojamentos com Hamley, depois que a entrevista terminou, o cabo virou-se para ele.

"De qualquer maneira", disse ele, "o major Shadwell é o tipo certo de oficial."

"Sim", concordou Bourne, um pouco preocupado. "Ele é correto. Está no mesmo barco que o restante de nós."

Continuaram com sua rotina de treinamento pela hora seguinte; mas o trabalho pareceu-lhes irrelevante; estavam preocupados e avoados. O cabo Hamley então os dispensou pelo restante do dia, e eles aproveitaram para escrever cartas para casa. Durante esse processo trabalhoso, o celeiro tornou-se extraordinariamente quieto, tomado por um clima reflexivo. De repente, a realidade cortou a ilusão: Weeper encarou um a um com expressão chorosa.

"O que nosso pessoal pensaria se pudesse nos ver aqui sentados, escrevendo essas mentiras de merda?", perguntou.

"Não estou escrevendo mentiras a eles", respondeu Madeley. "Estou contando que estou em boa saúde, e estou, e que tudo está ótimo, e está – pelo menos até agora."

"Que diabos você está contando a eles?", perguntou Glazier com rudeza, virando-se para Weeper. "Nada além da maldita verdade, é? 'Querida mãe, quando a senhora receber esta carta, eu vou estar morto'."

"Se você escreve a verdade, eles censuram tudo na administração do acampamento", assegurou Martlow; "então você pode escrever apenas coisas alegres. Minha mãe me contou que as primeiras cartas que mandei para casa estavam todas cobertas com tinta indelével. Ela não conseguiu ler nada, a não ser que estava chovendo e 'seu filho que ama a senhora, Bebê': foi o apelido tonto que me deram quando eu era garoto."

"Já é hora de mandarem você para casa de novo, como integrante do maldito Corpo de Veteranos", comentou Glazier, gentil o bastante.

Bourne escreveu três cartas breves e depois se recostou sobre seu casaco, dobrado em cima da pilha de cobertores. Conseguia sentir, com o cotovelo, as duas garrafas de vinho e a lata de salsichas em molho de tomate; o resto das provisões fora distribuído entre os sacos de viagem de Shem e Martlow. Estava com o mesmo humor dos outros. Não se enfrentavam as próprias possibilidades até que elas surgissem bem defronte do nariz, e ainda assim corria-se o risco de perder completamente seu real sentido. Qualquer que fosse a esperança ou imagem que ocupasse sua mente inquieta, mesmo assim não deixava de ouvir a voz incansável a repetir: "Deve ser assim, deve ser assim". Parecia contar a passagem do tempo, gota a gota, do vaso rachado do ser. Um a um, eles terminaram suas cartas e gradualmente passaram a conversar em voz baixa até que a chegada do chá trouxe, instantaneamente, um movimento geral tanto de alívio quanto de apetite.

Depois do chá, Bourne disse a Shem que estava indo convidar o sargento Tozer a se juntar a eles para a ceia; foi procurá-lo nos alojamentos da Companhia A, mas o sargento não estava; então teve de esperar, conversando com Pritchard e Minton. O diálogo entre eles inclinava-se para o monólogo monossilábico, na melhor das hipóteses; pois para eles conversa era uma parte integral da ação, como o é para o dramaturgo, por exemplo, ou um meio imperfeito de queixar-se. Naquele presente momento, estavam inativos e não tinham queixas, a não ser contra a guerra, que se tornou uma parte muito natural da ordem das coisas para valer a pena ser discutida. Então Bourne se encostou no batente da porta e esperou. Viu Miller atravessando o pátio e encarou com curiosidade aquele rosto degenerado. Havia nele uma astúcia que podia ou não ser loucura. O anspeçada deu-lhe um sorriso vazio e entrou em um dos estábulos. Minton e Pritchard olharam para ele quando passou.

"Deviam ter atirado nesse filho da puta", disse Minton com frieza. "Ou ele é um maldito espião ou um maldito covarde. Não é bom para nós, de qualquer maneira."

A indiferença do julgamento proferido foi sua característica mais marcante. Bourne não pôde evitar comparar Miller com Weeper Smart, pois ninguém poderia ter maior horror e tristeza da guerra do que Weeper. Era uma miséria contínua para ele e, ainda assim, ele a suportava. Vivendo com ele, sabia-se por instinto que, em uma emergência, podia-se contar com ele, que Weeper tinha em si, o que era bastante curioso, estofo de herói. Martlow, ensinado desde pequeno a ler o caráter das pessoas, dizia que ele seria o mesmo miserável em tempos de paz; e talvez estivesse certo. Bourne, comparando os dois homens, quase chegou à conclusão de que o defeito de Weeper era ser muito imaginativo, quando se deu conta de que a imaginação que o torturava com medos era a maior de suas virtudes. Sim: era a imaginação de Weeper, não sua vontade, que o impelia a continuar. Bourne não sabia se a tenacidade de Madeley ou de Glazier poderia ser considerada vontade, mas tinha certeza de que eles tinham mais vontade que Weeper. Eles tinham menos imaginação, embora não fossem desprovidos dela. Miller podia ser uma dessas pessoas cuja instabilidade emocional não estava muito longe da loucura. Talvez ele não fosse nenhum covarde, e os homens podiam estar certos, em seu julgamento de antes, de que ele era um espião; contudo, era possível que ele pudesse ser um espião inglês, não alemão. Então, de repente, ao entreter sua mente com o quebra-cabeça que a personalidade de Miller representava, Bourne viu-se sondando ansiosamente o seu próprio interior. Foi apenas por um instante. Tão logo tocou a borda do mistério de si mesmo, confrontou-se com várias possibilidades desconhecidas, e tudo lhe pareceu inseguro e instável.

Afastou-se dessa ideia com impaciência nervosa. Não esperaria mais pelo sargento Tozer. Voltando para o pátio, ficou cara a cara com ele, que recusou o convite de Bourne.

"Devo continuar nos alojamentos hoje à noite e manter o olho nas coisas", explicou em voz baixa. "Há muito por fazer, de um jeito ou de outro, e vou tomar uma bebida com o sargento Gallion e o sargento-mor no escritório da companhia, antes de entrar. E você, como está? Tudo em ordem?"

O aceno de Bourne não o convenceu e o sargento sorriu sereno.

"Você também está com medo, não é? Bem, todos estamos. Você vai subir a trincheira conosco novamente, filho; voltem à companhia para o ataque, vocês três. Não espalhe que eu lhe disse isso; mas foi o que ouvi. Tudo vai dar certo. Você conhece a companhia, e isso vai ser melhor do que ficar com os mensageiros ou os sinaleiros, como reserva."

Bourne concordou e seu alívio era bem evidente. O capitão Malet colocara o dedo na ferida, ao dizer certa ocasião que Bourne analisava um problema de cima a baixo e por todos os ângulos e depois fazia exatamente o que qualquer homem faria em circunstâncias parecidas. Mas, na verdade, isso não o atrasava em ação: só o tornava ansioso, assaltado pela dúvida de estar ou não fazendo a coisa certa, enquanto tomava a única atitude possível naquele momento em particular; e isso o preocupava mais na espera antes da ofensiva. Por um tempo, atormentara-se pensando qual seria o seu papel no ataque e, no momento em que soube que ficaria com a companhia, sua mente encontrou a paz.

"Ouvi dizer que você vai receber uma promoção", continuou o sargento, despreocupado. "Vamos fazer uma farra em Bus-les-Artois depois que o ataque acabar. Lamento não poder ir hoje."

Separaram-se; Bourne voltou para seu alojamento com a alma mais tranquila. Não estava muito confiante ou alegre, mas, pelo menos por ora, estava livre da dúvida, e não mais tateando o futuro com apreensão. Nos últimos dias percebera em si mesmo a tendência de cair em determinado estado de espírito – não abstração ou êxtase, mas um vazio; e, nos momentos de solidão, parecia se tornar parte dele; sua mente não refletia nada, a não ser o que estava ao seu redor, como as poças na estrada refletiam as luzes suspensas no céu. Mas esse estado de espírito não era um devaneio; não conseguia sair dele sem esforço ou de súbito, como quando alguém acorda depois de dormir por um instante. Sempre estava ciente da presença de outra pessoa ao seu redor, e isso era muito intenso e definido.

Depois de alguns minutos caminhando ao entardecer, encontrou dois soldados. "Boa noite, camarada", cumprimentaram-no em voz baixa.

"Boa noite."

E aquelas sombras desconhecidas sumiram de novo, foram-se quase tão rápida e discretamente quanto morcegos pela noite; e assim iriam todos, pois em última análise já estavam se aprontando para partir agora, os migrantes sem pouso, indo com o vento em um impulso irresistível. O que seria deixado deles, em breve, não seria mais do que uma lembrança fugaz vagando pela mente sombria.

Bourne voltou para os alojamentos e os encontrou quase desertos, exceto por Martlow, que lhe disse que Shem e o cabo Hamley tinham saído juntos havia meia hora, deixando-o para vigiar as provisões. Bourne sentou-se ao lado dele no catre empoeirado; haviam-no coberto não de palha, mas de feno, as hastes finas o bastante para pinicar ao tocarem a pele.

De qualquer forma, eles teriam um pouco de vinho, uma variedade de alimentos e uma conversa tranquila antes de irem dormir. Eram os mestres do momento; pelo menos o destino não poderia lhes roubar o que tinham agora. Comida e sono, no tempo que lhes restava, o tanto que conseguissem de cada um. Assim que fossem para o ataque, com a melhor das sortes receberiam um mundo aos pedaços, e o que restasse dele teria de ser reconstruído peça por peça de um jeito louco e improvisado, que poderia durar tanto quanto eles. Não conseguia acreditar que, depois de tudo terminado, ele seria mandado de volta para a Inglaterra, para o curso de oficiais, como se fosse novamente um recruta, e, depois de ter sido ensinado, seria vestido com um uniforme cáqui e um cinto Sam Browne da sua nova patente e, então, enviado de volta para assumir uma posição completamente diferente em relação aos homens. Precisaria esquecer um monte de coisas, e, enquanto ele pensava o quão isso seria impossível, Martlow o encarou com um sorriso travesso no rosto.

"Você se lembra da noite em que roubamos todas as batatas e os nabos dos campos em Reclinghem e cozinhamos um ensopado em uma lata de biscoitos? Estava muito bom aquele ensopado."

Bourne riu um pouco distraído, como alguém que tinha sido vencido pelas circunstâncias e precisa tirar o melhor proveito delas. Os homens se unem mais intimamente pelas lembranças de experiências triviais que compartilharam do que pelas obrigações mais sagradas; e sua memória já era atacada por mãos estendidas buscando resgate do esquecimento e rostos já meio submersos que ele não conseguia nomear. Martlow abriu mais ainda o sorriso, pensando que ele rira de alguma coisa engraçada no ocorrido.

"Quando estou de barriga cheia, não dou a mínima se neva tinta", continuou. "A pior coisa é ir para o ataque quando se está cansado, com frio e vazio. É aquela sensação de oco no estômago que derruba um homem. Você se sente como se suas entranhas o tivessem abandonado."

Ambos olharam quando o cabo Hamley e Shem entraram, e Martlow dirigiu-lhes seu inevitável interrogatório, enquanto Bourne pegava as garrafas e as latas de comida debaixo dos cobertores.

"Oh, as coisas estão animadas estrada abaixo", disse o cabo. "Isso deixa qualquer um de bom humor, ouvir os homens todos cantando. Shem e eu apenas entramos e tomamos um copo de cerveja."

Cada um pegou uma lata de salsichas no molho de tomate e discutiram por um momento se seria melhor aquecê-las sobre o braseiro; por fim, decidiram, por causa da preguiça e também da fome, comê-las frias.

Bourne abriu uma garrafa de champanhe e estava entornando em uma marmita a bebida, que transbordava uma espuma cremosa, quando todos se viraram para a porta de novo, e Weeper Smart entrou sozinho. Ele os encarou um tanto envergonhado e foi, abatido, para seu canto, apenas iluminado pelas chamas do braseiro e pela luz do lampião a querosene.

"Passa a sua marmita para mim, Smart, e beba conosco", convidou Bourne.

Smart ergueu a mão no ar.

"Não, obrigado", respondeu de repente. "Não pense que vim aqui para filar alguma coisa de vocês. Se soubesse que estavam aqui, nem tinha entrado."

"Passa para mim sua marmita", insistiu Bourne. "Você é bem-vindo. Aqui se compartilha tudo. Que sentido tem ficar sozinho, como se pensasse que é melhor que o próximo?"

"Eu nunca disse que sou melhor que ninguém", defendeu-se Weeper. "É que não tenho nada o que dividir."

Bourne, pegando sua marmita, sem esperar que ele a estendesse, derramou ali um bom gole de vinho: sentiu-se envergonhado de um jeito estranho, por ter o poder de dar àquela criatura abandonada e solitária alguma coisa. Era como se estivesse, de alguma forma, diminuindo a independência de outro homem.

"Você não se importa de levar uma parte do meu chá pela manhã", disse, fazendo um esforço tímido para injetar humor à situação.

"Podemos tomar o quanto quisermos, pois o chá é de todos", retrucou Weeper, emburrado. Imediatamente se envergonhou de sua impertinência. Levantou a marmita e bebeu um bom gole antes de baixá-la de novo, dando um profundo suspiro de satisfação.

"Isso é melhor do que qualquer coisa que nós, pobres desgraçados, podemos conseguir", disse, tentando demonstrar gratidão, mas sem conseguir diminuir sua inveja natural; e se aproximou deles, e do calor e da luz. O vinho pode ter amenizado um pouco sua amargura, mas, se ele se sentia menos hostil, mesmo assim permaneceu um pouco distante, e pouco participou da conversa. Os outros estavam bem cientes de sua presença ali, mas não o demonstraram e se limitaram a lhe oferecer comida de vez em quando, como se isso fosse o esperado. Terminaram o vinho e jogaram fora as garrafas quando o restante da seção começava a voltar; um por um, ou em duplas ou mesmo trios, alguns homens um pouco bêbados. Bourne repartiu o que sobrara dos *macarons*, tudo o que restara do banquete deles, e foram dormir.

15

> *Ele bem pode demonstrar a coragem que quiser, mas estou certo de que, apesar do frio desta noite, ele preferia estar mergulhado no Tâmisa até o pescoço, tal como eu também lhe desejo, se pudesse ficar ao seu lado, para o que desse e viesse. Pelo menos não estaríamos aqui.*
> – Shakespeare, *Henrique V*,
> ato IV, cena I

Retornaram para Bus-les-Artois no terceiro dia após a chegada a Louvencourt e estavam nos alojamentos de costume às quatro horas da tarde. Tinham esvaziado as mochilas, os fuzis encostados nas paredes das barracas enquanto descansavam, quando o correio chegou e todos se amontoaram em frente ao galpão que servia de escritório para o quartel-general da companhia.

Havia muita correspondência. Shem tinha desaparecido, e uma das primeiras cartas era para ele, então Bourne a recebeu; Martlow recebeu uma carta e um pacote: mas o aspecto principal dessa remessa em particular foram as catorze cartas e pacotes enviados para Bourne. Não havia nenhum tipo de triagem preliminar; tudo estava amontoado no chão, e o cabo responsável pelos correios se encarregaria de distribuir a correspondência. Geralmente o cabo ordenança trazia as cartas do alojamento do oficial dos correios, e o sargento intendente da companhia gritava o nome do destinatário, lançando a carta ou o pacote para o soldado, sem dar muita importância. Mas, para se livrar da tarefa mais cedo e também porque desejava conversar com o sargento intendente, o cabo dos correios trouxe a correspondência da companhia antes de os soldados voltarem de Louvencourt; e ali, como os outros oficiais estavam ocupados, encarregou-se ele mesmo da distribuição; o sargento intendente, sentado a sua mesa, parecia pouco interessado no que ocorria ao seu redor e continuou ocupando-se com outro trabalho. Era digno de nota que tantos amigos de Bourne se preocupassem com seu bem-estar ao mesmo tempo. Depois de alguns pacotes e três cartas serem jogados para ele, a repetição de seu nome passou a ser acompanhada por gritos da multidão, e até mesmo o cabo dos correios parecia se ressentir do fato de estar entregando tantas coisas a um único homem.

"Bourne!", gritou ele com impaciência e arremessou outra carta no ar, como se fosse um bumerangue.

A pilha de correspondência diminuiu gradualmente, mas o nome de Bourne continuou a ser chamado em intervalos, logo seguido de um coro de ridículos queixumes. "Você quer todo o maldito lote?", alguém gritou.

Ele estava ludicamente encantado e ria do prestígio que o incidente lhe trazia. Pelo fim, apenas algumas cartas sobraram, junto com uma caixa grande de compensado com uma etiqueta colada nela. O cabo dos correios precisou das duas mãos para levantá-la e ler o que estava escrito.

"Bourne, tome aqui uma maldita coroa de flores para você!", gritou com desgosto, fazendo os homens caírem na gargalhada. A caixa, na verdade, continha um grande bolo de ameixa. Quando Bourne voltou para seu alojamento, dividiu o conteúdo dos seus pacotes com a seção inteira, guardando para si apenas os cigarros, o bolo e uma torta de carne de porco que a mulher de um fazendeiro conhecido dele tinha mandado. A maior parte era comida, embora houvesse alguns acolchoados de lã e pares de meias ridículas, bem como um par de livros que ele mesmo não poderia carregar.

Durante seu tempo em Louvencourt, eles não viram muito seus oficiais, que provavelmente estavam recebendo as instruções finais; mas agora as cobranças eram constantes. Um oficial nervoso e exasperado de repente apareceu do lado de fora dos galpões, e os homens foram obrigados a formar para receberem suas ordens. A primeira era sobre os sobretudos. Todo homem deveria esmerar-se com seu casaco, carregando-o *en banderole*, mas, como a maior parte dos homens não sabia enrolar o sobretudo dessa forma, tiveram de aprender a arte com os poucos soldados regulares que a conheciam. Isso testou a paciência de todos os envolvidos. Depois de o sobretudo ter sido enrolado em forma tubular, atava-se um extremo ao outro, e o soldado enfiava a cabeça e um braço na espécie de coleira que formava, para então descansar o arranjo sobre um ombro enquanto o outro lado do aro passava sob o outro braço. O casaco, enrolado *en banderole*, ao fim assemelhava-se a uma faixa presidencial. O primeiro homem a conseguir cumprir essa tarefa árdua foi objeto de admiração de seus camaradas.

"Quem foi o maldito fodido que inventou esse jeito merda de enrolar o maldito sobretudo?", perguntou em voz alta um indignado Glazier.

"Eu me pergunto como esses bastardos conseguem pensar nisso tudo. E como diabos coloco a máscara de gás?", perguntou Madeley.

"Você coloca sua máscara de gás depois, entende?", explicou Wilkins, um velho soldado que estava ensinando as coisas para eles. "Mas, na verdade, não sei como vamos conseguir. Vocês vão levar seu equipamento comum e um par extra de cartucheiras, a máscara de gás e mais esse maldito casaco."

"Uma coisa eu posso dizer", começou Weeper. "A primeira coisa que eu vou fazer quando chegar ao front é largar tudo isso. Que chances temos de segurar direito uma baioneta se mal conseguimos mexer os braços?"

"Isso está me sufocando", disse Madeley.

"Formação para revista!", gritou o cabo Marshall, enfiando a cabeça pela entrada da barraca; e, livrando-se por ora daquele último estorvo, saíram para o entardecer. O oficial presente era o capitão Thompson, junto com o subtenente, e ele começou a repassar uma lista das coisas que os homens deveriam carregar: duas cartucheiras de munição extra, duas granadas e mais uma picareta ou uma pá. Mas pelo menos haveria uma peça invulgar de previsão: ordenou-se aos homens que fossem ao sapateiro para que recebessem tiras de couro na sola das botas, para assim prevenir escorregões na lama; e, com a irracionalidade inicial que tantas vezes acompanha as ordens, foram proibidos de deixar os alojamentos até que a ordem fosse cumprida. Havia apenas três sapateiros, que começaram ao mesmo tempo a trabalhar, organizando-se de modo que o trabalho fosse feito seção após seção e, assim, os homens não precisassem esperar indefinidamente. Nenhum homem reclamou dessa última ordem, pois todos compreenderam sua utilidade, e a precaução tomada parecia dar a eles alguma confiança. Logo se tornou igualmente óbvio que a ordem de vestir o sobretudo como uma cinta era uma fonte de receio entre os oficiais.

"Esse negócio com os sobretudos terá de ser deixado de lado", disse o capitão Thompson para o subtenente.

"Creio que pensam que vamos continuar com isso", comentou o subtenente com uma risada curta e seca.

Alguns homens, escutando a conversa entre ambos, espalharam o que tinha sido dito. Todos estavam quietos, alertas e obedientes. Sentiam uma ansiedade quase patética em entender o significado de cada ordem, e mesmo na questão da *banderole*, que tanto limitava sua liberdade de movimento, refletiram e concordaram com as vantagens e as desvantagens de levar o casaco com eles. Até mesmo a impaciência afiada com a qual um oficial se dirigia a eles, ou os xingamentos de um sargento, agora mais frequentes por causa do aumento repentino da pressão de seu trabalho, não causavam mais do que um ressentimento leve e momentâneo.

"Eles todos estão conosco agora, e nenhum homem é melhor que o outro", disse Weeper quando Humphreys comentou alguma coisa sobre o sr. Rhys estar um pouco nervoso. "Não podem fazer nada sem nós e, por mais cavalheiros que sejam, aqui todos estão no mesmo barco."

A ideia de igualdade parecia consolá-lo. A mudança nele era, talvez, mais aparente do que real; todo o pessimismo e melancolia continuavam, mas agora sua determinação emergia desses sentimentos. Olhando aquela figura fraca, desajeitada, mas extraordinariamente forte, com braços bem longos e mãos enormes, alguém perceberia que ele poderia ser um homem bem útil na luta. E, ainda assim, não havia um pingo de crueldade nele. Sua autocompaixão sem limites, apesar de sua inveja e natureza amargurada, estendia-se aos outros. Glazier era o tipo de pessoa que matava automaticamente, sem premeditação ou remorso, mas Weeper era muito diferente. A ideia de matar o aterrorizava, assombrava-o, e havia nele agora uma espécie de fatalismo, como se ele fosse um instrumento de justiça, preparado para qualquer horror que o confrontasse. Havia uma coisa que Bourne, meio de brincadeira, tinha-lhe dito: que ele se julgava melhor que os outros homens. Ele sabia que os outros, incluindo talvez até o próprio Bourne, não enfrentavam a realidade da guerra. Recusavam-se a pensar sobre isso, exceto quando estavam em batalha, e esse pensamento não se estendia para além do instante de ação, sendo um pouco mais do que um impulso espontâneo e impensado. Mas a maioria deles decidiu, de uma vez por todas, arcar com as consequências sem pensar nelas. Era inútil comparar o entusiasmo desafiante inicial com a longa e amarga agonia que suportariam depois. Tinham desafiado o desconhecido; e, quando as chamas impetuosas tocaram sua própria pele, o desafio era se resistiriam ou não a elas. Os homens sabiam disso. Podemos suportar, diziam; e teriam de se recuperar dos próprios fracassos, abater as próprias dúvidas, para domar as próprias fraquezas humanas lamentáveis, apenas muito conscientes de que, mesmo quando eles eram só queixas, a luta com a própria natureza era sempre inconclusiva.

Bourne, Shem e Martlow receberam ordens para se apresentar ao sargento-mor Robinson e reforçar as botas com o restante da Companhia A. Os sapateiros trabalhavam rapidamente, em um local iluminado, rodeados por uma multidão de homens impacientes. Cada homem, ao receber seu par de botas, apresentava-o ao sr. Sothern, que aprovava o trabalho, um tanto mecanicamente, com um aceno. Quando Bourne e seus companheiros se apresentaram ao sargento-mor, o sr. Sothern quis saber por que eles estavam ali; e, quando o sargento-mor lhe disse que eles seriam incorporados à companhia até o dia depois do ataque, o oficial retrucou que era melhor terem as botas arrumadas ao mesmo tempo, pois assim ficariam fora do seu caminho. Assim que o trabalho terminou, caminhando para a porta, Bourne virou-se irritado para os outros dois.

"Pelo amor de Deus, vamos sair dessa maldita confusão e ir para algum lugar onde possamos ver vida", disse quase como se eles fossem culpados por ele ainda estar no acampamento. Na verdade, havia pouca confusão, apesar da pressa e da tensão que se respiravam no lugar.

"É melhor vermos o cabo primeiro", disse calmamente Shem.

Ele e Martlow notaram a aspereza na voz de Bourne. "Vocês podem sair por meia hora ou um pouco mais", avisou o cabo Hamley, indiferente; "mas podem ser necessários aqui mais tarde. Vamos mandar um grupo de transporte para as linhas."

Não eram notícias boas, mas as aceitaram sem reclamar; foram apenas até o café para uma bebida e logo estavam de volta. Foram efetivamente designados para o grupo de transporte; e partiram em caminhões para Courcelles, continuando o resto do caminho a pé. Havia bastante neblina e estava frio, e sob a lua, nunca muito visível, as nuvens e a névoa pareciam coalhada seca.

Enquanto esperavam perto do depósito, ouviram alguma coisa pesada vindo em sua direção. Olhando para os dois lados da estrada, viram seu primeiro tanque, avançando lentamente através da neblina parada. Prenderam o fôlego, sentindo a excitação inicial, pensando na sugestão de poder que a máquina exercia sobre eles; pois sua frente levantada parecia implicar um senso de direção e propósito, ainda que seu tamanho não fosse tão imponente quanto esperavam. Uma porta foi aberta na lateral, e um brilho de luz escapou da abertura quando um homem, lá de dentro, questionou outro na estrada: havia uma ponta de cansaço até em suas vozes determinadas.

"Se eu não puder estar dentro de um desses, não quero ficar perto de nenhum", comentou Weeper, decidido.

O grupo de transporte começou a andar e a máquina manobrou para mudar de direção; os homens, procurando-a na neblina quando voltaram, descobriram que tinha ido embora. Marcharam durante todo o caminho de volta para o acampamento e, cansados depois de um longo dia, assim que terminaram de beber um pouco de chá com rum, dormiram pesadamente.

Quando Bourne acordou cedo na manhã seguinte, ouviu disparos ao longe, um monótono *stacatto* que, de tempos em tempos, seguia um ritmo. Ele escutou com atenção, e o bombardeio começou a ficar mais violento; e, com exceção de um pensamento vago de que os alemães estavam assustados diante de uma avalanche de bombas que desabava sobre eles, sua mente permanecia em branco e vazia. Umedeceu os lábios secos com uma língua quase tão ressequida quanto eles. A barraca cheirava a mofo e a lugar fechado. Viu o rosto pequeno de Martlow ao seu lado, a cabeça repousando sobre a mochila, as sobrancelhas levemente franzidas e os lábios entreabertos, mas respirando tranquilamente em um sono sem sonhos; e o encarou maravilhado por um instante. O sono era a única bênção que desfrutavam. Bourne flexionou os joelhos e sentou-se com o queixo sobre eles, segurando os tornozelos com os dedos entrelaçados enquanto ficava ali, sem pensar em nada.

Shem agitou-se ao lado dele, pigarreou e, em seguida, apoiou-se sobre um cotovelo, apenas escutando.

"Você ouviu isso?", perguntou ele.

"Sim", respondeu Bourne secamente, e Shem deitou-se de novo, contemplando as vigas do teto. Bourne sentou-se imóvel por um momento ou dois e então inspirou profundamente, esvaziando os pulmões com um suspiro. Permaneceu quieto.

"Por que você faz isso?", perguntou Shem.

"Faço o quê?"

"Respira fundo assim. Tinha uma tia que costumava fazer isso e ela morreu do coração."

"Não acho que corro o risco de morrer do coração", foi o comentário seco de Bourne.

Ele deitou de novo, puxando o cobertor até o queixo. Eram apenas cinco e meia; em poucos minutos, ambos estavam dormindo de novo, enquanto a percussão rítmica das bombas continuava.

Depois do café daquela manhã, Bourne passou pela barraca do subtenente e viu seu ordenança e valete, que tinha acabado de se barbear, sentado em uma caixa perto da porta. Bourne percebeu que suas botas tinham sido reforçadas.

"Não imaginei que você fosse para o front conosco, Barton", disse ele, sua surpresa transformando a frase quase em uma pergunta.

"O subtenente não quer que eu vá", respondeu Barton, corando e sorrindo. "Ele tentou a minha dispensa para que eu não precisasse ir, mas não conseguiu."

Ele sorria, mesmo corando de um modo pouco lisonjeiro.

"Não sei por que ele quis se dar ao incômodo", continuou ele, sensato. "É o certo que eu vá com os outros e, além disso, prefiro ir a ficar. Às vezes, você pensa nas coisas como se elas o segurassem, mas não é pior para mim do que é para qualquer outro. Acho que prefiro ir."

As últimas palavras saíram com dificuldade, relutantes; e, apesar do esforço aparente que ele fez para pronunciá-las, precipitando-se um pouco no final, não significava que eram mentiras, mas sim que ele reconhecia uma necessidade superior que o tinha forçado a colocar outras considerações de lado por serem apenas menos válidas. Estava pensando na mulher e nos filhos, na relativa segurança na qual os tinha deixado e em qual seria seu destino se o pior acontecesse; mas a guerra é um deus ciumento e destrói impiedosamente seus rivais.

"Você está na Companhia B, não?", perguntou-lhe Bourne, tentando desviar a conversa daqueles pensamentos incômodos.

"Sim", respondeu Barton entusiasmado. "É um bom grupo o da Companhia B, e os suboficiais e oficiais são boas pessoas."

"Bem, boa sorte, Barton", desejou-lhe Bourne, sereno, e afastou-se, como única forma de aliviar a tensão que o assunto provocara.

"Boa sorte, Bourne", disse Barton, mesmo não acreditando em sorte.

Durante o dia todo, os preparativos continuaram com a mesma aparente confusão, pressa e impaciência, mas com um método bastante minucioso sob toda aquela desordem superficial. Para alguns, que não entendiam os modos negligentes de oficiais e soldados britânicos, mesmo o mais eficiente negócio parecia descuidado e bagunçado, quando na verdade todos os detalhes tinham sido rigorosamente controlados e todos os erros e deficiências, corrigidos. Bourne, Shem e Martlow perfilaram-se com a Companhia A, embora seus sacos de viagem e cobertores continuassem na barraca dos sinaleiros, e ficaram contentes em se encontrar na seção do cabo Jakes, sob o comando do sargento Tozer. Jakes, às vezes, dava a impressão de ser um sujeito estúpido e teimoso, mas, na realidade, era um sujeito decente, um combatente equilibrado, com muita determinação, porém com flexibilidade de espírito suficiente para fazer o melhor em qualquer circunstância em que pudesse se encontrar. Como a maioria dos homens de seu condado, era baixo, tinha o corpo largo, era corado e tinha muita resistência.

O sr. Finch esteve mais em evidência que o sr. Sothern pela manhã. Passou os homens em revista, inspecionando as máscaras de gás com a máxima seriedade e precisão;

ao terminar, ria como um colegial, como se tivesse lhe subido à cabeça a excitação. Com certeza, ela estava aumentando. Nos intervalos daquela aparente desordem, causada, principalmente, pela pressa com a qual se sucediam revistas e inspeções, havia uma aparente tranquilidade, igualmente ilusória. Poderia ser quebrada pelo riso agudo do sr. Finch, que logo se calava, ou por uma explosão de raiva de algum outro homem; mas entre essas interrupções havia uma calma vítrea.

Os homens podem esconder suas emoções com bastante facilidade, mas é mais difícil ocultar o fato de que a estão escondendo. Uns parecem se esquecer dos outros quando, sentados, esperam com o sobrolho pensativo; outros passam por um grupo de dois ou três apressando suas tarefas, conversando rapidamente entre eles, e então alguém capta uma sombra sinistra e desesperada em seus rostos. Esta era, talvez, a coisa mais estranha: a necessidade de pressa que os obcecava. Outros homens, reconhecia-se, pareciam contrair o rosto em um esgar nervoso, mostrando os dentes como um cão faria, e depois seriam aniquilados por um cansaço patético. Poder-se-ia apenas ter vislumbres, momentaneamente, da tensão sob a superfície e no improviso; enquanto isso era mais ou menos evidente em cada indivíduo, o temperamento geral dos homens permanecia calmo e sério.

Bourne, às vezes, perguntava-se até que ponto um batalhão recrutado principalmente em Londres, ou em uma das cidades do interior, era diferente do seu, de fazendeiros e, em menor número, de mineiros provenientes de aldeias sem grande importância. A simplicidade com que encaravam a vida lhes conferia certa dignidade, porque era livre de trivialidades. Certamente eles tinham os apetites de todos os homens e, no geral, provavelmente a maior parte deles encarnava os maus hábitos aos quais a carne era propensa; mas não estavam preocupados com seus vícios e apetites: podiam dominá-los com esplêndida indiferença; e até mesmo a sensualidade tem seu aspecto de ternura.

Aparentemente, essas naturezas rudes e brutais confortavam, encorajavam e reconciliavam cada um com o destino, com a ternura e o tato, que eram mais comoventes do que qualquer outra coisa na vida. Eles não tinham nada; nem mesmo o próprio corpo lhes pertencia, pois agora tinham se tornado meros instrumentos de guerra. Eles se viravam, a partir dos destroços e da miséria da vida, para um céu vazio, e deste para um silêncio em seus próprios corações. Tinham sido trazidos à última fronteira da esperança e, ainda assim, colocavam a mão nos ombros uns dos outros e diziam com uma convicção apaixonada que tudo ficaria bem, embora não tivessem fé em nada, a não ser em si mesmos e no outro.

A sucessão de tarefas, revistas e inspeções mal distraía seus pensamentos, de tanto que a obediência tinha se tornado um hábito. Em um dos intervalos, Shem e Martlow foram designados para uma tarefa menor nos depósitos, e, quando Martlow encostou seu fuzil na parede do galpão, falou alguma coisa para Bourne e, virando-se, correu atrás de Shem. O sr. Finch estava parado a poucos pés de distância e observou o rapaz conversando com Bourne; foi atrás dele quando ele correu e, em seguida, voltou-se para Bourne.

"Parece uma maldita vergonha mandar um garoto como esse para o front, não é?", perguntou com a voz gentil.

"Ele estava conosco no Somme em julho e agosto, senhor", foi tudo que Bourne conseguiu responder, pois não pensou que precisasse explicar que ele achava o mesmo.

"Estava?", perguntou o sr. Finch com admiração. "Um camarada forte. Mesmo assim, é uma maldita vergonha."

E bateu em um monte de lama com seu bastão de comando.

"E que clima dos infernos para uma ofensiva, não é?", perguntou quase como se estivesse apenas pensando em voz alta.

"Tanto faz, podemos fazer só o nosso melhor."

Alguns homens apareceram, ele se afastou alguns passos, e o barulho de disparos distantes chegou até eles.

Bourne pensou que o bombardeio daquele momento não parecia tão pesado quanto os que presenciara no Somme. O sargento Tozer apareceu e, quando ele entrou no galpão vazio, Bourne o seguiu.

"O que lhe parece isso, sargento?", perguntou ele.

"Não sei o que achar. E você, que diabos você acha disso? Afinal de contas, é o que importa. Suponho que passaremos bem; já fizemos isso antes, então podemos fazer outra vez. De qualquer forma, esse não pode ser mais sangrento do que as outras ofensivas. Passe para mim essa ferramenta, que aquele sapateiro maldito deixou um prego na sola da minha bota."

Ele desenrolou as grevas, tirou a bota e se sentou no chão, enquanto procurava o prego com os dedos, uma expressão de paciência exasperada no rosto; encontrando-o, tentou achatá-lo, inclina-lo ou quebrar a ponta com a ferramenta.

"Foda-se essa maldita coisa!", vociferou em voz baixa. Por fim, conseguiu ter sucesso em seu objetivo e, depois de sentir com os dedos e de forma bem crítica o local onde estava o prego, calçou de novo a bota.

"Você não quer sentir medo, sabe", disse ele gentilmente.

"Quem está ficando com medo?", perguntou Bourne, ressentido. "Não se preocupe comigo, sargento. Posso aguentar bem. Se me pegarem, sairei dessa maldita miséria de qualquer forma."

"Tudo bem, filho", respondeu o sargento. "Não precisa me levar a mal. Não estou me preocupando com você. Eu mesmo estou com um pouco de medo. Tudo vai ficar bem quando começarmos. Vamos dar conta de um jeito ou de outro."

Ele se levantou e depois parou para colocar as grevas sobre a perna da calça, virando-se com o braço estendido e olhando para baixo, para ver se tudo estava correto, sem vincos. Então estufou o peito, levantou a cabeça, assim seu queixo parecia mais agressivo, e saiu da barraca, desaparecendo na névoa.

"Acho que nossa artilharia está metendo medo nesses chucrutes fodidos", disse a Bourne por cima do ombro; assim não viu o sr. Finch, que tinha voltado. "Se não tinham a mínima ideia, agora devem estar imaginando... Perdoe-me, senhor, não vi que estava aí."

"Vamos ganhar, sargento?", perguntou o sr. Finch, rindo.

"Oh, claro que sim, senhor", respondeu o sargento Tozer de modo sombrio; "mas não ainda."

"Sargento, sobre aquelas bombas...", começou o sr. Finch, e Bourne, prestando continência, voltou para o alojamento dos sinaleiros.

Não fizeram muito naquela noite. Foram para o café cedo, dividiram uma garrafa de vinho entre eles e depois caminharam de um extremo a outro da cidade. Era uma cidade comprida, dispersa, mais civil do que militar, com réstias de luz que passavam através das cortinas das janelas. No caminho de volta para os alojamentos, entraram na Associação Cristã de Moços para conseguir um pouco de chocolate. Não estavam no humor para beber cerveja ou vinho ruim em um café cheio e barulhento e, em todo caso, ganhariam uma porção de rum naquela noite. Entretanto, a ACM estava tão cheia e barulhenta quanto o café, e o ambiente ainda continha uma boa dose de hilaridade. Um homem cantava *Quero voltar para casa*: "Oh, Deus, não quero morrer, quero voltar para casa", enquanto dançava passos de valsa. Na mesa ao lado, três homens fumavam e conversavam tão próximo de onde os outros estavam que, apesar do barulho, era possível ouvir sua conversa. Bourne pediu chocolate e pagou; eles conversaram um pouco com Weston, o auxiliar que tinha passado uma temporada entre os Westshires. Depois ele se foi, e eles deixaram-se ficar ali, fumando. Um dos homens de uma mesa próxima conversava com outros dois.

"Qual é o problema com a garota?", perguntou o oficial a ele. "Não sei, senhor", respondeu Sid. "Ela entrou em uma das casas com Johnson; o que ouvi depois é que Johnson foi ver o médico. Disse que ela teve espasmo doloroso." "Oh", disse o oficial, "deve ter sido uma dor e tanto, eu suponho."

Todos riram; Bourne olhou para os rostos zombeteiros e se afastou novamente. Queria distância de todo aquele clamor sem sentido; quando afastou o olhar, por acaso viu sobre a porta uma faixa vermelha onde estava impresso em letras brancas: "E POR BAIXO ESTÃO OS BRAÇOS ETERNOS". Essa frase o atingiu com uma nitidez extraordinária, o texto simples alastrando, parede acima, o clamor dessas vozes excitadas; e mais uma vez ele soube que o sentimento de certeza na paz era tão profundo que todo o tumulto da terra se perdia nele.

"Vamos voltar?", pediu em voz baixa aos outros, e eles o seguiram em meio à névoa e à lama.

Depois de terem pegado sua ração de rum, tiraram as botas, as grevas e as túnicas, enrolando-se em seus cobertores e cobrindo-se também com os casacos por causa do frio. Bourne sentia-se tranquilo e estava quase dormindo quando, de repente, a consciência plena o atingiu de novo; abrindo os olhos, conseguiu apenas ver Martlow parecendo distraído no escuro.

"Você está bem, garoto?", perguntou em voz baixa e colocou a mão sobre a do rapaz.

"Sim, estou bem", respondeu Martlow, tranquilo. "Você sabe, não importa o que aconteça conosco, Bourne. Não importa o que aconteça; tudo vai ficar bem no final."

Ele se virou e logo estava dormindo tranquilamente, bem antes de Bourne cair no sono.

E no dia seguinte foi a mesma coisa, ao menos na aparência. Beberam seu chá, lavaram-se, barbearam-se e tomaram seu café da manhã; fumaram, passaram pela revista das tropas, seguiram a rotina. O peso extra que estavam levando era considerável, mas pelo menos tinham abandonado a ideia de dobrar o sobretudo *en banderole*. Um dos rumores dava conta de que o coronel tinha mandado um soldado equipado conforme a ordem para demonstrar o absurdo da situação. Quando Bourne, Shem e Martlow chegaram aos alojamentos, encontraram grupos de homens conversando entre si.

"O que está acontecendo?", perguntou ele.

"Miller. Ele está desaparecido de novo. Eu sabia que o bastardo faria isso. Ele é um maldito espião alemão. Deveriam ter dado um tiro no desgraçado quando estavam com ele. É um daqueles cabeças quadradas e o deixaram escapar!"

Havia uma exaltação extraordinária em sua raiva; enquanto eles falavam, um riso de desprezo feroz misturou-se à fala.

"Sim, deixam um pentelho maldito como ele escapar, mas, se algum de nós, pobres desgraçados, fizesse o mesmo, seria mandado para a cadeira elétrica. Fizemos a nossa parte, fizemos sim, mas isso não faria a menor diferença para nós."

As palavras amargas e irritadas eram jogadas de um para o outro com escárnio. Bourne ficou mais impressionado com a seriedade e a palidez do rosto do sargento Tozer quando o viu no alojamento. Ele não fez nenhuma pergunta; apenas passaram o tempo, e então houve um silêncio, quebrado por Bourne.

"Você não deve se culpar, sargento", disse ele. "Não é culpa sua."

"Está tudo bem", falou o sargento Tozer. "Não me sinto culpado. Só que se eu vir o bastardo na estrada enfio uma bala nele e poupo os homens de uma corte marcial."

Os homens entraram em formação; e o capitão Marsden, junto com o sr. Sothern e o sr. Finch, veio para a revista. A inspeção final foi muito cuidadosa. Bourne reparou que Marsden, que com frequência lançava mão de um humor áspero, restringiu-se a um mínimo de palavras. Ele viu que um dos malotes de Bourne não estava preso corretamente, pois o fecho estava defeituoso. Tentou arrumar ele mesmo e depois prendeu os cartuchos dentro, satisfazendo-se, aparentemente, pois eles ficaram bem firmes na bolsa e não cairiam, a não ser que algum clipe fosse removido. De qualquer forma, deixou passar a falha no equipamento. Soltou o cantil de Bourne e sacudiu-o para ver se estava cheio. Bourne manteve-se imóvel e impassível qual um manequim enquanto a inspeção ao seu equipamento ocorria, e todo o tempo o capitão Marsden o olhava bem de perto, como se estivesse tentando penetrar sua mente. Isso irritou Bourne, mas ele manteve o rosto tão rígido quanto uma pedra: de fato, sua única emoção naquele momento era uma raiva inflexível. Alguns dos homens tinham se esquecido de encher os cantis e foram informados com detalhes de como eram nocivos. Por fim, a revista acabou e eles voltaram para os alojamentos para passar o pouco de tempo que lhes restava. Tinham uma vaga sensação de que estavam indo embora, sem nenhuma ideia de voltar. Deixariam aquele lugar e não se arrependeriam; mas uma curiosa instabilidade mental acompanhava a insegurança dos últimos momentos: junto de uma sensação de alívio, agora a hora inexorável estava se aproximando. Havia uma raiva crescente tornando-se tão intensa que parecia que o coração mal a conteria, a pele como que mais brilhante e apertada no rosto dos homens, e seus olhos brilhavam com um fulgor penetrante sob os capacetes. Sentia-se cada pergunta como uma interrupção dos pensamentos que lhes enchiam a cabeça. De vez em quando, Martlow olhava para Shem e Bourne como se estivesse prestes a falar alguma coisa, e então ficava em silêncio.

"É melhor nós três tentarmos nos manter juntos", disse Shem, tranquilo.

"Sim", responderam os outros dois como se estivessem se comprometendo em voz baixa.

E então, um a um, perceberam que teriam de ir sozinhos, e que cada um deles já estava só consigo mesmo, talvez ajudando os outros, mas os encarando com olhos estranhos, enquanto o mundo se tornava irreal e vazio, e eles mergulharam no mistério no qual não havia nenhuma ajuda.

"Entrar em formação na estrada!"

Com um suspiro de resignação, pegaram seus fuzis e obedeceram, saindo do acampamento para a estrada, que era cerca de 5 pés mais baixa, por uma ladeira na qual alguém tinha escavado alguns degraus, quase destruídos pela chuva e pelo uso. As companhias de serviço também se apresentaram para vê-los partir. Eles entraram em formação, responderam à chamada, formaram grupos de quatro, de dois em dois, e ficaram em posição de espera, tudo isso feito em poucos momentos. A algumas jardas de ambos os lados, os homens se tornavam sombras na névoa. Naquele momento, estavam em estado de atenção novamente. O coronel passou pelas fileiras, e dessa vez Bourne olhou para ele, nos olhos dele, não apenas através e além dele; e a severidade daquele rosto bem-feito parecia demonstrar naquele dia alguma coisa alegre e amigável, mas sem deixar de ser inescrutável. Seu cavalo cinzento desceu a estrada alguns minutos antes, e logo a voz clara e alta ecoou pela névoa. Depois vieram as vozes dos comandantes da companhia, um após o outro; o caminhar rápido quando os homens obedeceram; o farfalhar quando eles se viravam; e quando se viravam ouviram-se as batidas rápidas dos pés, e depois algo como um murmúrio ondulante e o ritmo arrastado do atropelo de pés, parecendo bater os segundos do tempo, enquanto a lama líquida sugava cada vez mais as suas botas, e eles caíram no silêncio, naquele ritmo oscilante; e as casas de Bus-les-Artois ficavam ao longe, de ambos os lados, e a névoa vacilou e tremeu sobre eles, em pequenos redemoinhos, e a terra, a vida, o tempo eram como se nunca tivessem existido.

16

> *Estamos vendo o começo do dia;*
> *mas quero crer que não veremos o fim.*
> *[...] Temo que muitos poucos morrem*
> *bem em um campo de batalha.*
> – Shakespeare, *Henrique V*, ato IV, cena I

O disparo dos canhões persistia com estrondos de grande intensidade, como se no céu houvesse se formado uma tempestade que, acumulando grandes ondas sonoras, as lançasse contra as trincheiras inimigas. Por não haver vento nem ruído, aquela música sobrenatural era ainda mais terrível. Agachavam-se para ouvi-la como quem busca abrigo em um temporal. Algo se precipitou sobre eles com um grito de júbilo, aumentando até se tornar um rugido, antes de rasgar o ar e lançar estilhaços de aço guinchando sobre suas cabeças. A erupção de lama borrifou de barro líquido as trincheiras, respingando nas crateras inundadas. A tensão aumentava entre a tropa. Um soldado abriu caminho entre eles a empurrões, praguejando e fazendo com que perdessem o equilíbrio, chocando-se entre eles.

"Pelo amor de Deus, pise na porra dos próprios pés e não nos meus!", gritou um deles, furioso, e uma onda de regozijo idiota espalhou-se a partir do centro do conflito.

Bourne bebericou seu chá, que, apesar de estar quase frio, caiu-lhe bem: ao menos enxaguava a secura pegajosa de sua boca. Tremia, mas se convenceu de que era por causa do frio. Através da escuridão, a neblina mádida movia-se lentamente, tocando-os com seus dedos espectrais ao passar, deixando atrás de si um rastro de umidade. Condensava-se em seus capacetes, aferrava-se à sarja rústica de seus uniformes, fazia morada em suas pestanas e rolava por seus rostos. Apesar de ocultar tudo o que havia a certa distância, parecia emitir uma tênue luz própria. Sua frieza úmida aguçava o sentido do olfato. Havia um cheiro de ruína e podridão no ar, a que se somava o odor acre e rançoso dos uniformes sujos dos soldados. Granadas passavam por cima de suas cabeças suspirando, lamentando e chorando por sangue; o ar sobre eles vibrava. Mas os alemães não iam aceitar tudo aquilo silenciosamente e, com ronco crescente, outra bomba saltou na direção deles, que se agacharam sob sua ira. A explosão trouxe consigo um rugido monumental, fazendo os feixes de nervos dos homens vibrarem e um muro desabar. Foi difícil resgatar os homens soterrados; a trincheira estava abarrotada de soldados.

Os tremores de Bourne aumentaram; até que ele cerrou os dentes para que eles não conversassem entre si dentro da sua cabeça. Inspirou ofegante e profundamente, quase como um soluço, e aparentemente recuperou um pouco o autocontrole. O medo envenena o sangue, mas, uma vez que se reconhecem as causas, isso se converte em algo objetivo e torna-se mais fácil escapar dele, ao menos em parte. Ouvia a respiração irregular dos homens a seu redor, exatamente igual à sua. Ouvia-os umedecer os lábios, tentando umedecer a boca; ouvia-os engolir em seco, como se tivessem dificuldade em sorver a própria saliva. A ideia de que os demais sofriam tanto ou mais do que ele o aquietou. Alguns homens gemiam ou choravam inconscientemente, como um esforço de jogar fora aquele insuportável fardo de opressão. Seus olhos cruzaram com os de Shem, mas ambos desviaram o olhar para fugir do terror da pergunta que os confrontava. Furtivamente, olhou na direção de Martlow e viu-o de pé, com a cabeça inclinada. Foi tomado por outra onda instintiva de piedade e afeto que se desfez em outro suspiro trêmulo. O rapaz encarou-o, mostrando o branco dos olhos perplexos sob a borda do capacete. Tremia-lhe ligeiramente o lábio. Bourne escutou atrás dele uma voz quase suplicante:

"Aguente firme, companheiro!"

"Caguei pra isso", veio a resposta, com uma reza amarga que rejeitava toda compaixão.

"Você está bem, garoto?", conseguiu perguntar Bourne com voz firme.

Martlow limitou-se a assentir.

Bourne trocou o peso do corpo para a outra perna e sentiu o tremor no joelho relaxado. Era o frio. Se tivessem algo para fazer, estariam melhor; até colocar uma escada em posição ajudaria. O suspense paralisava a mente e congelava o tempo em uma fria imobilidade, quebrada apenas por uma ordem. No mesmo instante, tornavam-se alertas, sentindo-se aliviados. A respiração pesada de cada um recaía sobre os demais. Olhavam-se em silêncio, forçando-se a enfrentar a situação.

"Já passamos por isso antes", disse Shem.

Eles podiam ajudar-se uns aos outros, ao menos até o ponto em que algo incontrolável solapava seus esforços débeis, esmagando-os além da salvação. O barulho das bombas explodindo soava com a fúria de um furacão. Houve então um súbito movimento por um fim palpável: começaram a encaixar as baionetas nos rifles. Alguém empurrou uma caneca nas mãos de Shem.

"Três homens. E não derrame a maldita coisa, porque não conseguirá mais nada."

Shem deu um gole no rum e passou a caneca a Bourne.

"Beba tudo o que desejar, garoto", disse Bourne a Martlow. "Para mim, tanto faz beber ou não."

"Não quero mais", avisou Martlow depois de ter tomado um bom gole. "Dá sede, mas pelo menos aquece você por dentro."

Bourne esvaziou a caneca e devolveu-a a Jakes para que tornasse a enchê-la e a passasse adiante. O rum o despertara um pouco.

"Tudo estará acabado em um instante", murmurou Martlow.

Talvez estivesse menos densa, mas, ainda assim, a névoa estagnada a tudo encobria. Ouvia-se apenas um movimento, um súbito alerta emocionado que se espalhava entre os homens com uma mistura inextricável de angústia e alívio. Apertaram-se as mãos, primeiro os três e, depois, os que estavam ao redor.

Boa sorte, amigo. Sorte. Sorte.

Bourne sentiu o coração bater pela primeira vez. Em seguida, surpreendido pelo pouco que lhe custou mover-se, dirigiu-se à escada. Martlow, o mais próximo, foi o primeiro a galgá-la. Shem seguiu atrás de Bourne, que subiu um pouco desajeitado: no instante em que se viu do lado de fora da trincheira, escorregou para o lado e quase caiu. A inclinação por onde outros já haviam deslizado parecia ter sido coberta de vaselina; e, imediatamente além dela, as botas de um soldado afundaram até os tornozelos em uma lama que lhes sugava os pés até que alguém os tirasse dali, impedindo-os de avançar tal como em um pesadelo. Seria pior quando alcançassem a parte mais baixa daquele pântano mal drenado. O medo era agora compacto e gelado; e, à parte o desastre momentâneo na escada e o escorregão involuntário, sentiu mover-se mais livremente, como se ele tivesse total controle de si mesmo.

Alinharam-se em duas fileiras, em formação de artilharia: as Companhias c e d na vanguarda e as Companhias a e b na retaguarda. Outra bomba uivou sobre suas cabeças para explodir atrás de Dunmow com um rugido de ira triunfal. Os últimos efeitos da explosão chegaram até eles em um turbilhão de névoa agitando-se fantasmagoricamente: Bourne ouviu então o chamado por maqueiros. Algum demônio sortudo escapava daquilo tudo, para o bem ou para o mal – pelo menos por enquanto. Experimentou certa inveja; o pavor crescia na mesma proporção que o desejo, mas não conseguia afastar-se daquele pensamento: agarrou-se desesperadamente a ele por ser a única solução possível. Naquele momento de caos emocional, no qual o limite da resistência fora alcançado, tudo o que separava sentimentos opostos desaparecera; eram indistinguíveis entre si. Não se podia separar desejo do medo que o retinha. A força de sua esperança se esforçou para igualar o desespero que a oprimia; sua determinação só poderia ser medida pelos terrores e dificuldades superados. Todas as triviais e insignificantes regras da vida diária desapareceram na colisão entre opostos em guerra. Entre eles só se podia tentar manter um equilíbrio que, a cada instante de perturbação, se fazia instável.

Se o céu estivesse claro, já haveria alguma luz, mas o nevoeiro prolongava a escuridão. Ele ergueu a mão, como que para limpar o ar sujo diante dos olhos, e viu o rosto estúpido de Jakes – que, para todos os efeitos, não era nem um pouco estúpido – deformado por um sorriso torto. "Maldito imbecil", pensou com uma raiva sem sentido. Era como se Jakes caminhasse na ponta dos pés, furtando-se dos efeitos de alguma brincadeira medonha que tivesse aprontado.

"Estamos em marcha", murmurou, e sorriu como talvez somente caveiras pudessem fazê-lo.

De repente, o furacão da artilharia se intensificou brutalmente, e, no trovão da chuva de projéteis que explodiam ao atingir as linhas alemãs, todos os outros sons se perderam; era uma fúria contínua que cruzava o céu alternadamente em direções opostas. Continuaram avançando. Bourne desconhecia se tinham recebido ordens ou não, sabia apenas que seguiam avançando. Caminhavam traiçoeiramente sobre o barro gorduroso. Passaram a trincheira Monk e mais duas, amontoando-se cada vez mais e mais confusos. As trincheiras ficaram para trás, e o estado do chão sob seus pés só piorava: era impossível dar um passo sequer sem escorregar ou patinar na terra encharcada. Ele viu, em um cruzamento, o sr. Finch, parecendo ansioso e determinado, e o sargento Tozer; não eram mais do que uma visão fugaz em meio ao nevoeiro. Uma espécie de raiva enlouquecida se apoderou de Bourne. Por que seguiam tão lentamente? Teve a sensação de que ele mesmo era dos mais lentos e apertou o passo. De repente, a artilharia inimiga caiu sobre eles: o céu foi rasgado por granadas que atearam fogo ao firmamento. Os alemães estavam mais do que preparados; simplesmente haviam esperado que seu adversário deixasse suas intenções bem claras. Enquanto se apressavam, mantendo a cabeça abaixada ao caminhar por seu próprio front, encontravam pelo caminho soldados feridos e ensanguentados, mas também outros sem um arranhão, inteiros e sólidos, debandando em meio à mais absoluta desordem. Destes ouviram zombarias e daqueles, desvarios desarticulados, desaparecendo todos por fim na neblina.

Jakes e o sargento Tozer mantinham seus homens juntos, animando-os naquele momento de baixo moral. Jakes rosnava e berrava, e eles voltavam o rosto desconcertado para ele enquanto seguiam adiante, lutando na lama como moscas presas no melaço. "Sobre o que é essa maldita gritaria?", perguntavam-se, virando o rosto, de olhos arregalados, em todas as direções no meio da neblina desconcertante. E ela flutuava, retorcia-se e os envolvia, rodopiando ao seu redor: parecia haver um brilho que dançava no ar diante dos seus olhos quando granada após granada explodia e os estilhaços, assobiando, rasgavam o ar. Bourne tinha a impressão de que cada maldita arma alemã estava apontada para ele.

Esquivou-se de corpos destroçados de soldados que já não precisavam de ajuda. Um homem esbarrou nele, o rosto sangrento em agonia. Em seguida, mais homens em retirada em meio à desordem, envolvendo-os em tal confusão que eles vacilaram por um momento. Um dos desertores atacou Jakes, e este, atarracado, mas robusto e lutador, esmagou a mandíbula do soldado com a coronha de seu rifle, mandando-o para o chão. Bourne pensou ter visto o sargento-mor Glasspool.

"Você cumpre a porra das ordens dos Fritz!", gritou Bourne, enquanto um frenesi triunfante o impulsionava à carga.

Por um instante eles poderiam ter desistido e fugido, e por um momento eles poderiam ter lutado com homens do seu próprio sangue, mas seguiram em frente quando o sargento Tozer gritou para que deixassem aquela maldita baboseira de lado e continuassem avançando. Bourne, debatendo-se na lama viscosa, era ao mesmo tempo a mais abjeta e a mais sublime das criaturas de Deus. O esforço e a raiva dentro dele, deixados pelos que debandaram, faziam-no ofegar e soluçar, mas ao mesmo tempo sentia-se embriagado de alegria. Sua mente concentrou-se de novo em um ponto de ação claro e preciso. Os extremos da dor e do prazer convergiam até confundir-se.

Ele sabia, assim como os rapazes, que o bombardeio avançava mais rápido do que eles, mas não tinham nem ideia do que acontecia ao redor. Em qualquer ofensiva, mesmo sob condições favoráveis, a certa altura os atacantes avançam cegamente; ali, eles estavam perdidos quase desde o princípio. Pararam por um breve momento e Bourne viu que o sr. Finch estava com eles, mas não Shem. Minton contou-lhe que Shem tinha sido atingido no pé. Bourne se aproximou de Martlow. As baixas, tanto quanto podia avaliar, não tinham sido pesadas. Continuaram e, antes mesmo que pudessem vê-la, chegaram à cerca de arame farpado.

As estacas tinham sido arrancadas, e o arame, pisoteado e emaranhado, mas não havia sido cortado de todo. Jakes correu ao longo da cerca, examinando-a. Então ouviram um disparo, e da trincheira quase destruída foram lançadas granadas contra eles. Os soldados responderam lançando mais granadas por cima da cerca destroçada para, em seguida, mergulhar desesperadamente entre os espinhos de aço, o que lhes rasgou calça e grevas. O último trecho da cerca foi cortado e posto abaixo, mais granadas foram lançadas sobre eles, e, em uma última e enfurecida investida, Bourne caiu de cabeça na trincheira. Quando ia se levantando, um homem saltou sobre seus ombros e ambos caíram juntos, gritando, enfurecidos, um com o outro. Ouviram gritos de agonia e Bourne viu um alemão morto, ainda batendo os calcanhares nas pranchas quebradas da trincheira a seus pés. Ele gritou com o homem que o derrubara para que fosse embora e seguisse os outros.

A trincheira fora quase obliterada: era uma ruína de tábuas e estacas empilhadas confusamente no meio do que se convertera em um grande rio de lama. Avançando, ouviram granadas explodirem algumas seções da trincheira adiante, e então deram meia-volta. Viram dois prisioneiros, as mãos erguidas e mal se mantendo em pé de medo, escoltados por dois soldados que os ameaçavam sem cessar com especial e lenta crueldade.

"Dê a eles uma chance! Mande-os marchar na direção de seu próprio front!", gritou Bourne, e eles foram praticamente atirados para fora da trincheira e enviados na direção do inimigo.

No outro flanco eles não encontraram nada; a trincheira estava vazia, com exceção de um punhado de soldados com quem haviam cruzado ao chegar. E para este ponto, por onde entraram, convergiam as trincheiras de fogo, de apoio e de reserva, e por isso deduziram estar muito à direita. Mesmo já tendo encontrado um grupo de alemães, assumiram que outros destacamentos estariam à sua frente; decidiram, por isso, e com certo receio, continuar avançando imediatamente, não sem alguma apreensão. Naquele momento eles eram 24 homens.

À luz do sol, o nevoeiro tornou-se acobreado e carregado de rolos de fumo. Ouviram, à sua frente, o estrondo provocado por sua própria artilharia e os disparos dos canhões alemães. Haviam se afastado apenas algumas jardas da trincheira quando ouviram uma descarga de rifles. Martlow, que estava alguns passos diante de Bourne, oscilou, os joelhos dobraram-se sob o peso do corpo e ele desabou, o rosto contra a terra, os pés agitando-se, o corpo tomado por uma breve convulsão. Bourne atirou-se ao seu lado e, passando os braços em torno dele, ergueu-o de encontro ao seu corpo, chamando-o desesperado:

"Garoto! Tudo bem, garoto?", gritou ansiosamente.

Ele estava bem. Quando Bourne ergueu o corpo flácido, o capacete do rapaz caiu, mostrando a nuca destroçada por uma bala. E um pouco de sangue escorreu pela manga e pelo joelho da calça de Bourne. Ele estava bem; e Bourne deixou-o sobre a terra novamente, levantando-se quase indiferente, incapaz de perceber o que tinha acontecido, cheio de uma ternura que lhe doía, mas, ainda assim, extraordinariamente quieto e frio.

Precisava se apressar ou acabaria sozinho no meio do nevoeiro. Ouviu outra descarga de rifles, mais granadas e, abaixando a cabeça, avançou na direção do som; estava ao lado de Minton, novamente, quando três homens correram em sua direção, as mãos para o alto e gritando. E Bourne ergueu o rifle à altura do ombro e disparou; e a dor nele converteu-se em ódio consumido que o encheu de crueldade exultante, e ele disparou novamente, e novamente. O último homem estava bem junto dele, bêbado e cambaleante de terror. Ele mal havia caído quando Bourne se aproximou dele e viu que a cabeça fora destroçada, e ele virou-o com a ponta da bota. Minton olhava para ele com curiosa ansiedade, os dentes de Bourne trincados e à mostra em um rosnado de júbilo.

"Vamos! Temos de seguir!", gritou Minton, ansioso.

E Bourne avançou, ofegante, murmurando com a voz sufocada:

"Matem os desgraçados! Morte à porra desses porcos! Matem os malditos!"

Todas as obscenidades e as imundícies que algum dia ouvira escaparam entre os dentes cerrados, mas sua fala era pastosa e difícil de entender. Logo depois, um alemão atacou Minton, e Bourne cravou-lhe a baioneta sob as costelas, perto do fígado, e, em seguida, incapaz de puxá-la de volta, apertou o gatilho e a retirou com facilidade.

"Matem os malditos!", murmurou com a voz carregada.

Ele correu pela trincheira, esbarrando no sargento Tozer.

"Calma, filho, calma! Você foi atingido? Está coberto de sangue!"

"Eles mataram o garoto", disse Bourne com súbita clareza, apesar de arfar. "Eles o mataram. Vou acabar com todos os desgraçados que passarem na minha frente."

"Calma. Fique comigo. Preciso de você. Feriram o sr. Finch. Vocês dois, venham também. Onde diabos está o granadeiro?"

Eles vasculharam a área ao longo da cerca por 100 jardas à direita, lançando uma granada em um abrigo do qual nenhum sinal de vida surgiu, e novamente colidiram com um grupo de alemães; depois de uma troca ineficaz de granadas de mão, afastaram-se. Jakes, com cerca de dez homens, aparentemente avançara até a terceira linha da trincheira, mas, depois de ter trocado granadas de mão com pequenos grupos de alemães, decidira recuar.

"Vamos dar uma olhada nisso, senhor", disse o sargento Tozer, segurando o sr. Finch pelo braço.

"Eu estou bem!", respondeu o jovem soldado enfurecido; mas, ainda assim, o sargento despiu o braço ferido e cobriu o ferimento à bala, perto do ombro, com uma bandagem. Estavam convencidos de que não poderiam continuar por si mesmos. Decidiram tentar encontrar quaisquer grupos ofensivos avançando à esquerda. Era inútil continuar, já que, aparentemente, nenhuma das outras companhias estava à frente deles e, além disso, pesado fogo de metralhadora vinha de Serre. Seguiram à esquerda pela trincheira até ouvirem passos. O líder do grupo ergueu a mão, todos se prepararam para lançar granadas ou fazer uso das baionetas quando uma voz corajosa os desafiou:

"Quem vem lá?"

"Westshires!", gritaram avançando até se revelarem um cabo e três soldados do regimento Gordon Highlanders.

Ignoravam o destino do resto do batalhão. Estavam perdidos, mas achavam que uma de suas companhias havia alcançado a linha de frente. Aqueles quatro Gordons eram os homens mais rápidos e frios que se poderiam encontrar. Havia ansiedade em seus olhos, mas apenas porque não sabiam o que fazer. O sr. Finch ordenou-lhes que se juntassem ao grupo; naquele momento, ouviram explosões de granadas de mão. Os alemães procuravam inimigos pela trincheira. Imediatamente, o sargento Tozer avançou com seu grupo. Assim que escutavam a explosão de mais granadas na seção ao lado, corriam para se abrigar na seguinte. Eles encontraram e mataram a golpe de baioneta um alemão e perseguiram os outros por uma pequena distância antes de decidirem voltar sobre os próprios passos. O sr. Finch levou-os de volta para a linha de frente alemã com a intenção de esperar ali até que conseguisse entrar em contato com os outros grupos ofensivos. A névoa era apenas um pouco menos espessa do que a lama; e, embora tivesse sido uma das principais causas de seu fracasso, agora era sua aliada. Os alemães não podiam calcular quantos eles eram; certamente havia outros grupos isolados usando a mesma estratégia de esconde-esconde. O que o sr. Finch precisava decidir era se deviam permanecer ali ou não. Seguiram ao longo da linha, para a esquerda, mas não encontraram nada a não ser corpos de soldados alemães e escoceses.

Bourne ia ao lado dos Gordons que haviam se juntado ao grupo, e um deles, ao ver o sangue em sua manga e nas mãos, tocou-lhe o ombro:

"Homem, você está ferido?", sussurrou suavemente.

"Não, não estou ferido, amigo", respondeu Bourne, balançando a cabeça lentamente; em seguida, estremeceu e ficou em silêncio. Seu rosto estava vazio, inexpressivo.

Sua própria artilharia avançara novamente; mas não puderam entrar em contato com nenhum dos grupos avançados. Então, mostrando quão pouco sabiam sobre o que estava acontecendo, os alemães começaram a bombardear seu próprio front. De imediato tiveram as primeiras baixas: um homem chamado Adams foi morto, e Minton foi ligeiramente ferido no ombro por um estilhaço. Naquele momento tornou-se claro que as outras unidades não tinham conseguido penetrar até a primeira linha. Permanecer onde estavam seria inútil, e avançar seria cortejar a destruição ou a captura.

"Sargento", disse o sr. Finch com amarga determinação, "vamos voltar."

Tozer olhou para ele em silêncio.

"Está ferido, senhor", disse ele afinal, gentil. "Se regressar com Minton, posso ficar um pouco mais e, em seguida, levar os homens de volta sob minha responsabilidade."

"Será a minha ruína se eu voltar com apenas um arranhão, deixando-o aqui para resolver isso! Você é um maldito homem e tanto! Você é o melhor entre uma porção de homens..."

Sua voz tremulou e ele emudeceu por um momento.

"Está tudo bem, senhor", disse o sargento Tozer em voz baixa, e, com um sorriso zangado, acrescentou: "Fizemos tudo o que podíamos; não me importo a mínima com o que os filhos da puta dizem".

"Reúna os homens, sargento", disse o sr. Finch com a voz rouca.

O sargento saiu e falou com Jakes e com o cabo dos Gordons. Ao passar por Bourne, que acabava de fazer um curativo no braço de Minton, deteve-se.

"O que aconteceu com Shem?", perguntou ele.

"Teve que recuar. Ferido no pé."

"Feriu-se logo no início, quando os chucrutes abriram fogo contra nós", Minton explicou, impassivelmente preciso quanto aos fatos.

"Esse demônio sempre escapa usando os pés", replicou o sargento Tozer.

"Pois dessa vez escapou com as mãos e os joelhos. Quando o vi, estava engatinhando para nossas linhas", observou Minton, fleumático.

Demoraram a preparar a retirada. Bourne pensou no pobre Shem, sempre destemido e amigo, tão calmo e desprovido de sentimentalismos. Subitamente, como se fosse um ato espontâneo, saíram da trincheira e cruzaram a cerca de arame farpado. O clangor do bombardeio aumentou atrás deles. Os alemães estavam completando a destruição da própria linha de frente antes de lançar um ataque contra o vazio.

A volta foi lenta e dolorosa; sofreram algumas baixas pelo caminho e já estavam sobrecarregados de feridos. Um dos Gordons foi atingido. Com o fêmur quebrado, levaram-no ternamente, acalmando-o com a delicadeza das mulheres. O fogo cessou enquanto os rapazes se arrastavam penosamente pelo barro pegajoso. Chegaram a um ponto onde havia mais cadáveres; encontraram alguns feridos sem auxílio, mas mesmo assim os ajudaram. Ao se aproximarem da própria linha de frente, uma enorme bomba, enterrada na lama, explodiu tão perto de Bourne que o fez saltar pelos ares, e, ainda assim, ele não se feriu. Levantou-se um pouco desvairado.

As trincheiras de fogo e de apoio estavam sob pesado bombardeio. O sr. Finch foi novamente atingido no braço já ferido. Separaram-se e aqueles que puderam correram para a trincheira, enquanto os que carregavam feridos continuaram o quanto foi preciso. Bourne passou pelo cabo Jakes, que tomou seu lugar, carregando o Gordon ferido. Ele não poderia andar mais depressa, de qualquer maneira; e então, mais uma vez, inconscientemente, virou a cabeça e olhou por sobre o ombro. Em seguida, deslizou para dentro da trincheira destruída.

Ouvindo que todos os seus homens tinham sido mandados de volta para a trincheira Dunmow, o sr. Finch liderou o caminho para a trincheira Blenau. Suas feridas tinham-no deixado pálido de dor, mas parecia disposto a lutar contra tudo o que encontrasse em seu caminho. Reportou-se ao ajudante de ordens e dirigiu-se ao hospital de campo junto com outro ferido. O resto do grupo enfiou-se em um abrigo lotado onde os homens, amontoados, permaneciam em silêncio, ouvindo as bombas despencando sobre eles. Tinham um pouco de chá; perguntavam-se qual seria o próximo movimento. Bourne estava sentado ao lado da porta quando Jakes o arrastou para um canto, entregando-lhe uma marmita com um pouco de chá e rum.

"Robinson foi ferido e o sargento Tozer vai assumir", murmurou.

Em seguida, o sargento Tozer uniu-se a eles; olhou para Bourne, que se deixou ficar sentado ali, bebendo devagar e mirando o nada à sua frente com os olhos fixos. Falou com Jakes sobre vários assuntos de rotina, além de novas possibilidades.

"Estão falando em retomar o ataque", disse ele brevemente.

Jakes deu uma gargalhada cínica.

"É claro que a maldita culpa é toda nossa, não é?", perguntou cinicamente.

O sargento Tozer não respondeu, mas virou-se para Bourne.

"Você não quer pensar nessas coisas", disse com uma gentileza brutal. "Faz parte do passado e passou."

Bourne olhou para ele, aquiescendo cegamente. Esvaziou a marmita, largando-a no banco, levantou-se e voltou a sentar-se perto da porta. Tinha a cabeça apoiada na parede de terra, os olhos fechados, os braços relaxados e as mãos ociosas no colo; sentiu que levava um corpo nos braços, olhando para o pequeno rosto travesso, as sobrancelhas franzidas pela perplexidade, o sangue minando de uma ferida na têmpora e a parte posterior do crânio quase arrancada; entretanto, o rosto era calmo, sem preocupação.

Ele ficou ali por horas, imóvel, indiferente, sem saber que o sargento Tozer olhava para ele, de quando em vez. O bombardeio gradualmente se extinguiu, mas ele não se deu conta. Subitamente, o sargento Tozer ficou de pé, alterado.

"Vamos, Bourne! Preciso de você de guarda. É hora de você render a sentinela."

Ele pegou seu rifle e subiu, seguindo o sargento na noite gelada. Ele estava sozinho, a névoa espumosa como coalhada sobre ele. Tornou-se alerta e centrado novamente, a consciência desperta. Meia hora depois, ouviu homens se aproximando ao longo da trincheira; eles estavam na curva perto dele.

"Alto!", gritou numa longa e baixa ordem de aviso.

"Westshire. Administração e intendência."

Bourne viu o sr. White, e o capitão Marsden saiu para falar com ele. Alguns intendentes passaram por ele carregando sacos com rações para os homens. De repente, apareceu diante dele o rosto de Snobby Hines, sorrindo animadamente.

"Como foi, Bourne?", perguntou a ele ao passar.

"Um inferno", respondeu brevemente.

Snobby Hines seguiu em frente, e Bourne ignorou os outros completamente. Maldita pergunta imbecil. Ele olhou para o céu e, através da névoa, divisou uma meia-lua envolta por um grande halo de luz. Uma paz extraordinária pairou sobre tudo e pareceu ainda mais intensa quando uma granada sibilou através dela.

17

> *... quando guarda montaram,*
> *na hora morta da meia-noite...*
> – Shakespeare, *Hamlet*, ato I, cena II

Durante todo o dia seguinte foram pesadamente bombardeados e responderam com poder de fogo de igual intensidade.

"Há muita maldita artilharia nesta porra de guerra", comentou Jakes, irritado, como se todos tivessem falhado em apreciar o fato. "Não se consegue pregar o olho."

Contudo, ele dormia placidamente a cada folga do dever. Ao cair da tarde, tudo se acalmava, eles eram dispensados e marchavam de volta para Bus-les-Artois. O vilarejo, com seus raios de luz saindo pelas janelas, parecia indiferente a eles e não lhes demonstrava nenhuma compaixão. Era uma realidade dura e fria; tão miserável e desconfortável por ser o que era. Bourne fora designado, pelo menos por aquele momento, para a Companhia A; ele foi até o alojamento dos sinaleiros para pegar sua mochila e seus cobertores. Viu o cabo Hamley e encarou as perguntas inevitáveis. Ouviu que Glazier tinha sido morto na própria linha de frente britânica e que Madeley fora ferido aparentemente pela mesma bomba. Weeper, largando o ridículo painel sinalizador, assumira o trabalho de Madeley; era o único homem sentado próximo ao cabo e ouviu a conversa, sem se juntar a ela. Então Bourne contou-lhes sobre Martlow. O tom usado era de indiferença; mal se notava algum traço de emoção em sua voz, e mesmo assim ele parecia ainda ver o garoto diante de si. O cabo Hamley demonstrou muito mais sentimento; e, quando Bourne começou a falar sobre Shem, ele se levantou abruptamente e pegou o saco de viagem de Martlow, que Bourne tentara não ver. Havia uma coisa que ele não queria fazer e, apesar de saber que teria de fazê-lo, resistia fortemente. Os dedos do cabo Hamley crispavam-se em torno de uma carta; Bourne conseguiu ver o endereço, e sob ele, à esquerda, escrito com uma letra firme e regular que fluía pela página: "Meu querido menino". Correu os olhos pela barraca com um ar indiferente, e o endereço parecia estar rabiscado na escuridão.

"Pobre Shem", disse ele em voz baixa. "Fico feliz por ele ter escapado."

"Alguns vagabundos ficam com toda a maldita sorte", disse o cabo com inveja.

E Bourne se perguntou por que os mortos devem ser a desgraça dos vivos: parecem tão quietos, tão indiferentes, os mortos. O cabo Hamley saiu sem dizer nada, levando o saco de viagem do garoto com ele; a administração do acampamento ficava ao lado. Bourne recolheu suas coisas para ir e, quando estava passando, Weeper estendeu-lhe a mão.

"Estou realmente sentido", foi tudo que disse.

"Obrigado. Boa noite, Smart", agradeceu Bourne um pouco trêmulo, quando soltaram as mãos.

Ao voltar para o alojamento da Companhia A, encontrou o sargento-mor Tozer com uma nova insígnia na manga.

"Você vai sair esta noite, filho?"

"Estou muito cansado, sargento-mor", respondeu Bourne, relutante. "Acho que vou me deitar cedo hoje."

"Tudo bem", disse o sargento-mor com aprovação. "Mas há um pouco de rum na administração, e você vai dormir melhor depois de beber um pouco. Venha comigo."

Encontraram o subtenente no escritório da Companhia A, conversando com o sargento intendente. A tristeza dos homens era, frequentemente, colérica e recalcitrante.

"Foi uma maldita má sorte", estava dizendo em uma voz baixa e irregular. "Posso dizer que vai demorar muito até eu encontrar outro homem como Barton."

Ainda abalado e atordoado, Bourne lutou para entender que alguns fragmentos do pobre Barton jaziam negligenciados na lama insaciável, enquanto aqueles homens falavam sobre ele com voz gentil e cheia de pesar, elogiando-o pelas qualidades que ele realmente possuía. Então a raiva visceral do subtenente eclodiu novamente.

"Poderiam ter dado a ele uma maldita chance pelo menos."

"Acho que um homem não pode esperar ter mais chance do que outro", comentou em voz baixa o sargento.

"Estou cheio dessa maldita vida", disse o subtenente; e Bourne soube, por sua voz, que ele estava procurando por problema; mas todos ficaram sentados ali por um tempo, bebendo rum e falando dos homens mortos. Não tinham sofrido muitas baixas.

Quando Tozer se levantou para ir, Bourne ficou feliz em segui-lo e então se surpreendeu com seus passos vacilantes: essa mesma quantidade de álcool não lhe subiria à cabeça há seis meses. Deitou-se sem se despir por completo; enrolou-se no cobertor sentindo-se desamparado e infeliz. Dormiu imediatamente, sonhando que caminhava na névoa, um pouco menos espessa que a lama sob seus pés; era quase impossível respirar, e sentiu a lama sugando-o, não conseguiu livrar os pés dela, as bombas explodiam tudo em volta dele em súbitos relâmpagos vermelhos. Então terríveis mãos descarnadas saíram daquele lodo vivo e o agarraram, puxando-o inexoravelmente para as profundezas, e a lama parecia cheia de arame enferrujado, e os homens, com rostos bestiais exultantes, correram até ele, e ele lutou, lutou desesperadamente.

"Ei!", chamou o cabo Jakes, "mas que diabos é isso?"

Bourne abriu os olhos e se deu conta de que estava estrangulando o homem assustado que dormia ao seu lado, e Jakes tentava libertar as mãos do pescoço de sua presa.

"Tudo bem, garoto; foi apenas um sonho."

"E ele não pode sonhar sem tentar matar todo mundo?", perguntou exasperada a pobre vítima.

Bourne murmurou algumas desculpas ininteligíveis e enrolou-se no cobertor.

"Se você não fala palavrões quando está acordado, despeja todos eles quando está dormindo", observou o cabo Jakes, acomodando-se para retomar o sono interrompido.

Pela manhã, uma das primeiras coisas que Bourne ouvira foi que o subtenente, depois de uma discussão com Reynolds, o sargento da administração do acampamento, insistira em ver o ajudante de ordens, a fim de que este certificasse sua perfeita sobriedade. O ajudante de ordens achou a questão boa demais para ser respondida sem orientação médica; e o subtenente agora era um prisioneiro à espera de uma corte marcial, como resultado da avaliação bastante incompetente do médico sobre ele. Bourne o encontrou em uma tenda atrás dos alojamentos com o sargento-mor da Companhia D, de quem ele era prisioneiro. Não estava arrependido, e sim, cheio de desprezo pela vida, conversando com Bourne apenas sobre as noites de folga em Milharbour. Ninguém deixaria de admirar o modo como ele se recusava a partilhar seus problemas com alguém.

Houve apenas um toque de reunir pela manhã, com a inspeção da tropa; e Bourne teve de dar detalhes ao capitão Marsden do fim de Martlow e de Adams, e depois descrever os ferimentos de Minton. Pritchard falou sobre os ferimentos de Shem e corroborou os dados que Bourne dera sobre os outros. A conversa foi longa e triste. À tarde, marcharam para assumir a nova linha de frente, à direita de Blenau. O clima era de indiferença: para eles, tudo aquilo não passava de uma tarefa de rotina.

Alguns dias depois, nas primeiras horas da manhã, Bourne estava em pé no parapeito, em posição de tiro; e o cabo Jakes dormia, na mesma seção da trincheira. O tempo tinha melhorado muito. Com o passar dos dias, Bourne pareceu esquecer sua própria existência; não porque estivesse sonhando ou não tivesse conhecimento do mundo ao seu redor; cada nervo de seu corpo tinha sido esticado até o limite. Olhando para a escuridão por trás da qual a ameaça espreitava igualmente vigilante e furtiva, sua consciência tinha sido empurrada para fora e lançada às trevas a fim de tomar posse, pouco a pouco e pé ante pé, de cerca de 50 jardas de território, onde nada se movia ou respirava sem o seu conhecimento. Para além, estava a mais dúbia obscuridade, por onde só poderia tatear, incerto. O esforço que os sentidos faziam para ir além de suas funções normais tinha terminado por ora, não apenas obliterando sua própria essência como se fundindo ao que eles captavam – ao que ele realmente percebia na dissolução até mesmo de sua realidade objetiva, transformando-a em uma coisa incrível e fantástica. Bourne tinha se acostumado a isso de tal forma que tudo deixava de ter importância; não era sequer real para ele.

A noite estava tranquila. As poças e a água que cobria tudo não eram mais do que uma reminiscência de luz.

Contra o horizonte, ele conseguia ver as cercas de arame farpado e os postes meio caídos; para além deles, formas diáfanas de névoa à deriva nas trevas. A própria escuridão mudava continuamente, iluminando-se até chegar a uma curiosa transparência para então obscurecer-se de novo. A lua aparecia atrás de uma massa de nuvens a oeste; as estrelas brilhavam ainda mais por causa da geada. Por vezes, o silêncio se tornava tão intenso que ele quase esperava que se partisse qual o gelo. Então o silvo de uma bomba, seguida ou não por outras, seria ouvido sobre suas cabeças, acompanhado de todo o resto: explosões surdas ou o matraquear da metralhadora à distância. A mente, tão delicada à vibração do mundo exterior, não registrava mais tais coisas na memória, a menos que tivessem relevância. O som que ele esperava era o de um tropeço no escuro ou o arame sendo mexido; pois o que seus olhos buscavam, lá onde a escuridão engolia a névoa à deriva, era uma sombra se arrastando e avançando direto em sua direção.

A calma era tão sobrenatural que Bourne rezou para que algo a quebrasse; assim ele poderia matar, ou ser morto. Cedo ou tarde, isso aconteceria naquela noite hostil. Esperava, imóvel, sem nenhuma expectativa, o capacete ligeiramente inclinado sobre os olhos, brilhando levemente, a lona impermeável que cobria o chão, o sobretudo jogado sobre os ombros e atado ao pescoço por um cordão cujos ilhoses resplandeciam pela umidade condensada neles.

O cabo Jakes dormia. Bourne ouvia-o arfando suavemente; e conseguia escutar a própria respiração, como se fosse a de um terceiro homem. Então, dentro do território que se tornara como que toda a sua mente, algo mudou; ele prendeu a respiração, e toda a sua consciência, que tinha estado passiva, concentrou-se propositadamente em um ponto concreto. Era algo quase imperceptível, como se um torrão de lama tivesse mudado levemente de lugar; mas continuou, alguma coisa se separou do todo, e o ar preso no peito escapou de Bourne como um suspiro de desgosto, pois um rato corria, com os delicados e ligeiros movimentos das patas cintilantes, em sua direção. Ao vê-lo, ele parou a algumas jardas do parapeito do muro de contenção, o focinho contraindo-se sensível, e se sentou, elegante e bem alimentado, pondo-se a acariciar os bigodes com as patas dianteiras; e então, evitando as poças e os buracos de bomba, seguiu acompanhando a trincheira, não tomando o caminho em linha reta, mas ziguezagueando delicadamente ao longo das cristas, como se para manter os pés secos.

Ratos o nauseavam. Mudou um pouco sua posição, sentindo câimbras e frio. Suas luvas estavam cobertas de barro úmido, e a coronha de seu rifle escorregava, oleosa pela umidade. Uma haste fina e prateada riscou o céu, subindo até fazer uma curva e se expandir em uma esfera de luz pulsante, que iluminou toda a terra abaixo; e então a bola de fogo caiu lentamente, seu brilho sendo engolido abruptamente pela escuridão. Durante aqueles poucos segundos, o soldado raso Bourne permaneceu imóvel, depois mudou de posição, indo para o outro canto da seção. Uma metralhadora matraqueava enfurecida. O dorminhoco acordou e sentou-se, empurrando o capacete para trás.

"Os alemães estão enlouquecendo, não?", perguntou ele, sonolento.

"Está tranquilo o bastante", respondeu Bourne, despreocupado, quase sussurrando.

"Descanse, eu assumo. Está na hora de você ser rendido."

Ficou de pé no parapeito. E então os dois abaixaram-se rapidamente, desviando-se de alguma coisa que cortou o ar entre eles; uma pedra, no aterro atrás de sua posição, vibrou como um arame tensionado no ar atrás deles. Recuperado do movimento instintivo, Bourne deslizou seu rifle para uma nova posição e, colando-se mais ao chão, esperou.

"Esse desgraçado está levando a coisa para o lado pessoal", disse o cabo Jakes, um tanto admirado.

Bourne não disse nada: agora que aliviara a tensão de sua vigília solitária, sentia-se cansado e irritado. Os movimentos e sussurros do outro homem só exasperavam seus nervos irritados. A bala de um franco-atirador tem um objetivo muito definido e um propósito claro demais para ser esquecida tão logo fosse disparada, como acontece com a explosão de uma bomba lançada mais ou menos ao acaso. Mesmo a metralhadora, procurando possíveis alvos para as saraivadas inconstantes, não tinha exatamente o mesmo efeito intimista. Então Bourne descolou-se um pouco de seu rifle.

Com certeza os alemães tinham suspeitado daquela calma contemplativa. Mais abaixo da linha, à esquerda, outra bomba sinalizadora se elevou para espalhar sua luz prateada sobre aquela desolação alagada, e mal tinha acabado de apagar-se quando outra tomou seu lugar. Bourne tentava, em vão, recuperar o controle seguro sobre o território estreito que tinha possuído poucas horas atrás. Seu rosto impassível foi empurrado para a frente, o nariz adunco entre os olhos febrilmente brilhantes, as maças do rosto salientes acima das bochechas desenhadas, a boca de lábios finos, rígidos, mas não tão insensíveis a ponto de ocultar um indício de fraqueza, e a mandíbula obstinada, onde ainda podia-se notar a curiosidade em sua expressão alerta. Ergueu a cabeça algumas polegadas para ter uma visão mais clara e, em seguida, diante de si, uma terceira bomba explodiu em radiância espectral. Ficou imóvel, no clarão, mas seus olhos perscrutavam exaustivamente à direita, em direção a um amontoado de escombros, os restos de uma construção de fazenda a mais de 100 jardas de distância. Jakes também confrontava as possibilidades com uma indiferença impassível.

Então a luz morreu de novo, e Bourne virou-se para o companheiro.

"Ele não mirou em nós", disse ele em voz baixa; "apenas aproveitou a chance na trincheira."

E Jakes encarou Bourne com o rosto grave.

"Não confie no filho da puta", advertiu de forma seca.

O sargento-mor Tozer surgiu à vista, vindo pela trincheira com sua rendição. Estavam um pouco atrasados. Quando Jakes mencionou o franco-atirador, o sargento-mor virou-se para Bourne.

"Onde você acha que ele está?", perguntou em voz baixa.

"Naquele prédio em ruínas", respondeu Bourne sem convicção. "Há um monte de tijolos à esquerda, onde a chaminé ruiu: é onde acho que ele está."

"Você não 'acha' nada", foi o comentário de Tozer. "Se o capitão Marsden lhe perguntar qualquer coisa sobre isso, você quer estar certo, entende? O brigadeiro-general Bullock acabou de chegar aqui, e isso pode despertar um pouco de interesse no assunto."

Disse algumas palavras aos homens posicionados no parapeito do muro de contenção e liderou o caminho para o abrigo. Jakes e Bourne o seguiram.

"Há uma chance de você estar certo", falou Tozer, sem olhar ao redor; "e, se estiver, eu quero esse homem eliminado."

Abaixando-se, sentiram os degraus sob os pés. Dois tinham cedido por causa da umidade, transformando-se em uma rampa de lama. Depois de ter percorrido um terço do caminho, encontraram o cobertor úmido e meio congelado que bloqueava a luz das estrelas.

Tateando no escuro, encontraram no fundo outro cobertor, abafando a luz interior. Quando Bourne entrou, suas narinas dilataram-se com o cheiro, como se algum instinto bestial sobrevivesse nele. Cada uma das velas bruxuleantes lançava um halo de luz à sua volta. A fumaça, o tabaco, os vapores acres de um braseiro, nada conseguia mascarar o cheiro rançoso de homens sujos e fardas que tinham sido encharcadas de suor, secando ao corpo para serem molhadas novamente, por meses. Alguns poucos homens que estavam acordados ergueram os olhos quando eles entraram, mostrando rostos impassíveis, olhos brilhantes e intensos. A maioria dormia, um pouco inquieta. Eles eram pouco mais do que sombras sob a luz incerta. Cerca de um terço do abrigo, que tinha duas entradas, tinha sido separado do restante do espaço por cobertores, para que os oficiais tivessem seus aposentos.

"O capitão Marsden quer lhe perguntar alguma coisa, cabo", disse Tozer. "Bourne, é melhor você vir também."

Passaram por trás dos cobertores e o capitão Marsden ergueu os olhos, exatamente como os homens tinham feito, com o mesmo rosto impassível e olhar intenso, enquanto o sr. Sothern dormia, o cenho franzido. Eles tinham sido igualmente amaldiçoados.

"O cabo Jakes, *sir*", anunciou o sargento-mor.

"Oh, sim", disse o capitão Marsden, um traço de ansiedade desaparecendo de seu rosto. "Cabo, quando você estava fora, em patrulha com o sr. Sothern, ouvi que você viu um cabo morto em um buraco de bomba. Isso está correto?"

"Sim, senhor", respondeu Jakes com não mais do que sua solenidade de costume. "Ele jazia de cabeça para baixo em um buraco de bomba, os pés na borda. O buraco era recente, senhor. Não tinha muita água dentro dele."

"Ah", falou o capitão Marsden. "Você conheceu o cabo Evans, da Companhia D?"

"Não, senhor. Eu ouvi o nome, senhor, mas não posso dizer que o conhecia, não pessoalmente, e ele chegou ao batalhão apenas recentemente, senhor."

"Entendo. Se fosse o cabo Evans, que está desaparecido, você não poderia ter reconhecido o corpo, mas tem certeza de que o corpo que viu era de um cabo?"

"Sim, senhor. Percebi que ele tinha um par de listras. O que notei foi seu sobretudo. Era um bom casaco, quase novo; e estive procurando por um bom casaco há um bom tempo, mas não tive tempo de conseguir. Algumas bombas foram lançadas, e o sr. Sothern pareceu apressado..."

O oficial encarou com alguma gravidade aquele rosto inocente de qualquer crime.

"Você nem mesmo sabe seu regimento?", continuou o capitão. "Não; claro que não; como você diz, não houve tempo."

Ele falou em uma voz muito baixa, quase como se estivesse preocupado com outros assuntos. Então ergueu os olhos novamente.

"Mas suponho que você possa descrevê-lo de alguma forma, não pode, cabo? Ele era um homem pequeno? Como você acha que foi morto?"

"Ele era um homem grande, senhor, maior que eu; parecia alto, deitado ali. E ele estava deitado de barriga para baixo, então só consegui ver a parte de trás da cabeça. Acho que ele levou um tiro."

"O cabo Evans foi visto pela última vez no dia em que chegamos; mas, por tudo que você sabe, o homem que viu poderia estar lá deitado há semanas, não é?"

"Não, senhor. Ele não poderia estar morto há muito tempo, pois os ratos não tinham começado a comer o corpo."

"Ah, entendo. Ratos são um problema aqui, não é? Bem, isso é tudo que saberemos, suponho. Lamento muito por Evans, contaram-me que ele era um bom homem. O que você quer, Bourne?"

Quando ele se virou para Bourne, sua atitude tornou-se perceptivelmente mais fria.

"Perdão, senhor", disse o sargento-mor Tozer. "Pouco antes de serem rendidos, o cabo Jakes e Bourne foram alvo de um franco-atirador. Bourne acredita tê-lo visto."

Bourne estava prestes a protestar; mas algo na atitude do capitão Marsden o impediu. Ambos os homens sentiam algum constrangimento em situações como aquela, pois, embora as convenções que separavam os oficiais dos soldados tivessem sido relaxadas, em certa medida, para o serviço ativo, entre homens de mais ou menos a mesma classe, elas tendem a se tornar mais rígidas. Mesmo quando ficavam momentaneamente sozinhos, reconheciam, tacitamente, algo um tanto ambíguo na relação de um com o outro; e, quando um suboficial intervinha, como era o caso, a dificuldade era maior. Antes mesmo de o sargento-mor expor, com tanta habilidade, a sua mentira, o capitão Marsden tinha apanhado um lápis de sua mesa caindo aos pedaços, sobre a qual um dos versáteis cobertores do exército fazia o papel de toalha, e contemplava a ponta com um ar de indiferença bem calculada.

"Oh", disse o capitão de forma seca. "Você viu alguma coisa, cabo?"

"Não, senhor", respondeu Jakes, "mas posso jurar que a bala passou diretamente entre nós dois."

"Na verdade, a única coisa que você pode jurar é que uma bala passou desagradavelmente próximo a vocês", falou o capitão Marsden, um tanto sarcástico.

A postura do sargento-mor Tozer enrijeceu-se ante a aparente indiferença do oficial superior de sua companhia.

"Temo, senhor, não ter me expressado bem. O soldado raso Bourne não viu exatamente de onde o tiro veio, mas ele parece ter bastante certeza, pensei que o senhor gostaria de saber sobre isso. Franco-atiradores têm sido um problema considerável nesse setor. Ele estava a 20 jardas da posição de Bourne, assim como o brigadeiro-general, e temos ainda o caso do cabo Evans, senhor."

"Bem, Bourne", disse o capitão Marsden, impaciente, "o que você tem a dizer?"

"Acho que o tiro veio daquela direção, senhor. É o tipo de lugar onde eu postaria um franco-atirador, se esse fosse meu trabalho. É difícil julgar pelo som, mas penso que a bala veio entre nós, e com certeza acertou uma pedra às nossas costas."

"Bem, é melhor ver por mim mesmo, suponho. Você não precisa vir, sargento-mor. Descanse um pouco antes da revista do amanhecer."

Sua voz deixou transparecer um toque de amabilidade, e o sargento-mor, sem dar muita importância a isso, sentiu-se menos preocupado. Sempre pensou ser um pouco difícil adivinhar o que o oficial da companhia estava pensando, ou qual era o efeito que qualquer uma de suas sugestões poderia ter sobre o modo como o capitão Marsden conduzia as coisas.

Bourne seguiu seu oficial escada acima para a noite fria e estrelada, em silêncio. Depois de alguns passos, o capitão Marsden falou.

"Sabe, Bourne", disse ele, "o sargento-mor Tozer acha que eu vou provavelmente prestar mais atenção ao que você diz, e é claro que, em parte, até certo ponto ele tem razão; mas nem todo mundo precisa saber disso. Oh, conheço o lugar a que você se referiu. Eu me perguntava por que os chucrutes não o tinham incluído no seu sistema de trincheiras."

Bourne não entendia por que o capitão Marsden se dera ao trabalho de explicar-se. Sentiu-se um tanto ressentido; mas tinha se comportado estranhamente desde a ofensiva.

"Não há nada lá, senhor", disse ele. "Nada além dos restos da chaminé, não há um porão..."

"Como você sabe disso?"

"Eu fui lá uma vez com o sr. Finch, senhor, para inspecionar a cerca. Quase no mesmo instante em que chegamos lá, ouvimos uma patrulha alemã vindo em nossa direção. Nós nos agachamos em uma depressão e conseguimos vê-los através da névoa, contra a luz. O sr. Finch nos acenou para mantermos a calma. Eu esperava a cada segundo que alguém dispararia. Seis alemães e apenas um gatilho entre eles e a paz, a paz perfeita. Era muito fácil. Pareciam sombras atrás de uma cortina. Cruzaram a linha que tínhamos tomado e passaram em diagonal atrás de nós e da nossa própria linha. Depois de terem ido, continuamos por um longo caminho e passamos por aquelas ruínas. Não havia nada para ser visto além de rastros apagados."

Foram chamados por uma voz baixa; e então o capitão Marsden galgou o parapeito do muro de contenção, mas não conseguiu ver o monte de escombros, mesmo usando seu binóculo. Precisava de uma bomba sinalizadora atrás deles para tornar as ruínas claramente visíveis; mesmo à luz do dia, mal se diferenciavam dos arredores.

"Tudo tranquilo?", perguntou o capitão ao rapazote que estava do seu lado.

"Sim, senhor; mas o sargento-mor disse que havia um franco-atirador por perto. Mandam uma bomba sinalizadora de vez em quando, mas não muito perto daqui. Dá para ver o lugar, mas não muito bem com esse tipo de luz."

O capitão Marsden novamente perscrutou a noite, mas não conseguiu descobrir onde era o local. Decidiu em pensamento que, o que fosse que o rapaz tinha visto sob a luz de uma bomba sinalizadora, imaginava que ele ainda o via, uma imagem remanescente em sua retina, mesmo depois de a escuridão ter ocultado o objeto de novo. Então uma bomba sinalizadora distante o revelou, exatamente onde o rapaz havia dito que estava. O capitão Marsden aproveitou a oportunidade e desceu do parapeito do muro de contenção.

"Mantenha os olhos bem abertos, filho", disse alegremente. "Você pode ver alguma coisa interessante lá. Certo, Bourne; vamos voltar. Suponho que você vai querer um pouco de chá, ou algo assim, e eu um cigarro. Fico feliz por ter vindo aqui fora e por você saber alguma coisa sobre o lugar. Eu tinha certeza de que ali não havia um porão, mas estava me perguntando como você soube disso. Um bom camarada, o Finch; sempre soube como se concentrar no trabalho que estava fazendo, e ele fez um monte de bons trabalhos. Agiu muito bem durante o ataque também e conseguiu escapar quase ileso. Fico feliz em saber que você vai se tornar um de nós, Bourne. Deveria ter aceitado uma promoção há muito tempo. Talvez o coronel o veja depois de sermos dispensados."

Respondeu à continência do soldado raso e o deixou. Bourne chegou ao abrigo pela outra entrada. Depois de ter escorregado nos dois degraus danificados com o invariável susto e praguejar, encontrou o sargento-mor Tozer e o cabo Jakes em seu canto.

"Há um pouco de chá quente", disse o sargento-mor, "e sua ração de rum."

"O que o capitão vai fazer?", perguntou Jakes diretamente.

"Bem, ele não me contou nenhum segredo", respondeu Bourne; "mas acredito, cabo, que ele quer que você saia e enterre o homem que você viu."

"Isso é uma coisa engraçada", comentou Jakes, muito sério; "mas gosto de pensar que eu seria enterrado, isso é, se tivesse morrido assim, entende. O que me irritou com o capitão foi o modo como ele falou com você, como se você não estivesse lá. Percebeu isso, sargento?"

O sargento-mor Tozer, por princípio, desaprovava um cabo expressar qualquer opinião sobre o seu comandante da companhia; mas deixou a falha passar, só por aquela vez.

"O que me incomoda", disse ele com ainda mais veemência, "é o jeito como ele olha para você pelas costas."

"Ordenança!", disse uma voz por trás dos cobertores que serviam de anteparo, e um mensageiro saiu de seu estupor para responder de forma apressada. Bourne acendeu um cigarro, depois de ter passado a marmita com rum aos outros dois, e se recostou na parede úmida. Passeou os olhos por aqueles rostos, de onde o sono havia banido toda expressão que não fosse desesperado cansaço. Pritchard e ele mesmo, além de Tozer, é claro, eram os únicos dois homens que restaram da seção que participara da ofensiva no Somme em julho. Os restantes eram somente estranhos para ele. Então pareceu ver Martlow diante de si: um garoto esquisito, ciumento, obstinado em todos os ressentimentos, mas cheio de impulsos generosos, desconfiando de todo mundo e, ainda assim, aberto e impressionável quando alguém ganhava sua confiança. Veio até ele e Shem casualmente em Sand-pits, depois da última ofensiva em Guillemont, e sempre se sentara com eles desde então. Tinha sido apenas um encontro casual; três pessoas sem nada em comum entre elas, e ainda assim não havia vínculo mais forte do que a carência que os unia. Nenhum deles jamais invadira o espaço do outro. Sem a premente necessidade que sentiam um dos outros, teriam se separado, mantendo dos companheiros nada mais que uma vaga lembrança, alguma gratidão, mas nada concreto a que se agarrar. Shem estava bem, tinha partido à sua maneira, mas Martlow estava fora de alcance; e Bourne sempre veria aquele cenho franzido e sentiria o peso de seu corpo. Fechou os olhos.

O rapaz de sentinela no parapeito do muro de contenção observava atentamente o terreno à sua frente. A expectativa de que veria alguma coisa se mexer, ou um súbito clarão, tornou-se quase um desejo. Mas nada mudou. O mundo tornou-se mais e mais quieto; a escuridão começou a diminuir; e logo eles entrariam em formação, ao amanhecer. Ele agora podia ver as ruínas do prédio quase claramente. Não havia nada, nada, o mundo estava vazio, silencioso, aguardando o amanhecer. E então, enquanto as observava menos intensamente, algo vindo do céu atingiu as ruínas, a paisagem sombria à sua frente turvou-se e tremeu; antes mesmo que ele escutasse a explosão, um pilar sólido de escuridão subiu pelo ar como se fosse um cogumelo maligno; então se espalhou e se dissolveu, e o monte de escombros já não estava lá.

"Cristo!", exclamou o rapaz. "Aquele era um bom!"

18

*A Fortuna? Oh, a mais pura verdade;
ela é uma meretriz.*
– Shakespeare, *Hamlet*, ato II, cena II

Depois de outro período nas trincheiras, mudaram de alojamentos e então ocuparam grandes galpões de zinco no bosque de Bus-les-Artois. Uma corte marcial rebaixara o subtenente Hope a sargento e ele fora mandado para a Companhia A, sob o comando do sargento-mor Tozer. Embora tenha recebido muito bem a perda da insígnia, tornou-se uma pessoa bastante inacessível, ainda que Bourne algumas vezes conseguisse atraí-lo para fora de si mesmo. Tozer o tratava com muito tato, jamais o consultando, mas, ainda assim, aceitando sua opinião quando ele a oferecia, como se estivessem no mesmo nível hierárquico. Ele sabia como cuidar de um homem arrependido. Os soldados também não demonstravam nenhuma má vontade, sua punição eliminou qualquer coisa que pudessem ter contra ele; mas seus modos não mudaram sensivelmente; mesmo que sua conduta tivesse se tornado mais circunspecta, ele ainda enfrentava questões à sua maneira, arrogante e desdenhosa.

Bourne tinha se tornado melancólico e antissocial. O acaso o punha frequentemente no caminho de Morgan, o sargento dos granadeiros, e iam juntos de tempos em tempos a uma casa em Bus-les-Artois onde podiam conseguir café e rum e conversar em paz. Morgan bebia muito pouco, por isso raramente era visto em um café. Ele era um homenzinho mordaz, garboso e confiante. De quando em vez, um homem alto, com rosto de cigano, também granadeiro, juntava-se a eles. Bourne o tinha visto pela primeira vez em Reclinghem, quando haviam sido alojados em conjunto; e, como ele parecia nunca receber cartas ou pacotes, Bourne o chamava, ocasionalmente, para compartilhar os seus. Tornaram-se mais ou menos amigos, e um dia Bourne lhe perguntou o que ele fazia antes de vestir um uniforme.

"Eu estava na escola", disse ele depois de um momento de hesitação.

Bourne olhou para ele com espanto, pois ele tinha 30 anos pelo menos, e Whitfield explicou que tinha cumprido pena na prisão. Aparentemente era um ladrão, mas não fez nenhuma tentativa de justificar sua escolha de uma profissão que era ao mesmo tempo perigosa e mal paga; e Bourne, recuperando-se de uma momentânea perplexidade, aceitou seu depoimento como confidencial e manteve o assunto para si mesmo. Gostava de Whitfield, que, afinal de contas, como um granadeiro, estava seguindo sua vocação; mas, embora mantivesse o segredo do homem, virou-se para o sargento Morgan e lhe perguntou o que Whitfield fazia antes da guerra.

"Ele tinha uma oficina de bicicletas", respondeu Morgan. "É um maldito de bom homem; um dos melhores que conheci. Eu o recomendei para uma promoção uma ou duas vezes, mas eles pareceram não perceber. Ele não se importou, mas vou continuar recomendando-o. Você deve vir comigo alguma noite dessas em uma patrulha nas trincheiras. Vários homens não veem isso, mas é realmente um bom jogo. Você fica livre para fazer o que o diverte. Claro que tem suas ordens e eles passam um tipo de plano; mas são detalhes. Você esquece tudo isso assim que começa e faz seus próprios arranjos, conforme segue. Tenho saído com vários oficiais agora e, no geral, são camaradas muito decentes. Fazem um plano e depois vêm e me pedem para dar uma olhada e ver se está tudo certo. Tudo certo, senhor, eu sempre digo a eles; que o apresentem na administração do acampamento e veremos o que pode ser feito. Apenas um oficial me causou problema, um camarada de nossa unidade, não digo nada para evitar repercussão; mas ele era um bastardo, isso ele era. Cruz militar, condecorações, a merda toda, e nós perdemos um dos nossos melhores cabos por culpa do desgraçado. Sem chance de aceitar algum conselho, sem chance."

Bourne sabia alguma coisa da história, mas não estava prestando muita atenção. Bem lentamente, e menos como uma possibilidade do que uma espécie de sonho, despertou nele o desejo de ver e explorar um pouco as trincheiras alemãs novamente. A vontade aumentou, fascinando-o; e então desapareceu de novo, como um sonho o faria, pois ele conhecia a realidade muito bem. Terminaram o rum e o café e voltaram juntos para os alojamentos.

"Onde você esteve?", perguntou o sargento-mor Tozer. "Não tenho tido muito tempo esses dias, mas procurei por você esta noite; pensei em sairmos e ver o que tem para fazer neste maldito buraco."

"Sargento-mor", respondeu Bourne, "não vamos sair. Vou tentar furtar uma garrafa de uísque e amanhã tomaremos um trago na sede da companhia com o sargento Hope e o cabo Jakes. Não importa como vou conseguir. Você não deve saber como se faz isso: não é ensinado no Treinamento da Infantaria."

Todas as conversas no acampamento na manhã seguinte giravam em torno de Miller, o desertor, que tinha sido preso próximo a Calais e fora trazido de volta sob escolta.

"Queria que eles tivessem dado um tiro no desgraçado e nos poupado o trabalho", foi tudo o que disse o sargento-mor Tozer.

"Ele escapou de você bem direitinho, sargento-mor", comentou o sargento Hope com uma risada que soou um pouco arrogante.

"Ele escapou de mim direitinho", admitiu Tozer; "mas naquele momento ele não era um prisioneiro."

Alguns dias antes, um novo subtenente tinha chegado de outro batalhão. Hope o conhecia um pouco e disse que era um autêntico oficial: reservado e rigoroso, mas muito razoável. Ele foi ao alojamento da Companhia A e perguntou por Bourne às cinco e meia daquela tarde; Bourne foi vê-lo de imediato e foi-lhe dito que parecesse inteligente quando se apresentasse na sede de comando às seis horas para falar sobre sua promoção. Isso produziu em Bourne um desejo quase incontrolável de debandar, se fosse possível; depois aceitou a situação e foi se lavar e se arrumar. Quando estava enrolando as grevas de novo, o sargento Hope foi até ele.

"Vocês se importam em convidar o subtenente para vir também hoje à noite?", perguntou.

"Você o chama, sargento", respondeu Bourne, como era de esperar.

"Não tema", disse Hope. "Não me importo de deixá-lo saber o que está acontecendo. É um bom sujeito, o velho Traill, mas se importa um tanto demais com sua dignidade; ficaria tudo bem se dissesse a ele que vamos apenas beber para nos despedir de você, e por isso vamos juntos; mas não seria adequado que nós o convidássemos. Ele deve pensar que a ideia partiu de você; depois de ver o coronel, poderia perguntar a ele."

Bourne concordou um pouco relutante; sentia-se desconfortável com tudo aquilo porque, afinal de contas, não conhecia o subtenente, e a coisa toda, para dizer o mínimo, era irregular. Assim que estava vestido, o subtenente o procurou.

"Como você está pronto", disse ele, "podemos ir os dois. Quero conversar com você."

Foram juntos, caminhando lentamente, e até mesmo parando pelo caminho; e o subtenente fez a sua preleção. Sabia tanto de Bourne quanto qualquer um do batalhão, evidentemente; e suas observações foram direto ao ponto. Disciplina era disciplina, disse ele; embora se permitisse certa liberdade para homens razoáveis.

"É certo ser amigo de todo mundo, desde que se comporte e não tire vantagem da situação nem de ninguém. Ao mesmo tempo, alguns dos camaradas com quem você é amigável podem querer o seu lugar, mas você não quer julgar o exército inteiro por eles. Vai precisar esquecer bastante coisa e começar de novo; é isso, vai precisar de uma visão diferente das coisas. Você conhece os homens. Mas quando se é um oficial você não os conhece. Vai ter sorte se souber quem realmente são seus suboficiais e vai precisar delegar muitas coisas a eles. Precisará mantê-los na linha; mas vai ter de confiar neles e deixá-los saber disso."

Foram juntos até a administração do acampamento; o subtenente logo saiu para que Bourne entrasse. O coronel estava sentado à sua mesa, sobre a qual estava o invariável cobertor do exército, e aparentemente a questão de Bourne era apenas um dos muitos assuntos a demandar sua atenção. Ele parecia pensativo e preocupado, não cansado, e encarou Bourne com seus olhos azuis acinzentados inflexíveis, enquanto o questionava sobre ele e sua vida. Seus modos pareciam ficar mais amáveis, ainda que não deixasse de manter certa distância enquanto prosseguia com o interrogatório. Depois, sem fazer mais perguntas, deu a Bourne alguns conselhos que não diferiam substancialmente daqueles que o subtenente lhe dera.

"Vou fazê-lo anspeçada", disse por fim. "Levará cerca de algumas semanas até que corra todo o processo. Além disso, terá de passar pelo brigadeiro-general para que o aprove. Acho que eles têm muita sorte em ter você, assim como tenho certeza de que será um bom oficial."

Bourne agradeceu, prestou continência e saiu. Do lado de fora, esperou pelo subtenente em um curioso estado de prazer e excitação. O elogio e o encorajamento do coronel o encheram de gratidão, mas alguma coisa lutava contra o seu entusiasmo; sentia, permeando toda aquela alegria, um pesar intratável e conseguiu apenas dizer a si mesmo o que tinha dito durante todos aqueles meses: era obrigado a tentar, não a ter sucesso. Então o subtenente apareceu.

"Senhor", disse Bourne, "como eu posso ir embora a qualquer momento, chamei o sargento-mor Tozer, o sargento Hope e o cabo Jakes para beberem comigo esta noite; e ficaria bem feliz de ter sua companhia também. Tenho uma garrafa de uísque escocês."

O subtenente perguntou como ele conseguira a bebida e, percebendo a ansiedade de Bourne, escondeu um sorriso ao acariciar o bigode.

"Acho que esta é uma ocasião excepcional", disse ele em voz baixa. "Passarei às oito. Afinal, uma garrafa de uísque fará menos mal a cinco homens do que a quatro."

Ele se afastou em direção ao pôr do sol, e Bourne foi para seu alojamento.

"Como foi com o comandante oficial?", perguntou o sargento Hope. "Chegou correspondência para você."

Bourne pegou a carta surpreso. Era um envelope brilhante e barato, com uma borda preta fina, endereçado com uma caligrafia antiquada de mulher, precisa e facilmente reconhecível. Ele viu o carimbo postal: Squelesby.

"Ah, tudo bem", disse distraído.

"O subtenente vem esta noite?", perguntou Hope.

"Sim", respondeu Bourne, até se esquecendo de adicionar o habitual "sargento".

Hope olhou para ele com curiosidade e não disse mais nada. Bourne, aproximando-se da vela, abriu a carta e a leu. Era da sra. Martlow.

Colocou-a de novo no envelope e guardou-a no bolso interno da túnica. Martlow contara à mãe tudo sobre ele, até que sentiria saudades quando Bourne "fosse feito oficial"; e ele se lembrou da marcha de Vincly até Reclinghem, do velho sacerdote, a cabeça descoberta ao crepúsculo e do ressentimento na voz do garoto quando lhe perguntou se o que o sargento-mor Robinson dissera era verdade.

Levantou-se e saiu para caminhar um pouco entre as árvores. Sentia-se inquieto. A extraordinária reserva e coragem na carta daquela mulher, o modo doloroso como estendera a mão para Bourne, tecendo seu retrato a partir de fragmentos das cartas que recebia, como se ele mantivesse algo do filho que ela perdera, isso também lhe parecia vergonhoso. Não tinha ouvido nada sobre Shem, que estava em um hospital, em algum lugar, recuperando-se de seus ferimentos; mas ele tinha desaparecido tão completamente que Bourne nem mesmo esperava ouvir alguma coisa sobre ele novamente. Os homens desapareciam, deixando atrás de si muito poucos vestígios. O tempo deles tinha terminado. Martlow, por alguma razão que ele não conseguia entender, persistia em sua memória; parecia estar apenas fora de vista, atrás do alojamento, por assim dizer, ou até mesmo a ponto de passar pela porta. Bourne voltou e se sentou com Hope.

"Você não recebeu nenhuma notícia ruim, recebeu?", perguntou-lhe o sargento.

"Não, sargento. Ah, o senhor se refere à carta. Não, era apenas uma resposta."

Foram juntos até o galpão que abrigava a sede da companhia e um depósito; lá encontraram o cabo Jakes, junto com o sargento-mor Tozer. Nesse momento, o subtenente chegou; Bourne usou seu canivete para tirar a rolha da garrafa lenta e gentilmente. Jakes imitou o som com a língua contra o céu da boca, mas logo ficou sério, pensando ter feito alguma coisa rude. Bourne prestou mais atenção no subtenente e no cabo Jakes do que nos outros dois; porque, aparentemente, o subtenente achava um pouco difícil abandonar o ar solene, e Jakes, sentindo-se um tanto coibido, portava-se como se suas roupas estivessem muito apertadas. A estranheza foi diminuindo. Algo como calor e emoção correu pelo sangue de Bourne quando os viu reunidos e rindo das histórias que contavam.

"Parece que você está de muito bom humor esta noite", comentou o sargento-mor Tozer. "Bem, acho que vai conseguir uma insígnia amanhã; e então vai ser adeus, em algum momento. Coisa engraçada, a vida. Apenas estamos sentados aqui, conversando, como se estivéssemos sentados há uma eternidade, e quando um ou dois amigos se vão, e um ou dois novos chegam, parece que não há nenhuma diferença. Mas mesmo assim espero que nos lembremos de você mais tempo do que você vai se lembrar de nós."

"Que diabos!", disse o subtenente sendo bastante razoável. "Você não pode esquecer um homem que consegue uma garrafa de uísque escocês em um lugar como este."

"Quer mais, senhor? Cabo?"

"Apenas mais um trago. *Merci 'boncup'*", agradeceu o cabo em um francês atravessado.

"O que quero dizer é que vamos ficar aqui ainda", continuou Tozer, "e você vai estar fora. Vai lhe parecer que não é mais real."

"Você não precisa pensar sobre as coisas", disse o cabo Jakes. Todos começaram a falar de forma incoerente sobre a guerra. O subtenente estava confiante, mas não tinha ilusões: ela só acabaria quando a Alemanha fosse batida; mas o fim parecia muito longe, ainda.

"Perdi meu filho mais velho", disse o oficial em voz baixa.

Bourne olhou para ele imediatamente. Tinha diante de si um homem com uma questão pessoal contra os alemães; e era curioso ver como raramente se viam como homens; eram somente soldados, e não maridos, ou pais, ou filhos; apenas fileiras de homens anônimos.

Conversaram e beberam juntos, em voz baixa, enquanto havia uísque. Era uma trégua; relaxaram sentindo-se confortáveis, amigáveis uns com os outros, e depois cada um seguiu seu caminho para dormir.

No dia seguinte, Bourne foi em busca da nova insígnia e procurou os alfaiates para que ela fosse costurada à sua manga. Deu-lhes um dinheiro para que bebessem alguma coisa.

"Suponho que você vá tomar um trago com o sargento-mor e o sargento Hope esta noite", disse Snobby Hines em tom de aprovação.

"Não, eu vou para cama", respondeu Bourne. "O sargento Hope está de guarda esta noite."

Pela manhã, a figura de Miller, o desertor, tinha assumido proporções heroicas. Ele estava prisioneiro na barraca da polícia, que ficava à beira de uma pedreira, com três policiais dormindo com ele e uma sentinela do lado de fora. Durante a noite, deslizara por baixo da barraca e descera até o fundo da pedreira, na escuridão; depois entrara às escondidas no acampamento e roubara uma bicicleta dos ordenanças.

"Aquele desgraçado merece mesmo escapar", disse o sargento-mor Tozer; e o azarado sargento Hope, que era a pessoa responsável, enfiou um revólver no bolso, pegou outra bicicleta e vasculhou a área como um homem desesperado. Mesmo quando ele voltou com as mãos vazias, não podia dizer tudo o que sentia. À tarde, foram transferidos para a primeira linha das trincheiras.

O comando da brigada ordenara que fosse feita uma incursão para verificar as posições e pediram voluntários às companhias. Weeper Smart, que tinha ido até o abrigo do quartel-general nas trincheiras, trouxera a mensagem. Juntamente com o anspeçada Eames e um homem chamado Jackson, fora designado à Companhia A como sinaleiro para a missão. Ele passou a mensagem para o sargento-mor Tozer, e este, ao capitão Marsden; e eles discutiram a questão em voz baixa. Os alemães tinham se tornado um problema, agindo na vasta área entre as duas linhas de frente inimigas, e era um erro deixar que continuassem a fazer as coisas à sua maneira.

"O sr. Cross vai estar no comando, junto com o sargento Morgan e dez homens."

Bourne estava fora, com um grupo de limpeza encarregado de drenar diariamente a água que se acumulava nas trincheiras; elas estavam podres por causa da umidade e, quando geava, as paredes tendiam a desmoronar. Ele trouxe seus homens de volta ao abrigo na hora em que o capitão Marsden e o sargento-mor Tozer tinham digerido a mensagem; e o capitão Marsden levantou os olhos e viu que ele estava sujo de lama até a cintura.

"Anspeçada, esta noite vamos fazer uma inspeção. Acredito que você conheça a disposição da área entre as linhas. Quer fazer parte do destacamento? Estamos pedindo voluntários."

"O anspeçada Bourne recebeu uma promoção e está de partida, senhor", explicou o sargento-mor Tozer, "e talvez..."

"Eu sei de tudo isso", retrucou o capitão Marsden com aspereza. "O que me diz, anspeçada?"

Bourne sentiu algo nele se expandir com força para então se contrair até desaparecer novamente.

"Se é isso que o senhor deseja, senhor", respondeu ele, indiferente.

"Isso não se trata dos meus desejos", disse o capitão friamente. "Estamos pedindo voluntários. Acredito que a experiência possa lhe ser útil."

"Estou pronto, senhor", falou Bourne com igual frieza. Houve silêncio por alguns segundos; de repente, Weeper se levantou com o fone do telégrafo ainda preso às orelhas; e com os olhos quase escapando das órbitas.

"Se ele vai, eu vou", disse solenemente.

O capitão Marsden, surpreso, encarou-o com espanto arrogante.

"Não acredito que seus deveres vão permitir que você vá", disse ele. "Vou inscrever o seu nome provisoriamente."

Um jovem chamado Gaymer se voluntariou; e mais ninguém. Comeram um pouco e se sentaram em silêncio, fumando. Depois de algum tempo, Bourne, Smart e Gaymer receberam ordens de se apresentar do lado de fora do quartel-general. À luz do dia, as trincheiras eram tão lúgubres e desoladas quanto o eram de noite, mas sem o mistério que as envolvia. Tudo era desolador, nu e vazio; como rastejar por entre as costelas do esqueleto da Terra. O grupo aos poucos se reuniu e o ajudante de ordens saiu do abrigo e falou com cada homem, individualmente. Ele parecia um pouco perplexo com o que deveria dizer. Encarou Bourne com um ar de dúvida.

"Acha que deve ir, Bourne?", perguntou ele, e continuou sem esperar uma resposta.

O sargento Morgan sorriu para Bourne.

"Vai ficar tudo bem", sussurrou; "apenas damos uma olhada, pregamos um susto neles e voltamos."

Bourne viu Whitfield ali e pensou como gostaria que formassem uma dupla para caçar. Ele se sentia tranquilo, quase indiferente, exceto pelo senso de aventura que o agitava de quando em vez; e em seguida, com a perversidade de espírito que o caracterizava, riu da própria tolice antes de surpreender a si mesmo lembrando-se do capitão Marsden com um ressentimento obscuro. De qualquer maneira, tratou de se convencer de que nenhum dos nossos atos é completamente voluntário porque, embora não exista coação explícita, ela costuma estar implícita. E perguntou a si mesmo se a determinação tornada mais e mais forte dentro dele não seria, afinal, seu verdadeiro eu, que só necessitava da pressão das circunstâncias para se manifestar.

Eles se afastaram até um trecho vazio da trincheira, onde o oficial explicou-lhes o que fazer, com o sargento Morgan intervindo ocasionalmente. Mostraram um esquema das trincheiras inimigas, o ponto onde deveriam penetrar; o posto que, se estivesse ocupado, iriam atacar. Em seguida, a missão de cada um foi atribuída.

Bourne foi colocado como parceiro de Weeper, com ordens de vigiar o ponto de junção entre uma trincheira de comunicação e a trincheira de apoio e também de dar o alerta de aproximação de grupos hostis movendo-se ao longo da linha. Foram informados também da possibilidade de haver um nicho de metralhadora naquela área, mas essa informação era incerta. Seu dever, em suma, era cobrir um dos flancos do grupo e proteger a ofensiva. Se fossem obrigados a usar suas granadas, deveriam retroceder com o restante do grupo, sem deixar de oferecer toda a proteção possível. Se o alerta fosse dado por apito, que se dirigissem sem demora à passagem na linha principal. E se por algum motivo não conseguissem unir-se ao grupo, deveriam regressar às suas próprias trincheiras da melhor forma possível. Foram advertidos do perigo que representavam suas próprias sentinelas e da necessidade de responder prontamente aos gritos de alerta. O sr. Cross considerou que os homens tinham compreendido perfeitamente o plano geral e suas respectivas missões, mas, ainda assim, perguntou ao sargento se ele havia se esquecido de mencionar alguma coisa. O sargento estava seguro de que não, mas se ofereceu para revisar o plano uma última vez. Ele foi menos insistente que o oficial sobre o valor do trabalho em equipe e parecia mais inclinado a frisar que, embora fosse uma ação em conjunto na qual todos os implicados desempenhavam um papel, cada um tinha de confiar em si mesmo e em seu próprio julgamento.

"A bola tem de estar sempre em movimento, não podemos perdê-la", disse ele, valendo-se de uma metáfora, e os rapazes pareceram gostar disso, mesmo não entendendo como usar aquilo na prática.

Então eles voltaram para suas companhias com a ordem de se apresentarem às nove horas em ponto na junção entre as trincheiras Monk e Delaunay. Weeper e Bourne logo se encontraram sozinhos.

"Que chances têm dois desgraçados como nós?", resmungou Weeper.

"Por que você se ofereceu, Smart? Achei isso terrivelmente decente da sua parte."

"Quando vi como aquele feitor de escravos filho da puta olhava para você, eu disse a mim mesmo: 'Também vou'. Eu sempre vou dizer isto: você é um sujeito que sempre dividiu tudo com todo mundo e nunca chamou ninguém por nenhum apelido imbecil. Estou nessa. Não é a primeira maldita ofensiva em que eu tomo parte, amigo, nem será a última. Não há nada para lamentar. Posso tomar conta de mim mesmo e de você também, meu rapaz. Deixe comigo."

Ele era sempre o mesmo; a determinação só o deixava mais desesperado. Bourne pensou por um momento e em seguida, levantando a cabeça, virou-se para o companheiro.

"Não acho que o capitão Marsden pretendeu colocar as coisas dessa forma, Smart. É só o jeito dele, mas sempre faz o que ele acha certo."

Weeper lançou-lhe um olhar feroz, mas cheio de compaixão. "Você é um maldito idiota", foi tudo o que disse.

Foi o que bastou. Bourne riu por dentro. Ele sempre sentira uma antipatia instintiva pelo comandante da sua companhia.

"O bastardo vai ver", disse ele a si mesmo. "Isso se eu tiver escolha."

Escolha. Todos se equilibravam, igualmente, sobre aquela escolha perigosa. Nenhum deles era livre, por isso qualquer coisa que fizessem teria pouco mérito. Seguiu Weeper até o abrigo.

O sargento-mor Tozer estava ao pé da escada com o cabo Jakes.

"Cuide-se, ouviu?", disse-lhe Tozer muito sério. "O capitão não tinha nenhum direito de mandar vocês nessa missão."

"Ele mesmo não tem a maldita coragem", retrucou Jakes.

"Você não quis dizer isso", admoestou-o o sargento-mor; e em seguida, virando-se para Bourne: "Aí sobrou um pouco de chá com rum, pode beber, se quiser."

"Não, obrigado, sargento-mor", respondeu Bourne; "mas guarde minha ração para quando eu voltar. E não se preocupe comigo. Estou bem. Eu quero ir."

Ele sabia que realmente desejava ir. Era parte de seu caminho, aonde quer que ele o levasse. Sentou-se ao lado de Smart. Conversaram um tempo, mas não muito. Não falaram com mais ninguém, mas, de vez em quando, um dos soldados olhava para eles especulando, ainda que sem grande interesse, que chances teriam.

A névoa, luminosa sob o luar, era muito instável: adensando-se e dissipando-se, levada pelo vento que não era capaz de eliminá-la por completo. A questão era se duraria o suficiente. Sujaram o rosto de lama e puseram-se a caminho; logo diminuíram o passo e puseram-se a rastejar, avançando lenta e cuidadosamente. A lama tinha endurecido parcialmente sob os efeitos da geada, mas ela não fora o suficiente para formar uma capa sólida de gelo sobre as poças. Elas rachavam sob o peso deles, com o som de vidro estilhaçado.

Detiveram-se algumas vezes, quando o sargento Morgan sussurrava algo ao oficial, e mais uma vez Bourne sentiu vontade de rir, porque alguns dos homens respiravam de forma pesada, como bois resfolegando na escuridão. Enfim, pararam definitivamente, e Whitfield seguiu em frente com um companheiro. Eles esperaram, ouvindo atentamente, mergulhados no mais completo silêncio.

De repente, ouviram o matraquear de uma metralhadora, mas era apenas uma advertência. Sentiram os fios da cerca vibrarem e depois uma rajada, e, ouvindo atentamente, prenderam a respiração. Bourne e Weeper estavam ao lado de um homem com uma maça, a que os homens chamaram de bastão *kosher*. Bourne examinou a arma com curiosidade. Sentia-se friamente calmo, mas a espera parecia longa demais. Finalmente, Whitfield voltou. Ele liderava o caminho de novo, seguido de perto pelo sargento, depois o sr. Cross, os homens com as maças e depois o resto do grupo. Bourne encontrou-se rastejando sobre uma verdadeira esteira de arame enferrujado; as farpas metálicas da cerca agora enterrada na lama rasgavam-lhe a calça, transformavam-na em farrapos; arrastar-se por ali se revelou uma tarefa penosa e lenta. Sentia um pavor mortal de, ao tocar inadvertidamente o arame farpado, produzir uma vibração que pudesse reverberar ao longo de toda a linha. Cada ruído que fazia parecia-lhe extraordinariamente amplificado. Cada sentido parecia agudamente ampliado até os limites da compreensão. Bourne estava no meio do caminho. Viu Whitfield e o outro homem se arrastarem até a trincheira e saírem pelo outro lado. O sargento Morgan indicou-lhe com um gesto por onde ir. Weeper passou por ele e Bourne o seguiu, tentando memorizar a direção, de modo a ser capaz de encontrar o caminho de volta para a brecha na cerca. Atravessaram, quase juntos, para a trincheira, Weeper agarrando-lhe a mão e arrastando-o para fora, sem esforço aparente. O homem era forte como um macaco. Avançaram até suas posições, onde uma das trincheiras de comunicação formava um ângulo bastante acentuado com a trincheira de fogo, que ainda mostrava as marcas do bombardeio britânico. Depois dessa junção, o traçado da trincheira mudava de direção de uma maneira muito clara, avançando como se buscasse confluir com a trincheira britânica. Encontravam-se na cratera aberta por uma granada, ou em duas crateras que formavam uma só: Weeper vigiava a trincheira de comunicação e Bourne, a de fogo.

A névoa era bem tênue agora, como se quisesse desaparecer. Bourne mudou de posição ligeiramente, procurando sentir-se mais confortável. Tinha uma granada preparada, com o dedo no anel do pino de segurança. Ao mover-se, ele viu, a não menos de 10 jardas dali, o brilho débil de uma luz amarelada, que nada tinha a ver com a palidez espectral da lua. Chutou Weeper, pedindo silêncio. O brilho apareceu de novo. Vinha de uma grande cratera, coberta provavelmente por uma lona camuflada; e algo se movia dentro dela, pressionando o lugar por onde entravam os soldados, deslocando a lona de modo imperceptível e deixando escapar um raio de luz intermitente. Ele ouviu Weeper murmurar não mais alto que um suspiro. Longe, muito longe, uma bomba sinalizadora riscou o céu. De repente, escutaram uma voz, um grito, sons fracos de luta e algumas explosões abafadas debaixo da terra. Quase imediatamente, a metralhadora à frente deles começou a matraquear, e podiam ver como jorravam da arma rápidos flashes de luz. Bourne atirou a granada, que seguiu direto até a fenda da lona. Esquivando-se, tinha outra preparada e lançou-a também, depois que Weeper jogou uma das suas. As três explosões sucederam-se com rapidez. Ouviram um apito. A metralhadora estava fora de ação, mas Weeper, saltando em direção aos escombros, lançou outra e puxou Bourne para a trincheira. Através do nevoeiro, viram que seu destacamento já havia chegado à brecha da cerca e então ouviram explodir a granada de despedida de Weeper.

O grupo, sob o comando do sr. Cross, distribuiu-se pelos flancos, e então, depois de terem rastejado à frente até estarem próximos o suficiente, correram em direção à trincheira. Quando a sentinela se voltou, uma das maças o acertou na têmpora e outro homem terminou o serviço com uma baioneta. Havia mais dois alemães na mesma seção. Um teve o braço quebrado por uma maça e gritou. Simultaneamente, o abrigo recebeu uma chuva de granadas. Um par de homens se atirou sobre o terceiro alemão, um sargento prussiano; depois de terem travado uma breve luta, ele foi subjugado, chutado e empurrado para fora da trincheira. Mataram todos os sobreviventes do abrigo e na seção seguinte outro prussiano foi morto. Enquanto empurravam o sargento e o soldado de braço quebrado até a cerca, ouviram Weeper e Bourne arrasando o nicho da metralhadora à base de granadas. O sr. Cross tocou o apito. Quase imediatamente, um clarão de uma bomba sinalizadora surgiu no céu; e ouviram os rifles abrindo fogo cegamente, em todas as direções. Já haviam atravessado a cerca.

De repente, o sargento prussiano, em um esforço desesperado, conseguiu se livrar de seus captores e os enfrentou com a mão levantada:

"*Halte*!", gritou e atirou-se sobre o sargento Morgan.

Os dois homens caíram no chão. O sr. Cross disparou e, afortunadamente, matou o prussiano.

"Espero que nunca mais pense em fazer uma coisa assim, senhor!", disse o sargento Morgan ao levantar-se.

"Tire o capacete dele!"

A correia estava bem apertada sob o queixo gordo do prussiano. Apanhando a baioneta, o sargento tentou arrancá-la e cortou a parte tenra do pescoço, fazendo com que a cabeça do prussiano caísse para trás. O capacete saiu, afinal, e eles avançaram com o outro prisioneiro, que gemia.

Weeper estava à frente quando ele e Bourne alcançaram a brecha da cerca. Bombas sinalizadoras, uma após outra, subiam aos céus; toda a linha tinha acordado. As metralhadoras matraqueavam sem parar, com exceção de uma. As salvas dos rifles continuavam, incessantes; mas a névoa foi gentil com eles, tornando-se mais densa. Ao passar pelo arame farpado que se agarrava às suas pernas, Bourne viu Weeper dois passos à sua frente e, a 20 jardas, o que ele pensava ser o último membro do seu grupo desaparecendo através do nevoeiro. Ele estava feliz por ter se livrado do arame. Outra bomba sinalizadora subiu e ambos quedaram-se em silenciosa imobilidade sob o seu brilho. Em seguida, moveram-se novamente, apressando-se o mais que puderam. Bourne sentiu-se invadido pelo triunfo da fuga. De qualquer maneira, já não podiam ser vistos pelos alemães. Algo escoiceou o canto superior do seu peito, rasgando o caminho através dele, e seu grito de agonia foi quase inaudível, na pressa do sangue em chegar-lhe à boca enquanto ele caía. Weeper olhou por cima do ombro, escutou, deteve-se e deu meia-volta. Encontrou Bourne tentando levantar-se. E Bourne disse ofegante, sufocando: "Siga em frente. Eu estou morto".

"Não vou deixar você", disse Weeper.

Ele abaixou-se e levantou o outro em seus enormes braços desajeitados, carregando-o ternamente como se fosse uma criança. Bourne lutou penosamente para falar, mas o sangue, enchendo sua boca, o impediu. Às vezes sua cabeça caía sobre o ombro de Weeper. Por fim, mal articuladas, as palavras vieram.

"Estou acabado. Deixe-me descansar, pelo amor de Deus. Você não pode..."

"Não vou deixar você", repetiu Weeper com uma fúria incontida.

Ele sentiu Bourne esticar-se em um tremor convulsivo e, em seguida, relaxar, tornando-se de repente mais pesado em seus braços. Weeper lutava para avançar, tropeçando no terreno arado pelas bombas e através da névoa fantasmagórica que se movia como um exército de espectros afastando-se dele. Então parou e, tomando o corpo pela cintura com o braço esquerdo, arremessou-o por cima do ombro, firmando-o com o direito. Ele podia ver sua linha agora e respondeu ao alerta de identificação. Encontrou o caminho através do arame farpado e cambaleou em direção à trincheira com sua carga. Desceu por um trecho que ia da trincheira Delaunay à Monk e encontrou-se com o resto do grupo fora do abrigo da companhia.

"Trouxe-o de volta!", ele gritou desesperadamente e desabou sobre as pranchas de madeira.

Levantando-se, contou sua história de maneira incoerente, entremeada de delirantes impropérios.

"Mas sobre o que você está balbuciando, homem?", perguntou-lhe o sargento Morgan. "Você nunca viu um morto antes?"

O sargento-mor Tozer, que estava perto da porta do abrigo, lançou sobre Morgan um olhar beligerante. Então pousou a mão no ombro de Weeper.

"Desça até o abrigo e tome um chá com rum, companheiro. Vai lhe fazer bem. Gostaria de ter uma conversa com você quando estiver se sentindo melhor."

"Nós precisamos continuar, sargento-mor", disse o sr. Cross em voz baixa.

"Muito bem, senhor."

O grupo se afastou e, por um momento, o sargento-mor Tozer ficou sozinho na trincheira com o sargento Morgan.

"Eu o vi deste lado da cerca e pensei que tudo ficaria bem. Escreva o que eu digo: eu mesmo teria voltado para buscá-lo, se soubesse", disse Morgan.

"Foi má sorte", retrucou o sargento-mor Tozer com tranquilo fatalismo.

O sargento Morgan deixou-o; e o sargento-mor olhou o corpo encostado ao lado da trincheira. Teria de ordenar que o tirassem dali; não era uma visão agradável e ele mostrou os dentes em um esgar que revelava a lamentável repulsa que o invadiu. Bourne estava sentado: a cabeça para trás, o rosto coberto de lama e grosso sangue seco sobre a boca e o queixo, os olhos vidrados fixos na Lua.

Tozer afastou-se, aceitando o fato com serenidade. Acabou-se. Ele lamentava por Bourne, pensou, muito mais do que podia expressar. Ele era um sujeito estranho, disse a si mesmo enquanto sentia seus passos através do abrigo.

Havia algo misterioso sobre ele; mas, se pararmos para pensar, há um pouco de mistério em todos nós. Empurrou para o lado o cobertor que protegia a entrada e, sob a luz turva, viu todos os homens levantarem o rosto e olharem para ele com olhos resignados, quase como de animais.

Em seguida, todos se inclinaram novamente sobre seus pensamentos, ouvindo as bombas explodindo ferozmente do lado de fora, os alemães lançando sobre eles tudo o que podiam em retaliação pelo assalto. Sentaram-se em silêncio, cada homem com seu segredo.

Cronologia

1882
Nascimento de Frederic Manning, em Sydney, Austrália. É o quarto filho (de sete) de Sir William Patrick Manning, financista e político (quatro vezes prefeito de Sydney), e Honora Torpy, ambos de origem irlandesa.

1897
Depois de anos sendo educado em casa (por causa de uma asma crônica), Manning começa a estudar na Sydney Grammar School. Mas sai seis meses depois por causa dos problemas de saúde. O inglês Arthur Galton é nomeado seu tutor.

1898
Manning parte, com Galton, para estudar na Inglaterra.

1903
De volta à Austrália, Manning não encontra futuro profissional. Decide mudar-se definitivamente para a Inglaterra e seguir a carreira literária.

1904
Estabelece-se no vilarejo de Edenham, perto de Bourne, em Lincolnshire. Vive com Galton, que o apresenta a diversos escritores, entre eles W. B. Yeats e Ezra Pound.

1907
Publicação de seu primeiro livro de poesia, *The Vigil of Brunhil: a Narrative Poem*, pela editora John Murray, de Londres.

1909
Publicação de *Scenes and Portraits* (John Murray), sua primeira obra em prosa. O livro chama atenção de escritores como Max Beerbohm, E. M. Forster, Pound e T. E. Lawrence. No mesmo ano, Manning torna-se o principal resenhista da revista *The Spectator*, cargo que ocupa até 1914.

1910
Publicação de *Poems*, pela John Murray.

1914
Início da Primeira Guerra Mundial.

1915
Depois de tentar – e não conseguir – entrar na escola de oficiais da força aérea britânica, a Royal Flying Corps, em outubro Manning alista-se no 7º Batalhão Real de Infantaria Leve de Shropshire.

1916
Em 1º de julho, inicia-se a batalha do Somme, primeira grande ofensiva conjunta de franceses e britânicos, que tinha como objetivo romper as linhas fortificadas alemãs que se estendiam ao longo de cerca de 40 quilômetros na região do Rio Somme, no noroeste da França. As forças britânicas (que contavam com soldados escoceses, galeses, canadenses, australianos, sul-africanos e neozelandeses) atacaram pelo norte, a partir do vale do Rio Ancre, em direção a Bapaume, e as francesas, pelo sul, em direção a Péronne.

Em meados de agosto, Manning – o soldado raso nº 19022 – integra seu batalhão na cidade de Méaulte, para a segunda grande ofensiva do Somme.

No dia 18 de agosto, o batalhão participa de um ataque perto da fazenda de Maltz-Horn no qual morrem 38 homens. No dia seguinte, o batalhão captura uma trincheira alemã perto do vilarejo de Guillemont.

Em 18 de novembro, a ofensiva é encerrada. Após cinco meses de conflito, os Aliados tiveram ganhos territoriais modestos – 12 quilômetros ao norte e 8 quilômetros ao sul da linha alemã do Somme –, com enormes perdas de efetivo: calcula-se mais de 1 milhão de mortos e feridos, sendo 440 mil alemães, 420 mil britânicos e 200 mil franceses.

No final do ano, Manning é promovido a anspeçada e volta a Londres para um treinamento para oficiais.

1917
Em abril, publica um volume de poesia, *Ediola* (John Murray), com alguns poemas sobre a guerra. Manning entra para o 3º Batalhão do Regimento Real Irlandês e, no fim de maio, é promovido a segundo-tenente. Poucas semanas depois, é preso e condenado na corte marcial por embriaguez. Em outubro, é internado em um hospital em Cork, sofrendo de problemas nervosos.

1918
Manning deixa o oficialato.

1919
Fim da Primeira Guerra.

1923
Manning publica *The Life of Sir William White* (John Murray), sobre o arquiteto naval britânico William White (1845-1913).

1929
Publicação de *Soldados rasos* (*The Middle Parts of Fortune: Somme and Ancre, 1916*) em Londres, pela Piazza. O livro é assinado por Soldado Raso 19022 e sai em tiragem de seiscentos exemplares.

1930
Publicação de versão resumida de *Soldados rasos* com o título *Her Privates We*, pela editora de Peter Davies, com o mesmo pseudônimo. T. E. Lawrence reconhece o estilo de Manning no texto e a identidade do autor é revelada.

1932
Manning faz sua última viagem à Austrália, onde passa dezoito meses.

1935
Morte de Frederic Manning, de pneumonia, em Hampstead, Londres, em 22 de fevereiro.

1977
Publicada na Inglaterra a versão original de *Soldados rasos*, de 1929, sem cortes (mas com o título da versão editada, *Her Privates We*).

Primeira edição
© Editora Carambaia, 2015

Esta edição
© Editora Carambaia
Coleção Acervo, 2019
1ª reimpressão, 2025

Título original
*The Middle Parts of Fortune:
Somme and Ancre, 1916*
[Londres, 1929]

Prefácio
© Simon Caterson, 2000.
Originalmente publicado
por The Text Publishing
Company Pty Ltd, Austrália

Revisão
Ricardo Jensen de Oliveira
Tamara Sender
Paulo Sergio Fernandes

Projeto gráfico
Bloco Gráfico

CIP-BRASIL. CATALOGAÇÃO NA
PUBLICAÇÃO/SINDICATO NACIONAL
DOS EDITORES DE LIVROS, RJ

M246s/Manning, Frederic, 1882-1935/
Soldados rasos/Frederic Manning;
tradução: Fal Azevedo; introdução:
Simon Caterson. [2. ed., 1. reimp.] –
São Paulo: Carambaia, 2019, 2025./
384 p.; 20 cm. [Acervo Carambaia, 12]/
Tradução: *The middle parts of fortune:
Somme and Ancre*, 1916

ISBN 978-85-69002-65-9

1. Guerra Mundial, 1914-1918 – Ficção.
2. Ficção australiana. I. Azevedo, Fal.
II. Caterson, Simon. III. Título.
IV. Série./19-59966 CDD: 828.99343/
CDU: 82-3(94)

Meri Gleice Rodrigues de Souza
Bibliotecária CRB – 7/6439
27/08/2019 03/09/2019

Direção executiva Fabiano Curi
Direção editorial Graziella Beting
Produção gráfica Lilia Góes
Comunicação Mariana Amâncio
Design Arthur Moura Campos
Comercial Fábio Igaki
Administrativo Lilian Périgo
Atendimento ao cliente Roberta Malagodi
Divulgação/livrarias e escolas Rosália Meirelles

Fontes
Untitled Sans, Serif

Papel
Pólen Bold 70 g/m²

Impressão
Rettec

Editora Carambaia
Av. São Luís, 86, cj. 182
01046-000 São Paulo SP
contato@carambaia.com.br
www.carambaia.com.br

ISBN
978-85-69002-65-9